ハヤカワ文庫FT
〈FT610〉

ホイール・オブ・タイム　竜王伝説

〔中〕

ロバート・ジョーダン
斉藤伯好訳

早川書房

8724

THE EYE OF THE WORLD
by
Robert Jordan

Translated by
Hakukou Saito
Published 2021 in Japan by
HAYAKAWA PUBLISHING, INC.
This book is published in Japan by
arrangement with
SOBEL WEBER ASSOCIATES, INC., NEW YORK
through TUTTLE-MORI AGENCY, INC., TOKYO.

目次

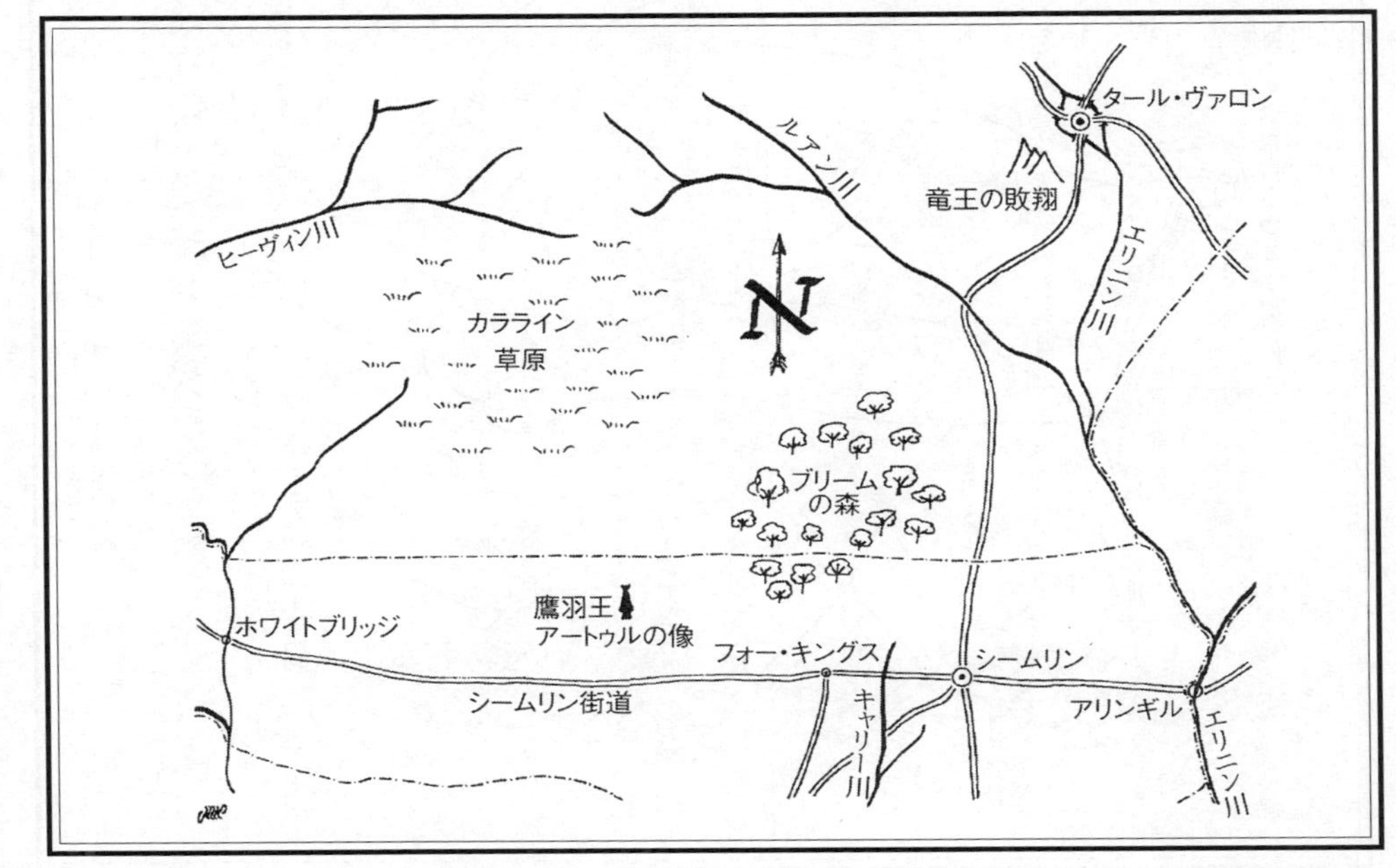

タール・ヴァロン
ルアン川
竜王の敗翔
ヒーヴィン川
エリニン川
N
カラライン
草原
ブリームの森
鷹羽王アートゥルの像
ホワイトブリッジ
フォー・キングス
シームリン
シームリン街道
キャリー川
アリンギル
エリニン川

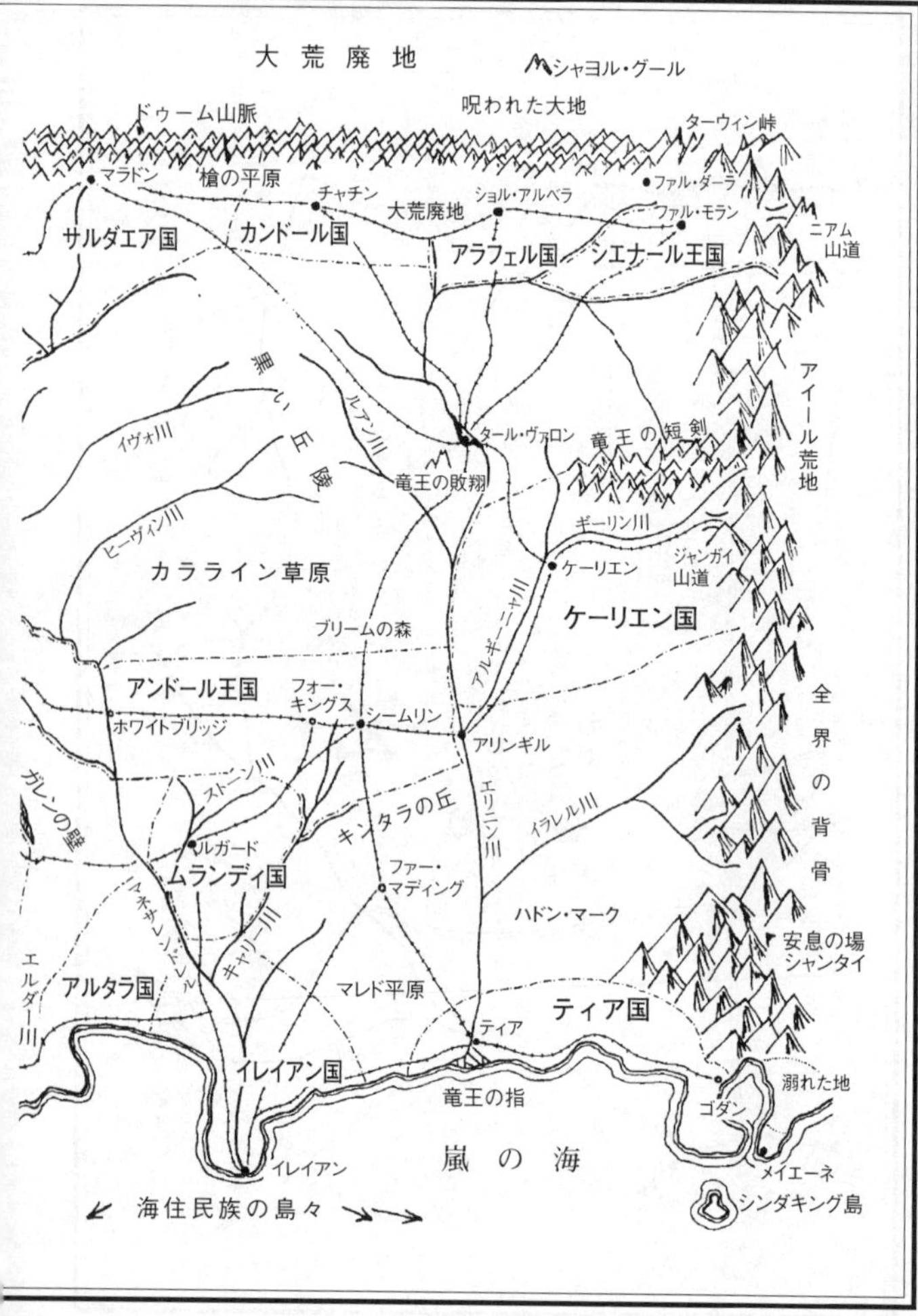
大荒廃地
シャヨル・グール
呪われた大地
ドゥーム山脈
ターウィン峠
マラドン
槍の平原
チャチン
ショル・アルベラ
ファル・ダーラ
大荒廃地
ファル・モラン
ニアム
山道
サルダエア国
カンドール国
アラフェル国
シエナール王国
黒い丘陵
ルアン川
イヴォ川
タール・ヴァロン
竜王の短剣
アイール荒地
竜王の敗翔
ヒーヴィン川
ギーリン川
カラライン草原
ケーリエン
ジャンガイ
山道
アルギーニャ川
ブリームの森
ケーリエン国
アンドール王国
フォー・
キングス
シームリン
ホワイトブリッジ
アリンギル
全
界
の
背
骨
ストーン川
ガレーンの壁
キンタラの丘
エリニン川
イラレル川
ルガード
ムランディ国
ファー・
マディング
マネサレンドレ川
キャリー川
ハドン・マーク
安息の場
シャンタイ
エルダー川
アルタラ国
マレド平原
ティア国
ティア
イレイアン国
竜王の指
溺れた地
ゴダン
嵐の海
イレイアン
メイエーネ
海住民族の島々
シンダキング島

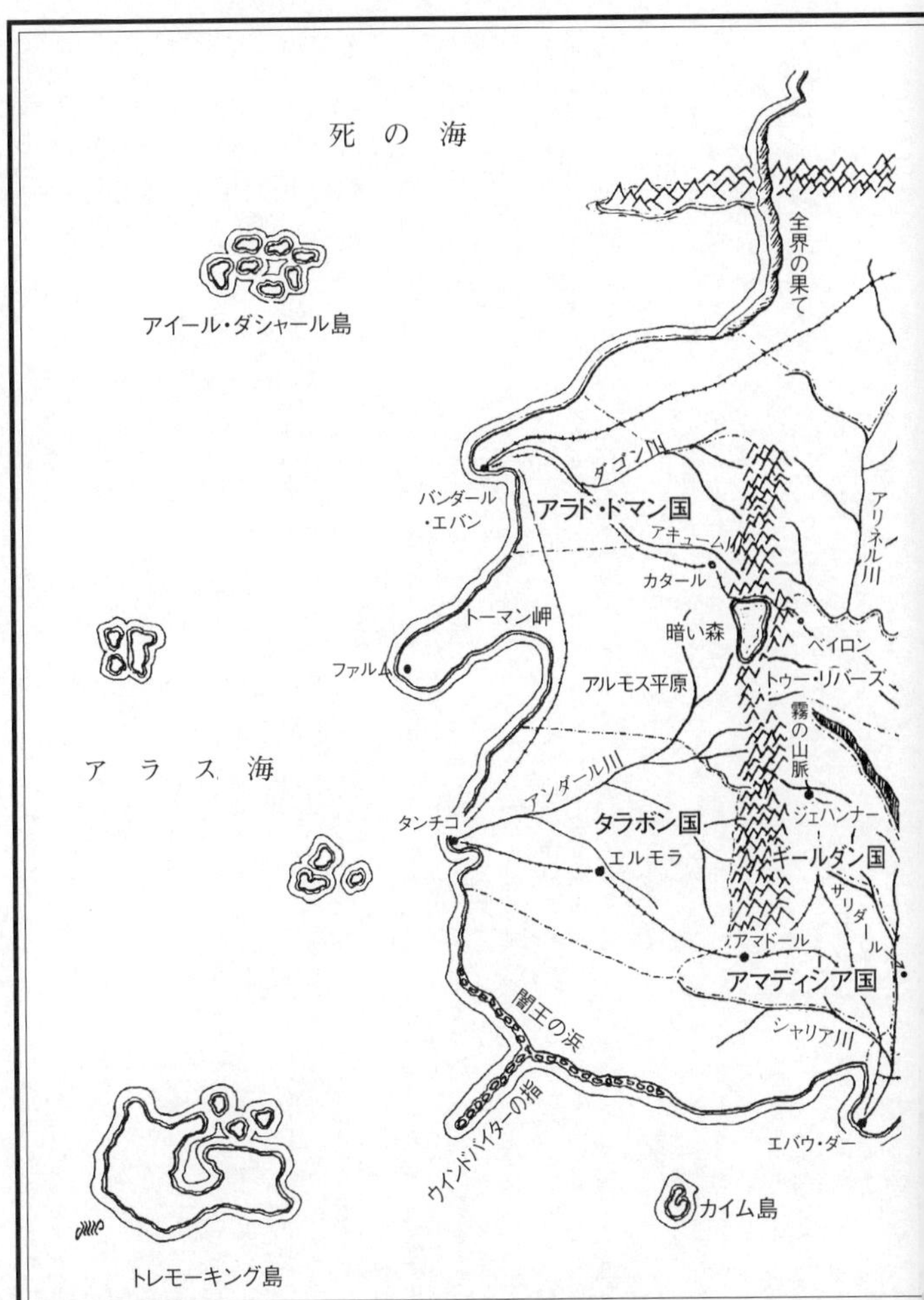
死の海
アイール・ダシャール島
全界の果て
ダゴン川
バンダール・エバン
アラド・ドマン国
アリネル川
アキューム川
カタール
トーマン岬
暗い森
ベイロン
ファルム
アルモス平原
トゥー・リバーズ
霧の山脈
アラス海
アンダール川
ジェハンナー
タンチコ
タラボン国
ギールダン国
エルモラ
サリダール
アマドール
アマディシア国
闇王の浜
シャリア川
ウインドバイターの指
エバウ・ダー
カイム島
トレモーキング島

ホイール・オブ・タイム　竜王伝説〔中〕

登場人物

ランド・アル＝ソア……………………エモンズ・フィールドの農夫で羊飼いの若者

マット・コーソン
ペリン・エイバラ
エグウェーン・アル＝ヴィア
……アル＝ソアの幼なじみ

ナイニーヴ・アル＝メアラ…………エモンズ・フィールドの賢女

モイレイン……………………………異能者（アエズ・セダーイ）

ラン……………………………………モイレインの護衛士

トム・メリリン………………………吟遊詩人

ベイル・ドモン………………………〈水煙〉号の船長

エリアス・マチェーラ………………狼と交感できる能力を持つ男

レイン…………………………………トゥアサ＝アン族の統率者

イラ……………………………………レインの妻

アラム…………………………………レインの孫

バーティム……………………………ホワイトブリッジの宿屋の主人

ジョフラム・ボーンハルド…………〈光の子〉の主将卿

ジャレット・バイア…………………〈光の子〉の将校

サムル・ヘイク………………………フォー・キングスの宿屋の主人

マシャダー……………………………魔都シャダー・ロゴスの亡霊

ミルドラル
トロローク
ドラフカー
…………………………闇王の配下

闇王……………………………………シャヨル・グールに幽閉されている諸悪の根源

18　シームリン街道

シームリン街道は、トゥー・リバーズを縦断する〈北道〉とおおむね変わらなかった。〈北道〉よりはかなり幅が広く、踏み固められた跡からも人通りが多いことがうかがえたが、道そのものは舗装されていない。両側に木立がつづき、常緑樹のほかは葉を落としている。この風景もトゥー・リバーズと同じだ。

だが、地形は違っていた。昼までに一行は低い丘陵地帯へ入り、二日間、丘のあいだを縫(ぬ)って進んだ。丘の裾野(すその)が広くて、迂回(うかい)すると道をはずれそうな場合や、丘そのものが大きくないときには、丘を乗り越えた。街道はまっすぐ東へ延びているかに見えたが、日ごとに太陽の位置が変わることから、実は南側へゆるやかな弧を描いているのだとわかった。

ランド・アル＝ソアは子供のころ、アル＝ヴィア村長が持つ古い地図を見ては冒険に思いをはせた。エモンズ・フィールドの男の子の半数がそうだった。アル＝ソアの記憶にあるかぎりでは、シームリン街道はアブシャー丘陵地という地域を迂回して、ホワイトブリッジまで延びているはずだ。

ときおりランは、丘の頂上で馬をおりるよう一行に指示した。街道の前後やまわりの田園地帯を見わたすことができるからだ。ランが油断なく周囲を確認するあいだ、ほかの者たちは脚を伸ばしたり、木陰にすわって食事をしたりした。

「あたし、本当はチーズが好きなんだけど」ベイロンを出て三日目に、エグウェーンが言った。木の幹にもたれてすわり、昼食を見て顔をしかめている。朝もこれと同じものを食べたし、夜もそうなりそうだ。「お茶も飲めないのね。熱いお茶の一杯さえも」マントを身体に引き寄せ、少しでもつむじ風のあたらない場所を探して、木のまわりをうろうろしたが、無駄だった。

「疲労を軽減するには、フラットワートのお茶とアンディレイの根が最適です」ナイニーヴがモイレインに言った。「頭をすっきりさせ、使いすぎた筋肉の炎症を取り除きます」

「わたくしも知っていますわ」モイレインはつぶやくように答え、横目でナイニーヴを一瞥した。

ナイニーヴは唇を引き結んだが、同じ口調で先をつづけた。「不眠不休で進まなければならない場合は……」

「お茶はだめだ！」ランがエグウェーンに向かってきっぱりと言った。「火をおこすわけにはいかぬ！　まだ追手の姿は見えぬが、追ってきていることは間違いない。一体ないし二体の半人ミルドラルに率いられたトロロークの大軍だ。やつらは、われわれがこの街道を通ることを承知しておる。火をおこすなど、見つけてくれと言わんばかりだ」

「お茶が飲みたいと言ったわけじゃありません」エグウェーンはマントに顔をうずめて、ぼそっと言った。「飲めなくて残念だと思っただけです」

「追手に進路を読まれてるなら、山野を突っ切ってホワイトブリッジをめざしたらどうですか？」と、ペリン。

何か言おうとしたナイニーヴをさえぎって、モイレインが答えた。「それでは、さすがのランでも街道を行くよりも時間がかかります。とりわけアブシャー丘陵地では」

ナイニーヴがいらだたしげにため息をついた。いったいナイニーヴはどういうつもりなのだろうと、アル＝ソアは首をかしげた。一日目はモイレインを完全に無視し、つづく二日間はモイレインに薬草の話ばかりしていた。

モイレインはナイニーヴから離れながら、話をつづけた。

「シームリン街道がゆるやかな曲線を描いているのは、なぜだと思いますか。無理をしてアブシャー丘陵地を突っ切ってホワイトブリッジにたどりついても、いずれはまた街道を進まなければならなくなります。そのときには、敵に追われるどころか、先まわりされているかもしれません」

アル＝ソアは賛成できない顔をした。

マットは「すごい遠まわりだ」とつぶやいた。

「今朝、ひとつでも農場が見えたか？」と、ラン。「煙突から上がる煙が見えたか？　見えたはずがない。ベイロンとホワイトブリッジのあいだは、人家ひとつない原野だからな。アリネル川を渡らなければ、ホワイトブリッジへはたどりつけぬ。サルダエア国の首都マラドンより南で、アリネル川にかかっている唯一の橋が〈白い橋（ホワイト・ブリッジ）〉だ」

メリリンがフンと鼻を鳴らし、口ひげを震わせた。「すでにホワイトブリッジで敵が待ち受けていたら、どうやって阻止するのですかな？」

そのとき、西から、むせび泣くような角笛（つのぶえ）の音（ね）が聞こえてきた。ランがすばやく振り返り、いま通ってきた道をにらみつけた。アル＝ソアはさむけをおぼえたものの、頭のどこかでは、まだ十五キロ以上は離れていると冷静に距離を推し測っていた。

「吟遊詩人のメリリン、やつらを阻止する方法はない」と、ラン。「運を光にまかせるしかない。トロロークの群れに追われているということだけは、たしかだ」

モイレインは両手の埃を払い、「そろそろ出発しましょう」と言うと、自分の白馬にまたがった。

これを合図に一行は急いで馬に乗りはじめた。二度目の角笛の音が聞こえると、さらにあわただしくなった。その音に応えるように、こんどは西から、か細く物悲しい角笛の音がなんどか流れてきた。アル＝ソアはクラウドにまたがり、いつでも全力疾走できる態勢を整えた。ランとモイレインを除く全員が、切迫した様子で手綱を握りしめている。ランはモイレインとしばし目を見交わしてから、口を開いた。「一行を率いて進みつづけてください、モイレイン様。それがしが様子を探り、可能なかぎりすみやかに戻ってまいります。それがしの身に何かあれば、おわかりになるはずです」

ランは黒馬マンダーブの鞍に手をかけていっきに飛び乗り、全速力で丘を下った。西へ向かってゆく。またしても角笛が鳴った。

「光がお守りくださいますように、〈七つの塔〉の最後の君主よ」と、モイレイン。アル＝ソアがやっと聞き取れるほどの小声だ。

モイレインは大きく息を吸い、白馬アルダイブを東へ向けた。「行きましょう」と言うと、ゆっくりと安定した早足で馬を進めた。ほかの者たちもあまり間を置かずに、縦一列になってあとにつづいた。

アル＝ソアは馬上でいちどだけ振り返ったが、すでにランの姿はなだらかな丘陵と葉を落とした木々のあいだに消えていた。〃〈七つの塔〉の最後の君主〃――たしかにモイレインはランをそう呼んだ。どういう意味だろう？　あの言葉を耳にしたのは自分だけかと思ったが、メリリンも口ひげの端を嚙み、眉をひそめて考えこんでいる。メリリンは知識が豊富だから、何か思いあたることがあるのだろう。

またしても背後で角笛が鳴り、それに応える音が聞こえた。アル＝ソアは馬上で身じろぎした。角笛の音は確実に近づいてきている。十二キロほど後ろ……いや、十キロぐらいだ。マットとエグウェーンが肩ごしに振り返り、ペリンは背後からの攻撃を警戒するかのように背を丸めた。ナイニーヴが馬を進め、先頭を行くモイレインと並んだ。

「もっと急がなくていいんですか？」と、ナイニーヴ。「角笛の音が近づいてきます」

モイレインは首を横に振った。「連中が、自分たちの正確な位置を知らせるようなことをすると思いますか？　わたくしたちが先を急ぐことを見越して、前方へまわりこんでいるかもしれません」

一行は今までどおりの速度で進んだ。ときおり背後で角笛が聞こえ、そのたびに近づいてきた。アル＝ソアは音までの距離を測るのをやめようとしたが、執拗で陰気な音が聞こえると、思わず距離を推し測ってしまう。もう七・五キロのところまできている――不安になったとき、突然、背後の丘の陰からランが飛び出てきた。

ランはモイレインの隣に馬を並べ、速度をゆるめた。「百体から二百体ぐらいのトロローク隊が、少なくとも三隊は見えます。半人ミルドラルが率いております。五体はいると見ていいでしょう」

「それが見えるくらい近づいたのですか？　向こうにも、あなたの姿が見えたんじゃないですか？」エグウェーンが不安げに言った。「もう、すぐ後ろに迫っているかもしれないわ」

「このかたが姿を見られたはずがありません」と、ナイニーヴ。全員の注目を浴びると、胸を張った。「このかたの痕跡を追ってきたあたくしにはわかります」

「静かに」と、モイレイン。「ランの話では、少なくとも五百体のトロロークが追ってきているようです」

一同が静まり返ると、ランが話をつづけた。「だんだん差が縮まってきておる。あと一時間足らずで追いつかれるだろう」

モイレインはひとりごとのように言った。「それほど大勢のトロロークがいたのなら、エモンズ・フィールドではどうして、トロローク全員が襲ってこなかったのでしょう？　エモンズ・フィールド近辺には、それほど多くのトロロークはきていませんでした。いつのまに、そんなに増えたのでしょう？」

「われわれを前方へ追い立てるべく、散開しています。主要な隊の前方に斥候が出ています」と、ラン。

「どこへ追い立てるつもりでしょうか？」モイレインは考えこんだ。

　モイレインの言葉に応えるかのように、はるか西で、角笛が長々と悲しげな音を響かせた。それに応える角笛の音が、こんどは前方から聞こえてくる。モイレインは馬を止めた。ほかの者も馬を止め、メリリンとエモンズ・フィールドの住人たちはこわごわあたりを見まわした。一行の前方で角笛が鳴り、後方で応える音がした。勝ち誇った響きに聞こえる。

「どうするんです？」ナイニーヴが腹立たしげに言った。「あたくしたちはどこへ行けばいいんですか？」

「残された道は北か南しかありません」と、モイレイン。ナイニーヴに対する返事というよりは、声に出して考えている口調だ。「南は不毛のアブシャー丘陵地とタレン川。橋も船もありません。北へ向かえば、夜にならないうちにアリネル川に着き、川を下る商船に出合う可能性もあります。はるか北のマラドンで氷が割れて溶け、アリネル川が通行できるようになっていればの話ですが」

「トロロークが決して行かぬ場所があります」

そうランが言ったが、モイレインはきっぱりと首を振った。

「だめです!」

モイレインはランを手招きし、ランは頭をモイレインに近づけた。二人の話は、ほかの者には聞こえなくなった。

角笛の音が響き、アル＝ソアの馬が不安そうに足踏みした。

「連中はわしらを怖がらせようとしているのだ」メリリンが馬をなだめながら憎々しげに言った。怒りと恐怖の入りまじった口調だ。「わしらがあわてて逃げ出すのを待って、つかまえるつもりだろう」

エグウェーンは、角笛の音が響くたびにきょろきょろした。トロロークの姿を捜すかのように、まず行く手を見つめ、次に背後を見た。アル＝ソアは同じ動作をしそうになるのをこらえ、馬をエグウェーンに近づけた。

「北へ向かいます」モイレインが告げた。

一行が街道をそれ、早足で丘陵地帯へ入ってゆくと、陰気な角笛の音が鋭く響いた。

丘は高くないが、のぼりくだりがつづき、平坦な場所はなかった。一行は葉を落とした木々の下や枯れた下生えを突っ切って進んだ。馬は懸命に斜面を登り、登りつめたかと思うと駆け足で下った。ランは、これまでになかった速さで馬を進めた。枝がアル＝ソアの顔や胸を打つ。枯れた蔓が手足に絡まり、片足が鐙から離れかけた。角笛の音が近くなり、前よりも間をおかずに鳴るようになった。

ランが急き立てたが、一行はあまり速くは進めなかった。斜面を進んでいるため、前後の者は同じ高さにいない。つねに、前の者より六十センチほど上か下にいる。三十センチ進むのが容易ではない。角笛が近づいてきた。三キロ……いや、もっと近いかもしれない。

しばらくすると、ランはあちらこちらに目を凝らしはじめた。岩のようにきびしい顔に、これまで見せたこともない苦悩の色が浮かんだ。いちどは鐙の上で立ちあがり、背後を見つめた。アル＝ソアには森しか見えなかった。ランは鞍に腰をおろすと、無意識にマントをはねのけて剣をさらけ出し、ふたたび森のなかをうかがった。

アル＝ソアが問いかけるようにマットの顔を見ると、マットはランの背に向かって顔をしかめ、どうしようもないといった様子で肩をすくめた。

「近くにトロロークがおる」ランが振り返って言った。丘の頂上へたどりついた一行は、行く手を見おろした。「本隊より先行している斥候だ。数体はいるだろう。出くわしたら、決してそれがしから離れず、それがしと同じ行動をとれ。このまま前進する」

「ちくしょう！」メリリンがつぶやいた。ナイニーヴがエグウェーンに、近くへ寄るようにと合図した。

まばらな常緑樹の陰のほかには身を隠す場所がない。アル＝ソアはいちどにあらゆる方向をうかがった。なんども視界の隅にトロロークが見えたような気がしたが、よく見ると、ただの灰色の木だった。角笛の音が近づいてきた。真後ろだと、アル＝ソアは確信した。後ろから迫ってくる。

次の丘の頂上に達したとき、眼下にトロロークの群れが見えた。輪縄や鉤のついた長い棒を持った、おびただしい数のトロロークだ。隊列は左右に大きく広がり、目の届くかぎり遠くまでつづいていた。その中央部——ランの真正面に、馬に乗った闇に溶けるミルドラルの姿があった。

丘の頂上に現われた一行を見て、ミルドラルは躊躇したものの、次の瞬間、剣を抜いて振りかぶった。アル＝ソアには不快な記憶のある黒い刃だ。トロロークの隊列が突進してきた。

ミルドラルが向かってくるより早く、ランは剣を抜き放っていた。「それがしから離れるな！」と叫ぶと、トロロークめがけて黒馬で斜面を駆けおりはじめた。

「〈七つの塔〉のために！」ランの叫び声が響いた。

アル＝ソアはごくりと唾を飲み、クラウドの腹を蹴った。一行はランにつづいて斜面を駆けおりた。気がつくと、アル＝ソアはタムにもらった剣を握りしめていた。ランの鬨の声に刺激されて、アル＝ソアも叫んだ。「マネサレンのために！」

「マネサレンのために！　マネサレンのために！」ペリンが声を合わせて、同じ言葉を叫んだ。

だが、マットの叫びは違った。「**カライ・アン・カルダザール！　カライ・アン・エリサンデ！　アル・エリサンデ！**」

トロロークの群れのほうを向いていたミルドラルが、突進してゆく人間たちを振り返った。振りかざした黒い剣がぴたりと止まった。フードの縁（へり）が左右に揺れ、向かってくる馬上のアル＝ソアたちの顔を探りまわった。

そのとき、ランがミルドラルに飛びかかった。同時に、ほかの者たちもトロロークの隊列に襲いかかった。ランの剣が、サカン＝ダールの鍛冶場でつくられた黒い剣とぶつかった。丘のあいだの窪地（くぼち）にカーンと大きな音が響きわたり、雲に反射する電光のような青い閃光（せんこう）があたりを照らした。

人間のような身体に獣の顔をつけたトロロークが人間たちのまわりに群がり、輪縄や鉤のついた棒を振りまわした。ランとミルドラルだけが、トロロークから離れて一騎打ちをしている。歩調をそろえるようにたがいの黒馬を前後させながら、互角に剣を打ち合った。

青い光がひらめき、カチン……カチンと金属音が響いた。

アル＝ソアの馬クラウドは目を剝いて悲鳴を上げ、後ろ脚で立ち、周囲で唸り声を上げる牙の生えた顔を蹴飛ばした。巨大な身体のトロロークがアル＝ソアの周囲にひしめいている。アル＝ソアは容赦なくクラウドの腹を蹴りつけて前進させ、剣を振りまわした。ランに習った技術は忘れ、まるで木を切り倒すように力まかせに相手を叩き切った。**エグウエーン！**　クラウドを蹴って進めながら、アル＝ソアは必死でエグウェーンの姿を捜し、剣で下生えを払うように毛深い巨体のトロロークたちをなぎ倒して、道を切り開いた。

モイレインの白馬は手綱のかすかな動きをとらえて、トロロークの群れのなかへ突進した。ランに劣らずきびしく顔をこわばらせたモイレインは、杖を鞭のように振りまわした。トロロークが炎に包まれ、吠えるような悲鳴を上げて身をよじり、つぎつぎと地面に倒れてゆく。ナイニーヴとエグウェーンはぴたりとモイレインのそばにつき、トロロークと同じように歯を剝き出して、ナイフをかまえている。トロロークが接近してきたら、ナイフの短い刃では太刀打ちできないだろう。アル＝ソアは三人のほうへ向かおうとしたが、クラウドは逆らった。悲鳴を上げ、脚を蹴りあげて、アル＝ソアがどんなに手綱を引き絞っても、前進しようともがくだけだ。

トロロークがモイレインの杖から逃れて遠ざかりはじめ、モイレインたちのまわりが少し開けた。モイレインは逃げるトロロークを追った。炎が唸りを上げ、トロロークは怒りの吠え声を上げた。その音を圧して、ランとミルドラルの剣のぶつかる音が響きわたり、二人の周囲はなんども青い光に染まった。

トロロークの棒の先の輪縄がアル＝ソアの頭をかすめた。アル＝ソアは剣で不器用に縄を断ち切り、棒を持ったトロロークの山羊の顔を叩き切った。背後から襲いかかった鉤がマントの肩にひっかかり、アル＝ソアの身体が激しく後ろへ引かれた。アル＝ソアは剣を落としかけ、死に物狂いで鞍頭(くらがしら)をつかんだ。クラウドが身をよじってかんだかい声を上げた。アル＝ソアは必死で鞍と手綱にしがみついた。鉤に引っ張られて、少しずつ身体がずり落ちてゆく。クラウドがひらりと向きを変えた。一瞬、アル＝ソアの目にペリンの姿が映った。両脚と片手を三体のトロロークにつかまれ、鞍からすべり落ちそうになりながら、斧を振りまわして、もがいている。クラウドが突進し、アル＝ソアの目にはトロロークしか見えなくなった。

一体のトロロークが迫ってきて、アル＝ソアの片脚をつかみ、鐙からはずそうとした。アル＝ソアはあえぎながら鞍をつかんだ手を放し、トロロークを剣で突き放した。同時に、マントに鉤が引っかかって鞍からずり落ち、クラウドの尻に乗る格好になった。手綱を放さなかったため、落馬はまぬがれた。クラウドは後ろ脚で立ち、かんだかい声を立てた。とたんに、アル＝ソアの脚をつかんでいたトロロークの手が離れ、トロロークは両手を広げて悲鳴を上げた。トロロークの群れ全体がわめいている。全界じゅうの犬が正気を失いそうな、不気味な咆哮だ。

トロロークどもが地面に倒れて身もだえし、頭や顔を掻きむしっている。立っている姿は一体も見えない。地面に歯を立て、宙に嚙みつき、喉も裂けそうな悲鳴を上げつづけた。ミルドラルが見えた。狂ったように跳びはねる馬の背に姿勢を正してまたがったまま、黒い剣を振りまわしている。その姿には頭がなかった。

「あいつは夜まで死なないぞ」やむ気配もない悲鳴のなかで、メリリンが荒い息をしながらどなった。「まだ完全には死んでいない。ともかく、わしはそう聞いている」

「走れ！」ランが腹立たしげにどなった。すでにモイレインたち三人を連れて次の丘を登りはじめている。「トロロークはまだおるぞ！」

その言葉を裏づけるように、地面を埋めたトロロークの悲鳴を圧して、ふたたびむせぶような角笛の音が聞こえた。東、西、南の三方から聞こえる。

不思議なことに、馬から落ちたのはマットだけだった。アル＝ソアは早足で馬をマットのそばへ進めた。だが、マットは身体を揺すって引っかかった輪縄をはずし、喉をさすりながらも、弓を拾って自分の馬にまたがった。

鹿のにおいを嗅ぎつけた猟犬のように、角笛が吠え立て、近づいてくる。ランは前にもましてて激しく馬を急がせた。馬たちは、下り坂を駆けおりるような速さで斜面を駆けのぼり、前のめりになって斜面を下った。だが、角笛の音はしだいに迫り、合間にトロロークの吠え声がまざった。やがてアル＝ソアたちの一団が丘の頂上に達すると、後ろの丘に追手の姿が見えた。鼻づらの突き出た顔をゆがめて吠えるトロロークの群れが、丘の頂上を黒く染めている。三体のミルドラルが群れを率いていた。一行から百五十メートルほどしか離れていない。

アル＝ソアはくじけそうになった。ミルドラルが三体もいる！

三体のミルドラルがいっせいに剣を突きあげた。トロロークの群れが勝ち誇ったような叫び声を上げ、雪崩のように斜面を下ってくる。輪縄のついた棒が上下に揺れた。

そのとき、モイレインが白馬アルダイブからおり、落ち着いて小袋のなかから何かを取り出すと、包みを開いた。黒ずんだ象牙の小像がちらりと見えた。アングリアルだ。モイレインは片手にアングリアルを、もう片方の手に杖を持って、足を踏みしめ、突進してくるトロロークとミルドラルの黒い剣に面と向かい、杖を高く掲げた。

杖を地面に突き刺すと、槌で鉄のやかんを叩いたような鈍い音が響いた。そのうつろな響きがしだいに小さくなり、一瞬、あたりが静まり返った。風さえも途絶えた。トロロークの叫び声も聞こえなくなった。猛然と突き進んでいたトロロークの群れの動きが遅くなり、完全に止まった。ふたたびあの鈍い音がゆっくりと聞こえはじめた。それは低い轟(とどろ)きに変わり、つづいて、地面全体が唸りを上げはじめた。クラウドの蹄(ひづめ)の下で地面が震えた。これこそ、物語に出てくる異能者(アエズ・セダーイ)の技(わざ)だ。目の前で見たくはなかったと、アル＝ソアは思った。地面の震えが大きくなり、周囲の木々を揺らすほどの震動になった。クラウドがよろめいて倒れそうになった。ランの黒馬マンダーブも、乗り手のいない白馬アルダイブも、酔っ払ったようにふらつき、騎乗の者はみな、落ちないように手綱やたてがみにつかまった。

　モイレインは片手でアングリアルを掲げ、もう一方の手で杖をまっすぐ丘の地面に突き刺したまま、じっと立っている。周囲の地面が揺れたが、モイレインも杖も、もとの場所から動かなかった。杖が刺さっている地点を中心にして地面が波打ち、さざ波のように広がってゆく。トロロークに近づくにつれて波は大きくなり、枯れたやぶをなぎ払い、落ち葉を宙へ舞いあげ、大きなうねりとなって流れくだった。丘の下の木々が、子供が振りまわす小枝のように激しく揺れた。背後の丘の斜面でトロロークが折り重なって倒れ、揺れる地面の上を転げまわった。

　だが、三体のミルドラルは一列になり、地面のうねりなどものともせずに、斜面をおりはじめた。三頭の黒馬は行進するように足並みをそろえ、よろめきもしない。そのまわりでトロロークが転げまわり、跳ねあげられ、わめき声を上げて、揺れる地面をつかもうとしている。ミルドラルだけは落ち着いて馬を進めた。

モイレインが杖を上げると、地震はおさまった。モイレインはそのまま、杖を丘のあいだの窪地に向けた。地面から炎が上がり、宙へ六メートルも舞いあがった。モイレインが両腕を広げると炎は左右へ燃え広がり、一行とトロロークを隔てる壁となって、東西へかぎりなく延びた。丘の頂上まで熱気が押し寄せ、アル＝ソアは両手を顔の前にかざして熱をさえぎった。不思議な力を持ったミルドラルの黒馬も、火には悲鳴を上げて後ろ脚で立ち、炎を突っ切って進ませようとするミルドラルに逆らった。

「なんてこった」マットが弱々しい声で言った。

アル＝ソアはぼんやりとうなずいた。

不意にモイレインがよろめいた。ランがいち早く馬から飛び降りて、モイレインを抱きとめた。

「先へ進め！」ランはほかの者に命じ、そのきびしい声とは裏腹に、モイレインを優しく抱きあげて白馬の鞍に乗せた。「火はいつまでも燃えつづけるわけではない。急げ！一刻も無駄にはできぬ！」

炎の壁は、永遠に消えそうもない勢いでごうごうと燃えさかったが、アル＝ソアはランた。一行の逃亡を察知したかのように、遠くで角笛の音が鋭い落胆の響きを立てて消えた。

ランとモイレインも、まもなく六人に追いついてきた。ランが白馬の手綱を取り、モイレインは身体をふらつかせながら、両手で鞍頭をつかんでいる。

「すぐに回復します」心配そうに見つめる一同に向かってモイレインは言った。疲れた声だが自信に満ち、そのまなざしはいつものように力強かった。「わたくしは〈地〉と〈火〉を扱う技はあまり得意ではないのです。でも、たいしたことはありません」

ランとモイレインは馬を進めて、ふたたび一行の先頭に立った。少しでも速度を上げると、モイレインは落馬しかねない。ナイニーヴが馬を進めてモイレインの横に並び、片手でモイレインを支えた。丘を越えるあいだ、ナイニーヴはモイレインと小声で話を交わしつづけた。やがてマントのなかを手探りし小さな包みを取り出し、モイレインに渡した。モイレインは包みを開いて中身を口に入れ、飲みくだした。ナイニーヴはさらに何か言ってから、背後の列へ戻った。ほかの者の問いかけるような視線には、何も答えなかった。こんな状況にもかかわらず、アル＝ソアは、ナイニーヴが満足げな表情を浮かべたような気がした。

本当はナイニーヴのことなど、どうでもよかった。アル＝ソアはしきりに剣の柄(つか)をなで、自分のしていることに気づくたびに不思議な思いで柄を見つめた。これが戦いというものか。多くを覚えているわけではないし、特に印象に残った場面もない。トロロークの毛むくじゃらの顔や恐怖心や熱気がひとつに溶け合い、かたまりになって脳裏を駆け抜けていった。まさに真夏の真っ昼間のような熱気だった。それがなんなのかはわからない。全身から噴き出した汗が凍りつくほど冷たい風が吹いてきた。

　アル＝ソアは二人の友人をちらっと見た。マットはマントの端で顔の汗をぬぐっている。ペリンは暗い顔で、何か遠くにあるものに目を据えていた。額に光る汗など、気にもとめていない。

　その後は小さな丘がつづくようになり、土地が平坦になって進みやすくなったとき、ランが馬を止めた。ナイニーヴがモイレインのそばへ近づこうとしたが、ランのきびしい視線に制止された。ランとモイレインは馬を並べて進み、頭を寄せ合った。モイレインの身ぶりからすると、言い争っているようだ。ナイニーヴは二人を見つめ、心配そうに眉をひそめた。メリリンも二人に目を向けて、押し殺した声で何やらつぶやき、馬を止めて、きた道を振り返った。ほかの者はランとモイレインを見ないようにしている。モイレインとランの議論がどんな結果を生むか、誰にもわからない。

　しばらくして、エグウェーンが、まだ言い合っている二人を不安げに見て、アル＝ソアにそっと話しかけた。「トロロークに向かってゆくときに、あなたがたが叫んでいた言葉だけど……」先をどうつづけようかわからなくなったように、言葉を切った。

「あれがどうかした？」と、アル＝ソア。関の声は護衛士にこそふさわしい。モイレインがなんと言おうと、戦いを知らないトゥー・リバーズの田舎者が口にすべき言葉ではない。アル＝ソアは少しばつの悪い思いがした。だが、エグウェーンがおれをからかうつもりなら……。「マットはあの物語を繰り返しそらんじてたんだと思う」

「うまくはなかったがな」メリリンが口をはさみ、マットは不満げなうめき声を漏らした。

「マットの語りがうまかったかどうかは、さておき」アル＝ソアは言葉をつづけた。「おれたちはみんな、何回もあの物語を耳にした。それに、あのときは何か叫ばずにはいられなかった。ああいうときは、そんなものさ。ラン様が叫んだのも聞こえただろ」

「おれたちにだって、叫ぶ権利はある」考えこむ表情で、ペリンが言葉を添えた。「モイレイン様の話じゃ、おれたちはみんなマネサレン国民の末裔だそうだし。マネサレンの人々は闇王と戦ったんだ。おれたちも闇王と戦ってる。だから、叫ぶ権利はあるよ」

エグウェーンはフンと鼻を鳴らした。「そんなことを言ってるんじゃないわ。マット……あなた、なんて叫んでたの？」

マットは困ったように肩をすくめた。「覚えてないよ」警戒するように友人たちを見まわした。「その……夢中だったから、よく覚えてないんだ。あれがなんだったのかわからないし、どうして出てきたのかも、どういう意味なのかもわからない」自嘲ぎみの笑い声を上げ、「きっと、なんの意味もないんだよ」と結んだ。

「意味は……意味はあると思うわ」と、エグウェーン。ためらいを含んだ口調だ。「あなたの叫び声を聞いたとき、あたし──一瞬だけど──意味がわかった気がしたの。でも、もう思い出せない」ため息をついて頭を振った。「きっと、あなたの言うとおりよ。あんな状況で意味を考える余裕なんかないわよね」

「〝カライ・アン・カルダザール〟」モイレインの声に、一同は身体をよじってモイレインを見つめた。「〝カライ・アン・エリサンデ〟──そう言ったのです。〝赤い鷲(わし)の名誉のために。太陽のバラの名誉のために。太陽のバラのために〟という意味です。マネサレンの古代の戦いにおける鬨の声──マネサレン最後の国王イーモンの鬨の声です。王妃エルドレンは〝太陽のバラ〟と呼ばれていました」モイレインは笑みを浮かべてマットとエグウェーンを見た。エグウェーンよりもマットを長いあいだ見つめていた。「トゥー・リバーズには古代の国王アラドの血統が色濃く残っています。祖先の血が今も声を上げているのです」

マットとエグウェーンは顔を見合わせた。ほかの者はみな二人を見ている。エグウェーンは目を大きく見開き、口もとに笑みが浮かびそうになるたびに、それを嚙み殺している。モイレインの話を本気にしていいのかどうか、確信がないようだ。マットは本気にしたらしく、暗い顔になった。

アル＝ソアにはマットの考えていることがわかる気がした。自分も同じことを考えているからだ。マットが古代マネサレン王家の末裔だとしたら、トロロークが狙っているのはマット一人なのかもしれない。アル＝ソアはそんなことを考えている自分を恥じ、赤面した。ペリンが後ろめたそうに顔をしかめている。ペリンも同じことを考えていたのだろう。

しばらくして、メリリンが言った。「そんなことははじめて聞いたな」頭を振り、無愛想な口調になった。「いつか、その話から新しい物語を作れるかもしれん。だが、今は……。一日じゅう、ここに留（とど）まっているおつもりですかな、異能者（アエズ・セダーイ）？」

「いいえ」モイレインは手綱を取った。

その言葉を強調するかのように、南からトロロークの角笛の音が聞こえた。それに応えて、東と西からも聞こえてきた。馬たちが不安げにいななき、横へ足踏みした。

「やつらは炎の壁を越えた」ランが静かに言って、モイレインに向きなおった。「やはり無理です。あなた様はまだ充分に回復なさっておられませぬ。なんとしても休息をおとりください。あの場所なら、ミルドラルもトロロークも入ってきませぬ」

モイレインはランの言葉をさえぎるように片手を上げたが、ため息をついて、その手をおろした。「わかりました」いらだたしげな口調だ。「きっと、あなたの言うとおりでしょう。でも、わたくしには、まだほかにもすることがあります」そう言って、白馬の腹帯の下から杖を取り出した。「みなさん、わたくしのまわりに集まってください。できるだけ近くに。もっと寄ってください」

アル＝ソアはクラウドを白馬のそばへ急がせた。モイレインの指示どおり、一同は白馬を中心に円を作り、馬の胸が前の馬の尻にふれそうになるほど接近した。全員が集まると、モイレインは何も言わずに鐙の上に立ちあがり、一同の頭上に杖を伸ばして全体をおおうように杖を振りまわした。

杖が頭の上を通るたびに、ちくちくする痛みが全身を走り、アル＝ソアはひるんだ。杖を目で追わなくても、その動きがわかった。杖をかざされた者が身体を震わせるからだ。ランだけが平然としている。

不意にモイレインは西へ向かって杖を突き出した。杖の示す方向へつむじ風が走ったかのように、枯れ葉が宙を舞い、木の枝が激しく揺れた。つむじ風が視界から消えると、モイレインはため息を漏らし、鞍に腰をおろした。

「トロロークは、わたくしたちのにおいや痕跡があの風の方向へつづいていると思いこむでしょう。ミルドラルはいずれ見破るでしょうが、そのころには……」

「そのころには」ランが言った。「われわれは行方をくらましておる」

「あなたの杖には大変な力があるんですね」エグウェーンが言うと、ナイニーヴがフンと鼻を鳴らした。

モイレインは舌打ちした。「前にも言ったでしょう、お嬢さん。物体に力が宿っているわけではありません。絶対力は万物源から得られます。絶対力をあやつれるのは生身の人間だけです。この杖はアングリアルでもありません。精神を集中させるためのただの道具です」モイレインは疲れたように、杖を白馬の腹帯の下へ戻した。「ラン？」

「ついてこい」と、ラン。「音を立てるな。トロロークに聞かれたら、何もかもぶち壊しだ」

ランは一行を率いてふたたび北へ向かった。全力疾走ではなく、シームリン街道をたどったときと同じ程度の早足だった。すでに丘陵地を抜けていたため、地面は平坦になったが、あいかわらず森は切れ目なくつづいた。

一行は前のようにまっすぐには進まず、けわしい地面や岩の露頭などが見えるたびに迂回した。やぶを突っ切って進むこともなく、時間をかけて遠まわりした。ランはときおり後方へ戻って、一行の残した痕跡をきびしく調べた。誰かが咳をすると、きびしい唸り声で制止した。

モイレインの隣で馬を進めるナイニーヴは、心配と嫌悪感の入りまじった表情を浮かべた。さらに、かすかに別の感情も表われている。目的達成をまぢかにした者の一種の高揚感だ。モイレインは肩を落とし、片手で手綱を、もう片方の手で鞍頭をつかんでいる。白馬がひと足進むたびに身体がふらついた。偽の痕跡を残す技は、地震を起こしたり、炎の壁を出現させたりする技と比べて地味に見えるが、かなりの体力を消耗したにちがいない。まさに力を使い果たしたという感じだ。

アル＝ソアは一瞬、トロロークの角笛がもういちど聞こえないものかと思った。聞こえれば、追手をどのくらい引き離したかがわかる。

なんども振り返ってばかりいたので、行く手に見えるものに気づくのが遅れた。前方のものに気づくと、アル＝ソアは驚き、目を見張った。不規則な大きなかたまりが左右にどこまでも延び、あちこちに突き出た小高い岩のかたまりがある。葉のない蔓が厚く層を成して、表面をおおっていた。崖だろうか？　蔓があるから登るのは簡単だが、馬は登れない。

少し近づくと、急に塔が見えてきた。突き出た岩ではなく、間違いなく人工の建造物で、てっぺんには妙に盛りあがった丸屋根がのっている。

「都市だ！」アル＝ソアは声を漏らした。城壁に囲まれた都市だ。城壁の上に、先のとがった監視塔がいくつも突き出ている。アル＝ソアは啞然とした。ベイロンの十倍はありそうな大都市だ。いや、五十倍くらいあるかもしれない。

マットがうなずいて言った。「都市だよ。でも、どうして、こんな森のなかにあるんだろう？」

「それに、人も住んでいない」と、ペリン。二人が振り返ると、ペリンは城壁を指さした。「住人がいたら、蔓草があんなに伸びほうだいになるはずがない。蔓がはびこると、城壁が割れて倒れることだってある。もう崩れかけてるよ」

アル＝ソアは、目に映ったものの意味をあらためて理解した。ペリンの言うとおりだ。城壁の下側には崩れ落ちた瓦礫が積もり、その上をやぶがおおっている。監視塔も崩れかけ、同じ高さのものはひとつもない。

「どんな都市だったのかしら」と、エグウェーン。考えこむ口調だ。「何があったのかしら。父さんの地図には出ていなかったような気がするけど」

「かつてアリドールと呼ばれた城塞都市です」と、モイレイン。「トロローク戦争の時代には、マネサレンの同盟国でした」モイレインは、ほかの者たちの存在を忘れたかのように……腕をつかんで支えてくれるナイニーヴさえ目に入らないかのように、巨大な城壁を見つめた。「アリドールが滅亡したあと、この都市は別の名前で呼ばれました」

「なんていう名前ですか？」と、マット。

「さあ、着いた」ランが、門の跡と思われるものの前で馬を止めた。かつては、人間が五十人ほど並んで通れる広い門だったらしい。今では、蔓草におおわれて壊れかけた監視塔のほかに、昔の姿をしのばせるものは何もない。「ここから、なかへ入る」と、ランが言ったとき、遠くでトロロークの角笛の音が聞こえた。ランはその方向をうかがってから、梢（こずえ）の上の西へ傾いた太陽を見あげた。「偽の痕跡に気づいたのだろう。さあ、暗くならないうちに隠れ家（かくれが）を見つけなければならぬ」

「この都市は、なんていう名前なんですか？」ふたたびマットがたずねた。

城壁内部へ馬を進めながら、モイレインが答えた。「シャダー・ロゴスです。ここはシャダー・ロゴスと呼ばれています」

19　影の待つ場所

ランを先頭に、一行は城塞都市へと入った。馬の蹄（ひづめ）の下で、割れた石畳（いしだたみ）がざくざくと音を立てる。ランド・アル＝ソアの目に映るかぎりでは、どこもかしこも崩壊し、ペリンの言うとおり住人の気配がなかった。鳩一羽すら見えない。石畳の割れ目からも壁のひびからも、枯れた雑草がはみ出ている。建物の多くは屋根が陥没し、倒れた壁の煉瓦（れんが）や石が通りで扇形（おうぎがた）に散らばっている。あちこちで、崩れかけた塔が、折れた棒のように不規則に突き出ている。でこぼこした瓦礫（がれき）の山にかぼそい木が二、三本生えている場所は、巨大建造物の跡らしい。どこまで進んでも同じような跡が現われる。

だが、まともに立っているものだけ見ても、息をのむながめだ。ベイロン最大の建物も、ここの建物が落とす影のなかにすっぽり入ってしまうだろう。大きな丸屋根のついた白い大理石の巨大建造物がいたるところで目につく。どの建物にも必ずひとつは丸屋根がある。丸屋根が四つか五つついている建物もあり、大きさや丸さも少しずつ違う。両側に円柱の並んだ遊歩道が数キロもつづき、その端に、空に届くかと思われるほど高い塔が立っている。交差点には、青銅の水盤や真っ白な高い記念碑、台座に据えた彫像などがあった。水盤に水はなく、記念碑は倒れ、像は壊れている。それでも、往時の面影に驚嘆する。

おれはベイロンこそが都市だと思ってた！　やれやれ、吟遊詩人のメリリン先生は内心で笑っていたにちがいない。モイレイン様やラン様も。

景色に気をとられていたアル＝ソアは、ランが不意に馬を止めたのでびっくりした。白い石造りの大きな建物の前だ。かつてはベイロンの宿屋〈雄鹿と獅子〉の二倍の大きさはあったにちがいない。もっとも、この都市が栄華を誇っていた時代のことについては、なんとも言えないし、この建物が宿屋だったかどうかもわからない。二階より上は骨組みしか残っておらず、窓ガラスがなくなった窓枠を通して午後の空が見えるが、一階はまだ崩れていないようだ。

モイレインは鞍頭につかまったまま鋭い目で建物を調べ、うなずいた。「ここで大丈夫でしょう」

ランは馬から飛び降り、モイレインを抱えて馬からおろした。「馬をなかへ入れろ。奥で、馬小屋として使える部屋を探せ。さあ、ぼんやりするな、三人とも。ここは村の牧草地ではないぞ」

そう言うと、ランはモイレインを抱えたまま、建物のなかへ姿を消した。

ナイニーヴがあわてて馬からおり、薬草や軟膏(なんこう)の入った鞄(かばん)をつかんでランのあとを追った。エグウェーンがそのあとにつづく。二人とも馬を置いたままだ。

「〝馬をなかへ入れろ〟――だと」吟遊詩人トム・メリリンが顔をしかめてつぶやき、フッと息を吐いて口ひげを震わせた。身体をこわばらせたままゆっくりと馬からおり、拳(こぶし)で腰を叩いて長いため息をついた。白馬の手綱(たづな)を取ると、アル＝ソアたち三人に向かって「さあ、どうする?」と声をかけた。

三人は急いで馬からおり、残された馬たちを集めはじめた。建物の入口の扉はなくなっており、馬を二頭並べて通れるほど広い。

なかには、この建物にふさわしい広さの部屋があった。タイルの床は汚れ、壁のタペストリーは色褪(いろあ)せてぼろぼろで、手をふれただけで崩れ落ちそうだ。ほかには何もない。ランは手近な隅(すみ)に自分のマントとモイレインのマントを敷き、モイレインの休憩場所を作った。ナイニーヴは埃(ほこり)がどうのとぶつぶつ言いながら、モイレインのそばにひざまずいた。口の開いた鞄をエグウェーンに持たせ、そのなかを探りはじめた。

「あたくしはモイレイン様のことが好きではないかもしれません」ナイニーヴがそう言ったとき、クラウドとベラを連れたアル＝ソアがメリリンにつづいて入ってきた。

「でも、好き嫌いにかかわらず、あたくしの助けを必要としている人がいるかぎり、力を尽くすつもりです」

「賢女ナイニーヴ、それがしはそなたを責めたわけではない。薬草を使うさいには注意してほしいと申しただけだ」

ナイニーヴは横目でランをにらみつけた。「モイレイン様には、あたくしの薬草が必要です。あなたにも」とげとげしい口調が、ますますきびしくなった。「絶対力をあやつれても、できることにはかぎりがあります。モイレイン様は倒れそうになるほど力を振りしぼられました。今、モイレイン様をお助けできるのは、あなたの剣ではありませんよ、〈七つの塔〉の最後の君主様。あたくしの薬草です」

モイレインはランの腕に片手を置いた。「心配しないで、ラン。賢女ナイニーヴに悪意はありません。事情を知らないだけです」

ランがバカにしたように鼻を鳴らした。

ナイニーヴは鞄のなかを探るのをやめ、眉をひそめてランを見あげた。だが、言葉はモイレインに向けられた。

「たしかに、あたくしが知らないことは山ほどあります。でも、いったい何を知らないとおっしゃるんですか？」

モイレインが答えた。「ひとつは、わたくしに本当に必要なのは、つかのまの休息だけだということです。もうひとつは、薬草については、あなたのお考えに賛成だということです。あなたの技術と知識は予想以上に役に立つでしょう。一時間ほど眠れて、疲れがとれる薬草をお持ちなら――」

「薄いお茶がいいですね。成分は、エノコログサとマリシンと――」

ナイニーヴが言いおわらないうちに、アル＝ソアはメリリンにつづいて奥の部屋へ入った。最初の部屋と同じくらい広く、家具も装飾もない。久しく誰も立ち入っていないらしく、埃が分厚く積もっている。鳥や小動物の足跡さえなかった。

アル＝ソアはベラとクラウドの鞍をはずしはじめた。メリリンも、モイレインの白馬と自分の去勢馬の鞍をはずし、ペリンもランと自分の馬の世話を始めた。だが、マットは部屋の中央で自分の馬とナイニーヴの馬の手綱を放したまま、動かなかった。

この部屋には、四人が入ってきた入口以外に、ふたつの入口があった。マットは片方の入口から頭を外へ出し、「路地だ」と、大きな声で言って頭を引っこめた。ほかの三人の位置からも見えた。背面の壁にある別の入口は暗い。マットはその入口を通って部屋の外へ出たものの、あわてて戻ってきて、髪についたクモの巣をやっきになって払い落とした。

「何もない」と、マット。もういちど路地を見た。

「馬の世話をしないのか?」と、ペリン。ペリン自身は、すでに自分の馬の手入れを終え、ランのマンダーブの鞍をはずそうとしている。マンダーブは猛々しい目でペリンを見つめているが、不思議と、てこずらせることはなかった。「それぐらい自分でやれよ」

マットは、もういちど路地を見てから、馬のもとへ戻った。

ベラの鞍を床に置いたアル=ソアは、マットのうつろな表情に気づいた。どこか遠くを見るような目をして、機械的に手を動かしている。

「大丈夫か、マット?」と、アル=ソア。マットは、はずした鞍を持ったまま、ぼんやり突っ立っている。「マット? マット!」

マットはハッとして鞍を落としかけた。「なんだ? ああ。ちょっと……ちょっと考えごとをしてた」

「考えごとだと?」と、ペリン。マンダーブの轡をはずし、その代わりに端綱をつけながら、嘲笑うように言った。「ほんとは居眠りしてたくせに」

マットは顔をしかめた。「本当に……考えごとをしてたんだ。ここへくる途中に起こったことや……おれが叫んだ言葉のこととか……」アル=ソアだけでなく、ペリンとメリリンにも視線を向けられ、マットはそわそわと身じろぎした。「そのう、モイレイン様の言ったことを聞いただろう? まるで、おれに取りついた死人が、おれの口を借りて叫んだみたいだった。気味が悪い」

ペリンが含み笑いを漏(も)らしたので、マットはますます顔をしかめた。

ペリンは言った。「〝国王イーモンの鬨(とき)の声です〟――モイレイン様は、そう言った。おまえはイーモンの生まれ変わりかもしれないぞ。エモンズ・フィールドは退屈だって、いつもぼやいてたじゃないか。英雄と崇(あが)められた国王の再来だなんて、願ったりかなったりだろうに」

「そんなことを言うな！」メリリンが大きく息を吸いこんだ。アル＝ソア、マット、ペリンの三人は驚いてメリリンを見つめた。「そんな話は危険だ。バカげた話だ。死者がよみがえって、生きている者の身体を奪うこともあるが、軽々しく口にしてはいけない」メリリンはもういちど大きく息を吸って気を静め、言葉をつづけた。「異能者(アエズ・セダーイ)は、祖先の血のせいだと言った。祖先の血だぞ。死人じゃない。こういうことも、ときどき起こると聞いた。まさか、わしの目の前で起こるとは思わなかったがな。若いの、あの叫びは祖先の血のせいだ。おまえさんから、おやじさんへ……じいさんへとつながり、古代マネサレン王家まで……さらに古い時代までさかのぼる血筋が言わせたものだ。おまえさんの家系が由緒あるものだとわかった。くよくよ考えずに、一人で喜んでおればいい。たいていの人間は、自分に父親がいることしか知らん」

なかには、そのことにさえ自信の持てない者もいる――アル＝ソアは苦い思いを嚙みしめた。ひょっとしたら、ナイニーヴの言ったとおり、おれは父さんと母さんの子で、エモンズ・フィールドの外で生まれただけかもしれない。ああ、ナイニーヴの言ったとおりであってほしい。

マットはメリリンの言葉にうなずいた。「喜んでいいことなんですね？　ただ……その点が、おれたちの身に降りかかったことと……トロロークや何かのことと関係あると思いますか？　つまり、その……いや、わからない。何を言いたいのか、自分でもわからなくなった」

「そんなことは考えるな。ここから無事に出ることだけを考えろ」メリリンはマントの内側から長いパイプを取り出した。「わしは目下、タバコを吸うことだけを考えたい」三人に向かってパイプを振って見せ、最初の部屋へ戻っていった。

アル＝ソアはマットに言った。「この事件に関しては、おれたちはみんないっしょに巻きこまれたんだ。おまえ一人だけが狙われてるんじゃない」

マットは身震いして、唐突な笑い声を立てた。「わかった。みんないっしょと言えば、馬もつないだことだし、この都市をもう少し見てまわろうじゃないか。本物の都市だぜ。人ごみはないから、誰かに肘をぶつけたり、あばらを小突かれたりする心配もない。人を見くだすうぬぼれ屋もいない。日が沈むまでにはまだ一時間か二時間はあるだろ」

「トロロークのことを忘れたのか?」と、ペリン。

マットはバカにしたように頭を振った。「トロロークはここへは入ってこない。そうラン様が言ってた。他人の話をよく聞いておけ」

「覚えてるさ。それに、他人の話はちゃんと聞いてる。この都市はアリドールと言ったよな。アリドールはマネサレンの同盟国だった。ちゃんと覚えてる」と、ペリン。

「トロローク戦争時代、きっとアリドールは最大の都市だったんだろうな」と、アル＝ソア。「今でもトロロークが恐れて、なかへ入りたがらない。トゥー・リバーズへは、あっさり入ってきたのに。モイレイン様の話じゃ、マネサレンは——なんと言ったっけ? そう、足を刺す棘のように闇王の侵攻を阻む強力な国だったんだぜ」

ペリンが両手を上げた。「〈夜の羊飼い〉の話なんかやめてくれ」

マットは笑った。「それじゃ、いいな? でかけよう」

「モイレイン様に訊いてからのほうがいい」ペリンが言うと、マットはあきれたように両手を広げた。

「モイレイン様に? 訊いたら、許してくれると思うか? 目の届く場所にいろと言われるに決まってる。それに、ナイニーヴもいるんだぞ。ちくしょう、考えてもみろよ、ペリン。まるでルーハン親方の奥さんにおうかがいを立てるようなもんじゃないか」と、マット。

ペリンは、しぶしぶうなずいた。

マットはアル＝ソアににやりと笑いかけ、「で、おまえはどうする？　本物の都市だぞ。宮殿もある！」と、いたずらっぽい笑い声を立てた。「白マントににらまれる恐れもないしな」

アル＝ソアはマットに不快そうな視線を投げたが、迷ったのは一瞬だけだった。外には、吟遊詩人の物語に出てくるような巨大建造物がたくさんある。

「わかった。行こう」

最初に通った部屋に聞こえないよう足音を忍ばせ、三人は路地を通って、玄関とは反対側の通りへ出た。早足で進みつづけたが、白い石造りの建物から一ブロック離れたところまでくると、マットは急に跳びあがって踊りはじめた。

「自由だ。自由だぞ！」マットは笑い声を上げ、ゆっくりと円を描いて周囲をながめまわした。建物の影が長く伸び、沈みゆく太陽が都市を金色に染めている。「こんな場所、考えたことがあるか？　夢にだって出てきたことないぞ」

ペリンも笑い声を上げたが、アル＝ソアはきまり悪そうに肩をすくめた。ここは、はじめて闇王の夢を見たときに出てきた大都市とは比べものにならないが、それでも同じように……。

アル＝ソアは言った。「見物するつもりなら、急がないといけない。日が沈むまで、もうあまり時間がないぞ」

マットは何もかもを見たがり、熱っぽく二人を誘った。三人は、エモンズ・フィールドの住人全員が入れるほど大きな、埃だらけの水盤によじのぼったり、適当に選んだ建物——いつも、周辺でいちばん大きな建物だったが——のなかへ入ったり、外側をうろついたりした。どういう建物かわかるものもあれば、わからないものもある。宮殿はどう見ても宮殿だが、白い丸屋根のついた巨大な建物はなんだろう？　丘のように大きいのに、異様に広い部屋がひとつあるだけだ。壁で囲まれたただっ広い場所もあった。屋根がなく、エモンズ・フィールドがすっぽりおさまってしまうほど広い。そのまわりを石の長椅子が何重にも取り巻いており、なんのための場所なのか、まったく理解できなかった。

マットはいらいらしてきた。埃や瓦礫、ふれただけで崩れ落ちる色褪せたタペストリーぐらいしか見つからないからだ。壁ぎわに山のように積まれていた木の椅子は、ペリンがそのなかの一脚を手に取ろうとすると、全部こなごなに砕け落ちた。

どの巨大建造物を見ても、なかの広い部屋はがらんどうだった。宿屋〈酒の泉〉そのものよりも幅が広く、天井が高い部屋もある。アル＝ソアは、そのような部屋にあふれていた人々のことを考えずにはいられなかった。あの丸屋根の下には、トゥー・リバーズの住民全員がおさまりそうだ。石の長椅子が置かれた場所はというと……。すると、この都市の影のなかに潜む人々が、安らかな眠りをかき乱した三人の侵入者を非難の目で見つめているような気がした。

大きな建物ばかりなので、さすがのマットも疲れてきた。そういえば、昨夜は一時間しか眠っていない。三人とも睡眠不足がこたえはじめ、あくびをしながら、高い建物の入口につづく階段に腰をおろした。階段の先に石の円柱が何列も並んでいる。三人は、これからどうするかを話し合った。

「最初の建物に戻って寝る」と、アル＝ソア。手の甲を口にあて、あくびをした。「今のおれにいちばん必要なのは眠ることだ」

「眠るのはいつでもできる」と、マット。断固とした口調だ。「いまいる場所を見ろよ。都市の廃墟だぞ。宝があるはずだ」

「宝？」ペリンはぽかんと口を開けた。「宝なんかあるもんか。ここにあるのは埃だけさ」

アル＝ソアは手をかざした。屋根の上に沈む赤い夕日がまぶしい。「もう時間が遅いぞ、マット。もうすぐ暗くなる」

「きっと宝があるはずだ」マットは強情に言い張った。「とにかく、塔のどれかにのぼってみたい。向こうの塔を見ろよ。壊れてないぜ。あそこにのぼったら、何キロも先まで見わたせるはずだ。そうだろ？」

「塔は危険だ」背後で男の声がした。

アル＝ソアはさっと立ちあがり、剣の柄を握りしめて振り向いた。マットとペリンもすばやく振り返った。

円柱のあいだの影のなかに一人の男が立っていた。わずかに足を踏み出して手をかざし、すぐに影のなかへ戻った。「失礼。長いあいだ暗がりにいたので、目がまだ光に慣れていないようだ」

「あんたは誰です？」と、アル＝ソア。男の言葉には妙な訛りがあった。ベイロンの訛りとも違う。妙な発音がところどころに交じるため、その部分が理解できなかった。「ここで何をしてるんですか？　この都市には誰もいないと思ってましたけど」

「わたしはモーデスだ」男は答えて、反応を期待するように間を置いた。三人ともなんの反応も示さなかったので、何やらつぶやいてから言葉をつづけた。「おまえたちこそ、ここで何をしているのだ？　アリドールには長いあいだ、誰もいなかった。本当に長いあいだ、誰もいなかったのだ。まさか三人の若者が通りをぶらついているとは思わなかった」

「おれたちはシームリンへ行く途中です」と、アル＝ソア。「ひと晩をここで明かすために立ち寄ったんです」

「シームリン」モーデスはその言葉を噛みしめるようにゆっくりと言い、頭を振った。「ひと晩を明かしたいと言ったよな？　わたしといっしょにくるがいい」

「その前に質問に答えてください。いったい、ここで何をしてるんですか？」と、ペリン。

「もちろん宝探しだよ」

「見つかったんですか？」と、マット。興奮した口調だ。

アル＝ソアはモーデスが笑みを浮かべたと思ったが、暗くてよく見えなかった。

「見つけたとも。予想以上にたくさんあった。ものすごい数だ。わたし一人では運びきれないほどにな。ここで頑健な若者三人に出会うとは、運がよかった。わたしの取り分を馬がいる場所まで運びたい。手伝ってくれたら、残りはおまえたちにくれてやる。運べるだけ持ってゆくがいい。早く宝を取りに戻らないと、ほかのやつらに横取りされてしまう」

「やっぱり、おれが言ったとおりじゃないか。こういうところには宝があるもんなんだよ」マットはアル＝ソアとペリンに向かって大声で言い、階段を駆けあがった。「手伝います。宝のある場所へ案内してください」

マットとモーデスは、立ち並ぶ円柱のあいだの影の奥へと向かった。

アル＝ソアはペリンを見た。「マット一人を行かせるわけにはいかない」

ペリンは沈みかけた太陽をちらっと見あげて、うなずいた。

二人はおそるおそる階段をのぼった。ペリンは腰に吊るした斧をはずし、アル＝ソアは剣を握りしめた。マットとモーデスが円柱のあいだで待っていた。モーデスは腕組みし、マットは待ちきれないというように建物のなかをのぞきこんでいる。

「行こう。宝を見せてやる」モーデスはすべるように建物のなかへ入り、マットがそのあとを追った。アル＝ソアとペリンも、いまさら引き返すことはできなかった。

玄関の内側は暗かったが、モーデスはなかへ入るとすぐに、わきの狭い螺旋階段をおりはじめた。おりるにつれて、ますます暗くなり、アル＝ソア、ペリン、マットの三人は真っ暗闇を手探りで進んだ。足もとが見えないなか、アル＝ソアは片手で壁にふれながら、こわごわ足を踏み出した。

マットも不安になってきたらしく、探るような口調で言った。

「ここは恐ろしく暗いですね」

「暗いとも」モーデスは闇のなかでも平気なようだ。「下に明かりがある。ついてきなさい」

急に螺旋階段が終わり、薄暗い廊下へ出た。壁のところどころにかかっている鉄の燭台(しょくだい)に松明(たいまつ)が差しこまれ、かすかな光を投げている。揺れる炎と影のなかで、アル＝ソアははじめてモーデスの姿をよく見た。モーデスは、ついてくるよう三人に合図し、先を急ぎつづけた。

アル＝ソアは、この男には何か妙なところがあると思ったが、どこが妙なのかわからなかった。飽食ぎみの色つやのいい男で、たるんだまぶたのために、目の表情を隠して相手をうかがっているように見える。背は低く、頭は禿(は)げあがっているが、誰よりも背が高いかのような堂々とした歩きぶりだ。アル＝ソアが見たこともない服装をしていた。ぴったりした黒のズボン……足首のところで折り返した柔らかな赤いブーツ……金糸で刺繍(ししゅう)をほどこした長くて分厚い赤のベスト……真っ白なシャツには大きな袖がついており、その先は膝のあたりまで届いている。どう見ても、宝を探して都市の廃墟を歩きまわる服装ではない。だが、アル＝ソアが妙だと思ったのは、服装ではなかった。

そのとき、一行は廊下の突きあたりの、壁にタイルを張った部屋へ入った。とたんに、アル＝ソアの頭からモーデスのことが消えた。マットとペリンも、アル＝ソアと同じように息をのんだ。この部屋も何本かの松明で照らされ、天井に煙のしみができていた。さまざまな方向から届く光で、一行の影がいくつも床に落ちている。だが、三人の目を奪ったのは、床の上で光を照り返して燦然と輝く宝石や金貨だ。硬貨や宝石、ゴブレット、大小の皿、金箔を張って宝石をちりばめた大小の剣などが、乱雑に床に積みあげられている。腰までの高さの山がいくつも並んでいた。

マットが叫び声を上げて突進し、金貨の山の前にひざまずいた。金貨を手ですくい、息をはずませて言った。

「ずだ袋がいる。これを全部運ぶには、ずだ袋がいくつもいるぞ」

「全部なんか運べないよ」アル＝ソアはひとめ見ただけであきらめ、室内を見まわした。金貨の山がいくつもある。山ひとつだけでも、商人たちがエモンズ・フィールドにもたらす金貨の一年分よりもはるかに多い。その千倍はありそうだ。「今はだめだ。もう暗くなる」

ペリンは宝の山から斧を一本引き出し、絡まっていた金鎖をほどいて無造作に投げ捨てた。斧のつやつやした黒い柄には宝石がちりばめられ、刃には繊細な金の渦巻き模様がついている。

「明日ならいいってことだな」ペリンはにやりと笑って斧を持ちあげた。「これを見せたら、モイレイン様とラン様もわかってくれるだろう」

「おまえたち、ほかに連れがいるのか？」と、モーデス。室内へ駆けこむ三人を見送って入口に立っていたが、なかへ入ってきてたずねた。「誰といっしょだ？」

マットは目の前の宝の山に手首までうずめ、うわの空で答えた。「モイレイン様とラン様。それからナイニーヴ、エグウェーン、メリリン先生……この人は吟遊詩人です。みんなでタール・ヴァロンへ行くんです」

モーデスは顔をゆがめ、憤怒と恐怖の色を浮かべた。歯を剝き出し、三人に向かって拳を振りあげた。

「タール・ヴァロン！　タール・ヴァロンだと！　おまえは……おまえたちは……シームリンへ行くと言ったではないか！　嘘をついたな！」

「明日でもいいなら、運ぶのを手伝いますよ」ペリンはモーデスに言い、持っていた斧を注意深く、豪華な杯や宝石の山の上へ戻した。「あんたさえよければ」

「いや。それは……」モーデスはあえぎながら、決めかねるように頭を振った。「ほしいものを持ってゆくがいい。ただ……ただ……」

アル＝ソアは突然、モーデスのどこが妙に感じられたのかを悟った。廊下と室内のあちこちにある松明の光で、アル＝ソアたち三人の足もとからはたくさんの影が伸びているのに、モーデスは違った。ひとつも影が……。アル＝ソアはハッとして大声で言った。

「あんたには影がない」

マットの手からゴブレットが落ち、すさまじい音を立てた。

モーデスがうなずき、重そうなまぶたをゆっくりと上げた瞬間、色つやのいい顔が、飢えたような憔悴(しょうすい)の色を帯びた。

「よし」モーデスはそう言って、さらに背筋を伸ばした。前よりも背が高くなったように見える。「決めた」

見せかけではなく、本当にモーデスの姿が変化した。全身がまるで風船のようにふくれあがり、形を変えてゆく。頭は天井につかえ、肩は壁にぶつかり、部屋の端をふさいで逃げ道を断った。頬がこけ、笑うように歯を剝き出したモーデスが、人間の頭よりも大きな両手を差し出した。

アル＝ソアは叫び声を上げて跳びのき、金鎖に足を取られて床に叩きつけられた。肺から激しく息が漏れた。アル＝ソアはあえぎながら、剣に絡まったマントをはねのけ、柄を手探りした。ペリンとマットの叫び声が室内に満ち、金の大皿やゴブレットが床にぶつかる音が響いた。急に、苦悶の叫びがアル＝ソアの耳を打った。

アル＝ソアはすすり泣きそうになりながら、どうにか息を吸いこみ、剣を抜いた。苦悶の声を上げたのがペリンなのかマットなのか気になりつつも、用心深く立ちあがった。部屋の向こう側から、大きく目を見開いたペリンがアル＝ソアを見返した。身をかがめ、木を切るように斧を引いてかまえている。マットは豪華な短剣をつかんで、宝の山のわきからあたりをうかがっていた。

松明の光のあたらない影のなかで何かが動き、三人は跳びあがった。モーデスが膝を抱えてすわり、光からできるだけ遠い隅へ身を寄せようとしている。

「あいつにだまされた」マットが息を切らしながら言った。「何かの罠だったんだ」

モーデスは頭をのけぞらし、悲嘆の声を上げた。壁が震え、塵が舞い落ちた。

「死ね！」モーデスは叫んだ。「三人とも死んでしまえ！」そう言ってさっと立ちあがり、部屋の反対側へ身を投げ出した。

アル＝ソアは愕然として、剣を落としかけた。モーデスが部屋を横切って飛ぶと同時に、その身体が煙のように薄く伸び、指のように細くなって壁のタイルの割れ目に吸いこまれて消えた。室内に満ちていた「死んでしまえ！」という最後の叫びもゆっくりと薄れ、モーデスの姿と同じように消えた。

「ここを出よう」ペリンがかすれた声で言い、斧の柄を握りなおして、あたりを見まわした。足もとに散らばった金の装飾品や宝石は目に入らないようだ。

「でも、宝は？」と、マット。「このままにしておくわけにはいかないぜ」

「あいつの宝なんか、ほしくない」と、ペリン。あいかわらず周囲を見まわしている。ペリンは部屋じゅうに響くような大声で言った。「いいか？　おまえにとっては宝でも、そいつを持ち出すわけにはいかない！」

アル＝ソアが憤然とマットをにらみつけた。

「あいつに追いかけられたいのか？　宝をポケットに詰めこんでるうちに、あいつが仲間を十人連れて戻ってくるかもしれないんだぞ」

マットは金や宝石の山を身ぶりで示したが、それ以上何も言わないうちに、アル＝ソアとペリンに両側から腕をつかまれ、部屋から引きずり出された。マットは叫び声を上げてもがいた。

廊下を十歩も進まないうちに、すでに薄暗かった光が弱くなった。宝の部屋の松明が消えはじめたのだ。三人は先を急いだ。廊下の松明が一本またたいて消え、さらにもう一本が消えた。螺旋階段までたどりついたときには、もうマットも自力で走っていた。一瞬、階段の暗さに足がすくんだが、三人は階段を駆けあがった。後ろから影が追ってくる。三人は走りながら大声を張りあげた。待ち伏せするものを脅すためでもあり、自分がまだ生きていることを確かめるためでもあった。

三人は階段の上へ飛び出ると、埃だらけの大理石の床ですべって転び、そのまま玄関から転がり出た。四つんばいのまま円柱のあいだを抜け、階段を転がり落ち、下の通りに折り重なって倒れた。

アル＝ソアは身を振りほどいて立ちあがり、石畳の道に落ちた剣を拾いあげて、不安げにあたりを見まわした。太陽の輪郭の一部がまだ屋根の上に見えている。建物のなかから黒い手のように伸びてきた影が、残照を浴びてますます黒くきわだち、通りに広がりはじめた。アル＝ソアは身震いした。その影が、追ってきたモーデスのように見える。

「ともかく抜け出せたな」マットが立ちあがり、震える手で身体の埃を払い落とした。

「ともかく、おれは――」

「本当に抜け出せたのかな？」と、ペリン。

こんどこそ気のせいではないと、アル＝ソアは思った。うなじに鳥肌が立った。円柱のあいだの暗闇から、何者かが三人を見ている。アル＝ソアはさっと振り返り、通りの反対側の建物を見つめた。その方向からも視線が感じられる。アル＝ソアは剣の柄をかたく握りしめた。握りしめたところで、どうなるわけでもなかった。いたるところに視線を感じる。マットとペリンも油断なく周囲を見まわしている。アル＝ソアと同じ気持ちだろう。

「通りのまんなかを進もう」アル＝ソアがしゃがれ声で言うと、マットとペリンが怯えた目を向けてきた。アル＝ソアはごくりと唾を飲んだ。「影がある端のほうはさけて、急いで歩くんだ」

マットが勢いよく賛成した。「できるだけ速く歩いて、ここを離れよう」
三人が進みはじめると、視線もついてきた。もしかしたら、かなり多数の目が見つめているのかもしれない。どの建物にも数多くの目が潜んでいるようだ。目を凝らしても、動くものは見えないが、飢えたような強烈な視線がひしひしと感じられた。何千という目が追ってくる。あるいは、ごく少数なのかもしれないが、どちらにしても恐ろしいことに変わりはない。

まだ夕日があたっている場所へ出ると、三人は少し足取りをゆるめ、どこまで行っても前方に待ちかまえているように見える闇に目を凝らした。三人とも、影のなかへ踏みこみたくなかった。気のせいだとは思えない。行く手をふさぐように通りを横切って伸びる影を見ると、何者かに見つめられているのではないかと恐ろしい。三人は叫び声を上げて影のなかを走り抜けた。乾いた笑い声が聞こえた気がした。

日が沈んだころになってようやく、見覚えのある白い石造りの建物が見えてきた。ここを離れたのが、何日も前のような気がする。突然、影のなかから見つめる目の気配が消えた。歩いている途中で一瞬のうちに消えた。アル＝ソアはひとことも言わずに足を速め、マットとペリンも急ぎ足になった。やがて三人は全速力で走りだし、建物のなかへ入ると、息を切らして床にへたりこんだ。

タイルの床の中央に小さな火が燃えており、煙が天井の穴へ消えている。壁の穴へ消えたモーデスを思い出させる光景で、アル＝ソアはぞっとした。ランを除く全員が焚き火のまわりに集まっていたが、それぞれに違った反応を見せた。

三人が駆けこんでゆくと、両手を火にかざして温めていたエグウェーンは驚いて、その手で喉を押さえた。アル＝ソアたちだと気づくと、安堵のため息を漏らし、強がるようににらみつけた。

吟遊詩人メリリンはパイプをくわえたまま何やらつぶやき、ふたたび棒で火をつつきはじめた。アル＝ソアには「バカども」という言葉しか聞き取れなかった。

「バカにもほどがあるわ！」ナイニーヴが猛烈な勢いで嚙みついた。怒りに全身を震わせて目をぎらつかせ、頰を真っ赤にしている。「いったい、どうして黙って抜け出したりしたの？　気はたしか？　分別というものがないの？　ラン様はあなたがたを捜しにいったわ。戻ってきたら、あなたがたに分別を叩きこんでくださるでしょうね」

モイレインの顔に動揺の色はなかったが、三人の姿を見ると、ぎゅっと服を握りしめていた手をゆるめた。ナイニーヴからもらった薬草が効いたらしく、自力で立ちあがった。

「勝手に出歩くなど、もってのほかです」〈水の森〉の池のように穏やかな澄んだ声で、モイレインは言った。「それについては、あとで話しましょう。何かあったのはたしかなようですね。そうでなければ、あれほど勢いよく転がりこんではこないでしょう。何があったのですか？」

「ここは安全だって、言ってたじゃないですか」マットがよろよろと立ちあがりながら、不満げに言った。「アリドールはマネサレンの同盟国で、トロロークはここへは入ってこないって、言いましたよね。それに——」

急にモイレインが前へ進み出てきたので、マットは口を開けたまま言葉を切った。立ちあがりかけていたアル＝ソアとペリンは、前かがみになって膝をついたまま、身体をこわばらせた。「トロロークですって？　城壁内にトロロークがいたのですか？」と、モイレイン。

アル＝ソアはごくりと唾を飲み、「トロロークじゃありません」と答えて、話しはじめた。同時にマットとペリンも口を開き、三人はそれぞれに興奮してしゃべり立てた。三人とも、違う場面から話しはじめた。マットは宝を見つけたところから話しはじめた。まるで自分一人で見つけたかのような話しぶりだ。ペリンは、なぜ自分たちが誰にも何も言わずにこの建物を離れたかを説明しはじめた。アル＝ソアは、今いちばん大事だと思われる点を……円柱のあいだに正体不明の者が潜んでいたことを話した。三人とも興奮しきっていて、順序だてて話すことができなかった。何か考えつくと、前後関係もほかの者の話も無視して、いきなり言葉にした。影のなかから見つめる者たち……三人とも、そのことを言い立てた。

話は支離滅裂だったが、三人の恐怖は一貫して伝わった。エグウェーンは、通りに面した窓枠にちらちらと不安げな視線を向けはじめた。外は暗くなり、夕日が沈みきろうとしている。焚き火の火明かりだけでは心細く感じられた。メリリンは口からパイプを取って、首をかしげ、眉をひそめて話に聞き入った。モイレインがかすかに懸念の色を浮かべはじめた。

突然、モイレインが怒りの声を漏らし、アル＝ソアの肘をぎゅっとつかんだ。「モーデスですって！　間違いありませんか？　三人とも、よく思い出してください。たしかにそう名乗ったのですね？」

三人はモイレインの剣幕に圧倒され、異口同音に「はい」とつぶやいた。

「モーデスにさわられましたか？」と、モイレイン。「何かをもらいましたか？　モーデスの手伝いをしましたか？　答えてください」

「いいえ」と、アル＝ソア。「そういうことはいっさいありませんでした。おれたち三人とも」

ペリンがうなずいて、付け加えた。「あいつは、おれたちを殺そうとしただけです。それで充分じゃないですか？　モーデスは部屋の半分くらいの大きさにふくれあがって、〝二人とも死んでしまえ〟とどなって、消えました。煙みたいに」

ペリンが手ぶりをまじえて説明したので、エグウェーンが小さな悲鳴を上げた。

マットは不機嫌そうに身をよじった。「あなたが安全だって言ったんですよ！　トロロークはここへは入ってこないって。おれたちがそれを信じたのは当然でしょう？」

「あなたがたは、どうやら何も考えなかったようですね」モイレインの声は静まり、落ち着いた口調に戻った。「トロロークすら恐れて近づかない場所だと思えば、普通は誰でも用心するものです」

「マットのせいに決まってます」と、ナイニーヴ。確信に満ちた口調だ。「いつでもいたずらばかり考えて、ほかの者を引きこむんです」

モイレインはその言葉にうなずいたが、アル＝ソアたち三人から目を離さなかった。

「トロローク戦争の末期に、ある軍勢がこの廃墟のなかで野営しました。トロローク、闇の信徒、ミルドラル、〈闇の軍師〉たちからなる、全体で何千人もの軍勢です。この軍勢が廃墟から出てこなかったので、斥候(せっこう)が城壁内へ偵察に入りました。斥候たちが見つけたのは、武器と、鎧(よろい)の破片と、あちこちに飛び散った血痕でした。壁に、トロローク語で伝言が書かれていました。闇王に最後の助けを求める内容でした。あとからきた援軍は廃墟のなかを捜しまわりましたが、血痕と伝言以外には何も見つかりませんでした。半人ミルドラルとトロロークは、その出来事を今でも覚えています。それで、この都市には近づかないのです」

「おれたちは、そんな場所に隠れてるんですか？」と、アル＝ソア。信じられないという口調だ。「外でトロロークから逃げまわっていたほうがまだ安全じゃありませんか？」

モイレインは辛抱強い口調で説明した。「あなたがたが黙って出ていったあと、わたくしはこの建物のまわりに監視霊を配置しました。ミルドラルであれば、監視霊が置かれていることに気づきもしないで、通り過ぎるでしょう。監視霊が食い止めるのは、ミルドラルとはまた別の邪悪な存在です。シャダー・ロゴスに棲みついている悪霊は、監視霊の目から逃れられませんし、近づくこともできません。太陽の光に弱く、日がのぼると、地中深くにもぐってしまいます。朝になるのを待てば、わたくしたちは無事にここから離れられるはずです」

「シャダー・ロゴスですって？」エグウェーンが自信なげな口調で言った。「あたし、この都市はアリドールっていうんだと思ってましたわ」

「昔はアリドールと呼ばれていました」と、モイレイン。「〈第二盟約〉を交わした十カ国のひとつで、同盟国とともに、全界崩壊の直後から闇王に対抗しました。ソリン・アル

・トレン・アル・バンがマネサレンの王だったころ、アリドールの王は冷血王バルウェン・マイエルでした。トロローク戦争の末期、〈虚言の祖〉の勝利は間違いなしという絶望が広がりはじめたとき、モーデスという男がバルウェンの宮廷へやってきました」
「あの男が?」アル＝ソアは叫んだ。

「そんなこと、ありえない!」と、マット。

モイレインにじろりとにらまれて、二人は口をつぐんだ。静まり返った室内にモイレインの声だけが響いた。

「この都市に現われてまもなく、モーデスはバルウェンに取り入り、まもなく王に次ぐ地位を手に入れました。モーデスは王の耳によからぬことを吹きこみ、アリドールは変わりはじめました。盟約から身を引いて孤立し、ほかの国々から〝アリドール人の来訪よりも、トロロークの襲来のほうがましだ〟とまで言われるようになりました。モーデスはアリドール人に〝光の勝利こそすべて〟という鬨の声を教え、アリドール人たちはこの叫びを上げるようになりましたが、実際の行ないは光を忘れたものになりました。

全部を語ると大変に長く、暗い物語ですが、タール・ヴァロンでもほんの一部しか知られていません。マネサレン王ソリンの息子カー王子が、アリドールをふたたび〈第二盟約〉に加わらせるために来訪したとき、バルウェンは抜け殻のようになり、目に狂気を宿して玉座にすわっていました。モーデスがかたわらで笑みを浮かべ、カー王子とその随員を闇の信徒として処刑することを命じたときも、王は笑っていたといいます。そのほかに、カー王子が片手王子カーと呼ばれるようになったいきさつが知られています。それから、カーがアリドールの地下牢から逃げ出して、モーデスの放った不気味な刺客たちに追われながら、単身で境界地域までたどりついたこと。そこでレアという女性と出会い、正体を明かさないまま結婚して、歴史模様にしたがって、レアの手で殺害されるまでのさまざまな物語。そして、カーの墓前でレアが自害したことと、アレス＝ロリエルの陥落。マネサレンの軍勢がカー王子の仇を討ちにやってきたとき、アリドールの門は破壊され、城壁内には生き物の姿はなく、死よりも恐ろしい雰囲気がただよっていました。アリドールの敵はアリドール自体でした。猜疑心と憎悪の念がそれ自体に促されて増殖し、都市の根底に閉じこもりました。マシャダーと呼ばれる都市の亡霊は、今でも餌食を求めて待ちかまえています。アリドールの名を口にする者はいなくなり、この都市はシャダー・ロゴスと呼ばれるようになりました。〝影の待つ場所〟という意味です。

　モーデスだけは、マシャダーに食べられずに残りましたが、マシャダーの罠に落ちてこの都市から出られなくなり、長いあいだ脱出の機会をうかがっていました。モーデスの姿を見た者はほかにもいますし、贈りものにおびき寄せられた者もいます。モーデスの贈りものを受け取ると、心がねじ曲げられ、少しずつ精神をむしばまれます。やがてはその毒に支配され……あるいは、身を滅ぼすことになります。モーデスは誰かにいっしょに城壁の外まで……マシャダーの力が及ばない場所まで行ってもらえば、同行者の魂を吸い取ることができます。同行者の姿をまとうことにより、ついに外へ出て、ふたたび全界に悪をなすことができるのです。同行者にとっては、死よりも恐ろしい結末です」

「あの宝だ」モイレインが言葉を切ると、ペリンがつぶやいた。「モーデスはおれたちに、馬のいるところまで宝を運ぶのを手伝ってほしいと言いました」顔が青ざめている。

「きっと、おれたちを城壁の外へ同行させようとしたんだ」アル＝ソアは身震いした。

「でも、もう大丈夫なんですよね？」と、マット。「おれたちはモーデスから贈りものを受け取らなかったし、さわられもしなかった。あなたが置いてくれた監視霊もいるから、もう危険はないんでしょう？」

「危険はありません」と、モイレイン。「モーデスをはじめとする悪霊は、監視霊の目を逃れることはできません。悪霊たちは太陽がのぼっているあいだは出てこられませんから、夜が明ければ、わたくしたちはなにごともなく出発できます。さあ、もうおやすみなさい。ランが戻ってくるまで、監視霊が守ってくれるでしょう」

「ラン様が出かけてから、ずいぶんたちますけど」ナイニーヴが心配そうに外の闇を見た。

もう真っ暗になっている。

「ランは無事に戻ってくるでしょう」モイレインは安心させるように言って、火のそばに毛布を広げはじめた。「ランは赤ん坊のころから剣を持たされ、闇王と戦う誓いを立てました。それに、ランが死んだときには、その事実と死にざまとが、わたくしにわかります。わたくしが死んだときは、ランにわかるようになっています。おやすみなさい、ナイニーヴ。大丈夫、何もかもうまくいきます」

だが、毛布にくるまったモイレインは言葉を切り、外の通りを見つめた。モイレイン自身も、ランの帰りが遅れていることを案じているかのように。

アル＝ソアの腕と脚は鉛のように重かった。今にもまぶたが閉じそうなのに、なかなか寝つけず、いざ寝ついたとなると夢を見て、寝言を言いながら毛布を蹴った。急に目が覚めて、一瞬、自分がどこにいるのかわからず、あたりを見まわした。

新月直前の細い月が、闇にのまれそうなかすかな光を投げていた。ほかの者はみな眠ってはいるが、寝苦しそうだ。エグウェーンとマットとペリンは身をよじり、かすかな声で何やらつぶやいている。メリリンのいびきは静かだったが、ときどき寝言がまじった。やはりランの姿はない。

不意に、なぜか監視霊が役目を果たしていないような気がした。外の闇のなかに、見つめる目の存在は感じられない。バカなことを考えるなと自分に言い聞かせながら、アル＝ソアは小さくなった焚き火に木を一本くべた。炎は小さく、たいして暖かくもないが、少しは明るくなった。

何が原因でいやな夢から覚めたのか、見当がつかなかった。夢のなかで、アル＝ソアは小さな子供に戻っていた。背中に揺りかごをくくりつけ、父の剣を持って、人けのない通りを走っている。後ろからモーデスが追いかけてきて、手を貸してほしいだけだとわめいた。二人の様子を一人の老人が見て、狂ったようなかんだかい笑い声を上げた。アル＝ソアは毛布を引き寄せて、ふたたび横になり、部屋の天井を見つめた。また夢を見てもいいから眠りたいと思ったが、なぜか目が冴えて眠れなかった。

突然、ランが足音を忍ばせて、すばやく室内へ入ってきた。同時にモイレインが目を覚まして、さっと起きあがった。ランは握っていた手を開いた。小さな物体が三個、モイレインの目の前のタイルの床に落ちて、かすかな金属音を立てた。血まみれの記章で、角の生えたドクロの形をしている。

「トロロークが城壁内に入っています」と、ラン。「あと一時間あまりで、ここへくるでしょう。なかでも、いちばん手強いのはダ＝ボル隊です」ランは寝ているほかの者たちを起こしはじめた。

モイレインはすぐさま毛布をたたんだ。

「軍勢の規模はどのくらい？　トロロークたちは、わたくしたちがここにいることを知っているのですか？」何も急ぐことはないかのような、落ち着きはらった口調だ。

「知らないと思います。トロロークは百体以上おりますが、怯えており、動くものを見ても殺しませぬ。たがいに殺し合いもしませぬ。半人ミルドラルが連中を駆り立てています。百体から二百体の隊ひとつを、ミルドラル四体が率いておりますが、ミルドラルも、城壁内部をできるだけ急いで見まわることしか頭にないようです。足を止めて捜す気はないでしょう。いかにも気の進まない様子ですから、まっすぐこちらへ向かってこないかぎり、われわれが見つかる心配はまずないと思います」そう答えて、ランは一瞬ためらった。

「ほかにも気になることがあるのですね？」

「ひとつだけ」ランは歯切れの悪い口調で言った。「ミルドラルは、無理やりトロロークをこの廃墟へ追いこみました。ミルドラルをそこまで駆り立てたものは、なんでしょう？」

一同は無言で耳を傾けていた。メリリンが声を殺して悪態をつき、エグウェーンはかすれ声でたずねた。

「闇王ですか？」

「バカなことを言わないで、エグウェーン」ナイニーヴがぴしゃりと言った。「闇王は創世主の手でシャヨル・グールにつながれているのよ」

「まだ当分のあいだは、です」と、モイレイン。「〈虚言の祖〉はこの近辺にはいませんが、いずれにせよ、わたくしたちはもう出発しなければなりません」

ナイニーヴは疑わしげに目を細めた。「監視霊に守られたまま、夜のシャダー・ロゴスを通るのですか？」

「そうしないと、ここにとどまってトロロークを迎え撃つことになります」と、モイレイン。「トロロークを撃退するには絶対力が必要ですが、それほどの力を使えば監視霊が破壊され、この都市の悪霊たちを引きつけてしまいます。それに、塔の頂上に火を入れて合図をしたように目立ちますから、三十キロ以内にいる半人ミルドラル全員に気づかれてしまうでしょう。今は出発したくないのですが、わたくしたちはウサギのように追われる身です。狩りの主導権を握っているのは猟犬のほうです」

「城壁の外に、もっとたくさんトロロークがいたら？」と、マット。「そうなったら、どうするんですか？」

「わたくしの最初の計画にしたがって動くことになります」と、モイレイン。ランがモイレインを見ると、モイレインはランを制止するかのように片手を上げ、先をつづけた。

「前は、わたくしが疲れすぎていて、実行できませんでした。でも今は、賢女ナイニーヴのおかげで疲れもとれました。ここを出て川へ向かいます。川のそばにいれば、トロロークや半人ミルドラルを見張る監視霊の数が少なくてすみます。筏（いかだ）を造って川を渡るくらいの時間的余裕はできるでしょう。もっとうまくいけば、サルダエアから川を下ってくる交易船を呼び止めて、乗せてもらえるかもしれません」

エモンズ・フィールドの住人たちはモイレインの話が理解しきれず、なんの反応も示さなかった。ランが気づいて、言葉を添（そ）えた。

「トロロークやミルドラルは深い水を嫌う。トロロークは泳げぬから、水を恐れておる。半人ミルドラルは、腰の深さより深い水は歩いて渡ろうとはせぬ。特に流れている水を嫌う。トロロークは、水をさける方法があれば、絶対に水には入らぬ。川を歩いて渡ることさえせぬ」

「じゃ、川を渡ってしまえば安全なんですね」アル＝ソアが言うと、ランはうなずいた。

「トロロークに筏を造らせることは、トロロークをこの都市に追いこむことより難しいと、ミルドラルは気づくはずだ。かといって、歩いて川を渡らせようとすれば、トロロークの半数は逃亡し、残る半数は溺（おぼ）れるだろう」

「さあ、馬にお乗りなさい」と、モイレイン。「まだ川を渡ったわけではありません」

20 風に舞う塵

一同は怯えてそわそわしている馬に乗って、白い石造りの建物を出た。冷たい風が吹きつけてマントをはためかせ、屋根のあたりで唸りを上げた。風に引きちぎられた薄い雲が、細い月の面を横切って流れていった。ランは一同にかたまるよう命じ、先に立って通りを進んだ。馬たちは早くこの場を離れたいらしく、さかんに足踏みして首を振った。

ランド・アル＝ソアはいくつもの建物の前を通り過ぎるたびに、警戒の目を向けた。ガラスのない窓枠がドクロの眼窩のようにうつろに見える。窓の奥で影が動いたように見えた。ときおり、カラコロという音が聞こえる。風に転がる瓦礫だろう。ともかく、見つめる目は消えた。アル＝ソアは一瞬、ほっとした。しかし、なぜ消えたのだろう？

エモンズ・フィールドの住人たちと吟遊詩人トム・メリリンは、たがいにふれ合うほど密集していた。エグウェーンは、まるで馬の蹄の音を抑えようとしているかのように背中を丸めていた。アル＝ソアも物音を立てないようにした。息をするのもはばかられる。

先をゆくランとモイレインとのあいだが、かなり開いてしまった。二人の姿が二十五メートルほど前方に、かすんで見える。

「遅れたぞ」アル＝ソアはつぶやいて、足取りを速めようとクラウドの腹を蹴(け)った。行く手に鈍い銀色に輝く霧が細く伸びて、低く足もとを流れている。

振り向いたモイレインが、押し殺した叫び声を上げた。

「止まって！」切迫した鋭い口調だが、声を小さく抑えている。

わけがわからないまま、アル＝ソアはすぐに馬を止めた。霧の切れ端は、通りを横切って切れ目なく伸びている。まるで通りの両側の建物からしみ出てくるように少しずつ太くなり、今では人間の腕ほどの太さになっていた。クラウドがいななき、あとずさりしようとした。後ろからくるエグウェーンたちの馬も頭を振り立て、霧をさけようとしている。

すでに霧は人の脚ほどの太さになっていた。ランとモイレインがゆっくりと引き返してきて、霧からかなり離れた向こう側で馬を止めた。アル＝ソアたちとのあいだを隔(へだ)てる一筋の霧を、モイレインは注視した。アル＝ソアは背筋がむずむずする恐怖をおぼえ、肩を震わせた。霧はかすかな光を帯びている。触手状の流れが太くなるにつれて光も強くなったが、月光よりわずかに明るい程度だ。馬たちが不安げに身じろぎした。モイレインのアルダイブとランのマンダーブも例外ではない。

「これはなんです？」と、ナイニーヴ。

「シャダー・ロゴスの悪霊です」と、モイレイン。「マシャダーといいます。目は見えず、思考もせず、地中を掘り進む虫のように漫然と市内をさまよっています。この霧にふれられた者は命を落とします」

アル＝ソアたちはあわてて、不安げに足踏みする馬を後退させた。とはいえ、ほんの二、三歩にとどめた。アル＝ソアはいつもあれほど異能者(アエズ・セダーイ)モイレインから逃(のが)れたいと思っていたのに、こんな危険な霧が目の前にある今は、少しでもモイレインの近くにいたかった。

「どうやって、この霧を越えて、あなたがたのもとへ行けばいいんですか？」と、エグウェーン。「あなたの力で、これを殺すとか……排除することはできないんですか？」

モイレインは短く、悲しげな笑い声を上げた。

「マシャダーはシャダー・ロゴスと同じくらい巨大な存在です。〈白い塔〉の異能者(アエズ・セダーイ)たちの総力を結集しても、殺すことはできないでしょう。あなたがたが通るあいだ、わたくしが打撃を与えて力を弱めるとしても、それほどの絶対力を引き出せば、まるでラッパを鳴らしたように半人(ミルドラル)の注意を引いてしまいます。それに、わたくしが与えた打撃を修復するために、マシャダーはさらに勢いを増して流れこんできて、わたくしたちをがんじがらめにしてしまうでしょう」

アル＝ソアはエグウェーンと視線を交わしてから、どうやってランとモイレインのそばへ行けばいいのかという、エグウェーンの最初の質問を繰り返した。モイレインはため息をついて答えた。

「気は進みませんが、別行動をとるよりほかに方法はないようですね。マシャダーは、市内どこでも、地面からあまり高くへはのぼりません。ほかの通りにはまだ現われていないでしょう。あの星が見えますよね？」モイレインは馬上で身をよじり、東の低い空に出ている赤い星を指さした。「あの星をめざして進めば、川に着きます。何が起こっても、川をめざしつづけるのです。できるだけ早く、しかし音を立てないように、川へ向かいなさい。トロロークたちがいることを忘れてはなりません。半人ミルドラルも四体います」

「でも、どうやってあなたを見つければいいんですか？」と、エグウェーン。

「わたくしがあなたがたを見つけます。ご安心なさい。わたくしには見つけられます。さあ、行きなさい。マシャダーに脳みそはありませんが、獲物を感知する力はあります」

モイレインの言うとおり、太くなった霧のかたまりから、鈍く輝く細い腕が何本も立ちあがった。〈水の森〉の池の底にいる軟体生物の触手のように、ゆらゆら揺れている。

くすんだ霧の太い本体からアル＝ソアが視線を上げたとき、ランとモイレインの姿は消えていた。アル＝ソアは唇をなめ、連れを振り返った。同じように不安げなまなざしが返ってきた。おまけに、みな、誰かが先頭を切って動きだすのを待っている。あたりは夜の廃墟だ。闇に溶けるミルドラルやトロロークがどこかにいる。次の角を曲がったところに潜んでいるかもしれない。細く伸びた霧の触手が近づいてきた。狙いを定めたのか、もうゆらいではいない。急にアル＝ソアはモイレインがいないことを心細く思った。

一同は顔を見合わせたまま、どちらへ向かおうかと迷った。アル＝ソアが馬の向きを変えると、クラウドは手綱を引っ張って走りだそうとした。最初に動いたためにアル＝ソアが先頭を切る形になり、ほかの者があとについて動きだした。

モイレインがいない今、モーデスが現われても身の守りようがない。トロロークが現われたら……それから……。アル＝ソアはいやな考えを振り払った。赤い星を目印にして進もう。そのことだけを考えればいい。

行く手が崩れた石や煉瓦の山にふさがれて、馬が通れず、三度も道を引き返した。アル＝ソアの耳に、ほかの者たちの浅く荒い呼吸音が聞こえた。パニックの一歩手前だ。アル＝ソアは歯をくいしばり、息を殺した。おれが怖がっていることを仲間に感づかれてはならない。おれはうまくやっている！　このまま、みんなを無事に外へ連れ出せるさ！

次の角を曲がると、霧の壁が満月のような光を発し、割れた石畳を照らしていた。何本もの太い触手が、一同に向かって勢いよく伸びてきた。もはや霧のようにぼんやりとしたものではなく、実体のある生き物のように見えた。一同はあわてて馬の向きを変え、一目散に逃げ出した。蹄の音が響くことを気にする余裕もなく、一団となって馬を走らせた。

　前方に二体のトロロークが姿を現わした。十五メートルほどしか離れていない場所だ。一瞬、トロロークも人間たちも呆然（ぼうぜん）と見つめ合った。さらに二体のトロロークが通りへ出てきて最初の二体とぶつかり、その後ろから、また二体が現われた。トロロークたちはひしめき合いながら、驚きの色を浮かべて人間たちを見つめた。だが、次の瞬間、まわりの建物に反響する大きなわめき声とともに、トロロークが襲いかかってきた。人間たちはクモの子を散らすように逃げた。

　アル＝ソアの乗っているクラウドは、またたくまに全力疾走に移った。

「こっちだ！」とアル＝ソアは叫び、ほかの五人も同じような声を上げた。肩ごしにすばやく振り向くと、みな、それぞれ別の方向へ馬を走らせている。トロロークも分かれて、人間たち全員を追いはじめた。

　アル＝ソアのすぐ後ろから、輪縄（わなわ）のついた棒を揺らして、三体のトロロークが迫ってきた。クラウドの足取りに合わせてトロロークの速度が上がり、アル＝ソアの全身に鳥肌が立った。アル＝ソアは馬の首の上に低く身を伏せ、だみ声の叫びを背に受けてクラウドを急がせた。

前方で上部の壊れた建物が崩れそうに傾き、道が狭くなっていた。建物の壊れた窓が少しずつ銀色の輝きを増し、濃い霧が漏れはじめた。マシャダーだ。

アル＝ソアは勇気を出して、肩ごしにちらりと振り返った。霧が発する光に照らされて、追ってくるトロロークたちの姿がはっきり見えた。四十メートルと離れていない。その後ろから馬にまたがった一体のミルドラルがやってくる。トロロークたちは、アル＝ソアを追うミルドラルのために道を空けようとしているようだ。アル＝ソアの前方で、建物の窓からただよい出た何本かの霧の触手が、獲物を探すように揺れている。クラウドが頭を振り立てて悲鳴を上げたが、アル＝ソアに腹を蹴られると、荒々しく前に飛び出した。

クラウドが全速力で駆け抜けると、霧の触手は獲物をつかまえそこね、硬直した。それでもアル＝ソアは、クラウドの背中に張りつくようにして姿勢を低くし、触手を見ないようにした。行く手が開けた。あの触手が一本でもふれていたら……ああ、光よ！　アル＝ソアがいっそう激しくクラウドの腹を蹴ると、クラウドは前方に待ちかまえる影のなかへ跳びこんだ。マシャダーの輝きが薄れはじめると同時に、アル＝ソアはクラウドを走らせたまま、振り返った。

マシャダーのゆらめく灰色の触手は、通りの半分をふさいでいた。トロロークたちは尻ごみしたが、ミルドラルは鞍頭から鞭を取り出し、トロロークの頭上で激しく振りまわした。雷鳴のような音がして、空中で火花が散った。トロロークたちは身をかがめ、よろめきながら、ふたたびアル＝ソアを追いはじめた。ミルドラルは一瞬、躊躇し、目深にかぶったフードの下から、目の前に伸びるマシャダーの触手を見つめていたが、急いで馬に拍車をかけた。

太さを増す霧の触手は獲物を探して揺れていたかと思うと、次の瞬間、毒ヘビのようにすばやく襲いかかった。少なくとも二本の触手がトロローク一体にまといつき、灰色の光でトロロークの全身をおおった。トロロークは獣の鼻づらのついた顔をのけぞらせて、悲鳴を上げようとしたが開いた口を霧がおおい、咆哮をのみこんだ。脚の太さの四本の触手がミルドラルのほうへ向きを変えると、ミルドラルと黒馬は踊るように身をよじった。黒いフードが頭からすべり落ち、目のない青白い顔が剝き出しになった。ミルドラルは叫び声を上げた。

トロロークの場合と同じように、その声は霧にのみこまれたが、悲痛な嘆きが伝わってきた。大量のスズメバチの唸りにも似た音がアル＝ソアの耳に突き刺さり、想像を絶する恐怖を伝えた。クラウドもその音を耳にしたかのように身体を震わせ、さらにスピードを上げた。アル＝ソアは息を切らしながら鞍にしがみついた。喉がからからだ。

しばらくすると、ミルドラルの声なき断末魔の悲鳴が聞こえなくなった。いきなり、クラウドの蹄の音が耳につきはじめた。ふたつの通りが交差する地点にさしかかると、アル＝ソアは崩れた壁のそばで手綱を引き、馬を止めた。行く手の闇のなかに、なんのためともわからない記念碑がそびえている。

鞍の上で身をかがめて、アル＝ソアは耳をすました。耳のなかで自分の血が脈動する音だけが響いた。顔面に冷や汗が吹き出し、風にマントをなぶられて、アル＝ソアは身震いした。

やがて、ようやくアル＝ソアは身を起こした。雲の切れ目の夜空に星が輝いている。東の空の赤い星が目についた。ほかにも誰か、生きてあの星を見ているのだろうか？　みな、逃げのびただろうか？　それとも、トロロークにつかまったのだろうか？　エグウェーン！　ああ、ちくしょう！　どうしておれについてこなかったんだ？　生きて逃げのびたら、みな、あの星を目印に進むはずだ。もし、逃げられなかったら……。この広大な廃墟だ。何日、捜しまわっても、誰も見つからないかもしれない。こっちがトロロークに……半人ミルドラルに見つかる恐れもある。モーデスもいる。マシャダーも――後ろ髪を引かれる思いで、アル＝ソアは一人で川へ向かう決意をした。

手綱を取ったとき、カラリと音を立てて、交差点の割れた石畳に石が落ちた。アル＝ソアは身体をこわばらせ、息を殺した。何かが角のそばの影のなかに身を潜めている。急に道を引き返したくなった。おれの背後にいるのは、なんだ？　わざわざ物音を立てて、おれに警戒させるのは、誰だろう？　心あたりはなかった。怖くて、角の建物から目を離せない。

　その角から大きな影が伸び、長い棒のようなものが突き出てきた。輪縄のついた棒を持ったトロロークだ！　アル＝ソアはクラウドの脇腹を蹴り、さっと剣を抜いた。言葉にならない叫び声を上げて馬を突進させ、渾身の力をこめて剣を振りかぶった瞬間、相手の姿が目に入り、必死にその手を止めた。アル＝ソアが切りかかろうとしていたのはマットだった。マットは悲鳴を上げ、弓を落としそうになりながら、のけぞった。もう少しで落馬するところだった。

　アル＝ソアは深く息を吸って剣をおろした。腕が震えた。やっとの思いでたずねた。

「ほかの者を見なかったか？」

　マットはごくりと音を立てて唾を飲みこみ、ぎこちなく鞍の上へ身体を戻した。

「おれ……おれは……トロロークしか見てない」マットは喉に片手をあてて、唇に舌を這わせた。「トロロークだけだ。おまえは？」

　アル＝ソアは首を左右に振った。「ほかのみんなはきっと川へ向かってるんだろう。おれたちも行ったほうがいい」

マットは喉をなでながら、無言でうなずいた。二人は赤い星の方向へ馬を進めはじめた。百五十メートルあまり進んだとき、背後の都市の奥で、むせび泣くようなトロロークの角笛（つのぶえ）の音が響いた。城壁の外から、応（こた）える角笛の音が聞こえてくる。

アル＝ソアは身震いし、暗い場所をできるだけさけながら、ゆっくりと馬を進めた。ひとたび手綱をふるって馬を疾走させると、マットもそれにつづいた。角笛は二度と鳴らなかった。静寂に包まれたまま、出口とおぼしき場所にたどりついた。蔓草（つるくさ）でおおわれた城壁に隙間が空（あ）いている。かつての門の跡だ。てっぺんの崩れた塔がいくつも夜空に突き出ているほかに、往時をしのばせるものは何もない。

出口の前でマットはためらった。

「外へ出るより、なかにいたほうが安全だと思うのか？」アル＝ソアは声をひそめて言い、クラウドの足取りをゆるめずに進めた。マットも、周囲をきょろきょろ見まわしながら、アル＝ソアにつづいてシャダー・ロゴスから出た。アル＝ソアはゆっくりと息を吐き出した。口のなかがからからだ。川にたどりついてみせるぞ。光よ、絶対にたどりついてみせます！

背後の城壁が遠くなり、闇と森のなかへ消えた。かすかな音にも耳をすまして、アル＝ソアは赤い星をめざして馬を進めた。

突然、後ろから吟遊詩人メリリンを乗せた馬が飛び出してきた。二人のそばでわずかにスピードを落とし、「急げ、バカ者!」とどなった。

次の瞬間、背後のやぶのなかで、トロロークのわめき声や追いかけてくる物音がした。アル＝ソアは踵で馬の腹を蹴った。クラウドはメリリンの去勢馬を追って駆けだした。川のそばへ行ってもモイレインがいなかったら、どうしよう? アル＝ソアは不安になった。ああ、光よ! エグウェーン!

馬を影のなかに止めたペリンは、行く手の開いた門を見つめたまま、ぼんやりと斧の刃に親指を這わせた。廃墟からの出口にはちがいないが、その場を動かず、たっぷり五分ほど門を見つめた。風が縮れ毛を乱し、マントを吹き飛ばしそうな勢いで吹きつけた。ペリンは無意識に、マントを身体のまわりに引き寄せた。

ペリンは、マットをはじめとするエモンズ・フィールドの住人の大部分から、鈍いやつだと思われている。ひとつには、ペリンが大柄で、動作が緩慢なためだ。不用意にものを壊したり、人にぶつかって怪我をさせたりするのが心配で、いつも注意して動く。同じ年ごろの男の子たちのなかではずば抜けて体格がよかったので、そうする癖がついた。だが、それ以上に、よく考えてから行動するのが性に合っていた。決断は早いが思慮の浅いマットは、次々と面倒に巻きこまれた。ペリン自身もアル＝ソアとともに、しばしばマットのまきぞえでやっかいな目にあってきた。

ペリンは喉を締めつけられる思いがした。ああ、やっかいな事態なんか考えたくもない。もういちど考えを整理した。慎重に考えるにこしたことはない。

門の前には、かつて広場のようなものがあったのだろう。中央に巨大な噴水の跡がある。丸くて広い水盤の上に、いくつもの彫像が壊れた状態で立っており、噴水のまわりには開けた空間があった。門までの距離は百六十メートルほどで、身を隠してくれるものは夜の闇しかない。これから周囲に何が潜んでいるかわからない見通しのいい場所を通ると思うと、落ち着かなかった。得体の知れないおびただしい数の視線を向けられたことを思い出す。

ペリンは、少し前に都市の奥で聞こえたトロロークの角笛のことを考えた。仲間の誰かがつかまったのかもしれない。引き返して助けにいこうかと思ったが、自分一人ではどうしようもないことに気づいた。なにしろ相手は――ラン様はなんと言ったっけ？――百体以上のトロロークと、四体のミルドラルだ。モイレイン様は、何があっても川へ向かえと言ってたし。

ペリンはふたたび、門から出るかどうかを考えた。慎重に考えたところで、たいして役には立たなかった。それでも、やっと決心がついた。ペリンは影のなかから出て、馬を進めた。

そのとき、広場の反対側から別の馬が現われて立ちどまった。ペリンも馬を止め、斧を手探りした。斧を持っていたところで、安心はできないが。あの黒い影が、闇に溶けるミルドラルだったら……。

「アル＝ソア？」低い声が、おそるおそる呼びかけてきた。エグウェーンの声だ。

ペリンは安堵(あんど)の吐息(といき)を漏らした。

「ペリンだよ、エグウェーン」

できるだけ静かに答えたが、闇のなかではやけに大きく響いた。二人は馬を進め、噴水跡で出会った。

「誰かほかの人を見たかい？」

「ほかの人を見た？」

二人は同時に質問を発し、双方とも首を横に振った。

「きっと、みんな無事よ」エグウェーンはつぶやくように言って、ベラの首を軽く叩いた。

「そうよね？」

「モイレイン様とラン様が助けてくれるさ」ペリンは答えた。「川のそばへ行けば、みんな助けてもらえる」そう信じたかった。

城壁の外へ出ると、ペリンは大きな安堵をおぼえた。外の森にも、トロロークや闇に溶けるミルドラルがいるのは間違いないが、ともかく、ひと息つけた。木々が葉を落としているので、東の空に低く出ている赤い星を隠すものもない。それに、もうモーデスが現われる心配はない。ペリンには、トロロークよりもモーデスのほうが恐ろしかった。

川のそばまで行けば、モイレインに、トロロークの手の届かないところまで逃がしてもらえる――ペリンはそう信じて、自分を励ました。風が木々の枝を揺すり、常緑樹の葉をがさがさ鳴らした。闇のなかで夜鷹（よたか）のさびしげな叫び声が響いた。ペリンとエグウェーンはたがいに馬を近づけ、暖を取るように身を寄せ合って進んだ。二人だけになってしまったような気がする。

背後のどこかでトロロークの角笛が鳴った。追っ手たちに急げと言うように、短くけたたましい音がなんども聞こえた。むせぶようなあわただしげな音を聞くと、そのとき、角笛に促（うなが）されたかのように、背後でトロロークたちの吠え声が上がった。人間のにおいをとらえると、わめき声はさらに勢いを増した。

ペリンは馬を走らせ、「ついてこい！」とエグウェーンにどなった。二人は馬の脇腹を蹴って全力で走らせた。蹄の響きや枝にぶつかる音など、気にしてはいられない。

月光よりは本能を頼りに木々のあいだを進むうちに、エグウェーンの馬が遅れはじめた。ペリンが振り返ると、エグウェーンは懸命にベラを急き立てていたが、蹴りも手綱も効果がない。音を聞きつけて、トロロークが迫ってきた。エグウェーンがはぐれないようにと、ペリンは手綱を引き締め、馬の足取りをゆるめた。

「急げ！」ペリンはどなった。トロロークの姿が見えてきた。木々のあいだに巨大な黒い影がちらつき、血が凍るような唸り声や吠え声が聞こえてくる。ペリンはベルトに吊るした斧の柄を、指から血の気が引くほど強く握りしめた。「急げ、エグウェーン！　急げ！」

突然、馬が悲鳴を上げ、ペリンは鞍から転げ落ちた。馬がペリンのそばから身を引き、ペリンは両手を前へ突き出して身がまえ、しぶきを上げて頭から冷たい水に飛びこんだ。アリネル川だ。けわしい断崖の縁まできていたのだろう。

凍るような水の衝撃で息がつけなくなり、水面へ出ようともがくあいだに二、三度、水を飲んだ。またしても水しぶきが上がるのを感じた。エグウェーンがあとを追って飛びこんだにちがいない。激しくあえぎながら、ペリンは水中で懸命に足を上下させた。身体を浮かせるのが難しい。上着とマントが水を吸って重くなり、ブーツのなかも水でいっぱいになった。あたりを見まわしてエグウェーンを捜したが、風で細かく波立つ暗い水面にきらめく月の光しか見えない。

「エグウェーン？　エグウェーン！」

目の前の水面に槍が飛びこみ、ペリンの顔にしぶきがかかった。槍が次々と飛びこんでくる。川岸では獣じみた声が言い合いをはじめ、やがて、槍の流れが途絶えたが、ペリンはしばらくエグウェーンの名を呼ぶのはやめにした。

ペリンが水に押し流されて移動すると、岸のトロロークの声も下流へ移動してきた。ペリンはマントを脱いで流した。身体を水中へ引きこむ力が少し弱まった。ペリンは根気よく、対岸へ向かって泳ぎはじめた。向こう岸にはトロロークはいない——いないはずだ。

ペリンは昔、エモンズ・フィールドの〈水の森〉の池で泳いだときのように、頭を水面の上に出したまま、両手で強く水を掻き、両足で水を蹴って進んだ。頭を水面に出すことだけは忘れないようにしたが、うっかりするとすぐに沈みそうになった。マントがなくても、上着とブーツが充分に水を含んでいる。腰につけた斧が重く、水中へ引きこまれないまでも、引きずられて身体が横転しそうになった。川の流れにまかせて斧も手放そうかと、なんどか思った。水中でブーツを脱ぐよりはずっと簡単だが、対岸でトロロークが待ちかまえていたら丸腰で逃げまわることになる。そう思うと、決心がつかなかった。十体以上のトロロークに斧一本で立ち向かえるわけではないが——一体を相手にするだけでも難しいのに――素手よりはましだ。

しばらく泳ぐうちに、ペリンは、トロロークが対岸で待ち受けていても、もう斧をかまえる力はないかもしれないと思いはじめた。腕も脚も鉛のように重く、動かすには大変な力が必要だ。腕で水を搔くたびに顔が水面下へ沈む。水が鼻に入って咳きこんだ。鍛冶場で一日働くのなんて、これに比べたら楽だったな――疲れ果ててそんなことを考えたとき、片足が何かにぶつかった。もういちどぶつかって、ようやく、足が川底にふれていることに気づいた。対岸の浅瀬に着いたのだ。

口を開けて息を吸いこみながら、ペリンはよろめいて水しぶきを上げ、足を川底につけて立ちあがった。吹きつける風に震えながら、よろよろと岸へ進み、腰に吊るした斧を手探りした。トロロークの姿は見あたらない。エグウェーンの姿もない。川岸に沿って並ぶまばらな木立と、水面で切れぎれにきらめく月光しか見えない。

呼吸が落ち着くと、ペリンは繰り返し友人たちの名を呼んだ。対岸からかすかな叫び声が聞こえてきた。川を隔てていても、しゃがれたトロロークの声だとわかった。友人たちからの返事はなかった。

風が大きな唸りを上げて、トロロークの声をかき消した。ペリンは身震いした。濡れた衣服が凍るほどの風ではないものの、ペリンには骨に切りこむ氷の刃のように感じられた。

両腕を身体にまわしたが、震えは止まらない。ペリンは力なく土手を登り、風をさける場所を探しはじめた。

アル＝ソアは馬の首を叩き、小さく声をかけてなだめた。クラウドは頭を振り立て、走りながら落ち着きなく跳びあがった。追手をはるか後方へ引き離したようだが、クラウドの鼻には、まだトロロークのにおいが濃厚に感じられるのだろう。マットは馬上で弓に矢をつがえ、急襲に備えて闇に目を凝らした。アル＝ソアとメリリンは、頭上の枝を透かして目印の赤い星を捜した。星はすぐに見つかった。ところが、その方向をめざして馬を進めはじめたとき、前方に新手のトロロークの群れが現われ、三人は進路を変えた。トロロークが二方向から声を上げて迫ってきた。なんとか人間たちの馬に追いつこうとしている。だが、八十メートルほど離されると追跡をあきらめたらしく、急にトロロークの声は遠ざかった。あちこち進路を変えたので、三人はまた目印の星を見失った。

「向こうだよ」マットは右手を上げて言った。「最後に北へ曲がった。今、北へ向かっているんだから、東は向こうだ」

「あったぞ」

不意にメリリンが左側を指さした。もつれ合った枝の向こうに赤い星が見えた。マットは声を殺して何やらつぶやいた。

アル＝ソアの視界の隅に、一体のトロロークの姿が映った。輪縄のついた棒を振り立て、音もなく木陰から飛び出してくる。アル＝ソアがクラウドの腹を蹴ると、クラウドは勢いよく前へ飛び出した。つづいてほかの二人の馬も影から飛び出た。輪縄がアル＝ソアの首の後ろをかすめる。アル＝ソアの背筋にさむけが走った。

一本の矢が獣じみたトロロークの片目に刺さった。木のあいだを走りながら、矢を射たマットがアル＝ソアのわきへ追いついてきた。川へ向かっているのはたしかだが、行きつけるかどうか、アル＝ソアには自信がなくなってきた。トロロークたちは速度を上げ、すぐ後ろに迫っている。トロロークが手を伸ばせば、なびく馬の尻尾をつかめるのではないかと思うほど近い。あと半歩トロロークが近づけば、二人とも、輪縄に捕らえられて鞍から引き落とされるだろう。

アル＝ソアは馬の首に張りつくようにして、輪縄をかわそうとした。マットも、自分の馬のたてがみに顔が埋まりそうなほど身を伏せている。メリリンの姿は見えない。三体のトロロークが二人に集中しているあいだに、一人だけ違う方向へ逃げたのだろうか？

突然、トロロークたちのすぐ後ろの闇のなかから、メリリンの去勢馬が飛び出してきた。トロロークが驚いて振り返ったとたん、メリリンの片手がしなやかに後ろへ引かれ、すばやく前へ出た。月光に鋼鉄がきらめいた。トロロークが一体、前のめりに倒れ、ごろごろと転がってうずくまった。もう一体が悲鳴を上げて膝をつき、両手で背中をかきむしった。残る一体は鋭い歯を剝き出して唸ったが、仲間が倒れるのを見てさっと向きを変え、闇のなかへ飛びこもうとした。メリリンの手がもういちど鞭のように動くと、そのトロロークは悲鳴を上げ、遠ざかっていった。

アル＝ソアとマットは馬を止めてメリリンを見つめた。

「一番いいものじゃないが、上等なナイフだったのにな」メリリンはそうつぶやいたが、馬からおりてナイフを回収しようとはしなかった。「あの最後の一体が仲間を連れてくるだろう。川はもうあまり遠くないと思う。それに……」

そのあとを言わずにメリリンは言葉を切り、頭を振って、馬を駆け足で進めはじめた。アル＝ソアとマットもそのあとにつづいた。

まもなく三人は低い土手にたどりついた。黒々とした水のすぐそばまで木々がつづき、さざ波の走る水面に月光が揺れていた。対岸は見えない。闇のなかを筏で川を渡るのかと思うと、アル＝ソアは気が進まなかったが、こちら側にあまり長くとどまっていたくもない。必要なら、泳いで渡ろう。

どこか川から離れた闇のなかで、トロロークの角笛があわただしく鋭い音を響かせた。

シャダー・ロゴスを出てから角笛の音を聞いたのは、はじめてだ。仲間の誰かがつかまっただろうか？

「ひと晩じゅう、ここにいてもしょうがない」と、メリリン。「方向を選べ。川上がいいか？　それとも、川下か？」

「でも、モイレイン様やほかの人たちが、どこかにいるはずですよ」と、マット。「どっちかへ進んだら、かえって仲間から離れてしまうかもしれない」

「そういうことも、ありうる」メリリンは舌打ちして馬に合図し、川に沿って下流へ向かわせた。「たしかに、ありうる」

アル＝ソアがマットを振り返ると、マットは肩をすくめた。二人はしかたなく馬の向きを変え、メリリンのあとを追った。

しばらくは、なんの変化もなかった。土手は高いところもあれば低いところもあり、木々が密集した場所もあれば、まばらにしか生えていない開けた場所もあった。だが、闇と川と風はあいかわらずで、暗く冷たかった。トロロークの姿も見えない。それだけはこのままのほうがいいと、アル＝ソアは思った。

行く手に小さな光が見えてきた。近づくにつれて、光は木の枝にでもひっかかっているかのように、川よりはかなり上にあるのがわかった。メリリンは馬の足取りを速め、小声で鼻歌を漏らしはじめた。

ようやく光の正体がわかった。大きな交易船の帆柱（ほばしら）のてっぺんに掲げられたカンテラだ。木立のなかの小さな空き地のそばにつながれた船は、たっぷり二十四メートルはあり、木に巻かれた係留索を引っ張って、川の上でかすかに揺れている。風に煽（あお）られて索具が唸り、きしむ音が聞こえた。月明かりとカンテラの光で甲板は明るかったが、人の姿は見えない。

「こっちのほうが異能者（アエズ・セダーイ）の言う筏よりましじゃないかね？」メリリンは馬からおりながら言った。腰に両手をあてて立つ姿に、気取った様子が暗がりでもありありと見てとれた。「この船は馬を運ぶようにはできていないようだ。でも、どんな危険が迫っているのか警告したら、船長はわかってくれるかもしれんな。話はわしにまかせろ。まんいちに備えて、毛布や荷物を降ろせ」

アル＝ソアは馬をおりて、鞍に固定した荷物を降ろしはじめた。「まさか、ほかの人たちを置き去りにするつもりじゃないでしょうね？」

メリリンが返事をする暇はなかった。二体のトロロークが、輪縄のついた棒を振りまわして空き地へ飛び出てきた。すぐあとに四体がつづいている。馬たちがいなないて、後ろ脚で立った。遠くで叫び声が聞こえた。さらに大勢のトロロークがこちらへ向かっているということだ。

「船に飛び乗れ！」メリリンはどなった。「早く！　荷物は捨てろ！　走れ！」そう言ったかと思うと、つぎはぎ細工のマントをはためかせ、背負った楽器のケースをガタガタいわせながら、船へ向かって走りだした。「船に乗るんだ！　何をぐずぐずしている、二人とも！　トロロークだぞ！」

アル＝ソアは紐をゆるめた荷物をぐいと引っ張って鞍からはずすと、メリリンのあとにつづいて走りだした。荷物を船べりの手すりの上から甲板へ投げ落とし、つづいて自分も飛び降りた。甲板で気持ちよさそうに丸くなっていた男の姿が目に入った。男がふと目を覚まし、上体をおこしたとたん、アル＝ソアの両足が男の頭を直撃した。男は大きなうめき声を上げ、アル＝ソアはよろめいた。そのとき、輪縄のついた棒が激しく船べりを叩いた。船じゅうで叫び声が上がり、甲板に重い足音が響いた。

輪縄のついた棒の横に毛むくじゃらの手が現われ、船べりの手すりをつかんだ。つづいて、山羊の角の生えた顔が現われた。アル＝ソアはふらつきながらやっとの思いで剣を抜き、船べりめがけて振りまわした。トロロークは悲鳴を上げて川へ落ちた。

船上のあちこちで叫び声が上がり、船員たちが走りまわった。木に巻かれた係留索が斧で断ち切られ、船はぐらりと傾いて、そのまま走りだしそうに揺れた。船首で、三人の男がトロロークと戦っている。一人が船べりの外へ槍を突き出したが、何を突き刺したのか、アル＝ソアのところからは見えなかった。矢が弦を離れる音が二度聞こえた。アル＝ソアが踏みつけた男が四つんばいになってそばを離れ、アル＝ソアと目があうとぱっと両手を上げた。

「勘弁してくれ！」男は叫んだ。「ほしいものはやる。船でも、なんでも。命だけは助けてくれ！」

突然、アル＝ソアは何かに背中を強打されて、ばたりと甲板に倒れた。伸ばした手から剣が落ち、甲板の上をすべった。息が止まり、口を開けたままあえぎながら、剣を取ろうと手を伸ばした。筋肉の動きが鈍く、激痛が走り、イモムシのように身をよじった。命ごいをした男は怯えた目で剣をにらみ、闇のなかへ消えた。

アル＝ソアは痛みをこらえて肩ごしに振り返った。もうだめだと思った。狼の鼻づらをしたトロロークが揺れる手すりの上に立ち、折れた棒を持ってアル＝ソアを見つめている。この棒で背中を叩かれたにちがいない。アル＝ソアはもがいて剣のほうへ手を伸ばし、トロロークから離れようとしたが、腕も脚も痙攣して思うように動かず、震えながら見当ちがいな方向へ伸びた。胸が鉄の帯を巻きつけられたように苦しい。目の前に星がちらついた。死に物狂いでトロロークから逃げようとした。時間の流れかたが妙に遅い。

トロロークは、先端が折れてぎざぎざになった棒をアル＝ソアに向かって振りかざした。

まるで夢のなかの動きのように、ゆっくりと見える。太い腕が後ろへ引かれる――折れた棒が突き刺さって背骨を折る……全身を引き裂く痛み……肺が破裂する……。おれは死ぬ！　光よ、お助けください。おれはもう……！

トロロークの腕が伸びてきた。断面がぎざぎざになった棒の先が迫ってくる。アル＝ソアは必死で叫んだ。

「やめろ！」

突然、船がぐらりと傾いた。闇のなかから帆桁が飛び出してトロロークの胸を打ち、骨の砕ける音を残して、トロロークを船べりから外へ払い落とした。

アル＝ソアはしばらくあえぎながら横たわったまま、頭上で大きく左右に揺れる帆桁を見つめた。これで、おれは運を使い果たした。この先はもう幸運には恵まれないだろう。

アル＝ソアは震えながら、立ちあがって剣を拾った。このときばかりはランに教えられたとおり両手でつかんだが、もう剣をふるう相手はいなかった。船と岸のあいだの水面にどす黒い血がみるみる広がり、トロロークのわめき声は闇のなかを遠ざかっていった。

アル＝ソアは剣をおさめて、ぐったりと船べりの手すりにもたれた。膝まである長い上着姿のがっしりした男が、大股で甲板を進んできて、アル＝ソアをにらみつけた。髪は両肩にかかるほど長く、丸い顔を顎ひげが取り巻いている。顔は丸いが、柔らかみは感じられなかった。帆桁がまたしても飛び出し、顎ひげの男は一瞬、視線をそちらへ移すと、バシッという乾いた音とともに手のひらでそれを止めた。

「ゲルブ！」男はどなった。「ちくしょうめ！　ゲルブ、どこにいる？」早口でつぎつぎとまくしたてるので、アル＝ソアには何を言っているのかわからなかった。「おれの船で、おれから逃げられると思うなよ！　誰でもいいから、フローラン・ゲルブをここへ連れてこい！」

船員の一人が丸いカンテラを掲げて現われ、その後ろから二人の船員が、カンテラの丸い光のなかへ細い顔の男を押し出した。アル＝ソアに命ごいをした男だ。男は左右へきょろきょろと視線を走らせ、船長らしいがっしりした男と目をあわせようとはしなかった。額(ひたい)にはアル＝ソアのブーツの跡が残り、青く腫(は)れあがっている。

「ゲルブ、この帆桁をちゃんと固定しなかったのか？」

顎ひげの男は、早口ではあるが静かな口調でたずねた。

ゲルブは驚きの色を浮かべた。

「あっしは固定しましたぜ。きっちり縛りつけておきました。ドモン船長、あっしはのろまかもしれませんが、仕事はちゃんとやってます」

「なるほど、おまえはのろまか。眠るのは早いようだがな。当直のときでも眠る。おまえのせいで、全員が死んだかもしれんのだぞ」

「いや、船長、違います。こいつのせいです」ゲルブはアル＝ソアを指さした。「あっしはもちろん見張りについてたんですが、この男が忍びこんできて、あっしを棍棒でぶんなぐったんです」ゲルブは額の傷に手をふれて、痛さにひるみ、アル＝ソアをにらみつけた。「こいつと戦っていると、トロロークが現われました。船長、こいつはトロロークと手を組んでるにちがいありません。闇の信徒です。トロロークに味方してるんです」

「こいつが誰の味方をしようと、そんなことは問題じゃない！　おれは、おまえの話をしてるんだ！」ドモン船長はどなった。「この前に居眠りをしたとき、ちゃんと警告したはずだ。ホワイトブリッジに着いたら、おまえはクビだ！　今ここで船からほうりだされないうちに、おれの目の前から失せろ！」ゲルブはカンテラの光のなかから飛び出して、姿を消した。ドモン船長はその場に立ったまま闇を見つめ、両手を握ったり開いたりした。

「トロロークが船を追ってくる。なぜこの船を追うんだ？　なぜだ？」

　船べりのかなたへ目を向けたアル＝ソアは、川岸が見えなくなっていることに気づいて驚いた。船尾に突き出ている長い櫂のそばに、二人の船員がいる。同じような櫂が左右に六本ずつ動いており、船は水棲の昆虫のようになめらかに川の中央へ出ていた。

「船長」と、アル＝ソア。「おれたちの友達がまだ岸にいます。船を戻して、いっしょに乗せてもらえるとありがたいんですが。お礼は必ずします」

ドモンの丸い顔がすばやくアル＝ソアを振り返った。新たに姿を現わしたメリリンとマットも、アル＝ソアと同じように無表情に見つめられた。

「船長」メリリンが一礼して言った。「お許しを得て、わしが――」

「いっしょに下へきてもらおう」ドモンはメリリンの言葉をさえぎった。「いったいこの船になにごとが起こったのか、説明してもらおう。ついてこい。やれやれ、誰か、このいまいましい帆桁をちゃんと固定しろ！」

船員たちが駆けてくると、ドモンは重い足取りで船尾へ向かった。アル＝ソアたちはそのあとについていった。

船尾の短い梯子(はしご)をおりたところに、小さな船長室があった。室内は、あらゆるものが正しい場所にきちんと収まっていた。上着やマント類は、ドアの裏の釘(くぎ)にかかっている。船室の幅は船尾の幅と同じで、片側に造りつけの広い寝台があり、反対側の壁からは重そうなテーブルが突き出ている。椅子はひとつしかなく、高い背もたれとしっかりした肘掛けがついていた。ドモンは椅子に腰をおろし、三人に周囲の収納箱や長椅子などを示して、腰かけるよう合図した。寝台にすわろうとしたマットは、ドモンの大きな咳払いで止められた。

「さて」三人が腰をおろすと、ドモンは口を開いた。「おれはベイル・ドモン、この〈水煙〉号の船長だ。おまえたちは何者で、こんな人里離れたところからどこへ行くつもりなのか、話してもらおう。おまえたちの持ちこんだごたごたを考えれば、船からほうりだしてやりたいくらいだがな」

アル＝ソアはまだドモンの早口についていけなかった。ようやく最後の言葉を理解すると、驚いて目をしばたたいた。船からほうりだすだと？

マットがあわてて答えた。

「ご迷惑をかけるつもりはなかったんです。おれたちはシームリンへ行く途中で、そこから——」

「そこからは風の向くまま気の向くままです」メリリンがすばやく口をはさんだ。「吟遊詩人の旅は風に舞う塵と同じです。おわかりと思いますが、わしは吟遊詩人で、トム・メリリンと申す者です」そう言うと、マントをひらめかせて、ドモンの目に入るように色とりどりのつぎはぎ細工をのぞかせた。「この二人の田舎者は、わしの弟子になりたいと言っております。わしのほうでは、弟子にするかどうか、まだ決めておりませんがね」

アル＝ソアがマットの顔を見ると、マットはにやっと笑った。

「それは大いにけっこうだが、説明になっていない」と、ドモン。落ち着いた声だ。「それどころか、言わせてもらうが、おまえたちがいた場所は、おれの知るかぎりではシームリンへ行く道ではないし、あんなところへ通じる道など一本もないはずだ」

「これには、いろいろとわけがありましてな」と、メリリン。つづいて、その〝わけ〟が長々と語られた。

メリリンは、自分たちがベイロンのかなたの〈霧の山脈〉にある鉱山の町で、雪に閉じこめられて冬を越したことにした。その町にいるあいだに、トロローク戦争時代に滅びたアリドールという都市の宝の伝説を耳にした。メリリンはたまたま、何年も前にもらった地図でアリドールという地名を見たことがあった。地図は死にかけた友人がくれたものだが、その男はイレイアンでメリリンに命を救われ、地図のとおりに行けば金持ちになれると、苦しい息の下からメリリンに語った。メリリンは本気にしなかったが、伝説を聞いて、友人の話を思い出した。

雪が解けると、メリリンは弟子志望の二人を含めた数人の連れとともにアリドールを探しに出発し、数々の難儀のすえに都市の廃墟にたどりついた。ところが、宝はある〈闇の軍師〉のもので、シャヨル・グールまで宝を持ち帰るためにトロロークが送りこまれていた。一行は、トロローク、ミルドラル、ドラフカー、モーデス、マシャダーなど、さまざまな恐ろしい生き物につぎつぎと襲われた——もっとも、メリリンの話しぶりでは、どれもメリリン一人に向かって襲いかかり、メリリンのすばらしい機転で撃退されたことになっている。メリリンが大活躍したすえ、一行はトロロークに追われて逃げる途中、闇のなかでたがいの姿を見失った。ついには吟遊詩人と二人の弟子志願者が、残された最後の避難所であるこの船にたどりついたというわけだ。

メリリンは話を終えた。アル＝ソアは、いつのまにか自分がぽかんと口を開けていたことに気づき、あわてて閉じた。マットは目を丸くして、まじまじとメリリンを見つめている。

椅子の肘掛けにコツコツと指を打ちつけていたドモンが、口を開いた。

「なるほど、たいがいの者なら充分にだませる話だ。もちろん、おれだってトロロークは見たがね」

「一言一句、嘘いつわりはありません」メリリンは落ち着きはらって答えた。「自分の身に起こったことですから」

「で、おまえは、その宝を少しは持ってきたのか？」

メリリンは残念そうに両手を広げた。「悲しいかな、われわれが運べたのは、馬に積んだ分だけでした。ところが、馬は、最後に川岸でトロロークが現われたときに、動転して駆け去ってしまいました。わしに残されたのは、笛と竪琴とわずかな銅貨、あとは着ている服だけです。しかし、闇王に穢された宝など、手に入れないほうがいい。本当です。あの廃墟に残しておいて、トロロークにまかせるのがいちばんです」

「では、おまえたちは乗船料も払えないわけだ。料金を払わない者は、たとえ自分の兄弟でも、乗せておくことはできない。トロロークに追われているやつはなおさらにな。いつわしの船の手すりが叩き壊されたり、索具が断ち切られたりするかわからないとあってはたまったもんじゃない。今すぐに船からほうりだしてやりたいくらいだ。泳いで岸まで戻ればいいだろう？」

「船を岸へ着けて、おれたちを降ろしてもらうわけにはいきませんか？　そこにトロロークがいなければの話ですけど」と、マット。

「岸へ向かうなど、もってのほかだ」そっけない答えが返ってきた。ドモンは三人をながめまわしてから、テーブルの上に両手を広げて言った。「おれは話のわかる人間だ。ほかに方法があるなら、おまえたちを川へほうりだしはしない。見たところ、弟子の一人は剣を下げている。おれはいい剣がほしいと思っていたところだ。その剣と引き替えに、おまえたちをホワイトブリッジまで乗せていってやろう」

メリリンが口を開きかけたので、アル＝ソアはあわてて言った。

「だめです！」

父はカネに換えるためにこれを持たせてくれたのではない。アル＝ソアは剣の柄に手を走らせ、青銅のアオサギの紋章をなでた。この剣があれば、父がいっしょにいるような気持ちになれる。

ドモンは首を振った。「だめなら、だめでいい。このベイル・ドモンは、ただで乗客を運ぶ趣味はない。たとえ自分の母親であってもな」

アル＝ソアはしかたなく、ポケットの中身を全部取り出した。たいしたものはなかった。銅貨が二、三枚と、モイレインにもらった銀貨が一枚。アル＝ソアは銀貨をドモンに差し出した。一瞬後にマットがため息を漏らして、同じ銀貨を差し出した。メリリンは目を剝いてにらみつけたが、次の瞬間には笑顔に戻った。にらまれたと思ったのは気のせいかと思うほど、すばやい変化だ。

ドモンは二人の手からさっさと銀貨をつまみあげると、椅子の後ろにある真鍮で縁を補強した収納箱から、小さな天秤と硬貨の入った巾着を取り出した。ドモンは注意深く銀貨の重さを量ってから巾着に入れ、二人に小さな銀貨と銅貨でつり銭を渡した。銅貨が多かった。「ホワイトブリッジまでだぞ」ドモンは言って、革張りの台帳に出納をきちんと記入した。

「ホワイトブリッジまでの料金にしては高いですな」と、メリリン。不満げな口調だ。

「船の損害を含めた」ドモンの声は、あいかわらず落ち着いていた。天秤と巾着を収納箱に戻し、満足そうに蓋を閉めて、付け加えた。「トロローク撃退料と、やむをえず夜中に出発したための特別料金も含む。闇のなかで、あちこちに浅瀬のある川を下るのは危険だ」

「ほかの仲間たちはどうなるんです？」と、アル＝ソア。「いっしょに連れていってくれないんですか？　いまごろは川岸までたどりついているでしょうし、この船の明かりも見えているはずです」

ドモンは眉を上げた。「船が川のまんなかでじっとしていると思うのかね？　やれやれ！　もう、もとの場所から五、六キロは下流へきているぞ。いやというほどトロロークを知っている船員たちが必死になって漕いだし、流れに乗れた分だけ速く進んだ。だが、そんなことはどうでもいい。たとえ自分のばあさんが川岸にいたって、今夜は二度と船を岸に着けるつもりはない。ホワイトブリッジに着くまで、二度と岸へは近寄らないかもしれん。今までも、うんざりするほどトロロークにつきまとわれてきた。これ以上はもうごめんだ」

メリリンが興味ありげに身を乗り出した。「前にもトロロークの襲撃を受けたのですな？　最近のことですか？」

ドモンは疑わしげに目を細めてメリリンを見つめ、しばらく躊躇した。だが、ふたたび口を開いたときの声には、いかにも不快そうな色しかなかった。「この船はサルダエアで冬を越した。川が予想より早く凍って、解けるのが遅れたため、やむをえずだ。サルダエアのマラドンでいちばん高い塔に登ると、大荒廃地が見えるそうだが、おれは別に気にもとめなかった。マラドンには前にも行ったことがあるが、いつも付近の農場がトロロークに襲われていた。冬が終わっても、毎晩どこかの農場が火事になった。ときには、村がまるごと燃えた。トロロークは、マラドンの城壁のすぐそばまでくるようになった。そればかりか、この種の出来事は、闇王が牢獄のなかで身動きしているせいで起こるのだから、〈最後の日〉も近いという噂が立った」ドモンはぶるっと身を震わせ、思い出しただけでかゆくなるとでも言いたげに、頭を掻いた。「トロロークなんか物語に出てくる妖獣だと思われている地方へ、一刻も早く戻りたい。おれの話が旅人の作り話だと言われる地方へな」

アル＝ソアはドモンの話を聞いていなかった。向かいの壁を見つめて、エグウェーンやほかの者たちのことを考えた。仲間がどこか闇のなかで岸に残っているのに、自分だけが無事に〈水煙〉号に乗っているのは申しわけない。そう思うと、急に船長室が居心地よく感じられなくなった。

メリリンに腕を引っ張られて立たされ、アル＝ソアはわれに返った。メリリンは、マットとアル＝ソアを梯子のほうへ押しやりながら、肩ごしにドモンを振り返って、田舎者の無礼を詫びた。

甲板へ出ると、アル＝ソアは無言で梯子をのぼった。メリリンはすばやくあたりを見まわし、誰も聞いていないことを確かめると、残念そうに言った。

「わしが、乗船料がわりに歌と物語の実演を申し出ようと思っていたのに、早々と銀貨を出しおって」

「不安だったんです」と、マット。「あの船長は、本気でおれたちを川へほうりこむつもりだったみたいだし」

アル＝ソアはとぼとぼと船べりへ寄って手すりにもたれ、暗い上流を見つめた。闇ばかりで川岸は見えない。メリリンの手が肩に置かれたが、アル＝ソアは身動きしなかった。

「若いの、おまえさんには、ほかにどうしようもなかったんだ。それに、あの連中だってきっと無事でいる。あの……モイレインとランがついているんだからな。トロロークをかたづけるのに、あの二人より心強い味方がいるかね？」

「だからいっしょにくるなと、エグウェーンに言ったのに」と、アル＝ソア。

「おまえさんは、できるかぎりのことをした。それでいいんだよ」

「エグウェーンに、面倒を見るって言ったのに。もっと一生懸命に守ればよかった」

櫂を漕ぐキーキーという音やきしみや風が索具にあたる音が悲しげに聞こえた。

「命がけで守るべきだった」かすれた声でアル＝ソアは言った。

21　風の声を聞く

アリネル川の向こうから差す朝日が、川岸からあまり遠くない窪地（くぼち）に届いた。窪地の樫（かし）の若木に背をもたせかけてナイニーヴがすわり、深い寝息を立てていた。馬も横になって四肢を伸ばし、頭を垂れて眠っている。手綱（たづな）はナイニーヴの手首に巻きついていた。朝日が馬のまぶたを照らし、馬は目を開（あ）けて頭を上げた。手綱が引っ張られ、ナイニーヴはハッと目を覚ました。

一瞬、自分がどこにいるのかわからず、ぼんやりとしていたが、記憶がよみがえるにつれて、狂ったようにあたりを見まわした。目に映るものは木々と自分の馬だけで、窪地の底には枯れ葉が厚く積もっている。いちばん深くて薄暗いところに転がった倒木の表面に、昨年の秋から残った黒っぽいキノコが幾重にも重なって生えていた。

「光よ、お守りください」ナイニーヴはぐったりと木の幹にもたれてつぶやいた。「ひと晩、目を開けていることもできないなんて」手首に巻きついた手綱をほどき、手首をさすりながら立ちあがった。「トロロークに料理されるまで、目が覚めなかったかもしれないわ」

ナイニーヴは枯れ葉をがさがさいわせて窪地の縁へ登り、外の様子をうかがった。窪地から川までのあいだには、トネリコの木が四、五本生えている。幹はひび割れ、枝は葉を落として、まるで枯れ木のようだ。広い川は青緑色の水をたたえて流れていた。水面にはなんの姿も見えない。対岸には、常緑樹や柳、樅の木などがまばらに生えているが、全体にこちら側より木が少ないようだ。モイレインやアル＝ソアたちが川を渡ったのなら、うまく身を隠しているにちがいない。もちろん、この窪地から見えるところへ渡ったとはかぎらないし、渡ろうとしたかどうかもわからない。十五キロほど離れた上流か下流にいるのかもしれない。なんとか昨夜の追跡を逃れて、生き延びていてくれればいいのだけど。

弱気になった自分に腹を立てて、ナイニーヴは窪地へと戻った。〈冬夜日〉の襲撃や昨夜のシャダー・ロゴス脱出で、トロロークに対面する覚悟はできていたつもりだが、まさかマシャダーのような怪物にでくわすとは思わなかった。必死で馬を走らせながら、ほかの者たちがまだ生きているかどうか……いつなんどき、闇に溶けるミルドラルやトロロークと顔をあわせるかと、気をもんだ。遠くでトロロークの唸り声や叫び声が聞こえ、角笛のかんだかく震える音が響くと、どんな風に吹かれるよりも全身が冷えた。だが、廃墟のなかでトロロークに出くわしたあと、ナイニーヴが一人でトロロークに遭遇したのは、城壁を出てからいちどだけだ。そのとき、追われているのが自分ではないとわかった。二十五メートルほど前方に、十体のトロロークが地面から湧き出したように飛び出し、吠えたりわめいたりしながら、輪縄（わなわ）のついた棒を振りかざしてナイニーヴに向かってきた。ナイニーヴが馬の向きを変えると、トロロークは黙りこんで鼻づらを上げ、空気のにおいを嗅いだ。動揺したナイニーヴが逃げるのも忘れ、呆然（ぼうぜん）としていると、トロロークたちは背を向けて闇のなかへ去っていった。ナイニーヴにとっては、あのときがいちばん恐ろしかった。

「あいつらは、狙う相手のにおいを知っているんだわ」ナイニーヴは窪地に立ったまま、馬に話しかけた。「あいつらが追っているのは、あたくしじゃない。あの異能者（アエズ・セダーイ）の言うとおりね。あんな女、〈夜の羊飼い〉にのみこまれてしまえばいいのに」

ナイニーヴは心を決め、馬を引いて下流へ向かった。油断なく周囲の森に目を配り、ゆっくりと進んだ。昨夜トロロークに狙われなかったからといって、こんど出くわしたときも見逃してもらえるとはかぎらない。森に目を配りながら、足もとの地面にも充分に注意した。昨夜のあいだに誰かがこのあたりの地面を通って川へ向かっていれば、その形跡が見つかるはずだ。馬に乗って進めば、かすかな痕跡を見落としかねない。何も見つからなくても、下流へ向かえば、いつかはホワイトブリッジに着く。ホワイトブリッジにはシームリンへ通じる道がある。タール・ヴァロンへ通じる道もあるはずだ。

だが、見通しは立たなかった。ナイニーヴはこれまで、エモンズ・フィールドからあまり離れたことがない。トゥー・リバーズのはずれのタレン・フェリーでさえ、見知らぬ土地だ。ベイロンに着いたときは、エグウェーンやアル＝ソアたちを見つけることで頭がいっぱいだったが、ほかのことを考える余裕があれば、にぎやかな街の風景に目を見張ったことだろう。旅に慣れていないことを自覚しても、ナイニーヴの決意は揺るがなかった。そのうちに必ずエグウェーンとアル＝ソアたちを見つけてみせる。それが無理なら、アル＝ソアたちに何が起こったのか、あの異能者（アエズ・セダーイ）に答えさせてやる。どちらかを必ず実行してみせようと、ナイニーヴは心に誓った。

ときおり、仲間たちのものらしき痕跡がたくさん見つかったが、どんなに苦心しても、何をしていた跡なのか——何かを探していたのか、追っていたのか、逃げていたのか——判別できない。人間のものと思われるブーツの足跡も、トロロークの山羊や牛のような蹄（ひづめ）の跡もある。だが、ナイニーヴが探し求める相手だとはっきりわかる痕跡は、ひとつもなかった。

六キロ以上歩いたところ、風に乗ってかすかな煙のにおいが流れてきた。火もとは、あまり遠くない下流のようだ。ナイニーヴはちょっとためらってから、川からかなり離れた常緑樹の木立へ向かい、樅の木に馬をつないだ。ここなら、馬は木陰に隠れていられる。火を燃やしているのはトロロークかもしれない。確かめるには、のぞいてみるしかない。トロロークがなんのために火をおこしているのかは、考えたくなかった。

ナイニーヴは身をかがめて、木陰から木陰へとすばやく移動した。じゃまにならないようにスカートを持ちあげながら、心のなかで悪態をついた。女の服は、こっそり忍び寄るには不向きだ。馬の鼻息や蹄の音が聞こえた。トネリコの木の陰からそっとのぞくと、川岸の小さな空き地で、ランが黒馬からおりる姿が見えた。小さな焚き火のそばの倒木にモイレインがすわり、焚き火にかけたやかんの湯が沸騰しそうになっている。モイレインの背後で、白馬がまばらな雑草の若芽をかじっていた。ナイニーヴはそのまま木陰に身を潜めた。

「トロロークは姿を消しました」ランがけわしい口調で報告した。「それがしにわかるかぎりでは、四体の半人ミルドラルが夜明けの二時間ほど前に南へ向かったようです。あまりはっきりした手がかりは残っておりませぬが、トロロークが消えたことはたしかです。死体もありませぬ。腹の足しにするのでもないかぎり、仲間の死体を運び去るとは思えませぬが」

モイレインは、やかんのなかへ何かを入れて、火からおろした。

「トロロークたちはシャダー・ロゴスへ戻って、マシャダーに食べつくされた可能性もありますね。確信はありませんけど」

お茶の香りがナイニーヴのところまでただよってきた。ああ、光よ、どうか、おなかが鳴りませんように。

「若者たちの痕跡も、ほかの者の痕跡も、はっきりとはわかりませぬ。多くの痕跡が入りまじり、判別できぬのです」と、ラン。

その報告を聞いて、ナイニーヴは思わずほくそ笑んだ。護衛士にもわからないくらいだもの、あたくしにわからなくたって、恥じゃないわ。

ランは眉をひそめて言葉をつづけた。「しかし肝心なのは、そのことではありませぬ、モイレイン様」

モイレインが勧めたお茶を、ランは手を振って断わり、片手を剣の柄にかけて、焚き火の前を行ったりきたりしはじめた。向きを変えるたびにマントの色が変わる。

「トロロークがトゥー・リバーズに現われた理由はわかります。その数が百体であっても納得できます。しかし、これはどういうことでしょう？　昨日われわれを追ってきたトロロークは千体近くおりました」

「その千体がいちどにシャダー・ロゴスにこなくて幸いでした。ミルドラルは、わたくしたちがいつまでもあの廃墟にとどまっているはずがないと思いつつも、わずかな可能性を無視してシャヨル・グールへ戻るわけにもいかなかったのでしょう。みすみすわたくしたちを取り逃がしたら、闇王にどんなしうちをされるかわかりませんからね」

「話をはぐらかしてはなりませぬ。それがしの言う意味はおわかりのはず。あの千体が、トゥー・リバーズへ送りこまれるためにここで待機させられておったのなら、全員がトゥー・リバーズ襲撃に加わらなかったのはなぜか？　答えはひとつしかありませぬ。トゥー・リバーズ襲撃のころには、連中はここにいなかったのです。われわれがタレン川を渡った直後に、ここへ送りこまれたのにちがいありませぬ。ミルドラル一体とトロローク百体では不充分だとみなされた。しかし、どうやって？　どうやって送りこまれたのか？　千体ものトロロークを大荒廃地よりかなり南のこのあたりまで、これほどすばやくこっそりと送りこめるなら……また退却させられるのなら、大荒廃地に近いサルダエアやアラフェル、シエナール王国あたりには、一万体のトロロークを送りこめるはず。とすれば、境界地域は一年以内に荒廃するにちがいありませぬ」

「わたくしたちがあの若者たちを見つけられなかったら、全界じゅうが五年以内に荒廃します」と、モイレイン。「でも、トロロークのことを不思議に思っているのは、わたくしも同じです。どうしてあんなことができたのか、見当もつきません。オジールの〈秘路〉

は閉ざされていますし、〈狂気の季節〉以後、〈飛躍の技（わざ）〉を使える強力な異能者（アエズ・セダーイ）はいなくなりました。闇セダーイの一人が牢獄から逃げ出さないかぎり——光のおぼしめしで、そんなことは起こらないでほしいですけど——そのような力を持つ者はいないはずです。いずれにせよ、闇セダーイが束になっても、トロローク千体をこれほど迅速に動かせるとは思えません。今、目の前にある問題を考えましょう。ほかのことは、あとまわしです」

「あの若者たちのことですな」

「あなたが出かけているあいだ、わたくしも怠けていたわけではありません。一人は川を渡って、生きています。ほかの二人は下流にかすかな痕跡が残っていましたが、見つけたときにはもう消えかかっていました。わたくしが捜しはじめる何時間も前に、すでに絆（きずな）が断ち切られていたのでしょう」

　木陰で身をかがめているナイニーヴは、当惑して眉を寄せた。

　ランが足を止めて言った。

「南へ向かった半人ミルドラルに連れていかれたのでは？」

「その可能性もあります」モイレインは自分のカップにお茶を注いだ。「でも、わたくしは二人が死んだとは思いません。そんなことを認めることはできません。全界がどれほどの危機に直面しているか、あなたもわかっているはずです。なんとしても、あの若者たちを取り戻さなければなりません。闇王もあの三人を捜すでしょう。〈白い塔〉の内部やアミルリン位から反対意見が出ることは承知しています。たったひとつの解決策しか認めない異能者(アエズ・セダーイ)はつねに存在しているものです。しかし……」急にモイレインはカップをおろし、顔をゆがめた。「狼ばかり見張っていると、ネズミに足を噛(か)まれることになります」モイレインはナイニーヴが隠れているトネリコの木を見つめた。「賢女ナイニーヴ、そろそろ出てきてもいいのですよ」

ナイニーヴはすばやく立ちあがり、服についた枯れ葉をさっと払い落とした。ランは、モイレインの視線が動くと同時に木のほうを振り返り、剣を抜きかけた。だが、ナイニーヴの名を聞くと同時に、妙に力をこめて剣を鞘(さや)に戻した。あいかわらず無表情だが、ナイニーヴには、心なしかくやしそうに唇を引き結んでいるように思えた。異能者(アエズ・セダーイ)はともかく、護衛士には気づかれていなかったと知り、ナイニーヴは満足感をおぼえた。

だが、満足感にひたっている暇はなかった。ナイニーヴはモイレインから視線をそらさず、きっぱりとした足取りで歩いていった。取り乱さずに堂々としていようと思ったが、口を開くと、声は怒りで震えた。

「エグウェーンとアル＝ソアたちをどんな罠(わな)にかけたのです？　あの子たちをどんな陰謀に巻きこもうというのですか？」

モイレインはカップを手に取り、落ち着いてお茶を口に含んだ。ナイニーヴが近づくと、ランが片腕を突き出して止めた。ナイニーヴはその腕を払いのけようとして、驚いた。ランの腕は硬い樫の木の枝のようにびくともしない。ナイニーヴは力のあるほうだが、ランの筋肉はまるで鉄だった。

「お茶はいかが?」と、モイレイン。

「けっこうです。ほしくありません。喉が渇いて死にそうになっても、あなたのお茶はいただきません。それよりも、あなたがた異能者(アエズ・セダーイ)の忌(い)まわしい計略にエモンズ・フィールドの住人を巻きこまないでください」

「あなたは強情な人ですね、賢女ナイニーヴ」モイレインはカップに視線を落としたまま言った。「あなた自身、まがりなりにも絶対力をあやつれる存在だというのに」

ナイニーヴはもういちどランの腕を押したが、びくともしないので、無視することにした。「何を根拠にあたくしをトロローク扱いするのですか?」

モイレインの笑みがいかにも意味深に見え、ひっぱたいてやりたいとナイニーヴは思った。

モイレインは言った。「万物源にふれて絶対力をあやつれる女性を前にしながら、わたくしが何も気づかないと思いますか? まだ安定しない能力で、本人が自覚していない場合でも、わたくしにはわかります。あなたがエグウェーンの潜在能力を感知したのと同じことです。だからこそ、あなたがあの木陰にいることがわかったのです。もっと気持ちを集中させていたら、あなたが近づいてきたとたんにわかったでしょう。あなたをトロローク扱いするつもりはありません。邪悪な気配なら、わたくしにはわかります。エモンズ・フィールドの賢女であり、絶対力をあやつるあなたから感じられるのは、闇王の害毒ではありませんよ、ナイニーヴ・アル＝メアラ。なんだと思いますか？」

見おろすランの目つきが、ナイニーヴの気にさわった。驚いて、しげしげと探るような目つきだ。目のほかはあいかわらず無表情だった。エグウェーンは間違いなく特別な存在だ。立派な賢女になれるだろうと、ナイニーヴはずっと思っていた。この二人は共謀して、あたくしを動揺させようとしている。

「そんな話はもう聞きたくありません。あなたは――」ナイニーヴは言った。

「ぜひとも、聞いていただきます」と、モイレイン。断固とした口調だ。「あなたに会う前から、エモンズ・フィールドには絶対力をあやつれる女性がいるのではないかと思っていました。きびしい冬がつづき、春の訪れが遅れることを予測できずに、とてもくやしがった賢女がいるという噂を耳にしたのです。本来は気候や作物のできを予測するのが得意な賢女だとも聞いていました。治療の腕もすぐれていて、後遺症が残りそうな怪我(けが)を見事に治した……傷跡も痛みもまったく残らなかったという話も聞きました。好ましくない話は、あなたが賢女としては若すぎると思う人が少しいるということぐらいです。わたくしはますます確信を深めました。あなたがお歳の割に卓越した技の持ち主だからです」

「あたくしは賢女バラン先生の教えを受けました」

ナイニーヴはランを見あげようとしたが、いつものように不愉快きわまりない目で見られ、しかたなくモイレインの頭の向こうにある川に目を据えた。エモンズ・フィールドの人たちったら！　よそ者の前で村の賢女の噂をするなんて！

「あたくしが若すぎると言ったのは誰ですか？」

モイレインは微笑し、ナイニーヴの質問を無視した。

「風の声を聞けると、自分で言う女性はたくさんいますが、あなたは、その種の人たちとは違って、本当に聞けるのですね。毎回ではないにしても。もちろん、その行為は本当は風には関係なく、絶対力の五素のうちの〈気〉と〈水〉にかかわる技です。教えられて会得したものではないはずです。あなたが生まれつき持っている能力です。エグウェーンと同じように。でも、あなたはその力を、ある程度は自分で制御できるようですね。エグウェーンはその制御方法を、これから学ばなければなりません。あなたと対面して、二分後にはわかりました。わたくしが突然、あなたが賢女かとたずねたのを覚えていますか？

なぜたずねたと思いますか？　見たところ、あなたは、お祭りの準備をするかわいい女の子たちと違いがなかったからです。いくら若い賢女だとしても、現実のあなたよりも一・五倍は年長の女性だと想像していました」

　モイレインとはじめて顔をあわせたときのことを、ナイニーヴは忘れていない。村の女会の誰よりも落ち着きはらって、見たこともないほど美しい服をまとったモイレインは、こともあろうに、ナイニーヴを〝お嬢さん〟と呼んだ。賢女だと知ると、びっくりしたように目をしばたたき、だしぬけに質問してきた……。急に唇が乾いたような気がして、ナイニーヴは唇をなめた。モイレインとランがナイニーヴを見つめている。ランは岩のように無表情なまま、モイレインは共感をたたえながらも強いまなざしで。

　ナイニーヴは頭を振った。

「いいえ、とんでもない！　そんなはずはありません。あたくしをだまそうとしたって、そうはいきませんよ」

「まだわからないでしょうね」と、モイレイン。なだめるような口調だ。「でも、あなたが自分の能力に疑いを抱く理由はありません。あなたは、ずっと〝風の声を聞く〟という表現を聞かされてきたはずです。いずれにせよ、今のあなたは、自分が絶対力や恐るべき異能者（アエズ・セダーイ）とかかわりがあると心の奥底からは認めないでしょう。そうするのはエモンズ・

フィールドじゅうの人たちに向かって、自分は闇の信徒だと宣言するのと同じですから」

モイレインはおもしろがるような表情を浮かべた。「あなたの力がどのようにして現われたのか、わたくしには説明できます」

「これ以上、あなたの嘘なんか聞きたくありません」

ナイニーヴがそう言っても、モイレインはかまわずに先をつづけた。

「おそらく、八年から十年くらい前――年齢はいろいろですが、必ず、若い時期に現われます――あなたには、全界じゅうで何よりも手に入れたいものがあったはずです。何か、あなたが必要としていたものです。そして、あなたはそれを手に入れました。池で溺れそうになったとき、枝が落ちてきて、それにつかまったのかもしれません。あるいは、友達かペットが、もう死ぬと思われたのに助かったのかもしれません。

そのとき、あなたは何か特別なものを感じましたが、それから一週間か十日ほどたってから、万物源にふれた反動が現われました。急に熱と悪寒に襲われて床につき、ほんの二、三時間で治ったという形だったと思います。ほかの症状も出たかもしれませんが、どれも二、三時間ほどでおさまったはずです。頭痛やしびれ、興奮などが入りまじって、夢のようなバカなことを話したり、あさはかな行動をとったりしたでしょう。めまいがして、身動きしようとすると、つまずいたり、よろめいたりする。ものを言おうとすると舌がもつれて、言いたいことの半分も言葉にならない。そのほかにも、さまざまな症状が出たと思います。覚えていますか?」

ナイニーヴは地面にどさりとすわりこんだ。脚の力が抜けて立っていられなくなったのだ。たしかにモイレインが言ったようなことを覚えているが、ナイニーヴは首を横に振った。偶然の一致にちがいない。そうでなければ、エモンズ・フィールドの住人から聞き出したに決まっている。この異能者(アエズ・セダーイ)は村でさまざまな質問をしてまわった。この話もそのときに聞いたのだろう。ランが手を差し出したが、ナイニーヴの目には入らなかった。

「まだあります」モイレインは、黙りこんだナイニーヴに向かって言葉をつづけた。「あなたは、ペリンかエグウェーンに対して、絶対力を使って〈治療の技〉をほどこしたことがありますよね。〈治療の技〉を受けた患者とあなたとのあいだに、引き合う力が形成されたはずです。あなたは自分が〈治療の技〉をほどこした相手の存在を感知できますよね? ベイロンに着いて、あなたはまっすぐに宿屋〈雄鹿と獅子〉へやってきました。街へ入ってすぐの宿屋というわけでもないのに。あなたが宿屋に到着したとき、エモンズ・フィールドの住人でそこに残っていたのはペリンとエグウェーンだけでした。あなたが絶対力で治療した相手はペリンですか? エグウェーンですか? それとも両方ですか?」

「エグウェーンです」

　ナイニーヴはつぶやくように答えた。ナイニーヴは、誰かが近づいてくるといつも、相手の姿が見えないうちから、誰がきたのかわかった。それを当然のことだと思っていた。いまはじめて気づいた——その相手は必ず、自分が治療をほどこし、奇跡的に成功した相手だった。薬が予想以上の効果をもたらす場合も自分で予測できたし、作物のできが特にいい場合や、雨の降る時期が早まったり遅れたりする場合の予報にも確信があった。そういうものだと思っていた。〝賢女なら誰でも風の声を聞けるわけではありません。でも、最高の賢女なら聞けます。あなたは最高の賢女になれます〟——ナイニーヴの師である賢女バランは、いつもそう言っていた。

「エグウェーンはデング熱にかかったことがあります」ナイニーヴはうつむき、地面に目を据えたまま言った。「あたくしがバラン先生の見習いをやっていたころで、エグウェーンの看病を命じられました。あたくしはまだ若くて、賢女が心得ている技も知りませんでした。デング熱の看病は恐ろしい体験でした。エグウェーンは汗まみれでうめき声を上げ、今にも骨が折れそうなほど激しく身もだえしました。バラン先生は、熱はあと一日か二日で下がるとおっしゃいましたが、あたくしを気づかってくださっているとしか思えませんでした。あたくしは、エグウェーンが助からないと思いました。エグウェーンがよちよち歩きのころから、お母さんが宿屋の仕事で忙しいときに、世話をしてきましたから、エグウェーンの死を自分が看取(みと)るのだと思うと、涙を抑えきれませんでした。一時間たって、またバラン先生がいらしたときには、熱は下がっていました。バラン先生はびっくりなさいました。エグウェーンよりも、あたくしのことで動揺なさった様子でした。あたくしがエグウェーンに何かを——何か口にするのも恐ろしいようなものを——与えて、処置をしたとお考えのようでした。懸命にあたくしを落ち着かせて、あたくしがエグウェーンに悪いことをした覚えがないことを確認されたようです。一週間後に、あたくしは先生の居間で倒れました。悪寒と高熱が交互に襲ってきました。寝台に寝かされましたが、夕食時までにはその症状は消えました」

話しおえると、ナイニーヴは両手に顔をうずめた。この人は、ちょうどあてはまるような例を選んで話したんだわ。なんて悪賢い人なの！　あたくしが、異能者(アエズ・セダーイ)みたいに絶対力を使っただなんて。穢(けが)らわしい闇の信徒の異能者(アエズ・セダーイ)と同じことをしただなんて！

「あなたはとても幸運でした」

モイレインの声が聞こえた。ナイニーヴはぱっと顔を上げ、背筋を伸ばした。ランがわれ関せずという表情であとずさりし、自分の馬の鞍(くら)を調べはじめた。モイレインとナイニーヴには目もくれない。

「幸運ですって？」

「あなたは粗けずりな形であっても絶対力を制御できるのです。まだ、自分が望むときに万物源にふれることはできないでしょうけど。制御できなければ、そのときに命を落としたはずです。あなたもエグウェーンも、タール・ヴァロンへ行かなければ、やがては命を落とします」

「あたくしが絶対力を制御できるのなら……」言いかけて、ナイニーヴは急に言葉を切った。これではまるで、自分がモイレインの言うとおり絶対力をあやつれると、あらためて認めるようなものだ。「もし、あたくしに制御できるのなら、エグウェーンにだってできるはずです。あなたといっしょにタール・ヴァロンへ行って、あなたがたの陰謀に巻きこまれる必要はありません」

モイレインはゆっくりと首を振った。

「異能者（アエズ・セダーイ）たちは、独力で万物源にふれられる若い娘たちを探しています。同じ力を持つ男性を探す場合にも劣らず、辛抱強く探しつづけています。異能者（アエズ・セダーイ）の絶対数を増やすためではありません。その種の女性たちに絶対力が誤用されることを、恐れているわけでもありません。このような女性たちが光のおぼしめしで手に入れた粗けずりな絶対力が大きな損害をもたらすことはありません。とりわけ、本当の意味で万物源にふれるのは指導者がいないと無理ですから、安定した力は得られません。それに、もちろん、男性の場合のように、狂気におちいって邪悪な闇の道へ走る恐れもありません。ただ、本人が命を落とす危険がありますから、わたくしたちはそれを防ぎたいのです。絶対力を引き出せるのに、制御できない女性たちの命をです」

「あたくしが襲われたような熱や悪寒では、死ぬ人はいないと思います」と、ナイニーヴ。「三時間か四時間つづきましたけど。ほかの症状も出ましたが、死ぬほどひどいものじゃありませんでしたし、二、三カ月後には現われなくなりました。このことをどうご説明なさるんです？」

「それはただの反動です」辛抱強く、モイレインは説明をつづけた。「万物源に接近するたびに必ず反動が訪れ、いずれは、ふれると同時に反動がくるようになります。その時期を過ぎると、一見、反動は現われなくなります。でも実際は、最期のときへ向かって秒読みが始まります。普通は、あと一年か二年の命です。五年間も持ちこたえた女性もいました。あなたやエグウェーンのように生まれながらに能力を持つ女性を四人見つけました。そのうち三人は、わたくしたちが見つけて訓練しなければ、命を落とすところでした。男性の死にかたほど恐ろしくはありませんが、美しい死にかたでもありません。この世に美しい死にかたはありません。痙攣（けいれん）し、悲鳴を上げ、死ぬまでに何日もかかります。その症状が現われたら、止める手だてはありません。タール・ヴァロンじゅうの異能者（アエズ・セダーイ）が力を合わせても無理です」

「嘘でしょう。あなたはエモンズ・フィールドで村人にいろいろと質問していました。エグウェーンのデング熱や、あたくしの発作のことなどを聞き出したんでしょう。いろいろなことをつなぎ合わせて、話を作りあげたに決まっています」

「そんなことはしていません。わかっているでしょう」と、モイレイン。声が優しい。

しぶしぶ——これほど気が進まないことは、生まれてはじめてのような気がする——ナイニーヴはうなずいた。明白な事実を否定しようと最後の抵抗を試みたが、無駄だった。どんなに不愉快でも、事実は事実だ。賢女バランの最初の弟子は、ナイニーヴがまだ人形で遊ぶ年齢だったころに、モイレインが言ったとおりの死にかたをした。二、三年前にも、デベン・ライドで若い女性が同じ死にかたをした。その女性も賢女の弟子で、風の声を聞くことができた。

「あなたは非常に大きな能力を秘めています」モイレインは重ねて言った。「訓練を受ければ、エグウェーンよりも強力な異能者（アエズ・セダーイ）になれると思います。エグウェーンも、ここ何世紀も現われなかった強力な異能者（アエズ・セダーイ）の素質を持っています」

ナイニーヴは、まるで毒ヘビをさけるかのようにモイレインから身を引いた。「いやです！　あたくしは絶対にそんな——」そんな、何？　自分？　ナイニーヴはがっくりとうなだれ、こわごわと言った。「このことは誰にも言わないでいただけますか？　お願いですから」言葉が喉に詰まるような気がする。モイレインに向かって〃お願いですから〃などというくらいなら、トロロークと対面するほうがましだ。だが、モイレインがあっさりうなずいたので、ナイニーヴは少し人心地を取り戻し、言葉をついだ。「でも、あなたがアル＝ソアとマットとペリンを連れ出したのは、どういうわけですか？」

「闇王があの三人を狙っているからです。闇王が何かを狙えば、わたくしはそれを阻止します。これほど単純でもっともな理由はないと思いますけど」モイレインはお茶を飲みおえて、カップの縁（ふち）ごしにナイニーヴを見つめた。「ラン、そろそろ出発しなければなりません。南へ向かいましょう。賢女ナイニーヴは同行してくださらないかもしれませんが」

　モイレインの〃賢女〃という言葉に、ナイニーヴの口もとがこわばった。まるでナイニーヴが些細な点にこだわって肝心なことに背を向ける人間だと、あてこすっているように聞こえた。あたくしに同行してほしくないんだわ。あたくし一人だけを追い返して、エグウェーンたちを連れてゆこうとしている。

「あら、同行しますわ。あたくしをのけ者にしようったって、そうはいきません」と、ナイニーヴ。

「そなたをのけ者にしようとは誰も考えぬ」戻ってきたランが言った。ランはやかんの湯を焚き火にかけ、棒で灰を掻きまわしはじめた。「これも歴史模様の一部ですか、モイレイン様？」

「そうでしょうね」と、モイレイン。考えこむ口調だ。「ミンに訊くべきだったと思います」

「おわかりかな、ナイニーヴ、そなたの同行を認めるとおっしゃっているのだ」ランがナイニーヴの名を呼んだとき、一種のためらいが感じられた。口には出さないが、ナイニーヴの名に〝セダーイ〟と付け加えたいような気配だ。

からかわれたと思ったナイニーヴは、かっとなった。自分の目の前でわけのわからない話を交わす二人の様子に、さらに腹が立った。あたくしにはなんの説明もしないで……でも、こちらからたずねたら、優越感に浸らせるだけだわ。

ランは出発の準備を続けた。無駄のない動きで、確実にすばやく仕事をかたづけ、荷物や毛布を手ぎわよく二頭の馬の鞍に縛りつけた。最後の荷物を縛りつけると、ランはナイニーヴに言った。

「そなたの馬を連れてくる」

川岸を上流へ向かうランの姿を見送って、ナイニーヴは小さな笑みを漏らした。さっきは姿を隠したナイニーヴに気づかないという失態を演じただけに、ランは意地でも自力でナイニーヴの馬を見つけようとするだろう。ナイニーヴは誰かのあとをつけるときにも、自分の痕跡をほとんど残さない。手ぶらで帰ってくるランの姿が見ものだ。

ナイニーヴはモイレインにたずねた。

「どうして南へ向かうんですか？　若者たちの一人は川を渡って生きている——そうおっしゃいましたよね。どうやって知ったのですか？」

「わたくしはあの三人に銀貨を渡しました。わたくしとのあいだに絆を形成するためです。若者たちが生きていて、あの銀貨を持っているかぎり、わたくしは銀貨の持ち主を捜し出せます」

絆？　ナイニーヴが思わず、ランが去った方向へ視線を走らせると、モイレインは首を振った。

「わたくしと護衛士のような絆とは違います。あの三人の若者が生きていれば、必ず見つけ出せる……はぐれても再会できるというだけのものです。状況を考えれば、当然の配慮でしょう？」

「あなたとエモンズ・フィールドの人間を結びつけるようなものは、なんであれ、あたくしは賛成できません」ナイニーヴは強情に言い張った。「でも、それがあの三人を見つけるのに役立つなら……」

「役立ちますとも。できることなら、まず川の向こうの一人と合流したいと思います」モイレインの声に一瞬、いらだちの色がにじんだ。「位置はここから数キロしか離れていませんが、わたくしには時間がないのです。川向こうの一人は、トロロークもいないことですし、無事にホワイトブリッジまで南下できるでしょう。川を下った二人のほうが急を要します。二人は銀貨を手放しました。それにミルドラルも二人を追っているか、ホワイトブリッジへ行きつくまでのあいだに、わたくしたちのじゃまをしようとしているか――そのどちらかです」モイレインはため息をついた。「急を要するほうを、先になんとかしなければなりません」

「二人は……二人は、ミルドラルに殺されたのではありませんか？」

モイレインは無言で首を横に振った。ありえないことだとはねつけられたような気がして、ナイニーヴは唇を引き結んだ。

「では、エグウェーンはどこにいるんですか？　エグウェーンは銀貨をもらっていないようですけど？」

「わかりません。無事でいるといいのですが」

「わからない？　無事でいるといい？　エグウェーンの命を救うためにタール・ヴァロンへ連れてゆくと言っておきながら！　あなたのせいでエグウェーンは死んだかもしれない

んですよ！」

「先にエグウェーンを捜せば、南へ向かった二人と合流するまでに、ミルドラルに時間を与えることになります。闇王が狙っているのは若者たちであって、エグウェーンではありません。本来の獲物を追っているあいだ、ミルドラルはエグウェーンには手出しをしないでしょう」

ナイニーヴは、自分がトロロークと対面したときも、獲物とはみなされなかったことを思い出したが、モイレインの言葉を認める気にはなれなかった。

「それじゃ、あなたは〝運がよければエグウェーンは生きているかもしれない〟としか言えないんですね。死んではいなくても、ひとりぼっちで、怯(おび)えて、怪我をしているかもしれないのに。いちばん近くの村まで何日もかかるところで、あたくしたちの助けを待っているかもしれないんですよ。それでも、エグウェーンをほうっておくと言うんですか？」

「エグウェーンは、川を渡った一人といっしょにいるかもしれません。あるいは、川を下った二人といっしょにホワイトブリッジへ向かっているかもしれません。いずれにせよ、もうトロロークに襲われることはありません。それに、エグウェーンは丈夫で頭もよく、必要なら、一人でホワイトブリッジへ向かう方法を見つける知恵を充分に持っています。エグウェーンが一人になり、助けを必要としているという可能性にしがみつくのですか？

それとも、急を要することがわかっている二人を助けますか？　わたくしにエグウェーンを捜させて、間違いなくミルドラルに追われている二人をほうっておきますか？　ナイニーヴ、わたくしはエグウェーンの無事を祈っています。でも同時に、闇王と戦わなければなりません。どちらを優先させるかは、状況によって決まります」

　恐ろしい選択肢を突きつけながらも、モイレインは冷静な表情を崩さなかった。ナイニーヴはわめきたくなった。目をしばたたいて涙をこらえながら、まっすぐにモイレインの顔を見つめた。ああ、賢女は村人たち全員を守る責任があるというのに、どうしてこんな恐ろしい選択をしなければならないんでしょう？

「ランが戻ってきました」モイレインが言って立ちあがり、マントをはおった。

　ランは、ナイニーヴが木陰に隠した馬を連れてきた。その事実も、今のナイニーヴにはたいしてこたえなかった。それでも、手綱を渡されたときには、思わずぎゅっと口を結んだ。ランの顔に少しでも満足の色が浮かんでいれば、少しは気が晴れただろう。だがランは、癪（しゃく）にさわるほど無表情に落ち着きはらっていた。ナイニーヴの顔を見たランは、目を見開いた。ナイニーヴは急いでランに背を向け、頬を流れる涙をぬぐった。あたくしが泣くのが、そんなにおもしろいの⁉

「いっしょにきますか、賢女ナイニーヴ？」モイレインの冷静な声が聞こえた。

ナイニーヴは顔を上げ、ゆっくりと周囲の森を見た。この森のどこかにエグウェーンがいるのではないか？　ナイニーヴが無言で馬にまたがると、ランとモイレインは馬を南へ向けた。ナイニーヴは昂然（こうぜん）と頭を上げて、二人のあとから馬を進めた。決して振り返らないよう、前をゆくモイレインの姿を見つめた。この人は自分の力と計画に自信を持っている。でも、エグウェーンたちが全員無事に見つからなかったら、いくら優秀な異能者（アエズ・セダーイ）だったとしても、ただじゃおかないわ。あたくしだって、同じ力が使えるんですからね！　あなたが自分でそう教えてくれたのよ。その力を、あなたに対して使うことだってできるのよ。覚えておきなさい！――ナイニーヴは心のなかでそう叫んだ。

22　道の選択

日が高く昇っても、ペリンは目を覚まさなかった。小さな木立のなかに、暗がりで大ざっぱに切り落とした杉の枝を積み重ね、その下に潜りこんでいる。まだ湿っている服を通して杉のとがった葉が刺さり、ペリンの深い眠りを破った。夢のなかでペリンは、エモンズ・フィールドのルーハン親方の鍛冶場で仕事をしていた。目を開けても状況がわからず、自分を囲む香りの強い杉の枝をぼんやりと見あげた。交錯する枝のあいだから、ちらほらと日差しが漏れてくる。

ハッとして上体を起こした拍子に、身体をおおっていた枝のほとんどがすべり落ちたが、もつれ合った枝が肩と頭にのったままなので、ペリン自身が一本の木のように見えた。現実の記憶が戻ってきて、エモンズ・フィールドは遠くかすんだ。一瞬、周囲の景色も色褪せるほど、昨夜の記憶が生々しくよみがえった。

ペリンは息を切らしながら、死に物狂いで杉の枝のなかを手探りした。斧を探りあてて両手でつかむと、息を殺して油断なくあたりをうかがった。動くものは何もない。静かな寒い朝だ。アリネル川のこちら側にもトロロークがいるとしても、移動している気配はない。少なくとも、この近くにトロロークはいない。ペリンは深呼吸をして気を落ち着け、斧を膝に置いて、動悸がおさまるのを待った。

ペリンは昨夜、最初に行きあたった木立に身を隠した。いま見ると、立ちあがれば周囲から姿が見えてしまうほど、まばらな木立だ。ペリンは頭や肩から枝をむしり取り、周囲の枝を押しのけた。木立の端まで這っていくと、その場に横たわったまま川岸の様子をうかがった。杉の葉が刺さった個所がかゆい。

昨夜の刺すような冷たい風はおさまり、そよ風が川面にさざ波を立てていた。川は広々と静かで、水面にはなんの影も見えない。闇に溶けるミルドラルには渡れそうもないほど広くて深い。対岸は、目の届くかぎり、鬱蒼と茂った森に見えた。やはり、動くものは見あたらない。

喜んでいいのか、恐れるべきなのか、よくわからなかった。川のどちら側にも、闇に溶けるミルドラルやトロロークがいなくなったことはうれしいが、モイレインかランか、せめて友人たちの姿でも見えないことには、とほうに暮れるばかりだ。「望んで翼が手に入るものなら、羊だって空を飛ぶわよ。しょうもないことは考えなさんな」ルーハン親方の奥さんは、よくそう言っていた。

崖から落ちたとき以来、馬の姿を見ていない。無事に川を泳ぎわたってくれたのならいいが——そうは思ったものの、ペリンは馬に乗るより歩くほうが慣れていたし、ブーツも頑丈で底が厚かった。食料は持っていないが、投石器は腰に巻きつけてある。ポケットには罠用の紐もあった。どちらかを使えば、ウサギくらいはつかまえられるだろう。火をおこす道具は、馬の鞍につけたまま手放してしまったが、杉の木を使って、摩擦熱で火をおこす道具を作ればいい。

木立を風が吹き抜け、ペリンは身震いした。マントは川に流してしまった。着ている服はまだ水を吸って重く、冷たい。昨夜は冷たさも湿気も感じないほど疲れきっていたが、今では身動きするたびにさむけをおぼえる。木の枝に服をかけて乾かすのはやめよう。寒いとは言えないまでも、暖かい日ではない。

問題は時間だ。ペリンはため息をついた。早く服を乾かして、ウサギをつかまえ、火をおこさなければならない。腹が鳴った。食べもののことは、今は考えないようにしよう。時間は有効に使わなければならない。ひとつずつ、大事なことから先にかたづける。それがペリンのやりかただ。

ペリンは、アリネル川下流の力強い流れを目で追った。エグウェーンより、おれのほうが泳ぎはうまい。もし、エグウェーンが川を渡ったとすれば……いや、〝もし〟じゃない。エグウェーンが川を渡って行きついた先は、もっと下流にちがいない。ペリンはいらいらと指で地面を叩き、知恵を絞って考えた。いったん決心がつくと、躊躇（ちゅうちょ）なく斧を取りあげ、川下へ向かって歩きはじめた。

アリネル川のこちら側の岸には、西の対岸と違って深い森はない。春がくれば草地になるらしい地面に、小さな木立が点在している。葉を落としたままのトネリコやハンノキ、カエデなどのなかに、ときおり常緑樹の木立が現われた。川から離れるにつれて、木立は規模が小さくなり、まばらになった。身を隠せるほど茂ってはいないが、ほかに隠れる場所はない。

ペリンは身をかがめて木立から木立へと全力で走り、木陰に身を投げ出して川岸をうかがった。対岸にも同じように目を走らせた。闇に溶けるミルドラルやトロロークは川を渡らないと、ランは言ったが、本当だろうか？　もしかしたら、こちらの姿を見たとたんに勢いづいて、渡る気を起こすかもしれない。ペリンは用心深く木陰から川方向を見張り、姿勢を低くしたまま、すばやく次の隠れ場所へ移動した。

短い全力疾走をなんども繰り返しながら、数キロ下流へ進んだときのことだ。柳の木立へ向かって走っていたペリンは、不意に唸（うな）り声を漏らして、ぴたりと立ちどまり、地面を凝視した。もつれた茶色の枯れ草のあいだに、ところどころ剝き出しの地面がのぞいている。その地面の中央……ペリンの目の前に、くっきりと蹄の跡が残っていた。ペリンの顔に徐々に笑みが広がった。トロロークにも蹄はあるが、馬の蹄を持つトロロークがいるとは聞いたことがない。しかも、これは補強用の横棒が二本ついた蹄鉄の跡だ。ルーハン親方が作ったものに間違いない。

対岸から見られているかもしれないことなど忘れて、ペリンはほかにも同じ蹄の跡はないかと探しまわった。もつれた厚い枯れ草の上にはあまりはっきりした跡は残っていない。それでも、ペリンの鋭い目は同じ跡を見つけ出した。ペリンはわずかな痕跡をたどって川を離れ、密集した木立へ向かった。ヤチツツジや杉がこんもりと茂り、風や人目をさえぎっている。木立の中央にツガの木が一本、枝を広げてそびえていた。

ペリンは笑みを浮かべたまま、絡み合った枝を押し分けて進んだ。大きな音を立てていることも忘れた。不意に視野が開け、ツガの木の下の小さな空き地に出た。同時にペリンは立ちどまった。小さな焚き火の向こうにエグウェーンが身をかがめ、馬のベラを背にして太い枝を棍棒のようにかまえていた。

「ごめん、驚かせて。声をかければよかったな」ペリンはきまり悪げに言って、肩をすくめた。

エグウェーンは手にした枝を投げ捨ててペリンに飛びつき、抱きしめた。「あなたは川で死んでしまったと思ってたわ。まだ濡れてるじゃない。ほら、火のそばにすわって、暖まって。馬は向こう岸へ置いてきてしまったんでしょう?」

エグウェーンに押されるままにペリンは焚き火のそばに腰をおろし、暖かさにほっとして炎に手をかざした。エグウェーンは鞍袋(くらぶくろ)のなかから油紙の包みを取り出し、パンとチーズを出してペリンに渡した。固くくるまれていたため、川の水につかっても濡れていなかった。心配していたのに、エグウェーンは一人で、おれよりうまくやっている。ペリンは拍子抜けした。

「ベラが川を渡らせてくれたの」エグウェーンが、毛の長い雌馬を叩いて言った。「ベラが川へ飛びこんで、あたしをこっち側まで引っ張ってきてくれたのよ」いったん言葉を切ってから、付け加えた。「あたし、ほかには誰の姿も見てないわ、ペリン」

実質的には質問だった。ペリンは、エグウェーンがもとどおりに包みはじめた食料を残念そうに見つめ、指についたパンくずをなめてから答えた。

「おれも、ゆうべから今まで、あんたしか見ていない。闇に溶けるミルドラルやトロロークの姿も見なかった」

「アル=ソアは絶対に無事でいるわ」エグウェーンはそう言ってから、あわてて付け加えた。「みんな無事よ。絶対に。いまごろ、あたしたちを捜してるかもしれないわ。いつか見つけてくれるわよ。だって、モイレイン様は異能者(アエズ・セダーイ)ですもの」

「ことあるごとに、そればかり意識するよ」と、ペリン。「やれやれ、一時(いっとき)でも忘れられるといいんだがな」

「あのかたがトロロークから守ってくださったときは、あなただって文句を言わなかったじゃない」と、エグウェーン。辛辣(しんらつ)な口調だ。

「あの人の力を借りなくても、おれたちで処理できたらいいのにと、思ってるだけだよ」エグウェーンににらみつけられて、ペリンはもじもじと肩をすくめた。「でも、そういうわけにはいかないだろう。これからどうしたらいいか、考えてみたんだが――」

この言葉にエグウェーンは眉を上げた。ペリンの考えに難色を示したわけではなく、ペリンが自分の考えを口にしようとしたことに驚いたのだ。ペリンが意見を言うということは、よほど考えたすえのことにちがいない。

「まず、ラン様とモイレイン様が、おれたちを見つけてくれるのを待つという手がある」と、ペリン。

エグウェーンが口をはさんだ。「もちろんよ。モイレイン様は、はぐれても、あたしたちを見つけられるとおっしゃったわ」

　ペリンはエグウェーンが言いおえるのを待って、先をつづけた。

「でも、待っているうちに、先にトロロークに見つかるかもしれない。それに、モイレイン様も、ほかのみんなも死んだかもしれない。ごめんよ、エグウェーン。ただ、可能性として考えているだけだ。おれだって、みんなが無事だと思いたいよ。この火を見つけて、近づいてきてくれればいいと思う。でも、希望なんて、溺(おぼ)れたときの藁(わら)みたいなもんだ。そんなものにすがっても、どうしようもないってことだよ」

　エグウェーンは無言でペリンを見つめてから言った。「あなた、下流へ向かってホワイトブリッジへ行きたいの？　ここでモイレイン様に見つけてもらえないとしたら、次に見つけてもらえそうな場所はホワイトブリッジだわ」

　ペリンは慎重に言葉をついだ。「ホワイトブリッジへ行くべきだろうとは思う。でも、闇に溶けるミルドラルもそのことを予想していたらホワイトブリッジでおれたちを捜すだろう。そうなったら、こんどは異能者(アエズ・セダーイ)にも護衛士にも守ってもらえない」

「どこかへ逃げ出そうというの？　マットが言ってたとおりにするの？　闇に溶けるミルドラルやトロロークに二度と見つからない場所に隠れるつもり？　モイレイン様にも見つからないようなところに？」

「それも考えなかったわけじゃない」ペリンは静かに言葉をつづけた。「でも、きっと逃げるたびに、ミルドラルやトロロークに見つかるだろう。あいつらから逃げられる場所なんて本当にあるのかどうか、おれにはわからない。気はすすまないけど、おれたちにはモイレイン様の助けが必要だ」

「話がよくわからないわ、ペリン。いったい、どこへ行けばいいというの？」

ペリンは驚いてエグウェーンを見つめた。おれの返事を求めている。おれに指図されるのを待っている。エグウェーンから指示をあてにされるとは、予想もしなかった。エグウェーンは他人の決めた枠組みにしたがって行動するのが嫌いで、指図されるのを好まない。賢女の言うことなら別かもしれないが、ナイニーヴの言葉に対してもエグウェーンがためらう姿をなんどか見たことがある。

ペリンは目の前の地面を手でならし、咳払いして言った。「ここが、今おれたちのいる場所だとする。これがホワイトブリッジだ」話しながら、地面に指で印をつけた。「シームリンはこのあたりになる」三つ目の印をつけ、言葉を切って地面を見つめた。

ペリンはアル＝ヴィア村長の古い地図の記憶をもとにして、計画を立てていた。村長の話ではあまり正確な地図ではないということだったし、ペリンはアル＝ソアやマットほど熱心に地図を見たわけでもない。だが、エグウェーンは何も言わなかった。ペリンが顔を上げると、エグウェーンは膝に手を置いてこちらを見つめていた。

「シームリン？」エグウェーンは唖然としたように言った。

「シームリンだ」ペリンは地面のふたつの点のあいだに一本の線を引いた。「川からまっすぐに離れる方向だ。誰もこの方向は予想しないだろう。シームリンへ行って、仲間を待てばいい」

そう言うと、ペリンは手の汚れを払って立ちあがった。自分ではよい計画だと思うが、エグウェーンは反対するだろう。エグウェーンが主導権を握ってくれればいいのに……。ペリンはこれまでいつもエグウェーンの言うとおりにしてきた。だからといって不満に思ったことはない。

驚いたことに、エグウェーンはうなずいた。「途中に村がいくつかあるはずよ。道を訊くこともできるわ」

「心配なのは、モイレイン様がシームリンでおれたちを見つけてくれなかったら、どうすればいいかだ。ああ、こんな心配をしなきゃならないときがくるなんて、夢にも思わなかった。モイレイン様がシームリンへこなかったら、どうしよう？　モイレイン様は、おれたちが死んだと思うかもしれない。アル＝ソアとマットだけを連れて、タール・ヴァロンへ行ってしまうかもしれない」

「モイレイン様は、あたしたちを見つけられるとおっしゃったわ」と、エグウェーン。断固とした口調だ。「ここで見つけられるのなら、シームリンでだって見つけられるはずよ。きっと見つけてくださるわ」

ペリンはおもむろにうなずき、「そうだろうな。でも、シームリンに二、三日いてもモイレイン様が現われなかったら、タール・ヴァロンへ行って、アミルリン位に相談しよう」と言って、深いため息をついた。

二週間前までは本物の異能者（アエズ・セダーイ）を見たこともなかったおれが、アミルリン位のことを口にしている。やれやれ！

「ラン様の話では、シームリンからタール・ヴァロンまでは立派な街道が通じてるそうだ」ペリンはエグウェーンのわきの油紙の包みに目をやって、咳払いした。「もう少し、パンとチーズをもらえないかな？」

「今あるぶんを長くもたせなきゃならないのよ。あなたが、あたしよりうまく罠を作れれば別だけど。ゆうべ作ってみたけど、うまくいかなかったの。火をおこすほうが簡単だったわ」エグウェーンは冗談めかして笑い、包みを鞍袋のなかへ戻した。

エグウェーンは、全面的にペリンに主導権を渡したわけではないようだ。ペリンの腹が鳴った。

「それじゃ、そろそろ出発しようか」ペリンは立ちあがった。

「でも、あなた、まだ濡れてるじゃない」

「歩いてるうちに乾くさ」

ペリンはきっぱりと答え、土を蹴って火にかぶせはじめた。道の選択に関する主導権が自分にあるのなら、出発のタイミングも自分が決めなければならない。川から吹いてくる風が強さを増してきた。

23　狼の兄弟

　予想はしていたが、シームリンへ向かう旅は、ペリンにとってかなり気疲れするものになった。エグウェーンは最初から、ベラには二人が交代で乗るべきだと主張した。

「どれほどの道のりかわからないけれど、あたしだけが馬に乗りつづけるには遠すぎて気がひけるわ」顎を食いしばり、まばたきもせずにペリンを見つめて、エグウェーンは言った。

「おれは大きいからベラには乗れないよ」と、ペリン。「歩くほうが慣れてるし、馬に乗るより好きだ」

「あたしは歩くのに慣れてないって言うの？」エグウェーンはとがった声で言い返した。

「別に、そういう意味じゃ――」

「交代で乗らなかったら、あたしだけが鞍ずれしちゃうじゃない？　それに、あなたが疲れて動けなくなったらどうするの？　あたしに世話をさせるつもり？」

「なるようになるさ」ペリンは答え、さらに何か言いたそうなエグウェーンを抑えて、言葉をつづけた。「ともかく、まずあんたが乗るんだ」エグウェーンの顔にますます強情な色が浮かんだが、ペリンは言葉をはさむ隙を与えなかった。「自分で乗らないのなら、おれが鞍の上へほうりあげるぞ」

エグウェーンは驚いた視線をペリンへ向け、口もとに小さな笑みを浮かべた。「そんなことをするなら……」笑いだしそうな声で言いかけたものの、ペリンに言われたとおりに、おとなしくベラにまたがった。

ペリンはぶつぶつ言いながら、川と反対方向へ歩きだした。物語では、主導権を持つ者はこんな苦労をしないはずだ。

エグウェーンは途中から、ペリンが馬に乗るべきだと、しつこく言い張った。断わるペリンに、乗れとうるさく迫った。もともと体格がよかったペリンは鍛冶屋の修業でさらに頑丈になった。ベラはあまり大きな馬ではない。ペリンが鐙(あぶみ)に足をかけるたびに、ベラは責めるような目を向けた。些細なことではあるが神経にこたえ、ペリンは、エグウェーンに「あなたの番よ」と言われるたびにびくびくした。物語の主人公だって、びくつくときはあるが、馬に乗れとせっつかれたりはしない。物語の主人公たちはエグウェーンといっしょだったわけじゃないからだ。ペリンは憂鬱(ゆううつ)な気分になった。

パンとチーズはもともと少なく、その日の夕暮れには底をついた。ペリンは、ウサギが出そうなあたりに罠をしかけた。古い手だが、やってみる価値はある。そのあいだに、エグウェーンは火をおこす準備をした。ペリンは罠をしかけおわると、暗くならないうちに投石器で狩りをした。生き物の気配は全然ない。でも、一応……。驚いたことに、いきなり痩せたウサギに出くわした。足のすぐ下のやぶのなかからウサギが飛び出たときはびっくりした。それでも、三十メートルほど離れた木陰へまわりこもうとしたところを、うまく仕留めた。

ペリンがウサギを手にして野営地へ戻ったとき、エグウェーンは折った枝を積み重ねたわきに膝をついて、目を閉じていた。

「何をしてるんだ？　念じたって火はおこらないぞ」

ペリンの声にエグウェーンは跳びあがり、片手を喉にあて、身をよじってペリンを振り返った。「び……びっくりさせないでよ」

「運がよかったよ」ペリンはウサギを持ちあげてみせた。「火打ち石を出してくれ。とにかく、今日は満足に食べられる」

「火打ち石はないわ」エグウェーンはおもむろに言った。「ポケットに入れていたんだけど、川でなくしちゃったの」

「それじゃ、どうやって……？」

「川の近くにいたときは、とっても簡単だったのよ。モイレイン様がやって見せてくれたように、ただ手を伸ばせば……」エグウェーンは何かをつかもうとするかのように手を伸ばしたが、やがてため息をついて、その手をおろした。「今じゃ、さわれないの」

ペリンは不安げに唇をなめた。「あの……絶対力を使ったのか？」うなずくエグウェーンを、ペリンはにらみつけた。「気でも狂ったのか？　そんな……絶対力なんか！　そんなふうに軽々しく扱っていいものじゃないぞ」

「だって、とっても簡単だったのよ。あたしには使えるの。絶対力をあやつれるのよ」

ペリンは大きく息を吸った。「おれが木の枝で火をおこす道具を作る。エグウェーン、約束してくれ。二度と……二度とあの力を使おうなんて考えないでくれ」

「そんな約束はできないわ」エグウェーンの口もとに強情な色が表われ、ペリンはため息をついた。「ペリン、あなた、あの斧を手放せと言われたら、言うことを聞ける？　あなたが言っ片手を背中で縛られたまま歩きまわれと言われたら、そうすると約束できる？　あなたが言ってるのは、そういうことよ。約束なんてできないわ！」

「おれが火をおこすよ」ペリンはうんざりした口調で言った。「とにかく、今夜はもうやらないでくれ。頼むよ」

エグウェーンは不満そうだったが、それ以上は逆らわなかった。だが、串刺しにしたウサギの肉を、ペリンがおこした火であぶりはじめてからも、エグウェーンは絶対力のことを考えている様子だった。その後も毎晩のように、エグウェーンは絶対力を使って火をおこそうとしたものの、うまくいったときでも、ちょろちょろと煙が出ただけで消えてしまった。エグウェーンは何か言いたげにさっとペリンに目を走らせたが、ペリンはよけいなことは言わずに黙っていた。

温かい食事をとったのはいちどだけで、次の日からは、貧弱な野生のイモやわずかな若い青菜しか手に入らなかった。春の兆（きざ）しも見えないので、それさえめったに手に入らず、おいしくもなかった。二人とも不平こそ言わなかったが、食事のたびにため息をついた。チーズのかけらでもいいから……パンの香りでもいいから、味わいたい。ある日の午後、森の奥で〝女王の冠〟と呼ばれる見事なキノコを見つけたときには、大変なごちそうのような気がした。二人はむさぼるように食べ、笑いながら、エモンズ・フィールド時代の思い出話をしたが、キノコはすぐになくなった。笑い声も長くはつづかなかった。空腹を抱（かか）えていては笑う気にもなれない。

ペリンもエグウェーンも、馬に乗っていないときは投石器をかまえた。ウサギやリスの姿が見えたら、石を飛ばすつもりだった。実際に使ったのはいちどだけで、獲物を仕留めることはできなかった。夕方になると慎重に罠をしかけたが、夜が明けて調べてみると、何もかかっていなかった。獲物がかかるまでひとつの場所で待つわけにもいかない。シームリンまでどのくらいかかるのか、二人とも知らなかった。着くまでは安心できない。ペリンは、空腹で胃に穴があくのではないかと思いはじめた。

順調に進んでいたが、アリネル川から離れても、村や農場の影はひとつも見えなかった。道をたずねようにも、人っ子ひとり見あたらない。ペリンは、自分の計画に不安を抱きはじめた。見たところ、エグウェーンは不安も疑問も感じていないようだ。でも、いずれは〝いつまでも道に迷っているより、トロロークに出くわすほうがましだわ〟と言いだすにちがいない。

川から離れて二日目に、深い森におおわれた丘陵地へ入った。ペリンはいつ言いだすかとひやひやした。エグウェーンは何も言わないが、ペリンはいつ言いだすかとひやひやした。まだ春の気配はない。三日目には地面はふたたび平坦になり、一、二キロメートル進むごとに空き地が現われた。窪地にはまだ雪が残っている。朝の空気はさわやかで、風は一日じゅう冷たかった。道は一本も見えない。耕された畑や煙突の煙など、人が住んでいる気配は何ひとつ目に入らなかった。

いちど、丘の頂上を囲む高い石の城壁跡が見えた。崩れた城壁の内側に、屋根のない石造りの家々の残骸が見える。森にのみこまれて久しい町らしい。あちこちから木が生え、大きな石のかたまりには蔓草がクモの巣のように絡みついていた。壊れかけた石の塔もあった。てっぺんが欠けた塔は古い苔におおわれて茶色になり、大きな樫の木のほうへ傾いている。樫の木の太い根が、塔の土台を押しあげていた。

だが、人が住んでいそうな場所は見えなかった。シャダー・ロゴスのことを思い出して、二人は廃墟には近寄らなかった。廃墟を見ると足を速めて進み、人跡のない森へ入った。ペリンは毎晩、恐ろしい夢に悩まされた。バ＝アルザモンに追われて迷路のなかを逃げまわるが、決して対面はしない。エグウェーンと二人きりになってから、別な夢も見るようになった。城壁と塔の跡を見た二日後に、エグウェーンはシャダー・ロゴスの夢を見たとこぼした。ペリンも冷や汗をかいて震えながら目を覚ました。それでも、エグウェーンの話に耳を傾け、なぐさめてやった。エグウェーンはペリンが無事にシームリンまで連れていってくれると信じこんでいるらしく、ペリンの不安には無関心だった。

　ペリンはベラと首を並べて歩きながら、今晩の食料が見つからなかったらどうしようかと考えた。そのとき、何かのにおいが流れてきて、ベラが鼻孔を広げて頭を振り立てた。ベラが声を上げる前に、ペリンが手綱をつかんで抑えた。

「煙だわ」馬上のエグウェーンが興奮の色を見せて身を乗り出し、息を吸いこんだ。「料理をしてるんだわ。誰かが夕食の肉を焼いてるのよ。ウサギだと思うわ」

「そうかもしれない」ペリンの用心深い返事に、エグウェーンの笑みが消えた。ペリンは投石器をしまって斧を取り、斧の太い柄をなんども握りなおした。武器にはちがいないが、エモンズ・フィールドの鍛冶場で秘かに行なった練習も、ランの教えも、まだ身についていない。シャダー・ロゴスへ向かう前のトロロークとの戦いの記憶も、今では遠くかすんでいる。斧を使いこなす自信もなかった。ランド・アル＝ソアとランが言っていた〝無心になる〟ことも、いちどたりとも成功してはいない。

背後の木立を通して差しこむ光線は斜めに傾いていたが、まだ森は日なたと日陰の区別ができる程度に明るかった。木の燃えるかすかなにおいに混じって、肉を焼くおいしそうな香りがただよってくる。たしかにウサギのようだ――そう思ったとたんに、ペリンの腹が鳴った。でも、もしかしたら別のものかもしれない。馬上のエグウェーンを見あげると、エグウェーンもペリンを見つめていた。主導権を握った者はそれなりの責任を果たさなければならない。

「ここで待ってろ」ペリンが小声で言うと、エグウェーンは眉をひそめた。何か言おうとしたエグウェーンをさえぎって、ペリンは言った。「それから、音を立てるな！　相手が何者か、まだわからない」

エグウェーンはしぶしぶうなずいた。馬に乗れとせっつくときのエグウェーンは、なんどペリンが断わっても聞かないのに——ペリンは首をかしげ、大きく息を吸って、煙のほうへ進みはじめた。

エモンズ・フィールドにいたころは、アル＝ソアやマットほど頻繁に森へでかけたことはないが、ウサギを追ったことはなんどもある。小枝ひとつ折らないように注意して、木から木へ忍び足で進んだ。まもなく、ヘビのように枝を上下にくねらせた高い樫の木のそばへたどりついた。木陰からそっとのぞくと、少し離れたところに焚き火が見えた。火のそばに、痩せて日焼けした男がすわり、長く伸びた樫の枝にもたれている。

トロロークでないことはたしかだが、見慣れない男だ。着ているものは、どれもこれも獣の毛皮で作られている。ブーツも、丸くて平たい変わった帽子も、毛皮でできていた。マントは、ウサギとリスの毛皮をつなぎ合わせたものらしい。ズボンは、毛足の長い白茶まだらの山羊の皮のようだ。腰のあたりまで伸びた白髪まじりの茶色の髪を、首の後ろで紐で束ねており、ふさふさとした顎ひげが胸まで広がっている。腰のベルトに、剣かと思うほど長いナイフを吊るしていた。手もとの枝に弓と矢筒が立てかけてある。

男は眠っているように見えた。それでも、ペリンは木陰から動かなかった。焚き火のまわりにウサギの肉を刺した串が六本、斜めに立ててある。ときおり肉汁が炎のなかへ滴って、ボッと音を立てた。近くでにおいを嗅ぐと、ペリンの口中に唾が湧いた。

「よだれを垂らしてるんじゃないか？」男は片目を開けて、ペリンの隠れているほうを見た。「友達といっしょに、ここへすわって食うがいい。この二日、まともに食事する姿を見てないぞ」

ペリンはためらったが、斧をしっかり握ったまま、そろそろと立ちあがった。「二日間も、おれたちを見てたんですか？」

男は喉の奥で笑い声を立てた。「そうとも。見ていたさ。おまえさんと、あのかわいい娘をな。あの娘がおまえさんに突っかかる様子はチャボそっくりだ。おまえさんたちの話も、だいたい聞こえた。七キロ先からでもな。馬が跳ねまわらないように用心するだけじゃ不充分だ。あの娘を呼んでくるがいい。それとも、おまえさん一人で全部を食うつもりか？」

ペリンはむっとした。おれだって、そんなに音は立てない。〈水の森〉でウサギ狩りの訓練は積んでいる。足音を立てたら、投石器を使える距離へ近づく前に、ウサギに逃げられてしまう。肉の焼けるにおいでエグウェーンのことを思い出した。エグウェーンだって腹が減っている。煙がトロロークの焚き火かもしれないと、心配しながら待っているはずだ。

ペリンは斧の柄をベルトにつけた輪にすべりこませて、声を張りあげた。

「エグウェーン！　出てきても大丈夫だ！　間違いなくウサギの肉だ！」ペリンは男に向かって手を差し出し、声を落として言った。「おれはペリンといいます。ペリン・エイバラです」

男はしげしげとペリンの手を見つめてから、慣れないことでもするかのようにぎごちなく握手した。

「おれはエリアスと呼ばれている。エリアス・マチェーラだ」

そう言って、男はペリンの顔を見あげた。

なぜかペリンは握っていた手を離しかけた。エリアスの目は磨いた金のような明るい黄色をしている。頭の片隅に何かの記憶がよみがえりそうになったが、たちまち消えた。とにかく、トロロークの目ではない。トロロークの目は黒に近い。

エグウェーンがベラを引いて用心深く姿を現わし、あまり長くない枝に手綱を結んだ。ペリンがエリアスに紹介すると、エグウェーンは丁寧に挨拶したが、目をちらちらと肉のほうへ走らせた。エリアスに身ぶりで勧められると、脇目もふらずに肉を食べはじめた。一瞬ためらったペリンも、すぐに食事にとりかかった。

二人が食べるあいだ、エリアスは黙ってすわりつづけた。ペリンは急いで焼けた肉切れを裂いたが、熱くて口に入れるどころではなく、しばらくお手玉にした。エグウェーンも、いつもの行儀のよさはどこへやら、顎に汁を滴らせて食べた。二人の勢いがおさまったころ、日が沈み、月のない闇夜の気配が濃くなった。

そのときになって、エリアスが口を開いた。「こんなところで何をしているのかね？このあたりは、どの方向にも八十キロ以内には人家はない」

「あたしたちはシームリンへ行く途中なんです」エグウェーンが答えた。「あなたなら、きっと——」

言いかけたとたんに、エリアスが頭をのけぞらせて大声で笑いだした。エグウェーンは気を悪くしたように眉を上げ、ペリンはウサギの足をかじりかけたまま、じっとエリアスの顔を見つめた。

「誰かに道をたずねようと思ってたんです」エグウェーンは弁解する口調になった。「でも、村も農場もないから、たずねる機会がなくて」

「これからも、ないだろうな」と、エリアス。まだくすくす笑っている。「このまま進めば、人間には出会わずに〈全界の背骨〉まで行きつく。もちろん、〈全界の背骨〉を越えたら——越えられるところもある——アイール荒地で人間の顔を拝めるが、あそこはおまえさんたちには向かない。昼間は焼けつくような暑さで、夜は凍えるほどの寒さだ。水がないから、あっというまに死ぬ。アイール荒地で水を見つけられるのは、あの土地の人間だけだ。だが、あそこの連中はよそ者を嫌う。まあ、あまり好意的でない」そう言うと、大笑いしはじめた。地面を転げまわって笑いながら、付け加えた。「いやまったく、好意的とは言いがたい」

ペリンは不安げに身じろぎした。この男は頭がおかしいのだろうか？

エグウェーンは眉をひそめたが、エリアスの笑いが少しおさまるのを待って、言葉をつづけた。

「あなたなら、きっと道を教えてくださるはずです。あたしたちよりずっと、いろいろな場所をご存じのようですから」

エリアスの笑い声がやんだ。地面を転げまわったときに落ちた丸い毛皮の帽子を拾いあげ、眉をひそめてエグウェーンを見返した。「おれは人づき合いが悪い」エリアスは淡々とした口調で言った。「都市は人間が多すぎる。おれは村にも……農場にも、めったに近寄らん。村人も農夫も、おれの仲間を嫌う者が多い。おまえさんたちがうろうろしている様子が、生まれたばかりの獣の子みたいに無邪気で頼りなかったから、手を貸す気になった」

エグウェーンはあきらめなかった。「でも、方向くらいは教えてくださるでしょう？いちばん近くの村を――八十キロ以上離れているとしても――教えてくだされば、あたしたち、そこでシームリンへ行く道をたずねられます」

「静かに」不意にエリアスが言った。「おれの仲間がくる」

樫の木につながれたベラが怯えた声を上げ、手綱を引っ張って振りほどこうとした。ペリンが立ちあがりかけたとき、闇におおわれはじめた周囲の森のなかに、獣の影が現われた。ベラは後ろ脚で立ち、身をよじって悲鳴を上げた。

「馬を静かにさせろ」と、エリアス。「馬を傷つけたりはしない。おまえさんたちも傷つけない——静かにしてさえいれば」

焚き火の明かりのなかへ、四頭の狼が進み出た。ふさふさした毛でおおわれ、背丈は人間の腰まである。人間の脚など噛み砕きそうな、頑丈な顎をしていた。狼たちは人間の姿が目に入らないかのように火のそばへ歩み寄り、三人のあいだに身体を伸ばして寝そべった。四方の木々のあいだにおびただしい狼の目がのぞき、炎を映してきらめいた。

黄色い目だ。エリアスの目と同じだ。エリアスの目を見たときに思い出しかけたのは、これだった。焚き火のまわりの狼に目を配りながら、ペリンは斧に手を伸ばした。

「そんなことはしないほうがいい」と、エリアス。「おまえさんを有害な相手だと判断すれば、連中もおとなしくはしていない」

気がつくと、四頭の狼がペリンを見つめていた。木々のあいだにいるほかの狼たちも、同じようにペリンに目を向けている。全身に鳥肌が立ち、ペリンは斧から手を離した。狼たちは、たちまち緊張を解いた。いや、そんな気がしただけかもしれない。立ちかけていたペリンは、ゆっくりと腰をおろした。震える手で、がくがくする膝を押さえた。エグウェーンは身体をこわばらせ、今にも震えだしそうになっている。顔に灰色の斑点のある黒い狼が、エグウェーンにふれそうなほど近くに寝そべっていた。

ベラはあばれるのをやめ、震えながら、全部の狼をいちどに見張ろうとあちこちへ向きを変えた。ときおり、威嚇(いかく)するように足を蹴(け)りあげている。狼たちは、馬も人間も眼中にないらしく、舌をだらりと垂らして力を抜いていた。

「そうそう、それでいい」エリアスが言った。

「この狼たちは馴れてるんですか?」エグウェーンの小さな声には、すがるような調子があった。「あなたの……ペットなんですか?」

エリアスはフンと鼻を鳴らした。「狼は馴れるものではない。人間と同じだ。この連中はおれの友達だ。同じ仲間として付き合い、いっしょに狩りをし、対話する——まがりなりにもな。人間の友達と同じだ。そうだろう、まだら(ダプル)?」

最後の言葉に、一頭の狼が頭を上げてエリアスを振り返った。さまざまな濃淡の灰色がなめらかに入りまじった毛皮をしている。

「あなたは狼と話ができるんですか？」ペリンは驚いた。

「言葉で話すわけじゃない」エリアスはゆっくりと答えた。「言葉はどうでもいいんだ。言葉では正確に表わせない。あの雌狼の名前はダプルだ。真冬の夜明けに森の泉と戯（たわむ）れる物影を思い出させる。水面にさざ波を立てるそよ風、舌にふれる水の凍るような冷たさ、日暮れ前の空気中の雪の気配……そんなものも連想させる。だが、そのものずばりじゃない。言葉では表わせないが、ただの雰囲気でもない。それが、いわば狼の心の言葉だ。こっちの狼の名前は焼け焦げ（バーン）、これは跳躍（ホッパー）、そいつは疾風（ウィンド）だ」

バーンの肩には、その名の由来らしい古い火傷（やけど）の痕（あと）があるが、ほかの二頭には、名前の説明になるようなものは見あたらない。

態度はぶっきらぼうだが、エリアスは久しぶりに人間と話をするのが楽しいらしく、熱のこもった口調で話した。ペリンは炎にきらめく狼たちの歯を見つめ、エリアスの話をさえぎらないほうがいいと思った。

「どう……どうやって、狼と話ができるようになったんですか、エリアス？」

「連中のほうで、やりかたを見つけてくれた。おれは、はじめはよくわからなかった。人間と狼が対話をかわすようになるときは、いつも、そういうものらしい。狼のほうで、心を読める人間を見つける。人間のほうからではない。おれの居場所が狼にはわかるんだ。

おれのことを、闇王の力を授かった人間だと考える者もいる。自分でも、ときどき、そうじゃないかと思う。ちゃんとした人たちはおれをさける。わざわざおれを捜す人間は、おれのほうで付き合いたくない連中だ。そのとき気づいたが、狼はおれの考えを知っているようで、おれに答えたがっているようにも見えた。それが始まりだった。狼たちが、おれに興味を持っている。普通、狼が人間の存在や感情を感知する形とは違う。おれを見つけて、喜んでいる。狼は、もう長いあいだ人間といっしょに狩りをしていないと言う。〝もう長いあいだ〟と聞いたとき、おれは、太古の創世の日から吹きつづけている冷たい風に捕らえられたような気がした」

「人間が狼といっしょに狩りをしたなんて、聞いたことがないわ」と、エグウェーン。声はかすかに震えていたが、あたりに寝そべっている狼たちの姿に興味をおぼえたようだ。

エリアスはエグウェーンの言葉を聞き流して、話をつづけた。「狼は人間とは違う形でものごとを記憶する」不思議な黄色の目に、夢見るような表情が浮かんだ。エリアス自身が記憶の流れに身をまかせているかのようだ。「どの狼も狼全体の歴史を知っている。少なくとも、その輪郭を記憶している。さっきも言ったように、言葉ではうまく表わせない。狼は、人間と肩を並べて獲物を追った時代のことを覚えている。もう遠い昔のことで、記憶というより、影が落とす影のようなものだ」

「とても興味深いお話ね」と、エグウェーン。エリアスに鋭い目を向けられて、エグウェーンは唇をなめた。「本当に。本当にそう思うんです。あの……あの……あたしたちにも、狼との対話を教えてくださいます？」

エリアスは鼻であしらった。「教えられるようなものではない。対話できる人間もいるし、できない者もいる。連中は、この若者にはできると言っている」そう言って、エリアスはペリンを指さした。

ペリンは、ナイフでも突きつけられたかのようにハッとして、エリアスの指先を見た。この男は本当に頭がおかしいのだ。またしても狼たちがペリンを見つめている。ペリンは不安げに身じろぎした。

「シームリンへ行くと言ったな。だが、人里離れたこの土地で何をしているかは、まだ聞いていないぞ」エリアスは毛皮のマントを後ろへはねのけ、身体のわきに敷いた。マントの上に肘をついて身体を支え、返事を待っている。

ペリンはちらりとエグウェーンを見た。人に出会ったときのために、前もって二人で話を作っておいた。面倒を起こさずに、二人の旅を説明しなければならない。エモンズ・フィールドからきて、タール・ヴァロンをめざしているなどとは話さないことに決めた。不用意に漏らした言葉が、どこで闇に溶けるミルドラルの耳に入るかわからない。二人は毎日、話の内容を相談した。断片をつなぎ合わせ、つじつまを合わせた。そして、話すのはエグウェーンの役と決めた。あたしのほうが話は得意だし、あなたが嘘を言えば顔でわかるわ——エグウェーンはそう言った。

エグウェーンは、二人で決めた話をよどみなく語りはじめた。

「あたしたちは北のサルダエアからきました。小さな村の郊外の農場に住んでいて、今まで家から三十キロと離れたことがありません。吟遊詩人の物語や商人たちの話を聞いて、外の世界を見たくなったんです。シームリンとか、イレイアンとか、〈嵐の海〉も。もしかしたら、物語によく出てくる海住民族（シー・フォーク）の島も見られるかもしれないと思って……」

聞いていたペリンは満足した。面倒を起こしそうな部分はないし、全界に対する知識が乏しい点も説明がつく。吟遊詩人トム・メリリンでも、これだけの話は作り出せないだろう。

エグウェーンの話が終わると、エリアスは言った。「サルダエアからきたと言ったかね？」

ペリンはうなずいた。「そうです。まず首都のマラドンを見ようと思いました。国王を見たかったんです。でも、マラドンは親父たちの世代の人が見たがるようなところですからね」

この部分はペリンが話すことになっていた。二人がマラドンを知らないことを、それとなく説明するためだ。マラドンに行ったことのある人から、首都のことをたずねられたくない。エモンズ・フィールドや恐ろしい〈冬夜日〉のことも言わずにすむ。この話を聞いて、タール・ヴァロンや異能者を連想する人間はいないだろう。

「たいした話だ」エリアスはうなずいた。「実に、たいしたもんだ。二、三、おかしな点はあるがね。だが、その話はまるきり嘘だと、ダブルが言っている。最初から最後まで全部が嘘だと」

「嘘ですって！」エグウェーンが叫んだ。「どうして、あたしたちが嘘なんかつくんですか？」

四頭の狼は身じろぎもしなかったが、さっきまでのように、ただ火のそばに寝そべっているわけではない。身体を丸め、黄色い目で、まばたきもせずにエグウェーンとペリンを見つめている。

ペリンが何も言わず、腰に吊るした斧にそっと手を伸ばすと、四頭の狼はすばやく立ちあがった。ペリンの手は凍りついた。狼たちは唸り声ひとつ立てないが、首筋のふさふさした毛を逆立てている。焚き火から離れた木陰の狼が一頭、闇に向かって荒々しく吠えた。それに応えて、ほかの狼たちが声を上げた。五頭、十頭、二十頭……狼たちのまわりで闇が細かく震え……そして、不意に静かになった。ペリンの顔を冷たい汗が流れた。

「もし、あたしたちが……」エグウェーンは言いかけて、ごくりと唾を飲んだ。空気が冷たいのに、エグウェーンの顔にも汗が浮かんでいる。「もし、あたしたちが嘘をついているとお考えなら、あたしたちは、あなたとは別に野営場所を決めます」

「普段なら、そうしてくれと言うところだがね、娘さん。だが、今は、トロロークのことが知りたい。半人ミルドラルのこともな」

　ペリンは冷静な表情を保とうとした。エグウェーンも驚きを押し隠しているようだ。

　エリアスは打ちとけた口調で言葉をつづけた。

「ダプルが言うには、あのバカげた話をしているとき、おまえさんの心のなかには半人ミルドラルやトロロークのにおいがあったそうだ。ほかの狼たちもみんな気づいた。おまえさんたちはなんらかの形で、トロロークや目無しのミルドラルとかかわっている。狼は、野火よりも何よりも、トロロークや半人ミルドラルを嫌う。おれも同じだ。バーンは、おまえさんたちと手を切りたがっている。あいつの火傷の痕は、一歳のときにトロロークにつけられたものだ。獲物は少ないし、ここ数カ月のあいだに見かけた鹿よりも、おまえさんたちのほうが肉付きがいい。だから、おまえさんたちを獲物としてかたづけようというのが、バーンの意見だ。だが、バーンは短気な狼じゃない。本当の話をしてはどうかね？

おまえさんたちは闇の信徒じゃないんだろう？　おれは、いっしょに食事をした仲間を殺すのはいやだ。でも、これだけは覚えておけ。嘘を言えば、狼たちに見破られる。ダブルも、バーンに劣らず興奮しているぞ」

エリアスの黄色い目は狼の目と同じように、まばたきをしない。狼の目だと、ペリンは思った。エグウェーンがペリンを見つめた。ペリンが決断をくだすのを待っている。やれやれ、ここでまた、おれが責任者になるのか。最初から、本当の話は誰にもしないことに決めていた。でも今は、うまく斧を取り出せても、逃げだすチャンスはない……。

ダブルが喉の奥で低く唸った。焚き火のまわりのほかの三頭が同じ声を上げ、つづいて、周囲の木立の陰の狼たちが唸った。夜の闇が震えた。

「わかった」ペリンはあわてて答えた。「わかりました！」

唸り声がぴたりとやんだ。エグウェーンは握りしめていた手を開き、ペリンに向かってうなずいた。ペリンは話しはじめた。

「〈冬夜日〉の二、三日前のことです。まず、おれの友達のマットが、馬に乗った黒マントの男を見かけました……」

エリアスは寝そべったまま、表情を変えずにペリンの話を聞いた。耳をそば立てるように首をかしげている。四頭の狼は、もとどおりに腰をおろした。狼たちも話に耳を傾けているのだろう。ペリンは長い話をありのままに語った。だが、友人二人と自分がベイロンで見た夢のことは伏せておいた。省略した部分に狼たちが気づいて、何か反応を示すのではないかと思ったが、四頭とも静かにしていた。ダプルの様子は好意的で、バーンは腹を立てている。話を終えたとき、ペリンの声はかすれていた。

「……だから、シームリンでモイレイン様に見つけてもらえなかったら、おれたちだけでタール・ヴァロンへ行こうと思ってます。おれたちは異能者（アエズ・セダーイ）にすがる以外、どうしようもないんです」

「トロロークと半人ミルドラルが、こんな南まできたのか」と、エリアス。考えこむ口調だ。「そいつはちょっと考えなきゃならんな」

エリアスは背後を手探りし、水を入れた革袋を取りあげると、ペリンを見もしないでほうってよこした。物思いにふけっているようだ。

ペリンが水を飲み、革袋の栓をもとどおりにはめると、エリアスはふたたび口を開いた。

「おれは異能者（アエズ・セダーイ）が嫌いだ。絶対力をあやつる男を探し出す赤アジャの連中が、おれに〝飼いならし〟をほどこそうとした。おれは面と向かって〝おまえたちは闇王に仕える黒アジャだ〟と言ってやった。それが連中の気にさわった。だがおれが森へ逃げこむと、連中はおれをつかまえられなかった。つかまえようと、躍起になったがな。そういえば、それ以後、おれはどんな異能者（アエズ・セダーイ）にも親切にしてもらった覚えがない。おれは護衛士を何人か殺さねばならなかった。護衛士を殺すなんて、ろくでもない仕事だ。おれは好きになれん」

「あなたの、狼と対話できる力というのは……絶対力と関係があるんですか？」ペリンがおそるおそるたずねた。

「もちろん、違う」エリアスは唸るような声を出した。「だから、おれには飼いならしなど効果があるはずはなかった。だが、赤アジャの連中は飼いならそうとし、おれを怒らせた。狼との対話は非常に古い技（わざ）だ。異能者（アエズ・セダーイ）なんかまだ現われていないころから、この世にあった。絶対力を使うどんな人間よりも、古い技だ。人類と……狼と同じくらい古い。狼も異能者（アエズ・セダーイ）は好きじゃない。古代の技がまた現われるようになった。狼と対話できるのは、おれだけじゃない。ほかにも、あちこちでいろいろと不思議なことが起こっている。異能者（アエズ・セダーイ）たちは不安になって、古（いにしえ）の防壁が弱くなったと言う。ものごとがばらばらになりかけているんだとさ。このぶんでは、シャヨル・グールから闇王が脱出するのではないかと心配している。おまえさんたちには、おれが異能者（アエズ・セダーイ）に嫌われたのは自業自得だと見えるかもしれん。赤アジャの連中には間違いなく嫌われているが、ほかのアジャの異能者（アエズ・セダーイ）のなかにも、おれを嫌う者がいる。ひょっとしたら、アミルリン位もな……。くわばらくわばら！　おれは異能者（アエズ・セダーイ）には近寄らん。異能者（アエズ・セダーイ）に心を寄せる人間にもだ。おまえさんたちも、そうしたほうが利口だぞ」

「おれも異能者（アエズ・セダーイ）にはあまり近づきたくありません」

ペリンが言うと、エグウェーンが鋭い視線を向けた。ここで、異能者（アエズ・セダーイ）になりたいなんて言わないでくれと、ペリンは心のなかで祈った。エグウェーンは何も言わずに、口もとをこわばらせた。

ペリンは言葉をつづけた。「おれたちには選択の余地がなかったんです。トロロークや、闇に溶けるミルドラルや、ドラフカーに追われてましたから。闇の信徒や闇王の配下が、みんなおれたちを追っているみたいでした。隠れようもないし、自分たちだけでは撃退できませんでした。誰を頼ったらいいんでしょう？　異能者（アエズ・セダーイ）以外に、助けてくれる人はいないんです」

エリアスは、しばらく無言で狼たちを――おもにダプルとバーンを――見つめた。ペリンはそわそわと身じろぎし、エリアスや狼から目をそらした。エリアスを見ていると、狼との対話が聞こえるような気がする。絶対力とは関係のない技でも、かかわりたくなかった。エリアスの言ったことは、悪い冗談にちがいない。おれは狼と話せない。そう思ったとき、一頭の狼――ホッパーだろう――が、急にペリンを見た。その顔がにやりと笑ったように見えた。〝跳躍(ホッパー)〟という名前にふさわしいすばやい動作だ。

やがて、エリアスは言った。「おれと……おれたちといっしょにいればいい」エグウェーンはぴくっと眉を上げ、ペリンはぽかんと口を開けた。「そのほうが安全だ。トロロークは、相手が狼一頭なら自力で殺したがるが、群れには近づかない。狼の群れがいれば、何キロも遠まわりする。それに、いっしょにいれば異能者(アエズ・セダーイ)の心配をする必要もない。連中は、こんな森のなかへはめったに入ってこない」

「いいんでしょうか」ペリンは自分の両脇にいる狼を見ないようにした。ダブルの視線が感じられる。「問題はトロロークのことだけじゃないんです」

エリアスは冷ややかな含み笑いを漏らした。「前に、目無しのミルドラルが狼の群れに馬から引きずりおろされた。その戦いで群れは半数に減ったが、狼はミルドラルのにおいを嗅ぎつけた以上は、決してあきらめようとしなかった。トロロークもミルドラルも、狼にとっては同類だ。若いの、あいつらに狙われているのはおまえさんだろう？　狼たちは、おれ以外にも狼と対話できる人間がいることを知っているが、実際に会ったのはおまえさんがはじめてだ。おまえさんを仲間として受け入れるだろう。どんな都市にいるより、ここにいたほうがずっと安全だ。都市には闇の信徒もいる」

ペリンはあわてて言った。「そんなこと言わないでください。おれはそんな……そんなことはできません……あなたみたいな、そんなことは」

「好きなようにしたらいい。やりたければ、軽はずみな真似をしたってかまわん。しかし、安全なところにいたくはないのか？」

「おれは心にもないことは言えません。嘘を言っているわけじゃありません。おれたちは、ただ――」

「あたしたちはシームリンへ行くつもりです」エグウェーンが断固とした口調で宣言した。「そこからタール・ヴァロンへ向かいます」

ペリンは口をつぐみ、横目でエグウェーンの腹立たしげな視線を受け止めた。

エグウェーンは、気が向けばペリンに主導権を渡すが、異議があるときは引っこんでいない。だが、ペリンの口を封じるつもりもないらしく、「あなたはどうなの、ペリン？」とたずねた。

「おれ？　ちょっと待ってくれ。おれは……うーん、おれも行くよ、いっしょに」ペリンは穏やかな笑みを浮かべて、エグウェーンを見た。「おれたちの考えは同じだ。おれもあんたといっしょに行く。そのことは変わらない。何か決めるときは、よく相談しよう」

エグウェーンは顔を赤らめたが、強く結んだ口もとをゆるめなかった。

エリアスが唸り声を漏らした。「ダプルは、おまえさんがそう決心したと言っている。

ダプルが言うには、その娘はどこから見ても人間界の生き物だが、おまえさんは半分はみ出しているそうだ。今の状況では、おれもいっしょに南へ向かったほうがいいだろう。そうしないと、おまえさんたちは飢え死にするか、道に迷うか——」

不意にバーンが立ちあがった。エリアスは振り返って、その大きな狼を見つめた。つづいてダプルも立ちあがった。ダプルはエリアスのそばへ寄り、バーンの視線を受け止めた。エリアスと二頭の狼は、しばらくそのまま凍りついたように静止した。やがてバーンがくるりと向きを変え、闇のなかへ姿を消した。ダプルは胴震いをすると、なにごともなかったかのように、もとの場所で寝そべった。

エリアスはペリンの問いかけるような目を見返して、説明した。

「ダプルがこの群れのリーダーだ。雌だから、ほかの雄に挑戦されれば負けるかもしれないが、いちばん頭がいい。どの狼もそのことは知っている。ダプルのおかげで、群れはなんども危険を乗り越えた。だが、バーンは、おまえさんたちにかかわるなど時間の無駄だと思っている。トロロークに対する憎しみしか見えなくなっているんだ。このあたりにトロロークがいるのなら、殺しにでかけたいと考えている」

「よくわかります」と、エグウェーン。どこかほっとしたような口調だ。「あたしたちは……二人だけで旅ができると思います。もちろん、方向を教えていただければの話ですけど」

エリアスは手を振って、その言葉を退(しりぞ)けた。「リーダーはダブルだと言ったはずだ。朝になったら、おれは、おまえさんたちといっしょに南へ向かう。狼たちもいっしょだ」

エグウェーンはこの返事を平然と受け流した。特別にうれしそうな表情は見せない。

ペリンは黙りこんで、すわっていた。バーンが離れてゆくのが感じられた。さらに若い雄が十二頭、あとを追って軽やかに駆けてゆく。エリアスの言葉で想像力が刺激されたためだと自分に言い聞かせたが、そうだとは言いきれない。離れてゆく狼たちの姿が頭のなかでかすんで消える直前、バーンの思いが伝わってきた。自分の頭のなかの思いと同じように、くっきりと感じられる。それは憎悪の思いだった。憎悪と、血の味だ。

24　アリネル川の旅

遠くで水が滴（したた）っている。ポタッ……ポタッという音がなんども繰り返し反響して、どこから聞こえてくるのかわからない。いたるところに、てっぺんが平らな石造りの塔が立ち、そこから石造りの橋や手すりのない斜路が延びている。どれも磨かれたようになめらかで、赤と金の縞模様に彩（いろど）られている。闇のなかで、橋や斜路は何層にも重なり、迷路のように広がっていた。どこが始まりか終わりかもわからない。橋はすべてどこかの塔へ通じ、斜路はどれも塔か橋へつながっている。

どこを見ても、目の届くかぎり、同じ風景が上にも下にもつづいていた。暗くてはっきりとは見えないが、ランド・アル＝ソアはうれしくなった。斜路を進めば、どこかで、ひとつ上の階へ通じる道へ出る。どの階の土台も見えた。アル＝ソアは自由を求めて走った。

これは幻覚だ。すべて幻覚だ。

この幻覚には覚えがある。数えきれないほど、なんども見た。どこまで行っても……上下左右、どの方向へ行っても、輝く石しかない。目に映るのは石ばかりだ。それなのに、掘ったばかりの土の湿気が空中に満ち、胸が悪くなるような腐敗臭がただよっている。古くなって掘り返された墓のにおいだ。アル＝ソアは息を吸いこまないようにしたが、腐敗臭は鼻孔を満たし、油のように肌にまといついた。

何かのすばやい動きが目に入り、アル＝ソアはその場に凍りついた。気がつくと、塔のてっぺんで、光沢のある胸壁にもたれるようにしてうずくまっていた。隠れる場所はどこにもない。周囲から丸見えだ。空中に影が満ちているが、隠れられるほど濃い影はない。光はあるものの、あたりにはランプもカンテラも松明もなかった。空中から光がしみ出たように、ただ薄明るい。なんとかものが見える程度の明るさだ。同時に、他人からも見られる。だが、あたりは静まり返っていて、人の気配はなかった。

もういちど何かが動いた。こんどは、はっきりと見えた。一人の男が遠くの斜路をのぼってゆく。手すりがなく、踏みはずしたらどこまで落ちるかわからない道を、無造作に大股で歩いている。マントを細かく波打たせ、急ぎ足で堂々と歩みを進めながら、男は何かを捜すようにきょろきょろしていた。遠く離れているため、闇のなかの男の姿は輪郭しか見えないが、鮮血のようなマントの色は見てとれた。闇のなかを探る目が、ふたつの炉のように赤々と燃えていた。バ＝アルザモンだ。

アル＝ソアは入り組んだ道を目でたどり、バ＝アルザモンがここまでくるのに、いくつ橋を渡らなければならないかを数えようとしたが、無駄なことだとあきらめた。ここでは、距離感はあてにならない。遠くに見えたものが、角をひとつ曲がっただけで急に近くに現われる。そして、近いと思ったところへは、いつまでたっても行きつけない。最初から、自分にできることはひとつしかない――進みつづけるだけだ。何も考えずに進むしかない。考えこむのは危険だ。

自分にそう言い聞かせて、遠いバ＝アルザモンの姿に背を向けたものの、マットのことを考えずにはいられなかった。同じ夢を見ているマットも、この迷路のどこかにいるのだろうか？　それとも、迷路が別にもうひとつあって、バ＝アルザモンも、もう一人いるのだろうか？

アル＝ソアはあわててその考えを振り払った。こんなことを考えては危険だ。ここはベイロンみたいな街なのだろうか？　それなら、どうしてマットはおれを見つけられないんだろう？　このほうがまだいい。多少はなぐさめになる。なぐさめ？　ちくしょう、どこがなぐさめだってんだ？

バ＝アルザモンに接近したことも二、三度あるはずだが、よく思い出せない。どれくらい前からかわからないほど長いあいだ、アル＝ソアはバ＝アルザモンから逃げまわりつづけてきた。ここはベイロンに似た街なのか？　それとも、誰でも見るただの悪い夢なのか？

息を一回吸うあいだに、なぜ考えるのが危険なのか……何を考えれば危険なのかが、頭にひらめいた。覚えがある。周囲のものを見て、〝これは夢だ〟と思うたびに、空気がちらちら光って視界がかすむ。空気が粘り気を帯びて、アル＝ソアを包みこんだ。一瞬の認識だった。

アル＝ソアは鳥肌が立つ興奮をおぼえた。すでに喉はからからだ。いつのまにか、周囲はサンザシの生垣を壁のように張りめぐらした迷路に変わっていた。アル＝ソアは思いきって、急ぎ足で迷路を進みはじめた。噴き出た汗は流れるまもなく蒸発し、目が焼けつくように痛む。頭上のあまり高くないあたりが猛烈な熱を発して、黒い筋の入った鋼色の雲が沸き返っているのに、迷路のなかの空気はそよとも動かない。一瞬、前はこんな風景ではなかったという思いが脳裏をよぎったが、その思いもたちまち熱で溶け去った。ずっとここにいたにちがいない。とにかく、考えるのは危険だ。

足もとの、すり減って丸くなったなめらかな石材は、どうやら石畳らしい。アル＝ソアがそっと足をおろすたびに、石材の表面の乾いた塵が舞いあがる。細かい塵が鼻に入ってむずむずした。くしゃみをすれば、居場所をつきとめられてしまうかもしれない。口で呼吸しようとすると、塵が喉に張りつき、咳きこみそうになった。ここも危険だ。前方にはサンザシの生垣が高い壁を作っており、三方向へ向かって道が開けている。その先は道が曲がっていて見えない。今にも、バ＝アルザモンがどこかの曲がり角から姿を現わすかもしれない。すでに二、三度、顔をあわせている。あまりよく覚えていないが、なんとかうまく逃げてきた。でも、あまり考えると危険だ。

熱気にあえぎながら、アル＝ソアは立ちどまって迷路の壁を調べた。枯れ枝のような茶色のサンザシが厚く絡み合い、長さが二センチ以上ある黒い棘が突き出ていた。向こう側をのぞけないほど丈が高く、あいだから透かして見ることもできないほどびっしりと絡み合っている。用心深く壁に手をふれたとたん、アル＝ソアはハッと息をのんだ。充分に注意したにもかかわらず、棘に指を刺された。熱く焼けた針に刺されたような気がした。アル＝ソアはよろめき、石を踏んであとずさりした。手を振ると、大きな血のしずくが飛び散った。やがて、焼けつくような痛みはやわらぎはじめたものの、手の全体がずきずきと痛む。

ブーツの踵がひっかかり、なめらかな石のひとつを蹴りあげた。アル＝ソアは痛みを忘れて石を凝視した。眼球のないうつろな穴がアル＝ソアを見返している。人間のドクロだ。アル＝ソアは小道を目でたどった。同じように白いなめらかな石が、どこまでもつづいている。アル＝ソアはあわてて、別の足に体重を移した。だが、この石を踏んで歩かなければ、どこへも行けない。立っているだけでも、ドクロを踏む。ふと妙な考えが浮かんだ。もしかしたら、あたりの景色は目に映るとおりのものではないかもしれない。アル＝ソアはその考えを押し殺した。ここでは、考えるのは危険だ。

震えながら、落ち着こうとつとめた。ひとつの場所にとどまるのは危険だ。はっきりとは意識しないものの、それだけは確信した。指から滴る血のしずくが小さくなり、うずくような痛みも消えた。アル＝ソアは指先の傷をなめながら、道を進みはじめた。どちらへ向かっても同じだと思って、たまたま向いていた方向へ進んだ。

いつも同じ方向へ曲がれば迷路から出られるという話を思い出した。サンザシの壁に切れ目が現われると右へ曲がり、次の角も右へ、その次も右へ曲がった。すると、目の前にバ＝アルザモンの姿が現われた。

バ＝アルザモンは一瞬、顔に驚きの色を浮かべ、ぴたりと立ちどまった。鮮血のように赤いマントの揺れも止まった。目が赤々と燃えあがっているが、暑い迷路のなかではその炎も感じられなかった。

「いつまで余をさけているつもりだ？」バ＝アルザモンが言った。「おまえは自分の運命から、いつまで逃げられると思うのだ？　余は必ず、おまえを手に入れるぞ！」

よろめいてあとずさりしながら、アル＝ソアはベルトのあたりを手探りした。そこに剣があるかのように。なぜ、おれはこんなことをしてるんだろう？「光よ、お助けください」アル＝ソアはつぶやいた。「おれをお助けください」自分の口から出た言葉の意味も、もうわからなくなっていた。

「光は、おまえを助けてはくれないぞ。〈全界の眼（アイ・オブ・ザ・ワールド）〉も、おまえの役には立たない。おまえは余の猟犬だ。余の命令どおりに狩りをしなければ、〈大いなるヘビ〉の死骸で首を絞めるぞ！」

バ＝アルザモンが片手を伸ばしてきた。不意にアル＝ソアは逃げる方法を思い出した。危険を告げるかすかな記憶が浮かびあがった。闇王にふれられる危険とは関係のない記憶だ。

「夢だ！」アル＝ソアは叫んだ。「これは夢だ！」

バ＝アルザモンは、驚きと怒りで目を見開いた。空気がちらちらと光り、バ＝アルザモンの顔がかすんで消えた。

アル＝ソアはあたりを見まわした。自分の影に取り囲まれている。おびただしい数の影だ。上にも下にも闇が満ち、アル＝ソアの周囲には目の届くかぎり無数の鏡が、あらゆる角度で並んでいた。どの鏡も、身をかがめて向きを変えようとするアル＝ソアの姿を映している。恐怖に目を見開いた自分の顔が見えた。

鏡のなかを、ぼやけた赤いしみがよぎった。アル＝ソアはさっと振り返った。だが、どの鏡のなかでも、アル＝ソア自身の姿の向こうを、赤いしみがただよっている。いったん消えた赤い姿がまた現われた。こんどは、ぼやけたしみではない。バ＝アルザモンが鏡のなかを大股で進んでくる。おびただしいバ＝アルザモンの像が、アル＝ソアを捜して銀白色の鏡の面を横切った。

気がつくとアル＝ソアは、突き刺すような寒さのなかで震えながら、青い顔をした自分の影を見つめていた。その姿の背後でバ＝アルザモンの像が大きくなり、アル＝ソアの目を見つめた。無表情にただ視線を据えている。どの鏡のなかでも、アル＝ソアの姿の背後でバ＝アルザモンの顔が炎のように燃えあがり、その炎でアル＝ソアを包みこんだ。やがて、二人の顔が溶け合った。アル＝ソアは悲鳴を上げようとしたが、喉が凍りついて声が出ない。無数の鏡のなかに、ただひとつの顔だけが見えた。自分の顔であり、バ＝アルザモンの顔でもある。混じり合って、ひとつの顔になっている。

アル＝ソアはぴくりと身を震わせて、目を開けた。かすかな明かりが闇をわずかに溶かしている。息を殺し、目だけを動かしてあたりを探った。肩に粗織りの毛布がかかっており、自分の腕を枕にして横になっていた。両手の下に、なめらかな板が感じられた。甲板だ。闇のなかで索具のきしむ音がした。アル＝ソアはゆっくりと息を吐き出した。ここは〈水煙〉号の上だ。夢は終わった……なにはともあれ、またひと晩が過ぎてくれた。

ぼんやりと指を口へ運んだ。血の味を感じて息が止まった。ゆっくりと、手を目の前へ近づけた。かすかな月明かりで、指先に吹き出した一滴の血が見えた。サンザシに刺された痕だ。

〈水煙〉号は懸命に速力を上げてアリネル川を下ったが、距離がはかどらない。前方から強風が吹いて、帆が使えなかった。ドモン船長が声をからして速度を上げろと命じても、あいかわらず船足は遅い。川の流れと櫂の動きだけで、船は下流へ進んだ。夜になると、船首にいる船員が水深を測った。カンテラの明かりを頼りに、獣脂を塗った綱を川のなかへおろし、大声で船尾の操舵手に深さを知らせる。アリネル川に岩はないが、浅瀬や砂州がたくさんあった。そこへ乗りあげると、船は泥のなかへ沈みこみ、自力では出られなくなる。助けがくるより先に、トロローク に見つかる恐れもあった。船員たちは日が出ているかぎり、櫂をあやりつづけた。強い風が、船を上流へ押し戻す方向へ吹いている。昼間も夜も、船は岸へ近づかなかった。ドモン船長はひたすら下流をめざし、船員たちも必死に漕いだ。ドモンは逆風を呪い、船足ののろさに悪態をついた。漕ぎ手の船員たちを怠け者とこきおろし、綱の操作を誤るたびに、口をきわめて罵った。ドモンが低くきびしい声で、身の丈三メートルのトロロークが甲板に立ちはだかった様子を鮮やかに語り聞かせると、船員たちは悲鳴を上げた。二日間、船員たちはみな、ドモンがその話をするたびに跳びあがった。やがて、トロロークに襲われた衝撃も薄れはじめ、船員たちは口々に「一時間でいいから上陸したい」と小声で言いはじめた。闇のなかで船を走らせるのは危険だと、心配する者も出た。

船員たちは表立って不平は言わなかった。目の隅でドモン船長が近くにいないことを確かめ、小声で不満を漏らすのだが、ドモンは地獄耳だった。不満が耳に入るたびに、無言で長い鎌のような剣と曲がった鉤のついた斧を取り出す。トロロークが甲板に残していったものだ。ドモンは、この剣と斧を帆柱に一時間ぶら下げた。これを見ると、襲撃で負傷した船員たちは包帯した個所に手をふれ、不平はおさまった……少なくとも、一日ほどは。そのうち、別の船員がまた、もうトロロークを大きく引き離したはずだと言いだし、同じことが始まった。

船員たちが顔をしかめて小声で話しはじめると、吟遊詩人トム・メリリンは、船員たちに近づかないようにした。普段は船員たちの背中を叩いて冗談を言ったり、ふざけ合ったりして、いちばん苦しい作業をする船員にも笑い声を上げさせる。だが、船員たちの内緒話が始まると、メリリンは油断なく様子を見守りながら、長いパイプに火をつけたり竪琴の弦を調節したりするふりをした。船員たちには関心がないように見えた。アル＝ソアにはわけがわからなかった。

船員たちは、トロロークに追われて船に飛びこんできたアル＝ソアたち三人を、特に恨んではいないようだ。むしろ、船員仲間のフローラン・ゲルブを疎んでいた。最初の一日か二日は、船員たちのあいだをうろつくゲルブの瘦せた姿が目についた。相手になってくれそうな船員をつかまえては、アル＝ソアたちが船に乗りこんできた夜の話を、自分流に歪曲して聞かせる。大げさな話しぶりに愚痴を交えて話し、メリリンやマットを指さしては歯を剝き出した。とりわけアル＝ソアを悪者にしたがっているようだ。

「あいつらは、よそ者だ」ゲルブはこそこそとドモン船長のほうをうかがいながら、言い張った。「何者だか知れたもんじゃない。トロロークはあいつらといっしょにきた。それだけは、たしかだ。あいつらはトロロークと手を組んでる」

「うるさいな、ゲルブ、そんな話はやめろ」

髪を後ろで結び、片頰に小さな青い星の刺青をした船員が言った。甲板で綱を巻いている最中で、ゲルブのほうを見ようともしない。寒さのなかでも、船員たちはみな裸足で作業をしている。濡れた甲板ではブーツがすべるからだ。

「おまえは仕事を怠けるためなら、自分の母親でも闇の信徒呼ばわりしかねんやつだ。失せろ！」

刺青の船員はゲルブの片足に唾を吐き、仕事に戻った。

船員たちはみな、トロロークが現われた夜に、ゲルブが当直を怠けて眠っていたことを忘れていない。刺青の船員の反応はまだ穏やかなほうだ。誰もゲルブといっしょに作業をしたがらなかった。ゲルブはしだいに一人だけで仕事をするようになった。それも、大変な仕事ばかりだ。調理室の油まみれの鍋を磨いたり、船倉のいちばん下へもぐりこみ、しみこんだ細かい泥のなかを這いまわって水漏れ個所を探す。そんな仕事を一人きりでやっていた。そのうち、ゲルブは誰にも話しかけなくなった。身を守るように肩を丸め、傷ついたように口を閉ざした。人に見られると、これ見よがしに傷ついた様子をして見せたが、同情されるどころか、唸り声が返ってくるばかりだ。アル＝ソアたちの姿に目をとめると、ゲルブの顔に陰険な表情が浮かんだ。

ゲルブは今に何か面倒を起こすにちがいない――アル＝ソアがマットにそう言うと、マットは船内を見まわして答えた。

「ほかの船員だって、わかったもんじゃない。誰か信用できるやつがいるか？」

マットは一人になりたいらしく、アル＝ソアのそばを離れた。高い船首から操舵手のいる船尾まで二十五メートルもない船内で、少しでも一人になれる場所を探している。シャダー・ロゴスを出て以来、マットは一人でいたがることが多くなった。何か考えごとをしているようだ。

メリリンが言った。「面倒が起こるとしても、ゲルブが起こすことはない――まだ、今のところはな。誰も味方になってくれないし、一人でことを起こすほど度胸のあるやつでもない。だが、ほかの船員はどうだろう？　どうも船長は、まだトロロークが追ってきていると思っているらしいが、ほかの者は、危険は去ったと思いはじめている。もう充分に引き離したと思いこんだようだ。いつ、そう言いだしても、おかしくない」メリリンは、つぎはぎ細工のマントをぐいと引いた。隠し持った何本かのナイフ――二番目に上等な武器一式――を確かめているのだろう。「船員たちが反乱を起こすとしたら、目撃した乗客を生かしておかないだろう。上陸して他人に話しまわられたら、大変だからな。たしかにこんなにシームリンから離れたところでは、〈女王の命令書〉も、たいして威力はない。だが、その種の犯罪に対しては、村長（むらおさ）が黙ってはいない」

それを聞いて以来、アル＝ソアもこっそりと船員たちの様子を見張りはじめた。

メリリンはつとめて、船員たちに反抗的な気分を忘れさせようとした。朝晩、派手な語り口で物語を聞かせ、合間には、要望に応えて歌も聞かせた。アル＝ソアとマットが弟子入りを希望しているという話を裏づけるため、毎日一定の時間をとって二人を訓練した。これがまた船員たちには楽しみのタネになった。二人とも竪琴にはさわらせてもらえなかったが、笛を練習させてもらえた。はじめのころは、笛の音が響くたびに船員たちはうんざりし、耳をおおって笑い声を立てた。

　メリリンは二人に簡単な物語を教え、ちょっとした軽業や曲芸もしこんだ。指図を受けるたびにマットが文句を言うと、メリリンは荒い鼻息を漏らして口ひげを震わせ、にらみつけた。

「わしは遊びながら教える方法なんぞ知らん。教えるか、教えないか、どちらかだ。さあ、やれ！　田舎者でも、簡単な逆立ちくらいはできるはずだぞ。ほら、やってみろ」

　当座の仕事のない船員たちは、いつも三人を囲んで車座になった。メリリンが教えた芸を自分で試してみて、失敗し、笑いころげる者もいる。ゲルブは一人離れて立ち、けわしい表情でこの様子を見守った。

　アル＝ソアは船べりの手すりにもたれて、陸地をながめることが多くなった。エグウェーンや、ほかの仲間の姿が川岸に現われるかもしれない。本気で期待したわけではないが、船足が遅いので、ときにはそんなことも考えた。あまり馬を走らせなくても、この船には容易に追いつける。ほかの仲間が助かっていれば……生きていればの話だが。

川の上には生き物の気配もなく、ほかの船の姿も見えないが、見るものがまったくなかったわけではない。息をのむながめもあった。最初の日に、両岸に八百メートルほどの長さにわたってつづく、高い絶壁のあいだを通った。岩の壁は、端から端まで彫刻でおおわれていた。冠をかぶった男女の像で、高さが三十メートルもある。歴代の王や女王の姿らしい。たがいに似た姿はひとつもなく、崖の両端の像のあいだには長い年月の開きがあった。北側の像は雨風に打たれて丸みを帯び、南下するにしたがって、顔形や細部もはっきり見えてきた。像の足もとは波に洗われてなめらかなこぶになっているが、摩滅しきってはいない。あの像は、いつからあそこに立っているのだろう? 川があれだけ岩を削るのに、どのくらいかかったのだろう? アル＝ソアはそんなことを考えたが、船員たちは誰も仕事の手を止めなかった。もうなんども、この彫像を見ているからだろう。

東側の岸がふたたび平坦な草地になり、ときおりやぶが現われるようになったころ、遠くで何かが日光を反射してきらめいた。

「あれはなんだろう?」アル＝ソアは思わず声を出した。「金属みたいだ」

そばを通りかかったドモン船長が足を止め、目を細めて、きらめくもののほうを見た。

「たしかに金属だ」聞き慣れない訛り(なま)のあるドモンの言葉も、アル＝ソアは、あまり苦労せずに理解できるようになっていた。「金属の塔だ。近くで見たことがあるから、わかる。川を通る交易船は、あれを標識として使う。この速度で進めば、あと十日でホワイトブリッジに着くな」

「金属の塔ですか?」と、アル=ソア。

マットは甲板にあぐらをかいてすわり、樽にもたれていたが、考えごとからわれに返って耳をそばだてた。

ドモンはうなずいた。「そうだ。見た目も手ざわりも輝く鋼のようで、錆ひとつない。六十メートルの高さで、周囲は家くらいある。外側にはなんの印もなく、入口も見あたらない」

「なかには絶対に宝があるな」マットが言って立ちあがり、遠い塔を見つめた。「ああいうものは貴重な品を守るために造られたはずだ」

「そうかもしれないな」ドモンはよく響く低い声で言った。「だが、全界には、もっと不思議なものがある。トレモーキング——海住民族の島のひとつだが——では、十五メートルもある石造りの手が丘から突き出ていて、この船ほどの大きさの水晶の玉をつかんでいる。宝があるとしたら、あの丘の下だろうな。だが、島の住人はどこも掘りたがらないし、海住民族はそんなものには目もくれない。海を渡って、あの民族の〝選ばれし王〟コラムーアを探すことしか考えていない」

「おれは掘ってみせる」と、マット。「遠いんですか、その……トレモーキングは？」

まもなく、輝く塔は木立に隠れて見えなくなったが、マットはまだ見えるかのように目を据えていた。

ドモンは首を振った。「やめておけ、若いの。全界を見てまわるために役立つのは、宝ではない。たしかに、黄金がひと握り……あるいは昔の王の宝石がいくつかあれば、けっこうなことだ。だが、人間を未知の土地へ駆り立てるのは、見慣れないものに対する興味だ。アラス海に面したタンチコの港には、〈伝説の時代〉に、〈総統の宮殿〉の一部が建てられたと言われている。壁の上のほうの彫刻には、今の人間は誰も見たことのない獣の姿が刻みこまれているそうだ」

「見たことのない獣なんて、子供だって描けますよ」と、アル＝ソア。

ドモンは含み笑いを漏らした。

「そりゃそうだな。だが、子供には、獣の骨までは作れん。タンチコには、その骨もある。ちゃんと獣の形になってな。〈総統の宮殿〉のなかに置いてあって、誰でも入っていって見られる。全界崩壊のあとに、さまざまな不思議が残った。六つ以上の帝国が興り、鷹羽王アートゥルの帝国と張り合う国も出た。どの帝国も遺物を残している。光の杖や鋼の組み紐(ひも)、心の石(ハートストーン)などだ。島全体をおおう水晶の格子もある。月が昇ると唸りを上げる格子だそうだ。山がひとつえぐり取られてできた盆地のまんなかに、高さが百六十メートルもある銀色の棘が生えているという。その周囲一・五キロ以内に近づいた者は、命を落とす。海底にも、錆(さ)びついた廃墟や破片が沈んでいる。古い本を調べてもわからないものが数多くある。おれも少し手に入れた。もっといろいろなところをまわれば、想像したこともないようなものが見られるだろう。十回生まれ変わっても、とても見きれないほどたくさんある。その不思議さに惹(ひ)かれて、人は旅をするわけだ」

「昔、〈砂の丘〉で、よく骨を掘り出したっけ」アル＝ソアはぼんやりと言った。「変な骨だった。魚の骨の一部らしいんだけど……この船くらい大きな魚の骨です。丘を掘るのは縁起が悪いと言う人もいましたけど」

ドモンがアル＝ソアに鋭い視線を向けた。

「もう、ふるさとのことを考えているのかね、若いの？　全界に向かって足を踏み出したばかりじゃないか。今におまえさんも、全界が垂らした釣り針に食いつくだろう。過去の驚異の跡を追うようになる。そのうちにわかるさ。今に、ふるさとへ帰っても、村が狭すぎて居つけなくなる」

「とんでもない！」と、アル＝ソア。この前にエモンズ・フィールドのことを考えてから、もうどのくらいたつだろう？　父のことを考えたのはいつだろう？　ほんの数日前のはずだ。それなのに、もう何ヵ月も忘れていたような気がする。「おれはいつか、必ず家へ帰ります。帰れるようになりしだい、帰ります。おれの……おれの父と同じように、羊飼いをやります。二度と旅に出なければ、すぐにもとの生活に戻れるでしょう。そうだろう、マット？　おれたちはできるだけ早く村へ帰って、こんな旅のことなんか忘れたほうがいい」

マットは上流に消えた塔の方向から視線を引きはがした。

「なに？　ああ、そうとも。おれたちは家へ帰る。あたり前だ」向きを変えてその場を立ち去りながら、マットはつぶやいた。「あいつ、宝をひとりじめしたいんだな」

自分が声に出して言っていることに、気づいていない様子だ。

船旅が四日目に入ったとき、アル＝ソアは帆柱のてっぺんにのぼり、帆柱を固定している支索に足を絡ませてすわった。〈水煙〉号はゆったりと川の上を進んでいる。水面の十五メートルほど上の帆柱のてっぺんは、大きな弧を描いて前後に揺れた。アル＝ソアは頭をのけぞらせ、顔にあたる風に向かって笑い声を上げた。

すべての櫂が川面の上へ突き出ている。この高さから見ると、まるで船がアリネル川の上を這うクモのように見えた。トゥー・リバーズでも、このくらいの高さの木に登ったことはある。でも今回は、視界をさえぎる枝がない。下の甲板の様子がよく見えた。櫂を動かす者……膝をついて磨き石で甲板をこする者……ロープやハッチの覆いに取りついて仕事をする者……。この高さから見ると、どの姿も、うずくまっているように小さく見える。アル＝ソアは甲板を見おろして一人くすくす笑いながら、一時間ほど過ごした。

下の船員たちの姿にはいつも笑いを誘われる。アル＝ソアは通り過ぎる岸の風景に目を転じた。岸を見ると、自分が静止しているかのような気がした――もちろん、帆柱の揺れは別だ。岸の風景が、ゆっくりと流れてゆく。どちらの岸でも、木立や丘が行進するように見えた。自分はじっとしており、まわりの世界が動いてゆくような気がする。

突然、アル＝ソアは衝動的に、足を絡めていた支索を振りほどいた。すわったまま手足を左右へ伸ばし、揺れる帆柱の上でバランスをとった。帆柱が三度揺れるあいだ、その姿勢を保ったが、急にバランスが崩れた。アル＝ソアは手足を風車のように振りまわして前へのめり、手にふれた綱をつかんだ。帆柱の途中から船首方向へ伸びる支索だ。脚を帆柱の両脇に大きく広げて両手で支索にしがみつき、不安定な姿勢のまま笑い声を上げた。顔にあたる冷たい風をいっきに吸いこみ、爽快な気分になって、大声で笑った。

「おーい」下から、メリリンのしゃがれ声がした。「若いの、おまえさんが首の骨を折るのは勝手だが、わしの上へは落ちんでくれ」

アル＝ソアは声のしたほうを見おろした。メリリンが網梯子をのぼって、アル＝ソアのすぐ下まできている。上端までの残り一メートルを、憂鬱な顔で見あげていた。アル＝ソアと同じように、マントは下に置いてきている。

「メリリン先生、いつきたんです?」アル＝ソアは楽しげにたずねた。

「下にいる人間がいくらどなっても、おまえさんの耳には入らない。それで、のぼってきた。ああ、くたびれた。みんな、おまえさんの頭がおかしくなったと思っておる」

アル＝ソアは甲板を見おろして、びっくりした。船員たち全員が顔を仰向けて、アル＝ソアを見つめている。顔を上げていないのは、船首の帆柱に背をもたせかけてすわるマットだけだ。漕ぎ手の船員たちまでが視線を上へ向け、櫂の動きがばらばらになっているが、誰も叱ろうとしなかった。アル＝ソアは首をねじって、腕の下から船尾をのぞいた。操舵用の櫂の後ろで、ドモン船長が大きな拳をかためて尻にあて、帆柱の上のアル＝ソアをにらみつけている。アル＝ソアはメリリンに視線を戻し、にやりと笑った。

「おれがおりればいいんですね」

メリリンは勢いよくうなずいた。「ぜひ、そうしてくれ」

「わかりました」アル＝ソアは支索を握りなおして、前方へ身を躍らせた。

「こいつめ! なんてことを……」メリリンが悪態をついた。落下したアル＝ソアがふたたび両手で支索にぶら下がると、その悪態がとぎれた。メリリンは、アル＝ソアをつかまえようと伸ばしかけた片手を止めて、にらみつけた。アル＝ソアはもういちど歯を見せて笑った。

「今おります」アル＝ソアは両脚を振りあげ、帆柱から船首へ張りわたした太い支索に、片方の膝をかけた。それから片腕を曲げて支索にかけ、両手を放した。アル＝ソアはゆっくりと支索をすべり降り、しだいに速さを増して船首へ向かった。船首の少し手前で支索を離れ、マットの前に降り立った。よろめいて一歩だけ足を踏み出したが、両腕を広げて船尾方向へ向きなおった。宙返りを終えた吟遊詩人のような格好だ。

船員たちのあいだからまばらな拍手が起こったが、アル＝ソアはマットを見おろしてびっくりした。マットは、自分の身体でまわりから隠すようにして、曲がった短剣を手にしていた。金の鞘に妙な記号が描かれている。柄には細い金の糸が巻かれ、親指の爪ぐらいの大きなルビーがついていた。鍔は牙を剝く二匹のヘビの姿をしており、ヘビの鱗が金でできている。

マットは短剣を鞘から抜いたり、おさめたりした。アル＝ソアが目の前に立っても、まだ短剣をもてあそびながら、のろのろと顔を上げた。目がぼんやりしている。不意に目の前のアル＝ソアに気づき、ハッとして短剣を上着の下へしまった。

アル＝ソアはその場にしゃがんで、腕を組んだ。

「どこでそれを手に入れた？」と、アル＝ソア。

マットは返事をせず、誰かに聞かれなかったかと、すばやくあたりを見まわした。めずらしく、二人の近くには誰もいない。

「シャダー・ロゴスから持ってきたんじゃないだろうな？」と、アル＝ソア。

マットはじっとアル＝ソアを見返した。

「おれのせいじゃないぞ。おまえとペリンのせいだ。おまえたちが、おれを無理やり宝の山から引き離すから、戻す暇がなかったんだ。モーデスからもらったわけじゃないぞ。おれが自分で手に取ったんだ。だから、モイレイン様の言ったモーデスの贈りものにはあたらない。誰にも言わないだろうな、アル＝ソア？　知られたら、盗まれるかもしれない」

「誰にも言わないよ。ドモン船長は真っ当な人だと思うけど、ほかの船員たちはやりかねない。特にゲルブはな」

「誰にも言うなよ」マットは念を押した。「船長にも、メリリン先生にも、誰にもだ。エモンズ・フィールドの人間は、おれたち二人だけになった。よそ者は一人も信用できない」

「ほかの仲間も生きてるよ。エグウェーンも、ペリンも。絶対に生きてるさ」アル＝ソアの言葉を聞いて、マットは恥じたような表情を浮かべた。アル＝ソアは言葉をつづけた。

「でも、秘密は守るよ。このことを知ってるのは、おれたち二人だけだ。とにかく、カネの心配だけはなくなったわけだな。そいつを売れば、タール・ヴァロンまで王様なみの旅ができる」

一瞬ためらってから、マットは答えた。「もちろんだ。その必要があれば、売るさ。でも、おれが言いだすまで、誰にも言うなよ」

「言わないと言ったじゃないか。なあ、この船に乗ってから夢を見たか？　ベイロンで見たみたいな夢を？　もっと早く訊こうと思ったんだけど、いつもまわりに誰かがいたんで訊けなかった」

マットは顔をそむけ、横目でアル＝ソアを見た。

「見たかもしれない」と、マット。

「〝かもしれない〟って、どういう意味だ？　見たのか？　見てないのか？」

「わかった、わかった。見たよ。でも、その話はしたくない。考えたくもない。なんの足しにもならないから」

そのとき、マントを腕にかけたメリリンが、甲板を大股で進んできた。白髪は風に吹き乱され、長い口ひげが逆立っている。

「頭がおかしくなったわけじゃないと船長を納得させるのに、ひと苦労したぞ。訓練のひとつだと言っておいた」メリリンは支索をつかんで振った。「バカげた離れ業だが、この綱をすべり降りたのが幸いした。だが、今回は運がよかったんだぞ。普通なら首の骨を折っている」

アル＝ソアは目で支索を追い、帆柱のてっぺんを見あげた。自分でも唖然とした。おれがあそこからすべり降りたなんて。その前は帆柱のてっぺんに……あんな高いところにすわっていたんだ……。不意に、帆柱の上で手足を広げてバランスをとる自分の姿が目に浮かんだ。アル＝ソアは思わず、のけぞって後ろへ倒れそうになり、必死で踏みとどまった。

メリリンは考えこむ表情でアル＝ソアを見つめた。「おまえさんが、高いところが得意だとは知らなかった。イレイアンかエバウ・ダーで興行できるかもしれん。ティアでもできるかな。南部の大都市の人間は綱渡りのたぐいが好きだ」

「おれたちは、タール――」

言いかけて、アル＝ソアは口をつぐみ、誰かに聞かれなかったかとあたりを見まわした。ゲルブを含む数人の船員が三人のほうを見ている。ゲルブは、例によって険悪な目つきをしていた。だが、アル＝ソアの言葉は誰にも聞こえなかったようだ。

「おれたちはタール・ヴァロンへ行くんですよ」アル＝ソアは声をひそめて言った。

マットは肩をすくめた。どこへ行こうと違いはないと言いたげだ。

「今のところはな、若いの」メリリンは二人のそばに腰をおろした。「だが、明日はどうなるか、誰にもわからない。吟遊詩人の生活というのは、そんなものだ」そう言って、大きな袖のなかから、色のついた玉をいくつか取り出した。「空中ショーが終わったからには、三個の玉を交錯させる芸を練習することにしよう」

アル＝ソアはもういちど帆柱のてっぺんへ目を走らせ、思わず身震いした。おれは、どうかしたんじゃないだろうか？　いったい、どうしたんだろう？　この答えもつきとめなければならない。本当に頭がおかしくなってしまう前に、タール・ヴァロンへ行きつかなければならない。

25　放浪民

　ベラは、そばを駆ける三頭の狼たちがまるでただの犬だというかのように、弱い日差しの下を静かに歩んだ。だが、ときおり、怯えたように目玉を動かし、白目を剥いて狼たちを見る様子は、決して狼をただの犬とは思っていないことを示していた。ベラの背にまたがったエグウェーンも同じように落ち着きがない。絶えず横目で狼を観察し、ときどき鞍の上で身をよじってあたりを見まわす。ほかにも狼がいるのではないかと気になるのだろう。ペリンがそのことを指摘すると、エグウェーンは憤然と否定した。

「そばをうろつく三頭の狼なんか怖くないし、ほかの狼たちがどうしていようと気にならないわ」と、エグウェーン。それでも、ずっと三頭から視線を離さず、不安げに唇をなめている。

　残りの狼たちは遠く離れたところにいる――そうペリンは教えてやることもできた。だが、エグウェーンがペリンの言うことを信じたとしても、それがなんの役に立つ？　エグウェーンが本気で信じたら、どうなる？

ヘビがうじゃうじゃ入っているかごをわざわざ開(あ)ける気にはなれなかった。どうして自分に狼のことがわかるのかは考えたくもない。毛皮をまとったエリアスが前方を大股で駆けており、まるで狼のように見えた。エリアスは、まだら(ダプル)と跳躍(ホッパー)と疾風(ウィンド)の三頭が姿を現わしても目を向けることはないが、ペリンと同じように、そこに狼たちがいるとわかっていた。

最初の朝、明け方にペリンたちが目を覚ますと、エリアスはウサギを大量に料理しながら、ふさふさしたひげごしに無表情でこちらを見つめていた。ダプルとホッパーとウィンド以外に狼の姿はない。早朝の薄ぼんやりとした日差しのなかで大きな樫(かし)の木陰はまだ暗く、遠くに見える裸の木々が骨を剝き出した指のようだ。

エグウェーンが残りの狼たちはどこへ行ったのかとたずねた。エリアスは答えた。

「その辺にいるさ。近くにいて、必要なときには助けにきてくれる。おれたち人間のごたごたに巻きこまれないように、人間から離れているんだ。人間が二人集まると、遅かれ早かれ必ず問題が起こる。出てきてほしいときには姿を現わすさ」

ペリンが火であぶったウサギの肉を食いちぎったとき、頭の奥で何かがひらめいた。ひとつの方角をぼんやりと感じたのだ。間違いない！　その方角に狼たちが……。口のなかに広がった熱い肉汁から不意にすべての味が消えた。ペリンは、エリアスが炭火で料理した野菜のかたまりに手を出した。カブに似た味だが、もうおいしいとは思えなかった。

出発のときエグウェーンは、全員が交代で馬に乗るべきだと主張した。ペリンにも異論はない。

「最初はあんたが乗れよ」

ペリンの言葉にエグウェーンはうなずいた。「そのあとはあなたよ、エリアス」

「おれは自分の脚で歩く」エリアスがベラを見ると、ベラは狼ににらまれたかのように、ぎょろりと目玉を動かした。「それに、この馬はおれを乗せるのをいやがっている」

「バカなことを言わないで」エグウェーンがぴしゃりと言った。「そんなことで意地を張ってもしょうがないわ。交代で馬に乗るほうが賢明よ。あなたの話だと、まだ先は長いんでしょう」

「おれは馬には乗らない」と、エリアス。

エグウェーンは深く息を吸いこんだ。いつもどおりに、エグウェーンはエリアスを言い負かすことができるだろうか――ペリンは思った。だがエグウェーンはひとことも話さずに、ぽかんと口を開けて立ちつくした。エリアスが狼のような黄色い目で、じっとエグウェーンを見つめている。エグウェーンは、痩(や)せこけたエリアスから逃げるようにあとずさりし、落ち着かない様子で唇をなめ、またあとずさりした。エリアスに見つめられたまま、ベラのところへ戻り、ベラの背にまたがった。南に向けて出発しようと振り返ったエリアスの顔をペリンは見た。にやりと笑ったエリアスの顔は狼に似ていた。

それから三日間、こんな調子で旅はつづいた。ずっと日中は徒歩と馬で南へ東へと移動をつづけ、夕闇が濃くなると歩みを止めた。エリアスは街の人間をせっかちだと軽蔑しているが、めざす場所が定まったときは時間を無駄にしない。

三頭の狼たちは、あまり人前に現われない。毎晩、火のそばでひとときを過ごし、日中はときどき、つかのまだけ姿を見せる。いつのまにか近くに現われ、いつのまにかいなくなっていた。姿が見えなくても、ペリンには狼たちの居場所がわかった。三頭が今、行く手の小道を偵察している……通ってきた道をじっと見つめている……群れの餌場を出ていった……ダプルが仲間たちを先に帰して、待たせている……そんなことがペリンにはわかった。ときどき、どこかでじっとしている三頭の存在を忘れた。だが、狼たちがふたたび目の届くところまで戻ってくるときは、事前にそのことを察知した。木々は幾列もの冬枯れした草の帯で仕切られている。狼たちの姿は木立の断片に見えるほど遠のいて小さくなった。三頭が見つかることをさけて亡霊のごとく姿を消したかのようだ。それでも、ペリンは狼たちの居場所を指さすことができた。なぜわかるのかは、自分でも説明できない。

想像力のいたずらだと自分を納得させようとしたが、無駄だった。エリアスにわかるのと同じように、ペリンにもわかる。

　ペリンは狼のことを考えないようにしたが、いつのまにか狼のことが意識のなかへ忍びこんでくる。エリアスと狼たちに出会ってから、バ＝アルザモンの夢は見なくなった。ペリンの夢は、目覚めているときに思い出すかぎり、ごく普通の夢だ。家にいたころ……〈冬夜日〉のくる前……そして、ベイロンに着くまでは、そういう夢を見た。今はありふれた夢しか見ない。特別な点はひとつだけだ。どの夢にも共通している。ルーハン親方の鍛冶場で顔の汗をぬぐおうと炉から身体を起こしたときや、〈草広場〉で村の娘たちと踊っていて振り向いたときや、暖炉の前で読んでいた本から頭をもたげたときに、屋外であろうと屋内であろうと、いつも、すぐそばに一頭の狼がいた。狼はいつも背を向けている。しかし、ペリンにはわかった。夢のなかでは――たとえ、ルーハン親方の奥さんのアルスベットがもてなしてくれる夕食の席でも――狼の黄色い目が、次に何が起こるかを待ちかまえ、何が起こっても守ってくれるということが自然のなりゆきのように感じられた。目が覚めてから考えると、たしかに妙な夢だ。

　三日の旅のあいだ、ダプルとホッパーとウインドがウサギやリスをつかまえてきてくれ、ペリンには馴染みのない植物が食用になることをエリアスが教えてくれた。いちど、ベラの蹄に踏みつけられそうになったウサギが飛び出てきた。ペリンが投石器に使う石を拾うより早く、エリアスは十五メートル以上も離れた場所から長いナイフでウサギを串刺しにした。またあるときは、飛んでいたまるまると太ったキジを弓矢で射落とした。エリアスのおかげで、以前よりも豊富な食料にありつけた。だがペリンは食事に不自由してもいいから別の連れと旅をしたいと思った。エグウェーンがどう思っているのかはわからないが、ペリンは狼たちから離れられるのなら、ひもじくてもいいと思った。

三日目の午後になった。前方に、今までに見たなかでいちばん大きな林が六、七キロにわたって広がっている。日は西空へ傾き、右手に長く影が伸びていた。風がまた強まってきた。狼たちが後方を嗅ぎまわるのをやめ、ゆっくりと前へ出てくる。ペリンはそれを感じた。狼が鼻と目で調べたかぎりでは、危険なものは何もなかったようだ。ベラの背にはエグウェーンが乗っている。そろそろ夜の野営地を探す時間だ。前方に広がる低木の林は野営地に適している。

木立のそばまできたとき、茂みから三頭のマスチフ（大型犬の一種）が飛び出てきた。狼と同じ背丈の幅広い鼻づらをした犬たちは、歯を剝き出して低く轟く唸り声を上げた。犬たちは空き地へ飛び出すと、急に足を止めた。三人から七、八メートルしか離れていない場所だ。犬たちは殺意のあふれた黒い目をぎらぎらと光らせた。

狼たちがいるだけで興奮していたベラは哀れな声でいななき、エグウェーンを振り落とそうとした。とっさにペリンは投石器を頭上で振りまわした。犬を相手に斧を使うことはない。脇腹に石を一発くらわせてやれば、どんな狂暴な犬でも逃げ出すだろう。

エリアスが、脚を突っ張った犬たちに目を向けたまま、ペリンに手を振って言った。

「シーッ！　そんなことをしてはいけない！」

ペリンは当惑してエリアスを見やり、顔をしかめて投石器の回転をゆるめ、手をおろした。エグウェーンはベラを落ち着かせ、ベラといっしょに犬たちの動きを油断なく見張った。

マスチフたちは背中の毛を逆立たせ、耳を後ろへ向けて敵意を示し、地鳴りのような唸り声を上げた。エリアスは突然、人差し指を突き出して肩の高さまで上げ、口笛を鳴らした。長く鋭い口笛の音はしだいに高くなり、いつまでもつづいた。犬の唸り声が静まり、やがてやんだ。犬たちは哀れな声を出してあとずさりし、前に出たいのに押しとどめられたかのように首をかしげた。目がエリアスの指に釘づけになっている。

ゆっくりとエリアスの手が下がり、その動きに合わせて口笛の音も低くなった。犬たちの頭も同じように下がり、ついには地面に伏せ、だらりと舌を垂らした。三頭とも尻尾を振っている。

「見ろ。武器なんか必要ないだろう」エリアスは犬たちに近づくと、手をなめる三頭の広い額（ひたい）を掻（か）き、耳を優しくなでた。「こいつらは見かけは扱いにくそうでも、実際はそうでもない。おれたちを追っ払おうと脅（おど）しただけだ。おれたちが無理に林へ入らなければ、噛（か）みつこうとはしない。とにかく、もう大丈夫だ。あたりが真っ暗になる前に、別の林にたどりつけばいい」

ペリンはエグウェーンを見た。エグウェーンは驚き、ぽかんと口を開けている。ペリンは舌打ちして、口をつぐんだ。

エリアスは犬をなでながら、じっと林を見つめた。

「ここにはトゥアサ＝アン族がいるらしい。放浪民のな」ペリンとエグウェーンがぽかんと顔を向けると、エリアスは付け加えた。「〈鋳（い）かけ屋〉だ」

「〈鋳かけ屋〉ですって？」ペリンは思わず大声を上げた。「ずっと会ってみたいと思ってたんです。タレン・フェリーから川を渡ったところで野営することはあっても、トゥー・リバーズまで入ってくるのは見たことがない。どういうわけか知らないけど」

エグウェーンが鼻で笑った。

「タレン・フェリーの人たちも、トゥアサ＝アン族の〈鋳かけ屋〉たちも盗みが得意だって聞いたわ。きっと両方がすっからかんになるまで、たがいに相手のものを盗み合うんでしょう。ねえエリアス、もし〈鋳かけ屋〉たちが本当にこの辺にいるのなら、あたしたちは先を急いだほうがいいんじゃない？　ベラを盗まれたら困るわ。それに……ま、ほかに盗られるものは何もないけど、〈鋳かけ屋〉たちはなんでも盗むっていう話は有名だもの」

「たとえば赤ん坊をか？」エリアスが冷たく問い返した。「子供をさらうっていう話か？」吐き捨てるような口調だ。

　エグウェーンは顔を赤らめた。赤ん坊をさらうという噂はときどき耳にした。でも大半がセン・ブイか、コプリン一族か、コンガー一族から聞いた話だ。それでも、〈鋳かけ屋〉が他人のものを盗むという話は誰もが知っている。

「トゥアサ＝アン族の〈鋳かけ屋〉たちにいやな思いをさせられることはある。だが、盗み癖はやつらだけにあるわけじゃない。もっとたちの悪い連中もいる」と、エリアス。

　ペリンはエリアスに言った。

「すぐに暗くなります。どうせ、どこかに野営するんです。トゥアサ＝アン族の〈鋳かけ屋〉たちが受け入れてくれるなら、いっしょに野営させてもらいましょうよ」

　ルーハン親方のおかみさんの話では、〈鋳かけ屋〉の修理した壺は新品よりもよくなるという。おかみさんが〈鋳かけ屋〉の仕事を褒めると、親方はいい顔をしないが、ペリンは、ぜひ自分の目で〈鋳かけ屋〉の仕事ぶりを見たいと思った。エリアスはなぜか気の進まない表情をしている。

「何か反対する理由があるんですか？」

ペリンの質問にエリアスは首を横に振った。にもかかわらず、依然として気乗りしない様子が肩や固く結んだ口もとに表われている。

「いや、ない。でも、やつらの話は聞き流せ。くだらん話が多いからな。放浪民のやることは、たいていめちゃくちゃだが、慣習を大事にする面もある。そこは、おれのやりかたを真似してくれ。それから、自分たちのことは話すな。なんでもかんでも人前で話す必要はない」

犬たちは尻尾を振りながらついてきた。エリアスはそのまま木立のなかへ入ってゆく。ペリンは狼たちが速度をゆるめるのを感じた。林に足を踏み入れたくないのだろう。犬を恐れてはいない。犬のことは、火のそばで眠るために自由を捨てた連中だと軽蔑している。狼がさけたい相手は人間だ。

エリアスは道を知りつくしているようだ。確かな足取りで進み、林のまんなかへ入った。トゥアサ＝アン族の〈鋳かけ屋〉たちの箱馬車が、樫やトネリコの木々のあいだに散らばっている。

ペリンは放浪民の〈鋳かけ屋〉を見たことがない。エモンズ・フィールドの人間はみな、そうだ。でも、噂は聞いている。野営地の様子は、まさに想像どおりだった。箱馬車は車輪の付いた小さな家だ。背の高い木の箱に漆（うるし）を塗り、赤や青や黄色や緑や、なんとも呼べない色で鮮やかに彩（いろど）っている。放浪民たちは、料理や縫（ぬ）いもの、子供の世話、馬具の修理といったおもしろくもない日々の仕事にいそしんでいた。衣服の色彩は箱馬車よりも派手で、でたらめに色を選んだように見える。上着とズボン、ドレスとショールの組み合わせのなかには、目の痛くなるものもあった。まるで野生の花畑を舞う蝶のようだ。

男が四、五人、野営地のあちこちで弦楽器や笛を奏（かな）でていた。数人が踊っている。その姿は虹色のハチドリのようだ。子供と犬たちが、煮炊（にた）きする火のあいだを走りまわっていた。犬は、先ほど出会ったのと同じマスチフだ。子供たちに耳や尻尾を引っ張られたり、背中に乗られたりしても、大きな図体をした犬たちは平然と、されるがままになっている。エリアスにつきしたがう三頭の犬は舌をだらりと垂らして、仲間を見るような目で、ひげづらのエリアスを見あげた。ペリンは信じられないという表情で首を振った。前足を上げて立ちあがった犬たちは、人間の男の喉もとに届くほど大きいからだ。

音楽が突然やみ、〈鋳かけ屋〉たちがいっせいにペリンたちのほうを見た。子供や犬たちも足を止めて、今にも逃げ出しそうな様子で用心深い目を向けている。

一瞬、その場が静まり返った。小柄で痩せているが強靭そうな身体をした白髪まじりの男が歩み出て、エリアスにいかめしいお辞儀をした。襟の詰まった赤い上着を着て、鮮やかな緑色のだぶだぶしたズボンを膝丈のブーツに押しこんでいる。

「わしらの野営地へようこそ。おまえさんは歌を知っておるか？」

エリアスは、相手と同じように両手を胸に押しあててお辞儀した。

「歓迎してくれて心が温まるよ、マーディ。身体も焚き火で温まった。残念だが、歌は知らない」

「それでもわしらは探し求める」白髪まじりの男は歌うような話しかたをした。「古のままに残っている歌だ。わしらが記憶をたぐり、探し求め、見つけ出しさえすればな」

そう言って、火のほうへさっと片腕を伸ばし、明るく笑った。

「そろそろ食事の支度ができる。いっしょにどうかね」

それが合図であったかのようにふたたび音楽が鳴り、子供たちも笑い声を上げて、犬たちと追いかけっこを始めた。みんな、きたばかりのこの客たちが古くからの仲間であるかのように、なにごともなかった様子で自分たちの仕事に戻った。

白髪まじりの男は何かためらう表情でエリアスを見た。

「おまえさんの……新しい友達か？　あっちの狼の友達は近づけんでくれ。かわいそうに、犬たちがひどく怯えている」

「近づかないさ、レイン」エリアスは軽蔑の色を浮かべて首を横に振った。「それぐらい、あんたたちもわかってるはずだ」

レインは何を言ってもしかたがないというかのように、両手を左右に広げて肩をすくめ、一行を野営地のなかへ導き入れようと向きを変えた。エグウェーンが馬をおりて、エリアスに歩み寄った。

「あなたたち二人は友達なの？」と、エグウェーン。

そのとき、〈鋳かけ屋〉の一人が笑みを浮かべてベラを預かりにきた。エリアスが皮肉をこめて鼻を鳴らし、エグウェーンはしぶしぶと手綱を引きわたした。

「ただの知り合いだ」と、エリアス。ぶっきらぼうな口調だ。

「あの人、マーディっていう名前なんですか？」と、ペリン。

エリアスは小さく唸った。「名前はレインだ。マーディは称号で、求道者のことだ。この一団の統率者なんだ。マーディと呼びにくければ求道者と呼べばいい。やつは気にしないさ」

「歌がどうとか言ってたのはなんのこと？」と、エグウェーン。

「この一団が旅をする理由だってさ。ある歌を探すこと——それがマーディの探し求める道だ。全界崩壊のときに失った歌を見つけることができれば、〈伝説の時代〉の楽園を取り戻せるらしい」

エリアスは野営地を見まわし、鼻を鳴らして笑った。

「だが、どんな歌なのかは連中にもわからない。歌が見つかってはじめてわかるんだと。どんな楽園かはわからないまま、もう三千年近く探しつづけている。全界崩壊から今にいたるまで。〈時の車輪〉が回転を止めるまで、ずっと探しつづけるだろうな」

求道者レインの焚き火は野営地のまんなかにあった。レインの箱馬車は黄色に赤で装飾してある。大きな車輪は縁が赤く、その輻は赤と黄色で交互に塗られている。その箱馬車から一人の女が現われた。レインと同じように白髪まじりだが、頬につやのある肉付きのいい女だ。昇降段の上で足を止め、肩にかけた青い房飾りの付いたショールをかけなおしている。黄色いブラウスと赤いスカートは、どちらも色鮮やかだ。その組み合わせにペリンは目をぱちくりさせ、エグウェーンは声を上げた。

レインが連れてきたペリンたちを見ると、その女は歓迎の笑みを浮かべて昇降段をおりてきた。名前をイラといい、レインの妻だ。夫のレインより頭ひとつぶん背が高い。ペリンは、じきにイラの服の色が気にならなくなった。いかにも母親らしい様子に、エグウェーンの母であるアル＝ヴィア村長夫人の姿が重なる。ペリンはひとめその笑顔を見たときから、歓迎されていると感じた。

イラはエリアスを古くからの知り合いとして迎えたが、エリアスに対するイラの態度は、どこかよそよそしい。レインは困った表情を浮かべた。エリアスは冷たい笑みを浮かべて、イラにうなずき返した。ペリンとエグウェーンが名を告げて挨拶すると、イラは二人それぞれの手を両手で握りしめた。エリアスに対する態度とは打って変わって温かみがあり、エグウェーンを抱きしめた。

「まあ、なんてかわいらしい」イラはエグウェーンの頬を両手で包みこむようにして、ほほえんだ。「身体の芯まで冷えきってるじゃないの。早く火のそばにおすわり、エグウェーン。みんなも、どうぞ。すぐに食事の支度ができるわよ」

椅子の代わりに、横にした丸太が焚き火のまわりに置かれている。文明に妥協しないエリアスは丸太にすわることを拒み、地面にごろりと横になった。鉄製の三本脚の五徳がいくつか置かれ、小さな鍋がふたつ火にかかっている。おき火の端のほうには、かまどがあり、イラはそこで煮炊きをしていた。

ペリンたちが腰をおろそうとしたとき、緑の縞模様の服を着た細身の若者が、焚き火のそばへぶらりとやってきた。若者はレインを抱きしめ、イラにキスし、冷たいまなざしでペリンたちをじろじろ見た。歳はペリンと同じくらいで身のこなしが軽く、一歩でも足を踏み出せば踊りだしそうだ。

「おやまあ、アラム」イラは優しくほほえんだ。「あたしたちみたいな年寄りといっしょに食事しようなんて、めずらしいわね」

イラは身をかがめ、火にかけた鍋をかきまぜた。笑顔をちらりとエグウェーンに向けている。

「どういう風の吹きまわし？」と、イラ。

アラムは火をはさんでエグウェーンの真向かいにしゃがみこんだ。組んだ腕を膝に置き、くつろいだ格好だ。

「おれの名はアラムだ」自信に満ちた低い声でエグウェーンに話しかけた。ほかの者たちを完全に無視している。「春にバラの花が咲くのを楽しみにしてた。たった今、こんなところで最初の一輪を見つけるとはね」

ペリンはエグウェーンが笑いだすと思ったが、エグウェーンはアラムを見つめ返しただけだ。ペリンはもういちど、アラムという〈鋳かけ屋〉の若者を見た。たしかに人並み以上に美男子だ。とっさにペリンは、ある男を思い出した。ウィル・アル＝シーンだ。その男がデベン・ライドからエモンズ・フィールドにやってくるたび、娘たちはみな物陰から見つめて噂し合った。ウィルは目にとまる娘をつぎつぎと口説き、どの娘も、ウィルは自分だけを愛しているのだと思いこんだ。

「あの犬たち――」ペリンが大声で言うと、エグウェーンはハッとした。「熊みたいに大きい。あんな大きな犬を子供たちといっしょに遊ばせておくなんて……」

　アラムは一瞬、笑みを消したが、すぐにまた、ますます自信満々な微笑を浮かべてペリンを見た。

「あの犬たちは、あんたたちに危害を加えないよ。危険な相手を追っ払うために脅したり、おれたちに警告したりすることはある。でも、リーフ教にしたがうよう訓練されてる」

「リーフ教？」と、エグウェーン。「それ、何？」

　アラムはエグウェーンを見つめたまま、手で木を示した。

「木の葉（リーフ）は定められた期間を生き、自分を吹き飛ばす風に逆らわない。木の葉は誰にも危害を加えないで、いつのまにか地面へ落ちて新しい葉の養分になる。男も女も木の葉のようになるべきだ」

　アラムを見つめ返すエグウェーンの頬が、ほんのりと赤らんだ。

「どういうことだい？」

　問い返すペリンに、アラムはいらだちの目を向けた。アラムに代わってレインが答えた。

「つまり、人はどんな理由があるにせよ、他人に危害を加えるべきではないということじゃ」レインは視線をちらちらとエリアスに向けた。「暴力をふるったら、弁解はできない。絶対にだ」

「誰かに攻撃されたらどうするんです？」ペリンはくいさがった。「誰かになぐりかかられたり、ものを盗られそうになったり、殺されそうになったりしたら？」

レインはため息をついた。自分にはこれほど明白なことが、こいつはわからないのか——といういらだちを抑えたため息だ。

「わしがもしも誰かになぐられたら、なぜそんなことをしたがるのか理由をたずねる。それでもまだ、なぐりたいと言うなら、その場から逃げ出すじゃろう。ものを盗られそうになったり、殺されそうになったりしたときも同じじゃ。暴力をふるうくらいなら、相手のほしがるものを——たとえ自分の命であろうと——くれてやるほうがいい。とにかく相手を傷つけないことじゃ」

「絶対に他人を傷つけないんですか」と、ペリン。

「わしは傷つけない。暴力は受ける側だけでなく、ふるう側も同じように傷つける」と、レイン。まだペリンは腑に落ちない様子だ。「斧で木を切り倒しても斧には傷がつかない。おまえさんはそう思っているじゃろう？　たしかに木は鋼よりも軟らかい。しかし、切れ味のいい鋼の刃も木を切れば鈍くなり、樹液で錆びて欠けることもある。強者であるはずの斧が、無力な木を傷つけると同時に木に傷つけられる。人間も同じじゃ。いちばん傷つくのは心じゃ」

「でも——」

「もうたくさんだ」エリアスがペリンの言葉をさえぎって唸った。「レイン、村の若者たちにそんなくだらん教えを吹きこむのはよくない。おかげで行く先々で面倒が起こる。この二人を連れてきたのは、あんたに感化してもらうためじゃない。ほっといてくれ」

「あんたにまかせろというの？」

イラが、両方の手のひらでもみつぶした薬草を少しずつ鍋に入れながら言った。静かな声だが、もみ合わせる手に怒りがこめられている。

「殺すか殺されるかというあんたのやりかたを、この人たちに教えるっていうの？　あんたの求める運命に引きずりこんで、のたれ死にさせたあげく、ワタリガラスとあんたの……仲間たちに死体の奪い合いをさせるつもり？」

「そうつんつんするな、イラ」レインは穏やかに言った。こういった会話をもう百回以上も耳にしたような表情だ。「この三人は、わしらの焚き火に迎えた客だぞ」

イラは口をつぐんだが、謝らなかった。エリアスを見て、悲しげに首を振っている。それから、手についた草を払い落とし、箱馬車の側面の赤い戸棚からスプーンと陶器の深皿を出しはじめた。

レインはエリアスに向きなおった。

「わしらは誰にでもリーフ教を信じこませようとは思っておらん。なんど言えばわかってもらえるかのう。村の人間がわしらの教えに関心を示したときだけ、わしは質問に答える。たしかに、質問にくるのは若者ばかりで、そのうちの一人ぐらいは箱馬車隊についてくることもある。しかし、それは当人の意思で決めることじゃ」

「そんな話は、あんたたち〈鋳かけ屋〉にくっついて家出した息子や娘を持つ農場のかみさんにでも聞かせるんだな」と、エリアス。言葉に皮肉がこもっている。「それだから、大きな街ではあんたたちが近くに野営するのを認めないんだ。あんたたちはものを修理する技術を持っているから、目をつぶる村もあるが、街では修理を必要としない。自分の子供がそそのかされて家を飛び出すんじゃないかと、あんたたちを嫌ってる」

「街の連中がどんな態度をとろうとかまわん」レインは怒らずに辛抱強く言葉をつづけた。「街にはつねに暴力をふるうやつがいる。どっちみち、街で歌は見つからん」

「気を悪くしないでください」と、ペリン。「でも……おれたちは暴力を求めてはいません。おれは長いあいだ、祝祭日の競技のほかには取っ組み合いをやってません。でも、誰かになぐられたら、なぐり返します。そうしないと、いつでもおれのことをなぐっていいと、相手にみくびられるだけです。世間には他人につけこむ連中がいて、言いなりにはならないとわからせないかぎり、弱い者をいじめるんです」

「たしかに、そうだ」と、アラム。嘆かわしげな口調だ。「卑しい本能に勝てない者もいる」

ペリンを見る表情から、アラムがペリンの言う〝弱い者いじめ〟とは違う話をしているのがわかった。

「きっとあんたは、しょっちゅう逃げまわってるんだろうな」と、ペリン。その言葉にアラムの顔がこわばった。リーフ教にそぐわない表情だ。

「あたしは興味深いと思うわ」エグウェーンがペリンをにらんだ。「どんな問題も腕力で解決できるとは思わない人がいるなんて」

アラムは機嫌をなおして、にっこりと立ちあがり、エグウェーンに手を差し出した。

「野営地を案内するよ。向こうでダンスをやってる」

「まあ、うれしい」エグウェーンは笑みを返した。

小さな鉄製のかまどからパンを取り出していたイラが、身体を起こした。

「食事の支度ができたのに、アラム」

「母さんといっしょに食べる」アラムはエグウェーンの手を引いて箱馬車を離れながら、

肩ごしに振り返った。「この娘といっしょに、母さんのところで食べる」

アラムはペリンに勝ち誇った笑顔を投げた。エグウェーンは笑いながら駆けてゆく。

ペリンは立ちあがったが、追うのはやめた。エグウェーンに危険が及ぶことはなさそうだ。この野営地の人々が、レインの言うとおりリーフ教の教えにしたがっているのなら、心配はない。レインとイラはがっかりした表情で、孫のアラムが去るのを見つめた。「ごめんなさい。おれは客らしく、おとなしくしていなければいけないのに……」ペリンは言った。

「バカだねえ」イラがなぐさめるように言った。「あの子が悪いの。あんたのせいじゃないわ。すわって、お食べ」

「アラムは困ったやつだ」と、レイン。悲しげな口調だ。「根はいい子なんだが、ときおりリーフ教の教えが理解できなくなる。残念なことに、そういうやつはほかにもおる。さあ、楽にしてくれ。いいね？」

ペリンはゆっくりと腰をおろした。まだ気持ちがすっきりしない。

「リーフ教の教えにしたがえない人間はどうなるんです？〈鋳かけ屋〉の人たちのことですけど」

レインとイラは困ったように顔を見合わせた。やがて、レインが答えた。

「ここを出てゆく。〈道をはずれた者〉は村で暮らすしかない」

イラはアラムの立ち去ったほうを見つめた。

「〈道をはずれた者〉は幸福になれないわ」と、イラ。ため息をついている。

だが深皿とスプーンを配るときには、もう穏やかな表情に戻っていた。

ペリンは地面を見つめ、訊くんじゃなかったと後悔したが、話は、それ以上むしかえされなかった。イラがとろみのある野菜シチューをたっぷりと大皿に盛り、皮の堅いパンを厚切りにして配った。食べているあいだも、さっきの話題は出なかった。おいしいシチューだ。ペリンは立てつづけに三杯も食べた。エリアスが四杯目をたいらげるのを見て、ペリンは笑みを浮かべた。

食事が終わると、レインはパイプにタバコを詰めた。エリアスも自分のパイプを取り出し、レインの油布製の小袋からタバコをもらって詰めた。火をつけてタバコを吸い、ふたたび火をつけて吸う。レインもエリアスも無言でくつろいでいる。イラは編みものをしはじめた。日は西へ傾き、木の梢の上で赤々と輝いている。夜を迎える準備は整ったが、野営地の活気は衰えない。ペリンたちが野営地に入ってきたときに演奏していた者たちは、ほかの顔ぶれに代わった。焚き火の明かりに照らされて踊る人の数は前よりも増え、飛んだり跳ねたりする人影が箱馬車に映った。どこからか男たちの合唱する声が聞こえてくる。

ペリンは丸太の前に寝そべると、すぐにまどろみはじめた。

しばらくして、レインが言った。「なあエリアス、この前の春にここで過ごしてから、トゥアサ＝アン族の誰かを訪ねたかね？」

ペリンの目がゆっくりと開き、また半分だけ閉じた。

「いいや」エリアスはパイプをくわえたまま答えた。「いちどに多くの人間とかかわるのは苦手だ」

レインは含み笑いをした。

「とりわけ、自分と生きかたの違う人間とはかかわりたくないんじゃな？　いや、何も心配せんでいい。おまえさんにリーフ教を信じさせるのは、とうの昔にあきらめた。ところで、この前に会ったあとで、ひとつの話を耳にした。もしまだ知らなければ、おまえさんも関心を持つかもしれん。わしには興味深い話だ。ほかの放浪民に会うたびに繰り返し聞かされた話じゃ」

「聞かせてくれ」

「ことの始まりは二年前の春のこと、放浪民の一団が北まわりで荒地を横断していた」

ペリンが目をぱっと開けて言った。

「荒地？　アイール荒地のことですか？　あのアイール荒地を横断してたですって？」

「荒地に踏みこんでも襲われない者もいる」と、エリアス。「吟遊詩人や、行商人――不正直の行商人はだめだ。トゥアサ＝アン族は荒地をしょっちゅう横断している。ケーリエンの商人も、〈生命の木（アヴェンデソーラ）〉が原因でアイール戦争が起こる前は、あのあたりを通ってた」

「アイール人は、わしらをさけておる」レインが悲しげに言った。「多くの仲間がやつらと話し合おうとしたんじゃがな。遠くからながめるだけで近づいてこようとしないし、わしらを近づけようともしない。ひょっとして、やつらは歌を知ってるんじゃないかと思う。だが、そんなことはありえんじゃろう。アイール人の男が歌うことはないというのに。奇妙なことじゃろ？　アイール人の男子は成人すると、戦（いくさ）の歌か戦死者を弔（とむら）う歌しか歌わなくなる。戦死した仲間と殺した相手のために連中が歌うのを聞いたことがある。道端の石もすすり泣く歌じゃった」

編みものをしているイラが、レインの話に同意してうなずいた。

ペリンは、自分の思いこみを即座に改めた。暴力をふるわれれば逃げるだけだという話から、トゥアサ＝アン族の〈鋳かけ屋〉たちは臆病だとばかり思いこんでいた。だが本当に臆病だったら、アイール荒地を横断しようなんて思わないはずだ。話に聞いたところでは、まともな人間は絶対に荒地を横断しない。

「歌といえば……」とエリアスが言いかけると、レインは首を横に振った。

「いや、歌の話じゃない。なんの話だと言えばいいか……」レインはペリンに目を向けた。「アイール人の若者は、しばしば大荒廃地へ足を踏み入れる。なかには、どういうわけか闇王を殺すことが自分の使命だと思って、一人きりで出向く若者もいる。だが、たいていは数人でまとまって出かけ、トロローク狩りをする」レインは悲しげに首を振り、重い口調でつづけた。「二年前、放浪民の一団が大荒廃地から百五十キロほど南の荒地を移動していたとき、そんな数人の若いアイール人を見かけた」

「若い娘のグループよ」イラが口をはさんだ。夫のレインと同じように悲しげな口調だ。「まだ少女と呼んだほうがいいくらいのね」

ペリンは驚きの声を上げた。

エリアスは、ペリンにゆがんだ笑みを向けて言った。「アイール人の娘たちはいやなら、家事をしなくてもいい。その代わりに、戦士になりたい者は戦士集団のひとつである〈槍の乙女（ファー・ダーライズ・マイ）〉に入って、男たちと肩を並べて戦う」

ペリンが「とんでもないことだ」と首を振った。その表情を見て、エリアスは含み笑いを漏らした。

レインがふたたび話しはじめた。声に嫌悪と当惑が入りまじっている。

「その数人連れの娘たちは、一人を除いてみな死んだ。生き残った一人も瀕死の状態で、箱馬車の並ぶ野営地に這(は)うようにしてたどりついた。その娘は当然、トゥアサ＝アン族の野営地だと承知しておった。傷の痛みより嫌悪感のほうが強かった。だが、死ぬ前にどうしても誰かに——たとえトゥアサ＝アン族だろうと——伝えねばならん重要な言伝(ことづ)てがあった。男たちが娘の血痕をたどって、ほかにも助かる者はいないか見にいったが、みんな死んでおった。トロロークたちの死骸もその三倍はあったそうじゃ」

エリアスが起きあがった。歯のあいだからパイプが落ちそうだ。

「トロロークが荒地に百五十キロも入ったって？　信じられんな！　〈死にゆく大地(ジェヴィク・ク＝シャー)〉と呼ばれるところにか？　大荒廃地にいるすべてのミルドラルがトロロークたちを追いやっても、荒地のなかへ百五十キロも入るとは思えない」

「トロロークに詳しいんですね、エリアス」と、ペリン。

「話をつづけてくれ」エリアスがレインに向かって声を荒らげた。

「そのアイール人の娘が持っていた戦利品から、大荒廃地から帰ってきたことは明らかじゃった。アイール人たちを殺して生き残ったトロロークは、痕跡によると、わずか二、三体だったそうじゃ。瀕死のアイール人の娘はというと、誰にも身体をさわらせようとせず、傷の手あても拒んだ。しかし、その一団の求道者の上着をつかんで、こう言ったそうじゃ——〈迷える者〉よ、〈葉を枯らす者〉が〈全界の眼(アイ・オブ・ザ・ワールド)〉を潰(つぶ)そうとしています。〈大いなる〈ヘビ〉を殺そうとしています。〈迷える者〉よ、〈民〉に知らせてください。〈目を焼く者〉がやってくると。〈夜明けとともに訪れる男〉の到来に備えよと告げてください。そして……〟そこで、娘は息を引き取った。〈葉を枯らす者〉と〈目を焼く者〉というのは」レインはペリンに説明した。「アイール人が闇王を呼ぶ名じゃが、あとのひとつは知らん。いずれにせよ、娘はその言葉を伝えることが重要だと考え、明らかに嫌悪を抱く相手に近づいて死ぬまぎわに伝えようとした。だが、誰に伝えようとしたのか？　わしらもたしかに放浪民という〈民〉じゃが、わしらのことではあるまい。では、アイール人か？　そのことをアイール人に伝えようにも、近づくこともできん」

レインは大きなため息をついた。

「娘はわしらのことを〈迷える者〉と呼んだ。アイール人がそこまでわしらを嫌っているとは、話を聞くまで知らなかった」と、レイン。

イラが編みものを膝に置き、レインの頭を優しくさわった。

「大荒廃地で何かを知ったのだろうが」エリアスが考えこむ表情で言った。「どうも意味がわからん。〈大いなるヘビ〉を殺す？　時の流れそのものを止めるということか？　それに、〈全界の眼〉を潰すだと？　ついでに岩を干あがらせるとでもいうのか。おそらく、その娘は譫言（うわごと）を言ってたんだろう。傷を負って死にかけていて、何が現実かわからなくなっていたのかもしれない。相手がトゥアサ＝アン族であることも、わかっていなかったのかもしれん」

「いや、その娘には自分が何を言ってるかも、誰に話しているかもわかっておった。その娘にとって命よりも大切だったことが、わしらにはなんのことか見当もつかんのじゃ。おまえさんがこの野営地に足を踏み入れるのを見たとき、やっと答えが見つかるかもしれんと思った。おまえさんと親しかったころ——」エリアスがすばやく手で制したので、レインはとっさに言い換えた。「——今でも、おまえさんとは親しいし、おまえさんは妙なことをたくさん知っておる」

「このことは知らない」

エリアスは、話はもう終わりだという口調で言った。あたりは静まり、夜の帳に包まれた野営地のどこからか音楽と笑い声が聞こえるだけだ。

ペリンは焚き火を囲む丸太のひとつに両肩をもたせかけて寝そべり、アイール人の娘が残した言葉の謎を解こうとしたが、レインやエリアスと同じように意味がつかめない。〈全界の眼〉……。なんどとなく夢に出てきたが、あの夢のことは考えたくない。それに、エリアス。エリアスにどうしても答えてほしかった疑問がある。レインはエリアスのことで、どんな話をしようとしていたのか？　エリアスがそれを止めたのはなぜか？　この謎も残念ながら残されたままだ。ペリンはアイール人の娘たちの姿を想像した。護衛士しか足を踏み入れない大荒廃地へ行ってトロロークと戦うなんて……。そのとき、エグウェーンが歌を口ずさみながら戻ってきた。

ペリンは急いで立ちあがり、焚き火のはずれまで迎えにいった。エグウェーンはぴたりと足を止め、首をかしげてペリンを見た。暗くて表情はよくわからない。

「ずいぶん遅かったな。楽しんできたかい？」

「アラムのお母さんのところで、食事をいただいたの。それからいっしょに踊って……笑って楽しく過ごしたわ。踊っていると時がたつのも忘れてしまって……」

「アラムを見て、ウィル・アル＝シーンを思い出したよ。あんたは絶対に、ウィルのような男にはなびかないと思ってたのに」

「アラムは優しくて、いっしょにいると楽しいわ」エグウェーンは硬い声で言った。「笑わせてもらったのは久しぶりよ」

ペリンはため息をついた。「悪かった。楽しく踊れてよかったな」

突然、エグウェーンはペリンに抱きつくと、シャツに顔をうずめて泣きだした。ペリンはエグウェーンの髪をぎごちなくなでた。こんなとき、ランド・アル＝ソアならどうすればいいかわかるはずだ。女の子の扱いに慣れているアル＝ソアとは違い、ペリンはどうすればいいのか、何を言えばいいのか見当もつかない。

「おれが悪かったよ、エグウェーン。本当に、あんたたちがダンスを楽しんできてよかったと思ってる。心からね」

「生きてるって言って」エグウェーンは、ペリンの胸に顔をうずめて、つぶやいた。

「えっ？」

エグウェーンは少し身体を離してペリンの両腕を握りしめ、暗闇でペリンの顔を見あげた。「アル＝ソアとマットよ。そのほかの人たちも生きてるって、言ってちょうだい」

ペリンは大きく息を吸いこみ、ためらいがちにあたりを見まわした。

「ああ、生きてるさ」やっと口から言葉が出た。

「ありがとう」エグウェーンは、指でさっと頰の涙をぬぐった。「その言葉を聞きたかったの。おやすみなさい、ペリン。ゆっくり休んでね」

エグウェーンは背伸びをしてペリンの頰に軽くキスし、ペリンに話すまも与えず足早に去っていった。

ペリンは振り返って、その姿を見送った。イラが立ちあがってエグウェーンを迎え、二人は小声で話をしながら箱馬車のなかへ入ってゆく。アル＝ソアなら、あの娘の気持ちがわかってやれるだろう。おれは全然だめだ。

夜も深まり、地平線のかなたに浮かぶ細い三日月に向かって、三頭の狼たちが遠吠えした。ペリンは思わず身震いした。明日になれば、また狼たちに悩まされるだろうと思ったが、その考えは間違いだった。狼たちは夢のなかでペリンを待ち受けていた。

26 ホワイトブリッジ

かろうじて〈柳を揺する風〉だとわかる曲の最後の一節が終わり、不安定な笛の音が少しずつ小さくなって消えた。吹きおえたマットが、吟遊詩人トム・メリリンの金銀の装飾のある笛をおろした。ランド・アル＝ソアは両耳をふさいでいた手を離した。近くの甲板で綱を巻いていた船員の一人が、大きく安堵のため息をついた。しばらくは、船体にあたる波の音と、規則的に動く櫂の音しか聞こえなくなった。ときおり、索具が風に唸った。〈水煙〉号の船首を強風が叩きつけるので、役に立たない帆は巻きあげてある。

「感謝するべきなのだろうな」沈黙を破ってメリリンがつぶやいた。「少なくとも、古い格言が正しいことを再確認できた。〝どんなに教えても、豚に笛は吹けない〟というものだ」

船員が大笑いし、マットは笛を振りあげ、投げつけるふりをした。

メリリンはすばやくマットの手から笛を取りあげ、革のケースにしまった。

「おまえさんたち羊飼いは、ラッパや笛を吹いて羊の群れを移動させるから、その種の楽器が得意なんじゃないのか？　わしの思いこみにすぎなかったようだな」

「羊飼いはアル＝ソアです」マットが不機嫌に言い返した。「アル＝ソアはラッパを吹くけど、おれは吹きません」

「なるほど、アル＝ソアには多少の心得があるようだ。おまえさんは笛よりも曲芸をつづけたほうがいい。そっちのほうが見こみはある」

「メリリン先生」と、アル＝ソア。「こんなにきびしい練習は必要ないでしょう？」綱を巻いている船員をちらっと見て、声を落とした。「おれたちは本気で吟遊詩人をめざしてるわけじゃないんですから。モイレイン様やほかの仲間を見つけるまで、吟遊詩人の弟子のふりをしてるだけです」

メリリンは口ひげの端を引っ張り、膝に置いた焦げ茶色の革ケースに視線を落とした。何か調べてでもいるかのように、ケースから目を離さない。

「仲間を見つけられなかったら、どうする？　ほかの連中が生きているとはかぎらないぞ」

「生きてますよ」と、アル＝ソア。断固とした口調だ。助け船を求めてマットに向きなおったが、マットは眉を寄せて口を一文字に結び、かたくなに甲板に目を向けていた。「ほら、はっきり言えよ、マット。笛がうまく吹けないからって、そんなに怒るなよ。おれだって、うまくはないぞ。おまえは笛を吹く気なんて、もとからなかったじゃないか」

マットは顔を上げ、不機嫌な表情で静かに言った。「仲間がみんな死んでたら、どうする？ 事実は受け入れなきゃならない。そうだろ？」

そのとき、船首にいる見張り役の船員が大声で言った。「ホワイトブリッジだ！ ホワイトブリッジが見える！」

アル＝ソアは、マットがこんなことを軽々しく口に出すとは思わなかった。船員たちがあわただしく入港の準備を進めるなか、マットの目をまともに見た。マットは肩をすくめ、アル＝ソアをにらみつけた。アル＝ソアにはマットに言いたいことがやまほどあったが、うまく言葉にできなかった。おれたちは仲間が生きていることを信じなければならない。絶対に。頭のなかで意地悪な声がした——なぜ？ 信じてさえいれば、吟遊詩人の物語みたいに万事めでたしで終わるとでも思ってるのか？ 英雄たちは宝を見つけ、悪を打ち負かして、いつまでも幸せに暮らすというのか？ 別な終わりかたをする話もあるぞ。英雄が死ぬときだってある。英雄のつもりになってるのか、アル＝ソア？ おまえは英雄なのか、羊飼いのアル＝ソア？

不意にマットが赤面して目をそらした。アル＝ソアはわれに返って跳びあがり、甲板の混乱を縫(ぬ)って船べりへ向かった。マットがのろのろと、あとにつづいた。行く手に現われる船員たちをよけようともせず、ぶつかりながら進んでいる。

甲板の上を裸足(はだし)の船員たちが走りまわり、綱を引っ張ったり、いくつもある索具をゆるめたり、ほどいたりしている。はちきれんばかりに羊毛を詰めこんだ防水布の袋を持ち出す者もおり、アル＝ソアの手首と同じ太さの綱を用意する者もいる。急いではいるが、慣れた作業をこなす安定感があった。それでも、ドモン船長は足を踏み鳴らして甲板を往復し、大声で指図(さしず)し、動作の鈍い者を叱りつけた。

アル＝ソアは船の行く手に注目した。アリネル川のゆるやかなカーブをまわるにつれて、ホワイトブリッジの風景が見えてきた。歌や物語、旅商人の話などで耳にした伝説の街を今、現実に見ようとしている。

広い川を横切って、〈白い橋(ホワイト・ブリッジ)〉が高々と弧を描いていた。〈水煙〉号の帆柱(ほばしら)の倍以上も高い。端から端までミルクのように白く、日光を照り返してきらきらと輝いている。同じ建材で造られた橋脚がいくつも、クモの脚のように川のなかへ伸びていた。この巨大な橋を支えるにしては、いかにも華奢(きゃしゃ)だ。橋も橋脚も、ひとつながりに見えた。まるで、大きなひとつの石を刻んで造ったか、川を軽くひと飛びで越える巨人が、大きな鋳型(いがた)を使って造ったかのようだ。何よりも、巨大なこの橋のせいで、東岸に広がるホワイトブリッジの街――エモンズ・フィールドよりもはるかに広い――が、小さく見えた。タレン・フェリーの家並みのように高い石や煉瓦造りの家々が立ち並び、木の桟橋が細い指のように川のなかへ突き出ている。川の上一面に小さな船が散らばり、漁師たちが網を引いていた。その頭上に輝く〈白い橋〉がそびえている。

「ガラスでできてるみたいだ」アル＝ソアは誰にともなく言った。

ドモン船長がそばで足を止め、幅の広いベルトに両手の親指をはさんだ。「いいや、違う。なんでできているにせよ、ガラスではない。どんなに雨が降ってもすべらず、どんな力持ちでも引っかき傷ひとつ残せない材料だ」

「〈伝説の時代〉の遺物だな」と、メリリン。「わしは前から、そうにちがいないと思っていた」

ドモンは気むずかしげな唸り声を漏らした。「そうかもしれないな。だが、今でも充分に使える。別の人間が造ったのかもしれん。言わせてもらうが、異能者が造ったものだとはかぎらん。そんなに古いものかどうかもわからん。こら、ぼんやりするな、バカ者！」

ドモンは作業中の船員に向かってどなり、急いでそのほうへ走っていった。

アル＝ソアはますます驚嘆して、橋を見つめた。〈伝説の時代〉からあったのか。たしかに異能者（アエズ・セダーイ）が造ったものかもしれない。だから、ドモン船長は、全界の驚異についてはあんなに熱く語ったくせに、〈白い橋〉にたいしては、こきおろすようなことを言ったのだろう。異能者（アエズ・セダーイ）の造った橋。まさに百聞は一見にしかず、だ。それくらい、わかってたはずだぞ。一瞬、震える影が乳白色の橋をよぎったように見えた。アル＝ソアは橋から視線を引きはがして、近づいてくる桟橋を見ようとしたが、高くそびえる橋の姿が視界からはずれることはなかった。

「とうとう着きましたね、メリリン先生」アル＝ソアは無理に笑い声を上げた。「反乱は起こらなかったし」

　メリリンはわざとらしい咳払いをして、口ひげを震わせた。近くで二人の船員が、係留用の舫（もや）い綱（づな）の準備をしている。船員たちは鋭い目でアル＝ソアをじろりと見たが、すぐにかがみこんで仕事をつづけた。アル＝ソアは笑うのをやめ、ホワイトブリッジに着くまでその二人を見ないようにした。

〈水煙〉号は、最初に近づいてきた桟橋のわきへすべりこんだ。櫂をいちど逆に動かして周囲の水を泡立て、タールを塗った杭の上に太い角材を並べて作った桟橋の横に止まった。櫂が引っこむと、船員たちは桟橋の上の男たちめがけて舫い綱を投げた。男たちが、受け取った舫い綱をものものしく振りまわして、船をつなぐ。ほかの船員たちは、桟橋の杭にぶつかる船体を保護するため、羊毛の詰まった袋を船べりから投げた。

まだ船が寄せられないうちから、船着き場にはいくつも馬車が現われた。漆塗りの丈の高い馬車で、扉に大きな金か赤の文字で名前が書かれている。馬車から降りた商人たちは、船から桟橋へ渡し板が渡されると同時に、船へ乗りこんできた。長いビロードの上着と絹の裏のついたマントをつけ、布製のサンダルをはいた、ひげのない男たちだ。ひとりひとりが、仕事着姿の使用人をしたがえている。使用人たちはみな、鉄張りの小さな金庫を持っていた。

商人たちが作り笑いを浮かべて近づいてきたとき、不意にドモンが「こら!」と大声を上げ、商人たちの笑みが引っこんだ。ドモンの太い指は男たちを通り越して、船の反対端にいるフローラン・ゲルブに突きつけられている。

ゲルブがぴたりと足を止めた。アル=ソアのブーツがあたった額の傷はもう薄くなっているが、ゲルブはときどき思い出すかのようにその個所を指でなでた。

「おまえがおれの船で当直中に眠るのも、これが最後だ! おれの好きなようにできるなら、もうどの船にも乗れんようにしてやるところだ! 今すぐおれの船から出てゆけ!

桟橋におりるなり、川に飛びこむなり、好きにしろ」

ゲルブは肩を丸め、憎悪に燃える目でアル=ソアたちを見つめた。とりわけアル=ソアに、悪意のあるまなざしを向けている。応援を求めて甲板を見まわしたが、その目にはすでにあきらめの色があった。

船員たちは一人ずつ作業を終えて腰を伸ばし、冷たくゲルブを見返した。

ゲルブは目に見えてしおれ、次の瞬間、前にも増して憎々しげにアル＝ソアたちをにらみつけた。小声で悪態をつくと、ゲルブは甲板の下の船員室へと駆けおりた。

ドモンは、あとを追うよう二人の船員に命じた。「あいつが悪さをしていないことを確かめて、船からつまみ出せ」唸るような声で言いわたしてから、ドモンは商人たちに向きなおった。

商人たちはじゃまなど入らなかったかのように、もとどおりに笑みを浮かべて頭を下げた。

メリリンの指図で、マットとアル＝ソアは荷物をまとめはじめた。三人とも、着ている服のほかにはたいして荷物もない。

アル＝ソアの荷物は、携帯用毛布と鞍袋と父親の剣だけだ。剣を見ると強い郷愁にかられ、思わず目頭が熱くなった。いつかまた、父さんに会えるだろうか？　家に帰れるだろうか？　家か。もしかしたら、永久に逃げまわって、自分の夢に怯えて一生を終えるのかもしれない。アル＝ソアは震えるため息を漏らして、上着の上にベルトを巻いた。

二人の船員に連れられて、ゲルブが甲板へ戻ってきた。まっすぐ前方を見つめていたが、アル＝ソアには、波のように伝わってくるゲルブの憎悪が感じられた。ゲルブは背をこわばらせ、暗い顔をしたまま、ぎごちない足取りで渡し板を渡って上陸した。船着き場のまばらな人ごみを押し分けて去る姿は、たちまち、商人たちの馬車の向こうへ消えた。

船着き場の人影は少ない。大半は作業着姿の職人や網を繕う漁師だが、わずかに町の住人の姿もまじっている。サルダエアから川を下ってきた今年最初の船を見ようと思ったのだろう。娘たちもいたが、エグウェーンの姿は見あたらず、モイレインやランや、ほかの仲間に多少とも似た人影はなかった。

「ほかのみんなは船着き場へはこなかったのかもしれない」と、アル＝ソア。

「そうかもしれない」と、メリリン。そっけない口調だ。楽器を入れたケースを注意深く背負うと、アル＝ソアとマットに言った。「あのゲルブには気をつけるんだぞ。好んで、もめごとを起こすやつだ。わしらは極力、人目につかないようにホワイトブリッジを通過しなければならない。街を出て五分もたてば、誰もわしらのことを思い出せないくらいにな」

三人が渡し板に向かって歩きだすと、風でマントがはためいた。マットは弓矢を胸の前に抱えている。三人が船にいたあいだに、船員たちもこの荷物を見慣れたはずだ。それでも、二、三人の船員が注目した。船員たちがあまり使わない武器だからだろう。

ドモンは商人たちを待たせておいて、渡し板のそばでメリリンを引き止めた。

「ここで降りるのかね、吟遊詩人の先生？　もう少し先まで乗っていく気はないか？　この船はイレイアンまで行く。吟遊詩人が、それ相応の敬意を払ってもらえる土地だ。イレイアンで公演するのがいちばんだぞ。〈セファン祭〉にまにあうように船を走らせよう。語り芸の競技会がある。〈英雄蘇生（ヴァリーア）の角笛（つのぶえ）を探す旅〉をいちばんうまく語った者に、賞として金貨百枚が出る」

「それはたいした賞金ですな、船長」メリリンは芸を終えたときのようにうやうやしく頭を下げ、マントを払って色とりどりのつぎはぎ細工をのぞかせた。「たいした競技会だ。全界じゅうから吟遊詩人が集まるにちがいない。しかし」そっけない口調で、先をつづけた。「わしらは乗船料金を払えませんのでな」

「ああ、なるほど。そういうことなら……」ドモンは上着のポケットから革の巾着（きんちゃく）を取り出し、メリリンにほうった。メリリンが受け取ると、チャリンと音がした。「料金は返そう。ちょっと多めにな。損害も思ったほどではなかったし、おまえさんたちは物語や歌で充分に楽しませてくれた。〈嵐の海〉まで乗っていってくれれば、その倍は渡せるだろう。イレイアンで上陸させてやるが、どうかね？　競技会はともかく、あそこへ行けば、優秀な吟遊詩人なら、ひと財産を作れる」

メリリンは返事をしぶった。手で巾着の重さを量っている。

アル＝ソアが言った。「船長、おれたちは、ここで仲間と会うことになってるんです。仲間といっしょにシームリンへ行く予定なんです。イレイアンはまたの機会にします」

メリリンは口をゆがめて息を吐き出し、長い口ひげを震わせた。巾着をポケットにしまうと、ドモンに言った。「落ち合う仲間がここにきていなければ、イレイアンまでお願いするかもしれませんがな」

「わかった」と、ドモン。不満げな口調だ。「考えておいてくれ。船員が不満をつのらせている。ゲルブをクビにしたのは、まずかったかもしれん。あいつがいれば、ほかの連中の怒りはあいつへ向かう。だが、ホワイトブリッジに着いたら解雇すると、自分で言いわたした以上、取り消すわけにもいかない。イレイアンまで、いつもの三倍の時間がかかってもいいから、ここはもっと気を抜いておくべきだろう。トロロークが追っていたのも、おそらくおまえさんたち三人だろうし」

アル＝ソアは目をぱちくりさせたものの、口は開かなかった。だが、例によって思慮の足りないマットが口をはさんだ。「もちろんですよ。ほかの誰を追ってたというんです？おれたちが探すのと同じ宝を狙ってるんです」

「そうかもしれん」ドモンは信じていない口調だった。考えこむ表情を浮かべて、太い指で顎ひげをしごき、メリリンがポケットにしまった巾着を指さした。「イレイアンまで同行してくれたら、その倍額を出す。船員たちの気をまぎらわせてくれ。つらい仕事を少しでも忘れさせてほしい。考えておいてくれ。この船は明日の夜明けに出航する」

そう言うと、ドモンは踵を返して、船内に入りこんだ商人たちのほうへ向かった。大きく両腕を広げて、待たせた詫びを述べはじめた。

メリリンはまだ迷っていたが、アル＝ソアは反論の余地を与えず、メリリンを押しのけて渡し板を渡った。メリリンのつぎはぎ細工のマントを目にした船着き場の人々のなかから、ささやき声が漏れた。どこで公演するのかと、大声でたずねる者もいた。人目を引かない毎日も、これでおしまいか？　アル＝ソアは当惑した。日暮れまでに、吟遊詩人がやってきたという噂がホワイトブリッジじゅうに広がるだろう。アル＝ソアはメリリンを急き立てて進んだ。メリリンは人々の注目に応えようともせず、押し黙ったまま先を急いだ。

馬車の御者たちも、興味ありげにメリリンを見おろしたが、あからさまに大声で話しかけるのは自尊心が許さないようだ。アル＝ソアは、どこへ行くというあてもなく、川沿いの通りを曲がって〈白い橋〉の下の道へ入った。

「モイレイン様やほかの仲間を捜し出さなきゃ。急いで見つけなきゃいけない。メリリン先生のマントをほかのと取り換えておけばよかった」

アル＝ソアの言葉に、メリリンが不意に身体をゆすってぴたりと足を止めた。

「ほかの仲間がここにいるか、あるいは先へ行ったか、宿屋の主人なら知っているだろう。まともな宿屋の主人なら、ニュースや噂話を漏れなく耳にしているものだ。ほかの者がここにいないとすれば……」アル＝ソアとマットの顔に交互に視線を走らせた。「先のことを相談しなければならん。三人でな」

メリリンは足首のあたりにマントをひるがえすと、川に背を向け、街なかへ向かった。アル＝ソアとマットもあわてて、あとを追った。

この街の名前になっている大きな白い橋が、上にそびえている。遠くから見たときに劣らず壮観だった。だが、通りへ入ってみると、ホワイトブリッジはあらゆる点でベイロンと同じくらい大きな街だった。しかもあまり混雑していない。馬やロバや人が荷車を引いて通るが、人間の乗る馬車は見あたらない。馬車は商人専用で、どれも船着き場へ集まっているようだ。

さまざまな看板を掲げた店が並んでいた。商店主たちが店の前へ出て、風に揺れる看板の下で働いている。鍋をなおす鋳かけ職人……たたんだ布地を光にかざして客に見せる仕立屋……入口にすわってブーツの踵を槌で叩く靴なおし……。はさみやナイフを研ぐ職人が声を張りあげ、行商人は乏しい野菜や果物を並べているが、目をとめる客は少ないようだ。

食料品店はベイロンと同じく品薄らしい。川にはあれほど漁船が出ていたのに、魚屋にも、小魚の小さな山しか見られない。さほど緊迫感はないようだが、このまま春の到来が遅れればどうなるかは明らかだ。まだきびしくはない人々の顔にも、どこか、目に見えない不快なものを見据(みす)えるような表情があった。

〈白い橋〉が接地する街の中央には、大きな広場があった。石畳(いしだたみ)は、長年の人や荷車の往来で摩滅している。広場の周辺に宿屋や店が並んでいた。立ち並ぶ赤煉瓦造りの高い建物に、船着き場に集まった馬車に書かれていたのと同じ名前が出ていた。

メリリンは、ぶらりと一軒の宿屋へ入った。入口で風に揺れる看板には、片側に荷物を背負って歩く男が描かれ、その裏側に同じ男が枕に頭を乗せて休む姿が描かれている。〝旅人宿泊所〟と書かれてあった。

宿屋の酒場は閑散としていた。太った主人が樽(たる)からビールを注いでいる。奥のテーブルでは職工の作業服を着た男が二人、むっつりした表情でジョッキをのぞきこんでいた。三人が入ってゆくと、主人が顔を上げた。肩の高さの仕切り壁が入口から奥まで走り、室内をふたつに分けている。どちら側にもテーブルと暖炉があった。宿屋の主人というのは、みな、太って禿げかけてるんだな——アル＝ソアはぼんやりと、そんなことを考えた。

メリリンは手をこすり合わせ、最近は寒いですなと、主人に言うと、スパイスをきかせた熱いワインを注文した。それから、なにげなく言葉を添えた。「人にじゃまされずに、三人だけで話ができる場所はあるかな？」

　主人は顎で仕切りを示した。「部屋をおとりになるんでなけりゃ、あの向こう側ですな。川から上陸した船員向けでね。連中は必ず仲間割れしますからな。喧嘩で酒場を壊されたくないんで、そういう連中がたがいに顔をあわせなくてすむように、部屋を分けたんです」さっきからメリリンのマントに目をとめていた主人は、ずるそうな表情を浮かべて、頭をかしげた。「お泊まりですか？　吟遊詩人のかたにお目にかかるのは、しばらくぶりです。みんな、気晴らしには喜んでカネを払うでしょう。お泊まりなら、食事代と部屋代はお安くしておきます」

　人目を引くわけにはいかないんだ——アル＝ソアは心のなかで不機嫌に言い返した。

「それはすばらしい」メリリンは平然と一礼した。「ありがたいお申し出ですが、今は三人だけで話ができれば充分です」

「ご注文の品をお持ちしましょう。吟遊詩人のかたにとっては、なかなかいい街ですよ、ここは」

仕切りの向こう側には人影がなかったが、メリリンはまんなかのテーブルを選んだ。

「ここなら誰にも聞かれずにすむ。あの主人の言葉を聞いたか？　値引きすると言ったぞ。わしがすわっているだけで、客を呼びこめるかもしれないからな。人のいい宿屋の主人は、吟遊詩人のための部屋や舞台やちょっとしたサービスを用意しているものだ」

テーブルクロスもかけていないテーブルは、清潔とはとても言えなかった。床には、数週間分とは言わないまでも、数日分の埃がたまっている。

アル＝ソアは室内を見まわして眉をひそめた。アル＝ヴィア村長なら、たとえ病気になっても、〈酒の泉〉をこんなに汚れたままにはしておかないだろう。寝台から這いだしてでも目を光らせるにちがいない。

「ここへ入ったのは情報を仕入れるためです。忘れないでください」アル＝ソアは言った。「どうしてこの宿屋なんですか？」と、マット。「もっと清潔なところが、ほかにいくらでもあったのに」

メリリンは言った。「橋からまっすぐに延びている道を進めば、シームリンに着く。この街を通過する者は必ず、この広場を通る。川を通れば別だが、おまえさんたちの仲間が船旅をする見こみは少ない。ここで仲間の噂が聞けないなら、連中はここにはいない。話はわしにまかせろ。気をつけなきゃならない」

そのとき、主人が現われた。でこぼこしたシロメ（錫を主体とした合金）のジョッキを三個、片手でいちどに取っ手をつかんで持っている。太った主人はタオルでさっとテーブルの埃を払いのけ、ジョッキを置いて、メリリンが置いたカネを取りあげた。

「お泊まりなら、飲みものは無料です。いいワインがありますよ」

メリリンは笑みを見せたが、目は笑っていなかった。「考えておきましょう。何か情報はありませんかね？　このところ、全界の情勢を耳にしていなかったものでね」

「ありますよ。大ニュースが」

主人はタオルを自分の肩に投げかけて、椅子に腰をおろした。テーブルの上で腕を組むと、長いため息をついて、足を休められるのがつくづくありがたいと、ひとくさりしゃべった。バーティムと名乗ったあとも、足の話をつづけた。うおの目がどうの、親指の根もとの腫(は)れがどうの、立っている時間がどんなに長いか、火照(ほて)った足を何でどうやって冷やすか……こと細(こま)かに語り、際限なくぼやいた。

ついにメリリンが情報を知りたいと口をはさむと、バーティムはすぐに話題を変えた。たしかに大ニュースだった。偽の竜王ロゲインが、ギールダンからティアへ軍勢を移動させる途中、ルガード近郊の戦闘で捕らえられたという。

「〈竜王予言〉を実現させたかったんでしょうな」

バーティムの言葉にメリリンはうなずいた。バーティムの話では、南部の街道は難民でふさがっているそうだ。持てるだけの荷物を持った者たちが、各地から何千人も流れこんできたという。

「もちろん、ロゲインを支援する者なんぞ、一人もいやしません」バーティムは皮肉な笑い声を漏らした。「まあ、今じゃ、あの男が〈竜王の再来〉だと認める者も、そう多くはないでしょう。難民たちは戦闘をさけて、安全な場所へ逃(のが)れようとするばかりだし」

ロゲインの逮捕には異能者(アエズ・セダーイ)がかかわっていた。バーティムはそう言って床に唾(つば)を吐き、偽の竜王はタール・ヴァロンへ連れてゆかれると付け加えた。

「わたしは、ちゃんとした人間ですからね。それ相応の敬意を払われる人間ですよ。わたしの考えじゃ、異能者(アエズ・セダーイ)なんぞ、タール・ヴァロンごと大荒廃地へ戻ればいいんですよ。わたしは異能者(アエズ・セダーイ)なんかには近寄りたくないですな。何千キロも離れていたい。連中は、北へ戻る途中、あちこちの村や町に立ち寄って、ロゲインをさらし者にしてるそうですよ。偽の竜王がつかまって、全界がまた平和になったことを見せびらかしたいんでしょうな。異能者(アエズ・セダーイ)に近づくことになってもいいから、ひとめでも見たいもんです。シームリンへ行こうかという気になりかけましたよ。ロゲインをモーゲイズ女王にお見せするんだそうですよ」バーティムは額に手をふれて、女王に対する敬意を表明した。「わたしは女王様も見たことがありません。自分の国の女王くらいは見ておくべきですよね？　たしかにロゲインには〃力〃があります」そう言って、バーティムは落ち着きなく視線を泳がせ、舌先ですばやく唇をなめた。「二年前にも、田園地方を行軍する偽の竜王を見たことがありますす。王になろうと思っただけのただの男でしたがね。あのときは異能者（アエズ・セダーイ）の出る幕がありませんでした。兵士たちにつかまえられて、鎖で護送馬車につながれてました。馬車の台のまんなかにすわって、怖い顔でうめいてましたよ。見物人が石を投げたり、棒でつついたりすると、両腕で頭をおおい隠してましたな。なんども、そんなことがありましたが、命の危険がないかぎり、兵士たちは止めもしませんでした。何も特別な男じゃないことを見せつけたかったんでしょう。あの男には〃力〃がありませんでした。しかし、ロゲインは見ものでしょうな。孫の代まで語りぐさになるでしょう。仕事さえなければ、わたしも見にいけるんですがねえ……」

アル＝ソアは真剣にバーティムの話に耳を傾けた。旅商人パダン・フェインがエモンズ・フィールドで偽の竜王の話を伝えたときも、絶対力をあやつれる男だと言ってた。これはトゥー・リバーズでは久しく耳にしなかった大ニュースだ。そのあとで降りかかってきた出来事のために頭の隅へ追いやっていたが、たしかに、人々が何年も話題にし、子孫に伝えるような出来事だ。ここの主人も、実際にロゲインを見ようが見まいが、自分の孫には、見たと話すにちがいない。トゥー・リバーズの田舎者に降りかかった出来事などは話題にならない。聞きたがる者がいるとしたら、トゥー・リバーズの出身者ぐらいだろう。

「それは物語になりそうな話ですな。何千年も語り伝えられるでしょう。わしも見たいですな」メリリンは、まったく疑いを抱かない口調で言った。これは本心だろう。「なんとかして、その男を見たい。どの道を通って護送されるのですかな？　この街には、ほかにも旅人がいます。どの道を通るか知っている者もいるでしょう」

バーティムは薄汚い手を振って反対した。

「北へ向かうに決まってますよ。このあたりじゃ、みんな、それしか知りません。ロゲインを見たいなら、シームリンへ行くことですな。わたしもそれしか知りませんが、ホワイトブリッジで知っておかなきゃならないことなら、全部わたしの耳に入ってます」

「もちろん、そうでしょうな」メリリンはよどみなく答えた。「この宿には、ホワイトブリッジを通る旅人たちがたくさん足を止めるでしょう。〈白い橋〉のたもとからでも、この看板が見えるのですから」

「西のニュース以外にもニュースはありますよ。二日前、イレイアン人がここへきました。紋章つきの布告書を持ってきたんです。ここの広場で、おふれを読みあげましたよ。はるばる〈霧の山脈〉まで旅をするんだそうです。道があれば、アラス海まで行くかもしれないとか。全界じゅうにおふれを広めるために、各地に使いが送り出されたという話でした」バーティムは頭を振った。「〈霧の山脈〉ねえ。一年じゅう霧におおわれてるらしいじゃないですか。霧のなかには恐ろしい生き物が棲んでいて、こっちが走りだすより先に、肉が骨から剝ぎ取られちまうそうですよ」

マットがバカにするかのようにくすくす笑い、バーティムにじろりとにらまれた。

メリリンが身を乗り出してたずねた。「おふれは、どういう内容だったんですかな?」

「そりゃ、〈英雄蘇生の角笛〉探しですよ!」バーティムは叫んだ。「話しませんでしたか? イレイアン人は各地の人間に呼びかけて、角笛探しに命をかける者をイレイアンに集めてるんです。なんとまあ! 伝説に命をかけるんですと。さぞかし、バカな連中が集まるでしょう。バカ者はどこにでもいますからな。使いの男は、〝全界の終わりが近づいている……闇王との最後の戦いがはじまる〟と、宣言してました」バーティムはくすくす笑った。お笑いぐさだと無理に自分に言い聞かせるようなうつろな声だ。「連中は、戦いが始まる前に〈英雄蘇生の角笛〉が見つかると考えているようです。どう思われます?」つかのまバーティムは拳を口にあてて手の甲に歯を立てた。考えこむ表情だ。「もちろん、冬がこんなに長かったんですから、わたしだって、頭から連中に反対できません。気候もそうだし、ロゲインという男もそうだし、前にも二人、偽の竜王が現われたこともそうです。近年になって現われたこの男たちは、なぜみんな竜王を名乗るんでしょう？　それに、この気候です。何かわけがあるにちがいない。どう思われます？」

メリリンは、バーティムの言葉を聞いていないようだった。静かな声で、物語の一節を引用しはじめた。

長い夜の訪れを防ぐ
最後の孤独な戦いのなかで、
山々は防壁となり、
死者たちが護衛に立つ。
わが呼び声に、墓が開く。

「それですよ」バーティムはにやりと口もとをほころばせた。吟遊詩人の語りに耳を傾ける客たちから、自分がカネを受け取るところを想像しているのだろう。「それです。〈英雄蘇生の角笛を探す旅〉ですよ。その話をここで聞かせてもらえませんかね？　客が天井まで鈴なりになって聞き入ります。みんな、あのおふれのことを知ってますから」

メリリンは心ここにあらずといった様子だった。代わりにアル＝ソアが話しかけた。

「おれたちは、この街へ向かった仲間を捜してるんです。西からきたはずですが。この一、二週間、西からの旅人はたくさんいましたか？」

「何人か、いましたな」バーティムはおもむろに答えた。「いつでも何人かはいるもんです。東からも西からも」急に用心深い目つきになって、順に三人をながめまわした。「どんな人相風体をしているんですか？　その、お仲間というのは？」

アル＝ソアが答えようとしたとき、不意にメリリンがわれに返り、鋭い視線でちらりとアル＝ソアを見て黙らせた。

メリリンは大げさなため息をつくと、しぶしぶ口を開いた。「二人の男と三人の女です。全員がいっしょにきたかもしれないし、別々にきたかもしれない」

メリリンはつづけて、ひとりひとりの人相風体を簡単に説明した。二言三言だが、本人を目のあたりにすればすぐにわかる描写だ。しかも、五人の正体を悟られないよう言いかたを工夫している。

バーティムは片手で頭を掻き、薄くなった髪をくしゃくしゃにした。それから、のろのろと腰を上げて言った。

「ここで公演する話は忘れてください。ワインを飲んだら、出ていってください。一刻も早くホワイトブリッジを出たほうが賢明でしょうな」

「ほかにも、この連中のことをたずねた者がいるんですな？」メリリンはワインをひと口飲んだ。バーティムの言葉などたいしたことではないと言いたげな、なにげない様子だ。片方の眉を上げて、たずねた。「それは誰ですかな？」

またしてもバーティムは頭を掻き、その場を立ち去りそうに足を動かした。やがて、自分に言い聞かせるようにうなずいて、答えた。

「聞いた話ですがね、一週間くらい前に、イタチみたいなずるそうな男が橋を渡ってやってきたそうです。みんなに、頭がおかしいんだろうと思われてました。いつも、ひとりごとを言って、じっとしていない。立ちどまっているときでも、絶えずどこかを動かしている。その男が、あなたがたのお仲間と同じ旅人のことをたずねたんですよ……五人全部というわけじゃありませんがね。大事なことみたいにたずねながら、返事がどうでもかまわないみたいなふりをする。ここで相手を待たなきゃならないと言ったはしから、先を急ぐと言う。哀れっぽく懇願するかと思えば、次の瞬間には、王様みたいな態度で命令する。頭がおかしいのか、おかしくないのか、相手をするほうはかっとなって、鞭で叩いてやりたくなったそうです。本人の安全のために、警備隊が拘束しようとしました。でも男は、その日のうちにシームリン方面へでていきました。ひとりごとを言って泣きながらね。やっぱり頭がおかしかったんでしょう」

アル＝ソアは、メリリンとマットに問いかけるようなまなざしを向けた。二人とも首を横に振った。そのイタチみたいな男も、おれたちを捜しているのだろうか？　誰だろう？

アル＝ソアはたずねた。「間違いなく、おれたちと同じ仲間を捜してたんですか？」

「五人全部が同じというわけじゃありません。護衛士とかいう男と、絹の服を着た女を捜していました。しかし、あの男が本当に気にしてたのは、若い三人の田舎者でしたな」バーティムの視線がアル＝ソアからマットへ走った。本当に見られたのか、気のせいか、はっきりとはわからないほどすばやい一瞥だった。「死に物狂いになって、若い三人の田舎者を捜してましたよ。頭がおかしかったんでしょうな、やっぱり」

アル＝ソアは身震いした。その頭がおかしい男とは誰だろう？　なぜ、おれたちを捜してるんだろう？　闇の信徒だろうか？　バ＝アルザモンが、頭のおかしい人間を使っておれたちを捜しているんだろうか？

「あの男は頭がおかしかったかもしれないが、もう一人のほうは……」バーティムは落ち着きなく目をきょろきょろさせた。唇全体を舌でなめまわしている。緊張で唾も出ないようだ。「じつは次の日……次の日に別の男がきたんです」バーティムは言葉を切って黙りこんだ。

「別の男？」間髪をいれず、メリリンが訊き返した。

バーティムはあたりを見まわした。仕切りのこちら側には、あいかわらずほかの客はいない。バーティムは背伸びをして、仕切りの向こう側をのぞいた。ようやく答えたときには、ささやくような早口になった。

「全身が黒ずくめの男でしたよ。フードを深くかぶっていたので、顔は見えませんでした。でも、向こうの視線は感じ取れました。まるで、背骨につららを刺しこまれたみたいに、背筋が冷えました。そいつ……そいつが直接、わたしに話しかけてきたんです」バーティムは怯えたように言葉を切り、唇を嚙んだ。「枯れ葉の上をヘビが這う音みたいな声でした。胃袋が凍りそうになりましたよ。姿を現わすたびに同じことをたずねるんです。頭のおかしい男がたずねたのと同じことをです。くるところは誰も見てないんです。どこから不意に現われます。昼間だろうと夜だろうと、いきなり現われて人を驚かせるんです。みんな、びくびくして、しょっちゅう振り返るようになりました。気味の悪いことに、街の門番が、そんな男はどこの門からも入ったことも出たこともないと言ってます」

アル＝ソアは無表情を保とうとした。顎が痛くなるほど歯をくいしばった。マットは顔をしかめ、メリリンはワインを見つめた。三人とも声には出さなかったが、考えていることは同じだった——ミルドラルだ。

やがて、メリリンが口を開いた。「わしは、そういう人物に会ったら忘れないはずだがな」

バーティムは猛烈な勢いでうなずいた。「まったく、そのとおりですよ。本当に、おっしゃるとおりです。あいつは……頭のおかしい男と同じように、若い三人の田舎者を捜していました。ただ、あいつの話では、三人の若者だけじゃなく、娘が一人いるようでしたがね。それに――」横目でメリリンを見て、付け加えた。「白髪頭の吟遊詩人も」

メリリンの眉が跳ねあがった。本当に驚いたときの表情だ。「白髪頭の吟遊詩人ですと？　まあ、全界じゅうには年配の吟遊詩人はたくさんいるだろうが。とはいえ、わしにはその男に心あたりがない。そういう男に捜される覚えもありませんな」

「そうかもしれません」と、バーティム。不機嫌な口調だ。「その男は、口数は多くなかったんですが、そいつが捜しているという相手を助けたり、かくまったりする者に対しては、容赦しない感じでした。ともかく、わたしはその男に〝そんな人間は一人も見たことがないし、噂も聞いたことがない。本当だ〟と答えました。〝一人も見たことがない〟と言ったんです」

語気を強めて、バーティムは話を終えた。それから急に、メリリンから受け取ったカネをぴしゃりとテーブルの上に戻した。

「飲みおわったら、出ていってください。いいですか？　いいですね？」そう言うと、肩ごしに振り返りながら、急いでその場を離れた。

バーティムの姿が消えると、マットが息を吐き出して言った。「闇に溶けるミルドラルか。やつらがここでおれたちを捜すことくらい心しておくべきだったな」

「やつはまたくる」メリリンはテーブルの上へ身を乗り出して、声をひそめた。「こっそり船へ戻って、ドモン船長の申し出を受けよう。連中がシームリンへ向かう道でわれわれを捜すあいだに、こっちはイレイアンへ向かう。ミルドラルの予想とは千キロ以上も離れたところへ行く」

「だめです」と、アル＝ソア。断固とした口調だ。「ここでモイレイン様やほかの仲間を待つか、シームリンへ向かうか、どっちかです。ほかの道はだめです」

「それは自殺行為だぞ、若いの。状況が変わったんだ。まあ、わしの言うことを聞け。この主人は、今はなんと言っていても、ミルドラルににらまれれば、ぺらぺらしゃべってしまうだろう。わしらがワインを飲んだことやら、ブーツの汚れ具合やら、何もかもな」

闇に溶けるミルドラルの目のない顔を思い出して、アル＝ソアは身震いした。

「シームリンの件だが……おまえさんたちがタール・ヴァロンをめざしていることを、半人ミルドラルが知らないと思うか？　今は、船で南へ向かうほうがいい」と、メリリン。

「だめです、メリリン先生」と、アル＝ソア。絞り出すような声だ。闇に溶けるミルドラルから千キロ以上も離れたところへ行くというのは、たしかに、気をそそられる提案だ。だが、アル＝ソアは大きく息を吸って口調を強めた。「だめです」

「よく考えてみろ。イレイアンだぞ！　地上最大の都市だ。それに、〈英雄蘇生の角笛を探す旅〉だぞ！　ここ四百年近く、〈英雄蘇生の角笛を探す旅〉は行なわれていない。いまや、新しい物語の材料が出てきた。こんな機会は望んで得られるものじゃない。居場所がミルドラルに知られるころには、おまえさんたちは白髪頭のじいさんになって、孫のお守りに忙しくなっているはずだ。ミルドラルに見つかろうが、どうなろうが、気にもしないだろう」

アル＝ソアの顔に頑固な色が浮かんだ。

「なんど言わせるんです？　だめと言ったら、だめです。どこへ行っても見つけだされますよ。イレイアンにだって、闇に溶けるミルドラルが行ってるはずです。それに、あの夢から逃れるには、どうすればいいんです？　メリリン先生、おれは自分に何が起こったのか知りたいし、その理由もつきとめたいんです。おれはタール・ヴァロンへ行きます。できれば、モイレイン様といっしょに。だめなら、一人でも行きます。おれは知りたいんです」

「だが、イレイアンだぞ、おい！　危険から逃れられるんだぞ。ミルドラルが見当ちがいな方向を捜しているあいだに、川を下るんだ。夢で怪我をするわけがないだろう」

アル＝ソアは黙りこんだ。夢で怪我をするわけがない？　夢のサンザシに刺されて、血が出たんだぞ。あの夢のことも話してみようか？　おれは本当に他人に話す気か？　バ＝アルザモンが夢に出てきたと話すのか？　夢だろうが現実だろうが、闇王の手にさわられたなんて、とても話せるもんじゃない。

メリリンはベイロンで聞いた夢の話を思い出したらしく、表情をやわらげて言った。

「そういう夢でも、怪我はしないぞ。所詮はただの夢だ。そうだろう？　マット、頼むからアル＝ソアを説得してくれ。おまえさんは、タール・ヴァロンへ行く気はないんだろう？」

マットは赤面した。当惑し、腹を立てているようだ。アル＝ソアと目をあわせず、メリリンに向かって顔をしかめた。

「なぜそんなに大騒ぎするんです？　先生は船へ戻りたいんでしょう？　戻ってくださいよ。おれたちだって、自分の面倒くらい自分で見られます」と、アル＝ソア。

メリリンの痩せた肩が震えた。声を殺した笑いだ。そして、口を出た言葉は怒りにこわばっていた。

「二人だけで逃げられるほど、ミルドラルのことを知っているつもりか？　おまえさんたちだけでタール・ヴァロンへ入って、アミルリン位の前に身を投げだすつもりかね？　どの異能者（アエズ・セダーイ）がどのアジャか、区別がつくのか？　やれやれ、本当に二人だけでタール・ヴァロンまで行ける気なら、わしはここで別れてもいい」

「じゃ、別れてください」マットは険悪な口調で言い返し、マントの下へ片手をすべりこませた。

アル＝ソアはハッとした。マットは、シャダー・ロゴスから持ってきた短剣を握っているにちがいない。本当に使うつもりだろうか？

突然、部屋の中央の仕切りの向こうで、しゃがれた笑い声が上がり、大きな声が言った。

「トロロークだと？　吟遊詩人のマントでも着たらどうだ、ええ？　おまえさん、酔っ払ってるな。トロロークだとよ！　そんなもの、境界地域の作り話さ！」軽蔑に満ちた口調だ。

三人は冷水を浴びせられたように、言い争いをやめた。のんきなマットまでが目を見張って仕切りを振り返った。

アル＝ソアは立ちあがり、仕切りの向こう側をのぞいた。次の瞬間、あわてて頭を引っこめた。胃のあたりが急に重くなった。奥のテーブルの二人連れに、フローラン・ゲルブが加わっている。二人の男は笑い声を上げながら、ゲルブの話に耳を傾けた。

バーティムが汚れたテーブルを布巾で拭いていた。客たちに顔を向けてはいないが、耳をすましているのだろう。同じ個所をなんども拭き、客たちのほうへ倒れかかりそうなほど身体を傾けている。

「ゲルブだ」アル＝ソアは、もとどおり腰をおろしてささやいた。急にマットとメリリンが緊張した。メリリンは、仕切りのこちら側にさっと目を走らせた。

仕切りの向こう側で別の男の声が響いた。

「いやいや、トロロークは、昔は実在したんだ。トロローク戦争で殺し合って、絶滅したんだよ」

「境界地域の作り話さ！」

「言っとくが、これは作り話なんかじゃないぞ」ゲルブの不満げな声が響いた。「あっしは境界地域へだって行ったんだ。トロロークを見たこともある。あの日に見たのは、間違いなくトロロークだった。あっしが今ここにすわってるのと同じくらい、たしかだ。船に乗りこんできた三人は、トロロークに追われてると言ってたが、あっしは本当のところを見抜いた。だから〈水煙〉号から降りることにしたんだ。ベイル・ドモン船長も怪しいが、あの三人は間違いない。絶対に闇の信徒だよ。言っとくがね……」あとの言葉は、笑い声と粗野な冗談にかき消された。

　ゲルブは、いつなんどき〝あの三人〟の様子を話しはじめるかもしれない。それとも、もう話したのだろうか？　主人はいつ、〝あの三人〟がおれたちのことだと気づくだろう？　アル＝ソアたちは酒場から出ることもできなくなった。出口へ行くには、ゲルブたちのテーブルのそばを通らなければならない。

「船に戻るのも悪くないかもしれないな」マットがつぶやいた。

　だが、メリリンは首を横に振った。

「こうなっては、もう船はだめだ」メリリンは声をひそめて早口で言った。ドモン船長からもらった巾着を取り出すと、急いで中身を三つに分けた。「一時間もすれば、噂が街じゅうに広まる。人々が信じようと信じまいと、いずれ半人ミルドラルの耳にも入るだろう。あの船は明日の朝まで出航しない。まあ、うまくいっても、トロロークに追われながらイレイアンまで下ることになるだろう。どうやら船長は、そのくらいのことは予想しているようだが、わしらには不利だ。こうなったら、ただひたすらに逃げるしかないな」

　メリリンが押しやった硬貨の山のひとつを、マットはすばやくポケットへ詰めこんだ。アル＝ソアはゆっくりと自分の分を手に取った。モイレインからもらった銀貨はなかった。同じ重さの銀貨を返してくれたらしいが、アル＝ソアはなぜか、モイレインにもらった銀貨のほうがよかったと思った。硬貨をポケットへ押しこむと、アル＝ソアはメリリンに問いかけるような視線を向けた。

「離ればなれになった場合に備えて、それぞれがカネを持っていたほうがいい」メリリンは説明した。「おそらく、そんなことにはならないだろうが、もしそうなったら……まあ、おまえさんたちは自分たちだけでうまくやれるだろう。がんばってくれ。異能者(アエズ・セダーイ)には近寄らないほうが、身のためだぞ」

「いっしょにきてくださるんじゃないんですか？」と、アル＝ソア。

「いっしょに行くとも。だが、追手も迫っているし、この先どうなるかは、光だけがご存じだ。まあ、あまり気にすることはない。今すぐ何かが起こりそうだというわけでもない」メリリンはいったん言葉を切って、マットに視線を移した。「わしがいっしょにいても、かまわないかね」硬い口調だ。

マットは肩をすくめた。アル＝ソアとメリリンの顔を見比べてから、また肩をすくめた。

「おれはちょっと、いらいらしてるだけです。どうも気が休まらなくて。ひと休みするたびに、やつらはおれたちを追って近づいてくる。まるで誰かがおれの頭のなかに隠れてて、四六時中、見張られてるみたいな感じです。これから、どうすればいいんですか？」と、マット。

仕切りの向こう側で笑い声が上がり、またしてもゲルブの声にさえぎられた。作り話ではないと、二人の聞き手に大声で抗議している。いつ主人が気づくだろう？　いつなんどき、ゲルブの言う〝あの三人〟とアル＝ソアたち三人を結びつけて考えるかもしれない。

　メリリンは椅子を後ろへ引いて立ちあがった。身体を伸ばさずに上体を低くしている。向こう側から無造作に仕切りのほうを見ただけでは、メリリンの姿は目に入らないだろう。メリリンは二人についてくるように合図して、小声で言った。

「絶対に音を立てるなよ」

仕切りのこちら側の暖炉の両脇に、路地に面した窓があった。メリリンは注意深く窓を調べ、身体が通り抜けられる程度に引き開けた。かすかな音がしたが、仕切りの向こうの三人には聞こえなかったようだ。あの大声では、一メートル離れた場所の音も聞こえないだろう。

　窓から外へ出ると、マットはまっすぐに路地の出口をめざして歩きはじめたが、メリリンに腕をつかまれ、引き止められた。

「そんなにあわてるな。自分のしていることを確認してから、動くんだ」

　そう言って、メリリンは窓を外側から、できるだけもとどおりになるように閉じた。それから、振り返って路地の様子をうかがった。

　アル＝ソアはメリリンの視線をたどった。人影も何もない路地だ。宿屋と隣の仕立屋の外壁に、貯水用の樽が六個もたせかけてある。踏み固められた泥がすっかり乾いている。

「メリリン先生、なぜこんなことをするんです？」マットがたずねた。「おれたちと別行動をとったほうが安全でしょうに。どうして、おれたちといっしょにくるんですか？」

　メリリンはしばらくのあいだ、じっとマットを見つめた。やがて、疲れたような声で言った。

「わしにはオーウィンという甥（おい）がいた」メリリンは話しながら、肩からマントをすべらせて脱いだ。毛布の上にマントを重ねて置くと、その上に注意深く楽器のケースをのせた。「兄の一人息子で、わしのたった一人の身寄りだった。その甥が異能者（アエズ・セダーイ）とまずいことになった。わしはそのとき……ほかのことに忙殺されていた。甥のために、わしに何かできたかどうかはわからないが、何かしようと思ったときには、もう遅すぎた。オーウィンは、その数年後に死んだ。異能者（アエズ・セダーイ）に殺されたようなものだ」

　メリリンはアル＝ソアとマットから目をそらしたまま、身体を起こした。声は平静だったが、アル＝ソアには、そむけた目に涙が光ったように見えた。

「おまえさんたち二人を異能者（アエズ・セダーイ）の手から守れれば、わしもオーウィンのことを忘れられるかもしれない。ここで待っていろ」

　メリリンは二人から顔をそむけたまま、急ぎ足で路地の出口へ向かった。出口に近づくと、足取りをゆるめた。外の広場をすばやく見わたしてから、ふらっと通りへ入り、姿を消した。

マットは立ちあがってあとを追おうとしたが、やめた。

「荷物を置いていくはずはないな」革製のケースに手をふれて、マットは言った。「今の話、本当だろうか？」

アル＝ソアは樽の陰にじっとうずくまっていた。「マット、おまえ、どうかしたのか？いつもと違うぞ。この二、三日、いちども笑わないじゃないか」

「ウサギみたいに狩り立てられるのが気に食わないんだよ」

マットはにべもない口調で言い、ため息をついて、頭を後ろへそらせ、宿屋の煉瓦の壁にもたせかけた。この姿勢でも、緊張しているようだ。目が油断なく左右に動いている。

「ごめん。逃亡生活やら、よそ者やら……何もかも、気に食わないんだ。びくびくして、誰かの姿が目に入るたびに、どうしても気になる。こいつ、おれたちのことを半人ミルドラルに告げ口するんじゃないかとか、おれたちをだますんじゃないかとか、おれたちの物を盗むんじゃないかとか……。ああ、ちくしょう！　アル＝ソア、おまえはなんとも思わないのか？」

アル＝ソアは笑った。短く吠えるような笑いだった。

「怖くて、何か思うどころじゃないよ」

「メリリン先生の甥っ子は異能者（アエズ・セダーイ）に何をされたんだろう？」

「さあ」アル＝ソアは不安げに言った。男が異能者（アエズ・セダーイ）ともめるとしたら、その原因はひとつしか考えられない。「おれたちみたいなのとは違うよ、きっと」

「そりゃそうだ。おれたちとは違う」

　二人はしばらく無言で外壁にもたれつづけた。どのくらい待てばいいのだろう？　まだ二、三分しかたっていないが、アル＝ソアには一時間もたったように思われた。メリリン先生はいつ戻ってくるのだろう？　今にも宿屋の主人かゲルブが窓を開けて、〝闇の信徒がいるぞ〟とわめきだすのではないか？

　そのとき、路地の出口に背の高い人影が現われた。マントについたフードを深々とかぶり、顔を隠している。明るい広場を背景に、黒いマントがくっきりときわだって見えた。アル＝ソアはそろそろと立ちあがった。片手を剣の柄（つか）にかけ、関節が痛くなるほど握りしめた。口のなかが、からからになった。なんども唾を飲みこんだが、無駄だった。

　マットが立ちあがり、身をかがめて、片手をマントの下へすべりこませた。

　人影が近づいてきた。アル＝ソアの喉がこわばった。不意に人影は足を止めて、フードをとった。アル＝ソアの膝から力が抜けて、崩れそうになった。メリリンだった。

「おまえさんたちに見破られないようなら、街の門を通るときも大丈夫だな」メリリンはにやりと笑った。「誰も吟遊詩人だとは思わないだろう」

メリリンは二人のそばへかがみこんで、つぎはぎ細工のマントの内側に取り付けてあるいろいろなものを、新しいマントへ移しはじめた。あまりにも手早いので、何を移しているのか見えない。よく見ると、新しいマントは暗い焦げ茶だった。

アル＝ソアは震える息を深く吸いこんだ。喉がまだ握られているように苦しい。黒じゃない。焦げ茶だ……。マットはまだマントの下に手を入れたまま、メリリンの背中を見つめていた。短剣を抜こうとしているかのような姿勢だ。

メリリンは二人に鋭い視線を走らせて、「怖じけづいている場合ではないぞ」と言い、古いマントを、つぎはぎ模様を隠すように手ぎわよく裏返しにたたみ、楽器のケースをおい隠した。

「一人ずつ別々に、この路地を出る。たがいの姿を見失わない程度に離れて歩く。そうすれば、わしら三人を記憶にとどめる者はいないだろう」ここで、メリリンはアル＝ソアに向かって付け加えた。「背中を丸めて歩くんだぞ。その背丈じゃ、旗を立てたように目立つ」

メリリンは荷物を背負って身体を起こし、フードをかぶった。とても白髪頭の吟遊詩人には見えなくなった。馬車を雇うどころか、馬も持てない貧しい旅人といった姿だ。

「それじゃ、行こう。ずいぶん時間を無駄にしてしまった」

アル＝ソアは勢いこんで歩きはじめたが、路地の端から広場へ出るときは一瞬、足がすくんだ。広場のあちこちにまばらな人影が見えたが、アル＝ソアのほうを振り返る者は一人もいない。最初から誰もこちらを見ようとしなかった。それでも、アル＝ソアの肩はこわばった。今にも、〝闇の信徒だ！〟という叫び声が上がるのではないか？　一瞬のうちに、この平凡な人々が、殺人を犯す暴徒に変貌するかもしれない。広場に目を走らせ、仕事で動きまわる人々に目をとめた。視線をもとに戻したとき、広場を横切りかけているミルドラルが目に入った。

どこから現われたのか、わからないが、ミルドラルはゆっくりと確実に三人のほうへ進んでくる。獲物に狙いを定めた猛獣のようだ。黒マントの人影に人々はあとずさりし、顔をそむけた。人々が少しずつ姿を消し、広場は閑散としはじめた。

黒いフードを見ると、アル＝ソアの足は凍りついた。無心になろうとつとめたが、気持ちが集中できない。闇に溶けるミルドラルの目のない視線が骨に切りこみ、骨の髄を凍らせた。

「あいつの顔を見るな」メリリンがささやいた。声が震えてうわずっている。言葉を絞り出すような口調だ。「頼むから、あいつの顔を見るな！」

アル＝ソアはミルドラルから視線を引きはがした。唸り声が漏れるほどの力が必要だった。顔に吸いついた蛭を引きはがすのと同じだ。だが、広場の石に目を据えても、近づいてくるミルドラルが感じられた。ネズミをもてあそぶ猫のように、逃れようとする三人の弱々しい努力をおもしろがっている。最後には、鋭い牙を突き立て……。

ミルドラルとの距離は半分に縮まった。

「いつまでここに突っ立ってるんですか？」アル＝ソアは小声でたずねた。「逃げなきゃ……ここから離れなきゃだめです」だが、自分の足を動かすこともできなかった。

マットは震える手で、柄にルビーのついた短剣を取り出した。唇がめくれて歯が剝き出しになり、威嚇と恐怖の表情が浮かんだ。

「二人とも……」言いかけて、メリリンはごくりと唾を飲み、かすれた声であとをつづけた。「あいつより速く走れそうかね？」つづいて、ひとりごとのように何やらつぶやいた。

アル＝ソアには「オーウィン」という言葉しか聞き取れなかった。不意にメリリンの声が怒りの色を帯びた。

「おまえさんたちなんぞに、かかわるんじゃなかった。知らん顔していればよかった」背中の荷物をすべらせて、たたんだつぎはぎ細工のマントを取ると、アル＝ソアの腕に押しつけた。「これを頼む。わしが〝走れ〟と言ったら、走るんだ。シームリンに着くまで、死に物狂いで走れ。〈女王の祝福〉という宿屋へ行け。忘れるなよ。まんいち……いや、とにかく忘れるな」

「なんの話ですか？」と、アル＝ソア。ミルドラルは十五メートルほどの距離まで近づいている。アル＝ソアの足は鉛のように重く感じられた。

「ただ覚えておけばいいんだ！」と、メリリン。どなりつけるような口調だ。「宿屋は〈女王の祝福〉だぞ。さあ、走れ！」

メリリンは両手をそれぞれ二人の肩に置いて、押した。アル＝ソアはよろめき、マットと並んで走りだした。

「走れ！」

メリリン自身も勢いよく飛び出し、長々とわめき声を上げた。ミルドラルに向かって上げた声だった。最高の芸を見せるときのように両手を華々しく振りまわし、どこからか短剣を取り出した。思わず立ちどまったアル＝ソアを、マットが引っ張って走った。

闇に溶けるミルドラルも驚いているようだ。ゆったりした足取りが乱れた。ミルドラルの片手が腰に吊るした黒い剣の柄へ伸びたが、メリリンは長い脚でいっきにミルドラルとの距離を詰めた。ミルドラルが剣の黒い刃を半分も抜かないうちに、メリリンは体あたりし、もつれ合って両腕を振りまわしながら地面に倒れた。広場に残っていたわずかな人々が逃げだした。

目のくらむような青い閃光が広場を満たし、メリリンの悲鳴が響いた。

「走れ！」悲鳴がかろうじてひとつの言葉になった。

「走れ！」

アル＝ソアは走った。背後でメリリンの悲鳴がつづいた。

メリリンに渡されたマントを抱きしめて、アル＝ソアは全速力で走った。恐怖が広場から周辺へ広がった。アル＝ソアとマットは恐怖の波に乗って町なかを走った。二人が通ると、商店主たちは商品をほうりだして逃げた。激しくよろい戸がおりてゆく。家々の窓から怯えた顔がちらりとのぞいた。見えるほど近くにいなかった人々も、あたりかまわず、猛烈な勢いで逃げた。ぶつかり合い、倒れて、もがいた。立ちあがる者もいれば、踏みつけられる者もいた。

ホワイトブリッジの街は、蹴り倒されたアリ塚のような大混乱におちいった。

防壁の門をめざして一目散に走りながら、アル＝ソアは急に、メリリンに注意された背丈のことを思い出した。速力をゆるめずに、わざとらしい猫背に見えない程度に背中を丸めた。

黒い鉄の帯でつながれた太い丸太の門が見えた。開いている。門番は二人で鋼鉄の兜をかぶり、白い襟のついた安っぽい赤い上着の上に鎖かたびらを着けている。鉾槍をかまえて、不安げに街なかに目を据えていた。一人が、ちらりとアル＝ソアとマットに視線を向けた。だが、走っているのは二人だけではない。二人は、大勢の人間といっしょに門の外へ走り出た。息を切らした人の群れが、雪崩を打って門から外へあふれ出た。妻の腕をつかんだ男たち……泣きわめく赤ん坊を抱き、泣き叫ぶ子供を引きずって、すすり泣く女たち……工具を手にしていることも忘れた前掛け姿の青ざめた職人たち……。

おれたちがどの方向へ消えたか、誰ひとり覚えていないだろう。アル＝ソアは走りながらそう思った。めまいがした。メリリン先生。ああ、光よ、あの人をお助けください……。

隣でマットがよろめき、あやうく踏みとどまった。二人は、逃げる人々の流れが背後へ消えるまで走った。ホワイトブリッジの街と〈白い橋〉が遠くなり、見えなくなるまで走った。

とうとうアル＝ソアは土埃だらけの道に膝をついた。荒れた喉いっぱいに息を吸いこみ、激しい呼吸を繰り返した。背後の道には人影がない。道は、まばらな木立のなかへ消えていた。

マットがアル＝ソアを引き起こした。「さあ、こい。走るんだ」あえぐマットの顔には、汗と埃が筋になって流れている。今にもくずおれそうに見えた。「足を止めちゃだめだ」

「メリリン先生」アル＝ソアはメリリンのマントを抱きしめた。マントの奥にケースに入った楽器の手ごたえが感じられた。「メリリン先生」

「あの人は死んだ。おまえも見ただろう。聞こえただろう。いいか、アル＝ソア、あの人は死んだんだ！」

「おまえは、エグウェーンやモイレイン様や、ほかのみんなも死んだと言うのか。みんな死んだのなら、どうしてミルドラルはおれたちの仲間を捜してるんだ？　どうしてだ？」

マットはアル＝ソアの横に崩れるように膝をついた。「わかった。ほかのみんなは生きてるよ、たぶん。でも、メリリン先生は……おまえだって、見ただろう！　ちくしょう、アル＝ソア、おれたちだって同じ目にあうかもしれないんだぞ」

アル＝ソアはのろのろとうなずいた。背後の道には、あいかわらず人影は見えない。メリリンの姿が現われるのではないかと、心のどこかで思っていた。大股で走ってきて、口ひげを震わせ、〝なんということをしでかしたのだ〟などと言うのではないか……。

シームリンの宿屋〈女王の祝福〉――いったい、どんな宿屋だ？　アル＝ソアはゆっくりと立ちあがり、メリリンの荷物を自分の毛布といっしょに背負った。マットが訝しげに目を細めて、アル＝ソアを見あげた。

「行こう」アル＝ソアはシームリンへ通じる道を歩きはじめた。

マットが何やらぶつぶつ言っている。まもなくマットも追いついてきた。

二人は言葉もなくうなだれて、土埃の立つ道をとぼとぼと進んだ。道を横切るつむじ風がさらに土埃を巻きあげた。

アル＝ソアはなんどかホワイトブリッジのほうを振り返ったが、いつまでたっても人影は見えなかった。

27 嵐をさけて

トゥアサ＝アン族とともに、のんびりと南方や東方への旅をつづける日々に、ペリンはいらだちをつのらせた。放浪民には急ぐ必要がない。だから、急ぐ旅をしない。色とりどりの箱馬車は、朝日が地平線上に昇りきるまで動かなかった。野営地に適した場所があれば、夕方になる前に早々と足を止めてしまう。番犬は走る箱馬車のわきを楽々とついていけるし、子供たちも自分の足で歩いていける。苦しげな様子はない。もし誰かが「もっと長く歩け」とか「もっと速く進め」と言いだしたら、子供たちは笑顔でしたがうか、こんな言葉を返すだろう。「うん、いいよ。でも、あの痩せ馬たちをそんなにこき使ったら、かわいそうだよ」

ペリンは、エリアスがこのゆっくりした旅に少しもいらだっていないことに驚いた。エリアスは箱馬車に乗るよりも歩くほうを好み、ときには隊列の先頭を切って大股でゆっくり走ることもあるが、トゥアサ＝アン族から離れようとは言わず、一行を急かそうともしなかった。

顎ひげを生やし、獣の皮で作った衣服を身につけたエリアスは、穏やかなトゥアサ＝アン族とは明らかに違う雰囲気をただよわせ、ひときわ目立っていた。野営地の向こう端からでも、見まちがえることはなかった。服装のせいだけではない。皮の服を着て毛皮の帽子をかぶったその姿は狼に似ており、けだるくゆったりした身のこなしも狼そのものだが、トゥアサ＝アン族との決定的な違いはそこではない。炎が熱を発するように、全身から危険なオーラを放っていることだ。

トゥアサ＝アン族は老いも若きも楽しげに歩く。そのたたずまいは喜びにあふれ、危険な雰囲気は少しもなかった。駆けまわることが楽しくてしかたのない子供たちはもちろんのこと、顎ひげに白いものが交じった老人や、孫を持つ老女までもが見せる軽快な足取りは、堂々たる踊りそのもので、生きる喜びにあふれていた。人々はみな、今にも踊りだしそうだ。ただ立っているときでも、野営地内に音楽が流れていないとき——めったにないが——でも。移動中だろうが、野営中だろうが、箱馬車の周辺にはつねに音楽があった。バイオリンや横笛、ダルシマー、ツィター、太鼓などが、和音や対位旋律を紡ぎ出す。歓喜の歌、陽気な歌、おもしろおかしい歌、悲しみの歌——夜でも、誰かが目を覚ましていれば、歌が始まる。

エリアスは箱馬車のそばを通り過ぎるたびに、放浪民たちからにこやかに会釈され、野営地で立ちどまると、焚き火を囲む人々から陽気に声をかけられた。トゥアサ＝アン族はよそ者に対して、いかにも開けっぴろげな笑顔を見せるが、それが表向きの顔であることにペリンは気づいていた。この笑顔の裏には、半分だけ飼いならされた鹿のような警戒心が隠れているのだ。ペリンとエグウェーンに笑顔を見せながらも、心のなかでは信用してもいいのか疑っている。何日かともに過ごすうちに、二人に対する疑念は薄れたものの、エリアスへの警戒心は根強く、真夏の暑さのようにまといつき、決して消えることはなかった。エリアスがこちらを見ていないとわかると、放浪民は不信の色をあらわにしてエリアスを見つめた。エリアスが野営地内を歩くとき、放浪民は浮き足立った。踊りたくてうずうずしているのか、エリアスに飛びかかろうと身がまえているのか、わからないほどだ。

　エリアスのほうも、リーフ教徒がそばにいると、気まずそうにずっと唇をゆがめていた。軽蔑的な態度ではないが、とにかくそこから逃げ出したがっているように見えた。そのくせ、トゥアサ＝アン族から離れようとペリンが切り出すたびに、エリアスはなだめるように、あと二、三日待てと言う。

「おまえさんはおれと出会う前、ずいぶんつらい目にあってきたんだろう」エリアスは言った。ペリンが出発を口にしたのはもう三、四回目だ。「これから先、もっと大変なことが起こる。トロロークや半人ミルドラルに追われるし、異能（アエズ・セダーイ）者は仲間を求めているしな」

　エリアスは、イラが作った干しリンゴのパイを口いっぱいにほおばりながら、笑みを浮かべた。ペリンは、エリアスの黄色い目で見つめられると、落ち着かなくなった。ほほえんでいるように見えても、獲物を狙う獣のようなその目だけは笑っていない。エリアスはレインの焚き火のそばに寝そべった。焚き火を囲む椅子代わりの丸太にすわるよう勧（すす）められたが、いつものように断わった。

「そんなにあわてて異能（アエズ・セダーイ）者の手に身をゆだねることはない」

「ミルドラルに見つかったらどうするんです？　おれたちを守ってくれる誰かを、ここですわって待つつもりですか？　狼が三頭だけじゃ、とてもかないません。放浪民も頼りになりません。連中は自分の身を守ることもできないんです。トロロークに皆殺しにされるに決まってます。でも、それはおれたちのせいじゃありません。とにかく、おれたちは放浪民から離れなきゃいけないんです。それも早いほうがいい」と、ペリン。

「なにかが、あと二、三日待てと言ってる」

「〝なにか〟ってなんですか！」

「まあ、落ち着け。人生なんて、なりゆきにまかせりゃいいんだ。走る必要があるときは走る、戦うときは戦う。休めるときは休む」

「〝なにか〟ってなんのことです？」

「このパイを食べてみろ。イラはおれを嫌ってるが、こっちから訪ねていけば必ずうまいものをくれる。トゥアサ＝アン族の野営地にいれば、食いっぱぐれがない」

「〝なにか〟ってなんです？」ペリンはなおもくいさがった。「あんた、おれとエグウェーンにまだ話してないことがあるんじゃないですか？」

エリアスは眉根を寄せて、手に持ったパイのひと切れを見つめた。やがてパイを下に置くと、両手を叩き合わせて食べかすを払い落とした。

「〝なにか〟は何かさ」エリアスは答え、自分でもよくわからないのだと言いたげに肩をすくめた。「〝なにか〟が言ってるんだ。待つことが大切だとな。あと二、三日だよ。おれが〝なにか〟を感じることはめったにない。でも〝なにか〟がきたときは、それにしたがったほうがいいと思う。おれは昔、〝なにか〟に命を救われた。いまの〝なにか〟は、昔の〝なにか〟とは違うが、大事なものであることに変わりはない。それだけは、たしかだ。おまえさんが走りたいなら、走れ。でも、おれは行かない」

ペリンがなんど訊いても、エリアスは同じ答えを繰り返した。

エリアスは日がな一日、ぶらぶらして過ごした。レインと話し、ものを食べ、目の上に帽子をのせてうたた寝をし、トゥアサ＝アン族から離れることをペリンと話し合おうとしなかった。〝なにか〟が待てと言っている。これは大事なことだ。行くべきときは、いずれわかる。パイを食べろ。そんなにいきりたつな。このシチューを食ってみろ。落ち着け……。

ペリンは落ち着いてなどいられなかった。夜になると、不安で胸をいっぱいにして、色とりどりの箱馬車のまわりを歩いた。不安の理由は誰にも話せない。トゥアサ＝アン族は歌い、踊り、料理をし、焚き火を囲んで食べた。材料は果物や木の実、ベリー、野菜……とさまざまだが、肉だけは口にしない。心配ごとなど何もないかのように、くる日もくる日も自分たちの仕事にいそしんだ。子供たちは駆けまわり、いたるところで遊んだ。箱馬車のそばで隠れんぼをしたり、野営地周辺の木々に登ったり、笑ったり、犬といっしょに地面を転げまわった。心配ごとを抱えている者など一人もいない。

そんな放浪民たちをながめながら、ペリンは焦燥の念を強くした。さあ、出発するんだ。トゥアサ＝アン族を魔物の手にゆだねる前に。トゥアサ＝アン族はおれたちを受け入れてくれたのに、このままでは恩を仇で返すことになる。少なくとも、トゥアサ＝アン族には、のんきでいられる理由がある。何者にも追われていないということだ。でも、おれとエグウェーンは……。

エグウェーンに胸のうちを話す機会はなかなかめぐってこなかった。エグウェーンがイラと話しこんでいるとき、割って入る隙はなかったし、アラムと踊っているときも同じだ。二人は笛やバイオリンや太鼓の音に合わせて、くるくるとまわる。全界じゅうのトゥアサ＝アン族が一堂に会したかのような歌声には細かいヴィブラートがかかり、テンポが速かろうが遅かろうが、そのデリケートな感じに変わりはなかった。トゥアサ＝アン族はたくさんの歌を知っていた。なかにはペリンの耳に懐かしいものもあったが、歌の名が違う。たとえば、トゥー・リバーズでは〈草原の三人娘〉と呼ぶ歌を、〈鋳かけ屋〉たちは〈かわいい娘が踊ってる〉と呼んだ。〈鋳かけ屋〉たちの〈北からの風〉という歌は、ある地域では〈激しい雨〉となり、また別の地域では〈ベリンの隠れ家〉となるらしい。ペリンはなにげなく〈鋳かけ屋がわたしの鍋を持ってった〉という歌をなんと呼ぶのかとたずねると、〈鋳かけ屋〉たちは腹を抱えて笑いころげ、〈晴れ着を脱ぎ捨てろ〉だと教えてくれた。

ペリンは、人々の歌を聞くと、踊りだしたくなるのももっともだと思った。エモンズ・フィールドの村では、踊りがとくに上手いほうではなかったが、トゥアサ＝アン族の歌に誘われて、足が勝手に動きだした。これほど長いあいだ、熱狂的に、しかもこれほどうまく踊ったのは生まれてはじめてだ。催眠術にかかったように、太鼓のリズムに合わせて血管が脈打った。

二日目の夜、ペリンはテンポの遅い歌で踊る女たちをはじめて見た。炎は低く燃え、箱馬車の周囲は闇に包まれていた。人々は太鼓のリズムに合わせてゆっくりと手を叩く。まずはひとつの太鼓が鳴りだし、もうひとつがあとを追い、やがてすべての太鼓が低く粘っこいビートを奏（かな）でた。手拍子は消え、太鼓の音だけが響きわたった。赤いドレスをまとった少女が光のなかに進み出て、肩のショールをぱっと広げた。髪に飾ったビーズを揺らして、靴を脱ぎ捨てたとき、笛のむせび泣くような甘い調べが始まった。少女は広げたショールを背中になびかせ、腰をくねらせながら、ビートに乗って、素足でシャッフル・ダンスを踊る。黒い目がペリンを見た。ゆっくりと笑みが少女の顔に広がり、少女はすばやく一回転したかと思うと、ペリンへ向かって肩ごしに笑顔を投げかけた。

ペリンは生唾（なまつば）を飲みこんだ。顔が熱いのは炎のせいではない。もう一人の少女が踊りに加わった。太鼓の音と腰の動きに合わせて、ショールの房飾りが揺れた。二人の少女に笑顔を向けられたペリンは思わず咳払いをし、あたりを見まわした。顔が赤カブのように赤くなっている。踊り子たちを見ていない者は、きっとおれの顔を見て笑っているにちがいない。

ペリンは何くわぬ顔で姿勢をなおし、そっと丸太からすべり降り、焚き火と踊り子から顔をそむけた。エモンズ・フィールドでは、こんなことはなかった。祭りの日には〈草広場〉で娘たちと踊ったが、あのときとは全然違う。このときばかりは風が強まればいいのにと思った。ほてった身体を冷ましたい。

ふたたびペリンの視界に入ってきた踊り子は三人に増えていた。そのうちの一人が、ペリンにいたずらっぽいウインクを投げた。ペリンは目のやり場に困った。光よ、おれにどうしろっていうんだ？　こんなときランド・アル＝ソアならどうするだろう？　女のことはあいつのほうが詳しい……。

踊り子たちは小さく笑った。長い髪を肩の上ではずませるたびに、ビーズがカチカチと音を立てる。ペリンの顔は燃えるように熱かった。そこへ、大人の女たちが踊りの輪に加わり、少女たちにお手本を見せた。ペリンはうめき声を上げ、観念して目を閉じた。それでも女たちの笑い声はペリンをからかい、くすぐりつづけた。まぶたの裏に女たちの姿がはっきりと浮かんだ。額(ひたい)に汗がにじむ。風がほしい。

レインの言によれば、女たちがシャッフル・ダンスを見せることはめったにないそうだ。また、エリアスによると、女たちはペリンが顔を赤らめたことがうれしくて、夜ごとに踊るようになったのだという。

「おまえさんに礼を言わなきゃならん」エリアスは大まじめな口調で言った。「おまえさんみたいな若造と違って、おれぐらいの歳になると、身体の芯から熱くなるにはよほどの刺激が必要なんでね」

ペリンは顔をしかめ、去ってゆくエリアスの背中を見つめた。なぜか、エリアスが心のなかで嘲笑っているような気がした。踊る女たちから目をそむけるから笑われるのだと、すぐにピンときた。でも、ウインクされたり、ほほえみかけられたりするのだけは苦手だ。一人だけならまだいいが、五、六人の女にそんなことをされてはかなわない。しかも、みながら見ている前で……。ペリンは顔が赤くなるのをどうすることもできなかった。

やがてエグウェーンがダンスを教わりはじめた。最初の夜に踊っていた二人の少女が手拍子を取り、エグウェーンは少女から借りたショールをなびかせて、シャッフル・ステップを繰り返した。ペリンはエグウェーンに何か言おうとしたが、ここは黙っていたほうがいいと思った。少女たちが足の動きに腰のくねりを加えると、エグウェーンは笑いだし、少女たちもくすくす笑いながら、たがいの腕のなかに倒れこんだ。だが、エグウェーンは屈せずにレッスンを受けつづけた。その目はきらきらと光り、頬には赤みがさした。

そんなエグウェーンに、アラムが熱く飢えたまなざしを向けていた。エグウェーンがいつも身につけている青いビーズは、この目鼻立ちの整ったトゥアサ＝アン族の若者から贈られたものだ。イラは自分の孫がエグウェーンに惹かれていると知って、顔をほころばせた。ペリンは若いアラムから目を離すまいと決めた。

　あるとき、ペリンは緑と黄色に塗られた箱馬車の陰へエグウェーンを連れ出した。

「ずいぶん楽しそうだな」

「楽しんじゃいけないの？」エグウェーンは首のまわりに下がったビーズにさわりながら、放浪民たちに笑顔を向けた。「あなたみたいに、つらい思いをして働いてばかりいるのが、いいわけじゃないわ。ちょっとくらい楽しんだっていいはずよ」

　少し離れたところにアラムが立っていた。アラムはいつもエグウェーンのそばにいる。腕組みし、どことなく気取ったような、それでいて挑戦的な笑みを浮かべていた。

　ペリンは声をひそめて言った。「あんたはタール・ヴァロンへ行きたいんじゃなかったのか。ここにいたって異能者（アエズ・セダーイ）になる修業はできないんだぞ」

　エグウェーンは頭をぷいと上げた。「あら、あたしが異能者（アエズ・セダーイ）になるのを反対してたんじゃなかったの？」拗（す）ねるような声だ。

「バカを言うな。ここにいたら、おれたちは安全なのか？　トゥアサ＝アン族の人たちを巻きこむことになってもいいのか？　いつミルドラルに見つかるか、わからないんだぞ」

　エグウェーンは震える手をビーズから離して、深呼吸した。「あたしたちが今日出発しようと、来週出発しようと、なるようにしかならないのよ。あたしはそう思ってる。楽しみなさいよ、ペリン。これが最後の機会になるかもしれないんだから」

エグウェーンは悲しげにペリンの頬をなでた。だが、アラムが手を差し出すと、すぐにまた笑い声を上げながら、駆け寄っていった。バイオリンの音が流れる場所へ二人で向かいながら、アラムは肩ごしにペリンを振り返り、勝ち誇ったような笑みを浮かべた。この女はおれのものだと言うように。

あの二人は放浪民の魔法にかかっている。エリアスの言うとおりだ。トゥアサ＝アン族が誰かをリーフ教に改宗させるのに言葉はいらない。魔法をかけて身体にしみこませるだけだ。

風があたらないようにうずくまっていると、イラが目をとめ、自分の箱馬車から分厚い毛織のマントを持ってきてくれた。濃緑色のマントは、赤や黄色の派手な箱馬車ばかり見てきた目には心地よかった。はおってみると、不思議に、大きさもちょうどいい。

イラは取り澄まして、「よくお似合いよ」と言い、ペリンが腰に下げた斧に目をやった。ふたたび上げた顔は笑っていたが、目だけが悲しげだった。「本当によくお似合いだこと」

トゥアサ＝アン族はみんなこの調子だ。笑顔を決して絶やさないし、酒の席や踊りの席にも気さくに誘ってくれるが、目はつねに斧を見ている。その気持ちはわからなくもない。

斧は暴力の道具だ。他人の命を奪うものだ。それだけは言いわけのしようがない。リーフ教の教えに反することなのだから。

ときおりペリンは、リーフ教徒に向かって叫びたくなる。この世にはトロロークがいるんだぞ。ミルドラルもいる。やつらはすべての葉を切り落とす。そいつらをあやつっているのが闇王バ＝アルザモンだ。あいつは目から炎を放って、リーフ教徒を黒焦げにする。ペリンはかたくなに斧を手放さなかった。風が吹きつけてもマントを身体に巻きつけず、半月形の刃がのぞくようにした。ときどきエリアスは、ペリンが重そうにぶら下げている斧を不思議そうに見て、にやりと笑った。黄色い目に心を見透かされているような気がして、ペリンは斧を隠しそうになった。

ペリンのいらだちがトゥアサ＝アン族ののんびりした雰囲気のせいだとすれば、あんな夢を見るのも無理ないのかもしれない。ペリンは汗びっしょりで目を覚ますことがある。夢のなかで、トロロークやミルドラルが野営地に襲いかかってくる。七色の箱馬車は、投げこまれた松明の炎で燃えあがり、人々は血の池に落とされる。トゥアサ＝アン族の男も女も子供たちも逃げまどい、悲鳴を上げて死んでゆくが、大鎌のようにつぎつぎに振りおろされる剣から身を守ろうとはしない。ペリンは夜ごとに、そんな夢を見ては闇のなかで跳ね起き、斧をまさぐった。気がつくと、箱馬車は炎に包まれていないし、血まみれで逃げまどう人々もいない。引き裂かれた死体が地面に散らばってもいない。ただの悪い夢だとわかると、なぜかほっとした。少なくとも闇王は姿を現わさなかった。バ＝アルザモンの出てこない普通の悪夢だ。

だが、目覚めているときには、狼たちの存在を意識した。狼たちは、野営地からも移動中の箱馬車の隊列からも距離を置いていたが、ペリンはつねに狼たちがどこにいるのか知っていた。トゥアサ＝アン族の番犬に対する侮蔑の念も伝わってきた。噛みつくことも生温かい血の味も忘れ、人間が群れで現われると、うるさく吠えたてるだけのやつらめ。吠えて人間を追い払おうとするくせに、腹ばいになってこそこそ逃げ出す臆病者どもよ……。

ペリンの感覚は日ごとに鋭くなり、狼の意思をはっきりとつかめるようになっていった。

狼のまだら(ダプル)は、日が沈むたびにいらだちをつのらせた。

エリアスはこれを待っていた。南へ向けて旅立つタイミングを、こうしてはかっていたのだ。いよいよ、そのときがきた。さあ行こう。のんびりした旅は終わりだ。狼はもともと放浪する生き物であり、ダプルも群れから長くは離れたくなかった。

いらだちは疾風(ウインド)にも飛び火した。ここにいては、まともな狩りすらできない。野ネズミを食べるのは、ウインドの自尊心が許さなかった。野ネズミは幼獣が狩りの練習をするための獲物であり、鹿を仕留(しと)めることも野生の牛に手傷を負わせることもできなくなった老獣の食べものだ。焼け焦げ(バーン)の言ったとおりだと。ときどき思う。狼が人間のもめごとに首をつっこむべきではない。だが、ダブルがそばにいるときは、そんなことを考えないようにした。跳躍(ホッパー)がいるときは、なおさら警戒した。

　ホッパーは傷跡のある灰色の狼で、喧嘩(けんか)っ早い。自分がエリアスと交感できることにも、年齢を重ねるにつれて失われてゆくものを補(おぎな)ってあまりある狡猾(こうかつ)さにも、無関心だった。ホッパーは人間のことなどどうでもよかったが、ダブルがそうすることを望んでいる以上、ダブルの行動にしたがうにちがいない。狼であれ人間であれ、牛であれ熊であれ、ダブルに襲いかかるものがいれば、ホッパーは嚙みつき、自分が死ぬまで放さないだろう。それがホッパーの生きかたであり、だからこそウインドはホッパーを警戒しているのだが、ダブルは両者の考えを無視しているように見えた。

　ペリンの心は決まった。シームリンへ行きたいと心から思った。モイレインと再会して、タール・ヴァロンをめざしたい。答えは見つけられなくても、けりをつけられるかもしれない。エリアスがこちらを見た。黄色い目はペリンの心を見抜いている。さあ、けりをつけよう。

　その晩の夢は、このところ見つづけた悪夢とは違い、穏やかに始まった。ペリンはルーハン親方の家の台所のテーブルで斧を研(と)いでいた。ルーハン親方の妻アルスベットは鍛冶場の仕事を家に持ちこませない。とにかく鍛冶場に少しでも関係のある作業は許さなかった。ルーハン親方は奥さんのナイフでさえ外で研いでいたほどだ。それなのに今のアルスベットは料理にかかりきりで、家のなかでペリンが斧を研いでも小言ひとつ言わなかった。家の奥から一頭の狼が現われて、テーブルと勝手口のあいだにすわりこんでも、何も言わなかった。ペリンは斧を研ぎつづけた。すぐにこいつを使うときがくる。

いきなり狼が立ちあがり、低い唸り声を漏らし、首まわりのふさふさした毛を逆立てた。バ＝アルザモンが勝手口から台所に入ってきたのだ。アルスベットは料理をしつづけた。

ペリンは急いで立ちあがり、斧をかまえたが、バ＝アルザモンはそれには動じず、狼だけをじっと見ている。その目から炎が噴き出した。

「こいつがおまえを守っているのか？　こいつとは過去にも対峙したことがある。なんどもな」

バ＝アルザモンが指を曲げると、狼はうめき声を上げた。狼の全身――目、耳、口、毛穴のひとつひとつから――炎が噴き出た。肉や毛の焼けるいやなにおいが台所いっぱいに広がった。アルスベットは鍋の蓋を開け、木の杓子で中身をかきまわしている。

ペリンは斧をほうりだし、ぱっと前へ進み出ると、両手で火を叩き消そうとしたが、狼は床にくずおれ、たちまち黒い灰と化した。アルスベットが掃き清めた床に、形のない黒焦げの山が残された。ペリンはそれを見つめながら、あとずさった。両手についた脂(あぶら)じみた煤(すす)をこすり落としたかったが、自分の服が汚れるのかと思うと胃がむかついた。ペリンは斧をさっと拾いあげ、指の関節が砕けそうなほど握りしめた。

「おれにかまうな！」ペリンは叫んだ。

アルスベットはハミングしながら鍋の縁(ふち)を杓子で叩き、蓋をもとどおりに閉めた。

「おまえは余から逃げられぬ」と、バ＝アルザモン。「隠れることもできぬ。おまえが選ばれた人間だとしたら、おまえは余のものだ」

バ＝アルザモンの燃えさかる顔から猛烈な熱が伝わってきて、ペリンは壁ぎわまで後退した。アルスベットはオーブンを開け、パンの焼け具合を確かめている。

「〈全界の眼(アイ・オブ・ザ・ワールド)〉はおまえをのみこむだろう。おまえに余の印(しるし)をつけてやる！」

バ＝アルザモンは何かを投げつけるかのように拳(こぶし)を振りあげた。その手が開かれたとき、ワタリガラスがペリンの顔に飛びかかってきた。

黒いくちばしで左目を貫(つらぬ)かれ、ペリンは悲鳴を上げ……。

……顔を押さえて上体を起こした。箱馬車がペリンを取り囲み、放浪民はみな寝静まっている。ペリンはゆっくりと両手をおろした。痛みはない。血も出ていない。だが、はっきりと覚えていた――ワタリガラスに目を貫かれたときの激痛を。

ペリンは身震いした。そのとき、エリアスの姿が目に飛びこんできた。夜明け前の薄闇のなか、ペリンのそばにしゃがみこみ、ペリンを揺り起こそうとするように片手を伸ばしている。箱馬車が置かれている森の向こうで、狼たちが吠えた。三頭の咆哮(ほうこう)が合体し、ひとつの叫び声に聞こえた。ペリンは狼たちと興奮を分かち合った。〝火。苦痛。火。憎しみ。憎め！　殺せ！〟

「さあ」エリアスがそっと声をかけた。「時間だぞ。起きろ、若いの。出発だ」

ペリンは毛布から這(は)い出た。携帯用毛布を丸めて縛っていると、レインが眠い目をこすりながら箱馬車から現われた。求道者(マーディ)レインは空を仰ぎ、手をかざすと、昇降段の途中で立ちどまった。目だけを動かして、一心に空を見つめている。何をしているのか、ペリンにはわからなかった。東の空にはわずかに雲が浮かび、昇ろうとする太陽が雲の下面に淡い紅(くれない)の縞模様を描いている。目に見えるものは、それだけだ。レインは耳をそばだて、空気のにおいを嗅ぐようなそぶりを見せたが、木立を吹きわたる風の音しか聞こえず、昨夜の焚き火の燃え残りから立ちのぼる煙のにおいしかしなかった。

エリアスがわずかな手まわり品を持って戻ってきたとき、レインは昇降段をおりきっていた。「わしらは行く先を変えねばならん、わが友よ」レインはふたたび不安げに空を見た。「今日は別の道を行くつもりじゃ。わしらといっしょにきてはくれまいか」エリアスが首を横に振ると、断わられることを予想していたように、レインはうなずいた。「そうか。気をつけるがよい、友よ。今日は何かが起こる……」レインはもういちど空を見ようとして、視線を戻し、並んだ箱馬車の屋根の上を見た。「われらは東へ向かい、〈全界の背骨〉をめざすことになるじゃろう。オジールの〈安息の場〉を見つけ、しばらくそこにとどまるかもしれん」

「〈安息の場〉には災いが入ってこないからな」と、エリアス。「だが、オジールが、よそ者をすんなりと受け入れるだろうか？」

「放浪民にはみな、心を開く」レインは笑みを浮かべた。「それに、オジールだって穴の開いた鍋を持っておる。〈鋳かけ屋〉の出番じゃ。さあ、朝食を食べながら、ゆっくり話そう」

「もう時間がない」と、エリアス。「われわれも今日、出発する。できるだけ早くここを出て、日が暮れるまで進みつづけるつもりだ」

レインは食事だけでもとエリアスを引き止めにかかった。そのとき、イラがエグウェーンといっしょに箱馬車から出てきて、エリアスに朝食をすすめた。夫ほど熱心ではなく、エリアスに口先だけ調子を合わせている感じだ。礼儀正しくはあるものの、どこか堅苦しく、エリアスが離れてゆくのを喜んでいることは明らかだった。エグウェーンに対しては、そのような感情は持っていないようだ。

イラがさびしげに横目でちらちら見ていることに、エグウェーンは少しも気づかず、いったいなにごとかと、たずねた。ペリンは、エグウェーンがトゥアサ=アン族とともにいきたがるのではないかと覚悟を決めた。だが、エリアスが事情を説明すると、エグウェーンは考えこむ表情でうなずき、荷物をまとめるために急いで箱馬車のなかへ戻っていった。

レインが肩をすくめて言った。

「よし、わかった。わしは別れの宴もせずに客人を送り出したことはないのじゃが……」と言って、不安げな目を空へ向けた。「うむ、わしらも早目に出発したほうがよさそうじゃ。箱馬車のなかで朝食を食べるとしよう。せめて、みなから別れの挨拶をさせてくれ」

エリアスは辞退しようとしたが、レインはすでに箱馬車から箱馬車へと駆けまわり、扉を叩いて、寝ている者を起こしはじめていた。〈鋳かけ屋〉の一人が馬のベラを引いてきたころには、野営地はすっかりかたづいて、色鮮やかな箱馬車の隊列ができあがった。レインとイラが乗る赤と黄色の箱馬車が地味に見えるくらいだ。大きな犬が舌をだらりと垂らして人ごみのなかを走り、耳を掻いてくれる人間を探した。ペリンは握手につぐ握手、抱擁につぐ抱擁に耐えた。夜ごと踊りを披露してくれた少女たちは握手だけでは飽き足らず、ペリンを強く抱きしめた。ペリンは思わず、このままトゥアサ=アン族についてゆこうかと思ったが、人々の目があることを思い出し、レインの箱馬車のように真っ赤になった。

アラムがエグウェーンを引き寄せた。人々が別れを告げる声がにぎやかで、アラムがエグウェーンに何を言っているのか、ペリンには聞き取れなかった。エグウェーンはしきりに首を横に振っている。最初はゆっくりとだったが、アラムが懇願(こんがん)するような身ぶりをすると、きっぱりと首を振った。アラムの表情は懇願というよりも喧嘩腰(けんかごし)になった。それでもエグウェーンは首を縦に振らなかった。見かねたイラが孫をいさめ、エグウェーンに助け船を出した。アラムは顔をしかめ、挨拶もそこそこに、人ごみを押し分けて立ち去った。イラはその背中に声をかけようとして、思いとどまった。イラはほっとしているのだと、ペリンは思った。アラムがおれたち——特にエグウェーン——といっしょにいきたいと言わなかったので、安心したのだろう。

ペリンが全員と一回ずつ握手を交わし、踊り子たちと二回ずつ抱擁を交わしおわったころ、放浪民たちはレインとイラと三人の客人を残して後ろへ下がった。

「汝(なんじ)は平和のもとに訪れた」レインは胸に両手を押しあて、深く頭を下げて、厳(おごそ)かに言った。「いま、汝は平和のもとに去ってゆく。われわれの炎は汝をいかなるときでも歓迎する。リーフ教徒は平和のもとにある」

「あんたにも、みんなにも幸福が訪れることを祈る」と、エリアス。少し躊躇してから言い添えた。「おれは歌を探す。みんなも歌を探してくれ。ここ一、二年のうちに見つかるはずだ。その歌をいちどだけでなく、なんども繰り返し歌ってくれ。そうすれば、全界は永遠につづく」

レインは驚いて目をしばたたき、イラはあっけにとられているが、ほかの放浪民たちはいっせいに同じ言葉をつぶやいた。

「全界は終わらない。全界も歴史も永久につづく」

レインとイラはあわてて、みなと同じ言葉を口にした。

やがて、本当に別れのときがきた。「さようなら」とか「気をつけろよ」といった声がかかり、最後の笑顔やウインクを投げかける者もいた。ペリン、エリアス、エグウェーンの三人は野営地をあとにした。レインは、じゃれまわる二匹の犬を連れて、森のはずれまで三人を送ってくれた。

「本当に気をつけろよ、わが友よ。今日ばかりは……。全界に邪悪なものが解き放たれたのではないかと、心配しておる。じゃが、おまえさんがたがどうふるまおうと、その心に穢れがないかぎり、闇にのまれることはないじゃろう」

「あんたに平和が訪れることを祈る」と、エリアス。

「おまえさんにもな」レインはさびしげに言った。

レインが立ち去ったあと、エリアスはペリンとエグウェーンが自分を見ているのに気づいて、顔をしかめた。

「おれはあの連中のバカな歌など信じちゃいないよ」エリアスは不機嫌そうに言った。「だからといって、お祭りを台なしにして、わざわざ連中の気分を害する必要はなかった。そうだろう？　おれは言ったはずだ。連中にとっては儀式が重要なのだ、と」

「そうね」エグウェーンは穏やかに言った。「あの人たちの気を悪くさせる必要はないわ」

エリアスはそっぽを向いて、ぶつぶつつぶやいた。

ダプル、ウインド、ホッパーの三頭の狼がエリアスを迎えにきていた。さっきの犬たちと違って、じゃれたりしない。狼は人間と同等に付き合う。ペリンは三頭の狼のあいだで交わされた言葉をとらえた。〝炎を放つ目。苦痛。〈心の牙〉。死。〈心の牙〉〟

ペリンはそれらが何を意味するかを知っていた。闇王だ。狼たちはペリンが見た夢について話している。ペリンが見た夢は、狼たちが見た夢でもあった。

狼たちが偵察のために散らばって先を進みはじめると、ペリンは思わず身震いした。馬に乗るのはエグウェーンの番で、ペリンはその横を歩いた。エリアスはあいかわらず、地を這うような足取りを保った。

ペリンは夢のことを考えたくなかった。狼たちが夢を安全なものにしてくれたのだと思っていた。〝まだ不完全だ。受け入れろ。心のすべてを認めろ。頭のなかのすべてを認めろ。おまえはまだ、もがいている。受け入れたときにこそ、完全になれる〟

ペリンは狼たちとの交感をやめ、驚いて目をしばたたいた。自分にこんなことができるとは知らなかった。二度と狼と交感するまいと心に決めた。〝夢のなかでも拒めるのか？〟——それが狼たちの声なのか、自分の心の声なのか、ペリンにはわからなかった。

エグウェーンはアラムからもらった青いビーズをまだ身につけていた。そのうえ、もう一人のトゥアサ＝アン族の青年からもらった真っ赤な葉の付いた小枝も髪に飾っていた。アラムはエグウェーンに、いっしょにきてくれと懇願したはずだ。エグウェーンがそれを拒否したことはうれしいが、青いビーズを慈しむようにさわるのはやめてほしいと、ペリンは思った。

「イラとあんなに長いあいだ何を話してたんだ？」ようやくペリンは口を開いた。「あんた、あの足長野郎と踊ってないときは、決まってイラと内緒話をしてたよな」

「イラはあたしに助言をくれたの。女になるための助言をね」

エグウェーンはうわの空で答え、ペリンはそれを聞いて笑いだした。フードの下のエグウェーンの目が吊りあがった。

「助言だって！　おれたちに男になる方法を教えてくれるやつなんて、誰もいないぜ。おれたちはとっくに男だからな」

「助言してくれる人がいないのは」と、エグウェーン。「あなたが男になりそこなったからでしょ」

先を行くエリアスが大声で笑った。

28 風の足跡

　ナイニーヴは川向こうの景色に目を見張った。〈白い橋（ホワイト・ブリッジ）〉が太陽の光を受けて乳白色に輝いている。もうひとつの伝説だわ――ナイニーヴはそう思いながら、先を行く異能者（アエズ・セダーイ）モイレインと、その護衛士ランを見やった。有名な街へきたというのに、あの二人は気づかないのかしら。でも、景色をながめてばかりいないほうがいいわね。おのぼりさんみたいに大口を開（あ）けてぽかんとしてたら、二人に笑われるわ……。三人は無言のまま、伝説に名高い〈白い橋〉へ向かった。

　あの朝シャダー・ロゴスを発（た）ってから、アリネル川の土手にさしかかるまで、ナイニーヴとモイレインはまともな会話を交わしていない。もちろん言葉は交わしたが、ナイニーヴが覚えているかぎりでは意味のある会話はひとつもなかった。たとえばタール・ヴァロンへ行きたいとき、モイレインはただひとこと「タール・ヴァロン」とだけ言う。ナイニーヴは、必要とあればタール・ヴァロンへ行き、異能者（アエズ・セダーイ）になるための修業を受けるつもりだが、モイレインの言いなりにはなりたくない。モイレインがエグウェーンやランド・アル＝ソアたちにもたらした災い（わざわい）を思うと……。

ナイニーヴは異能者（アエズ・セダーイ）になるという意思を固める一方で、賢女の力が絶対力にかなうわけがない……自分には何もできない……という無力感にもとらわれていた。その思いに気づくたびに怒りが炎のように湧いてきて、無力感を焼きつくした。絶対力は不浄だ。あたくしはそんなものとかかわるつもりはない。よほどの理由がないかぎりは……。

あのいまいましい女は、タール・ヴァロンへ行く理由を「修業のため」としか言わない。こっちが黙っていたら、これからも、ずっとこの調子でしょうね！

「アル＝ソアたちをどうやって捜すつもりですか？」

ナイニーヴは思い出したように問いかけた。

「前にも話しましたが」モイレインは振り返りもせずに答えた。「アル＝ソアとマットが銀貨をなくしていても、近くにいれば、わたくしは二人の存在を感じることができます」

ナイニーヴは同じ質問をこれまでなんどもしたが、モイレインの声は静かな池そのもので、ナイニーヴがいくら小石を投げ入れても、いっこうに波を立てる気配がない。モイレインの落ち着きはらった顔を見るたびに、ナイニーヴははらわたが煮（に）えくり返る思いがした。モイレインは、背中に注がれたナイニーヴの視線を意に介さず、平然と馬を進めた。

モイレインがアル＝ソアたちを見つけられることはわかっていても、ナイニーヴはモイレインをにらみつけずにはいられなかった。

「銀貨を手放してから時間がたてばたつほど、よりいっそう近づかなければ存在を感じられなくなりますが、感じることはできます。銀貨を肌身離さず持っている相手であれば、その相手がどれほど遠くにいようとも追跡することができます」

「それで？　アル＝ソアたちを見つけたら、そのあとはどうなさるの？」と、ナイニーヴ。モイレインがなんの計画も立てていないとしたら、アル＝ソアたちを本気で捜すつもりはないということだ。

「タール・ヴァロンへ行きます」

「タール・ヴァロン……タール・ヴァロンって、あなたはいつもそれしか言わないんですね。わかってます。あたくしはそこで異能者(アエズ・セダーイ)になるために……」

「そのためには、タール・ヴァロンで癇癪(かんしゃく)を抑える訓練を受けなければならないでしょう。感情に支配されていては、絶対力を使いこなせません」ナイニーヴが口を開きかけたが、モイレインは先をつづけた。「ラン、ちょっと話があります」

　モイレインとランは小声で話しはじめた。ナイニーヴは取り残され、顔をしかめて二人をにらみつけた。こんなしかめっつらをしている自分がいやになる。モイレインはいつもこうしてナイニーヴの質問をはぐらかして話題を変え、ナイニーヴの金切り声にも動じないので、ナイニーヴは黙りこむしかない。村の女会のメンバーにいたずらを見とがめられた少女のような気分だ。少女時代のナイニーヴは叱られたことがない。それだけに、モイレインの穏やかな笑みを見ると、なおさら腹が立つ。

なんとかこの女を追い払うことはできないかしら。ランは一人でも充分にやってゆける。異能者(アエズ・セダーイ)の護衛士を務(つと)める男なら、どんなことにも対処できるはずだ——そんなことを考えている自分に気づき、ナイニーヴは赤面した。よく考えると、モイレインを追い払う理由がない。ただ、あたくしがそうしたがっているだけ……。

モイレインはともかく、ランにはもっと腹が立つ。特に何をされたわけでもないのに、どうしてこうも怒りに駆られるのかわからない。ランは寡黙(かもく)な男で、口にした言葉の数が十にも満たない日もある。それに、モイレインとナイニーヴが口論(と言っていいかどうかわからないが)を始めても、ランはいっさい口出しをせず、女たちから離れて周辺を偵察していた。そばにいることもあったが、そんなときは、どちらの肩を持つでもなく、女たちの決闘の見物役に徹した。

ナイニーヴは、ランが仲裁してくれてもいいのにと思った。本当の決闘ならナイニーヴに勝ち目はないし、モイレインは決闘だという意識さえ持っていないようだ。

三人の旅はこんな調子で、沈黙におおわれていた。ときおり、ナイニーヴの金切り声がガラスを叩き壊すような勢いで静寂を破るだけだ。それに、この地域そのものが静かで、まるで全界が息を殺しているように思われた。耳に入るのは木々を渡る風の音しかない。ナイニーヴのマントを切り裂く強風が吹いても、その音は遠くに聞こえた。

はじめのうちは、いろいろな出来事があったあとだけに、この静けさにほっとした。まるで、〈冬夜日〉がくるまでナイニーヴが静寂というものを経験したことがなかったかのようだった。しかし、モイレインとランと三人だけになった日の夕方には、ナイニーヴは馬に乗ったまま、背中がかゆくてたまらないのに手が届かないような、もどかしさをおぼえた。自分がいらだちを爆発させ、これまでの沈黙がガラスのように砕け散るのは時間の問題だという気がした。

モイレインとランも表向きは冷静だが、見えない圧力を感じているようだ。落ち着いた表情を見せながらも、いつねじ切れるかわからない時計のゼンマイのように内心は切迫しているのだと、ナイニーヴは気づいた。モイレインは、そこに存在しないものの声に耳を傾けるようなそぶりを見せ、何が聞こえたかはわからないが、眉間に皺を寄せた。ランは森や川に目を凝らした。葉を落とした木々や、悠然とした水の大きな流れのなかに、罠や伏兵が潜んでいるかのように。

全界の危機的状況を感じているのが自分ひとりではないと知り、ナイニーヴは心のどこかでほっとした。その半面、モイレインとランも全界の危機を察知したとなれば、ナイニーヴの懸念は思い過ごしではないということになる。風の声を聞くときと同じように、胸の奥がざわざわしたが、それが絶対力に関係していることはわかっていたので、すんなりと受け入れるわけにはいかなかった。

小声での話し合いを終えたらしい二人に、どうかしたのかと、ナイニーヴが問うと、ランは静かに「何もない」と答えた。ほんの短い受け答えのあいだも、ナイニーヴの顔を見ず、あたりに目を配りつづけた。そして、いま自分の言ったことを否定するかのように付け加えた。「そなたはトゥー・リバーズへ帰るがよい。ホワイトブリッジとシームリンへは、われわれだけで行く。この先は危ない。いま引き返したほうが安全だ」ランはこの日のうちでもっとも長い言葉を口にした。

「ナイニーヴも歴史模様の一部ですよ、ラン」モイレインはたしなめた。モイレインの目もどこか遠くを見ている。「闇王が動きはじめています、ナイニーヴ。嵐はとりあえず去りましたけど……それも今だけのことです」モイレインは片手を上げて空気の感触を確かめ、無意識にその手を衣服にこすりつけた。まるで不浄なものに手をふれたかのように。

「闇王が今も目を光らせています」モイレインはため息をついた。「恐ろしい目です。わたくしたちを見つめているのではありません。全界を見つめているのです。いつからこんな目で見ていたのでしょう……」

ふと背中に誰かの視線を感じ、ナイニーヴは肩を丸めた。モイレインがなかなか事情を話してくれなかった理由がようやくわかった。

ランは先頭に立って川沿いの道を進んだ。この道筋はランがあらかじめ決めていたとはいえ、モイレインの足取りには微塵の迷いもない。目に見えない轍や風の足跡や、記憶に残るにおいをたどっているかのようだ。ランはモイレインの意思にしたがって、行く手の安全を確かめる。たとえランが「危険だ」と言っても、きっとモイレインは自分の考えを変えないだろう。ランはモイレインにしたがい、モイレインは川沿いの道をひたすらに進む――ナイニーヴには、そう思えた。

ナイニーヴは、はたとわれに返った。三人は〈白い橋〉のたもとにきていた。陽光を受けて輝くその橋は、今にも折れそうなほど華奢な乳白色の脚に支えられ、アリネル川の上に弧を描いている。人ひとりの重みにも耐えられそうにない橋を馬で渡るのは気がすすまない。自分の重みで橋そのものがつぶれそうだ。

ランとモイレインは馬を止めず、平然と、白く輝く道から橋へ入った。蹄の音が高らかに響く。ガラスの上を行くようなびくびくした歩みではなく、硬い金属の上を進むような堂々とした足並みである。橋の表面は濡れたガラスのようにすべすべしているが、馬たちの足取りに迷いはなく、安定していた。

ナイニーヴも二人のあとを追ったものの、最初の一歩から、足もとで橋が崩れ落ちるのではないかという不安に駆られた。レースをガラスで作ったら、この橋みたいになるかもしれない。

橋を渡り切ろうとするとき、焦げたタールのにおいが濃くただよってきた。においの原因はすぐにわかった。

橋のたもとに黒焦げの木材の山があり、まだ細く煙が立ちのぼっている。建物がいくつか立っていた場所のようだ。サイズの合わない赤の軍服と錆(さ)びた鎧(よろい)を身につけた男たちが通りを巡回しているが、何かに怯(おび)えるかのように急ぎ足で、モイレインたちとすれ違っても、肩ごしに振り返っただけだった。通りにいる住人はごく少数で、みな背中を丸め、逃げるように小走りで去っていった。

ランがめずらしく、表情を曇らせた。人々はモイレインたち三人をよけて歩いてゆく。兵士たちも例外ではなかった。ランは空気のにおいを嗅いで顔をしかめ、なにごとかつぶやいた。ランがそのような態度をとるのも無理はないと、ナイニーヴは思った。それほどに焦げたにおいがひどかった。

「〈時の車輪〉はみずからの意思にしたがって、糸を紡ぎます」モイレインが小声で言った。「歴史模様が織りあがるまで、誰も見ることはできません」

モイレインはすぐに、古代の言葉で〝西風〟を意味するアルダイブからおり、街の人々に話しかけた。質問をするのではなく、同情の言葉をかけている。それがごく自然に見えることに、ナイニーヴは驚いた。ランに尻ごみした住人たちは、よそ者が誰であっても逃げ腰になりそうだったが、モイレインには足を止めて話をした。モイレインの澄んだ目と穏やかな声には心を開き、人々は自分たちも驚くほど変化した。モイレインは、人々の痛みを分かち合い、混乱した心に共感していることを、その目で語りかけ、みなを饒舌にした。

それでも人々は真実を語ろうとしなかった。ある者は、心配ごとなどまったくないと言いきった。モイレインが広場周辺にある黒焦げの建物のことをそれとなく口にしても、どこか遠くを見るような目で、何も問題はないと言い張るばかりだ。

一人の太った男がうつろな目をモイレインに向け、背後で物音がするたびに頬をひきつらせ、作り笑いを消さないようにつとめながら言った。「ランプがひっくり返って火がつき、風に煽られて、あっというまに燃え広がった」男は焼けた建物を直視しなかった。

誰かと話すたびに話の内容が変わった。数人の女がいわくありげに声を落として語ったところによると、火事の本当の原因は、街のどこかにいる絶対力をあやつる男のせいだという。そのとき、異能者(アエズ・セダーイ)が街に呼ばれていた。タール・ヴァロンから呼ばれたのかどうかまでは女たちの知るところではなかったが、赤アジャの異能者(アエズ・セダーイ)に男の処分を一任したらしい。

ある者は街を襲った山賊が火を放ったのだと言い、またある者は闇の信徒の暴動だと言った。

「闇の信徒は、竜王の名を騙(かた)る男を捜しているんだ。あんたたちも知ってると思うがね」男は重い口を開いた。「連中はどこにでもいるよ。そこらじゅうが闇の信徒だらけさ」

火事の話とはまったく別のことを心配している者もいた。それがどんな災いを引き起こすのかはわからなかったが、とにかく川下に一艘の船がやって来たのだという。

「わたしたちがあの船を案内したのです」細面の男がせわしなく手をもみながら、小声で言った。「あの船は境界地域のものです。どうか向こうの人たちにはご内密に願います。わたしたちは波止場へ行きました。すると……」

男は急にカチリと歯を鳴らして口を閉ざした。話はそこで打ち切られ、男は境界地域人が追いかけてくるとでも思ったのか、背後をうかがいながら、あわてて走り去った。

その船はもうここにはない——別の者にたずねてわかったことだが——舫(もや)い綱(づな)を切り、

野次馬が波止場へ押し寄せる前に川下へ消えたという。ナイニーヴは、もしかしたらその船にエグウェーンやアル＝ソアたちが乗っていたのではないかと思った。ある女は、船に吟遊詩人が乗っていたと言った。きっとトム・メリリンだわ……。

ナイニーヴはモイレインに自分の考えを話した――エモンズ・フィールドの仲間がここを船で通りかかったのではないか？　モイレインはナイニーヴが話しおえるまで、根気強くうなずきながら、話を聞いた。

「そうかもしれません」と、モイレイン。その言葉とは裏腹に、疑わしげな口ぶりだ。

広場に一軒の宿屋があった。酒場は肩の高さの仕切りでふたつに分けられている。モイレインは立ちどまり、片手で空気の感触を確かめると、笑みを浮かべ、なかへ入った。何を察知したにせよ、モイレインがそれについて語ることは決してない。

三人の食事は沈黙のうちに終わった。静かなのはこのテーブルだけではない。酒場全体が沈黙に包まれている。片手で数えるほどの人々が自分の皿だけを見つめ、それぞれ物思いにふけりながら食事していた。宿屋の主人がエプロンの隅（すみ）でテーブルの埃（ほこり）を拭（ふ）きながら、絶えずひとりごとをつぶやいているが、声が低くて何を言っているのかはわからない。

こんなところでは、ゆっくり眠れそうにもないと、ナイニーヴは思った。恐怖に支配されたように、空気までが重苦しかった。

モイレインたち三人が、パンの最後のひと切れでぬぐった皿を押しやったとき、赤い軍服を着た一人の男が現われた。ナイニーヴの目には、男が身につけているとがった兜（かぶと）や磨きこんだ鎧が妙にまぶしく見えた。男は扉を入ってすぐのところで立ちどまった。剣の柄（つか）に手をかけ、けわしい表情を浮かべたまま、きつすぎる襟（えり）に指を差し入れてゆるめた。ナイニーヴは、村の長老らしくふるまおうとやっきになっていたセン・ブイを思い出した。

ランはその男をちらっと見て、フンと鼻を鳴らした。「役立たずの民兵だな」

民兵は部屋を見わたしてから、モイレインたちに目をとめた。どうしたものか迷っている様子だったが、大きく息を吸いこむと、靴音を響かせながら急ぎ足で近づいてきて、三人にたずねた。名前は？ どういう目的でホワイトブリッジを訪れたのか？ どれくらい滞在するつもりか？

「ビールを飲んだら、すぐに発つ」ランはビールをもうひと口ゆっくりと飲みくだし、民兵を見あげた。「慈悲深きモーゲイズ女王陛下に光のお恵みがありますように」

赤い軍服の民兵はぽかんと口を開け、ランの目をまともに見るとあとずさり、ハッとわれに返って、モイレインとナイニーヴをちらりと見た。女二人に腰抜けだと思われたくないがために愚かな真似をするのではないかと、ナイニーヴは一瞬、身がまえた。男とはそういうものであることを、経験から知っていた。だが、ホワイトブリッジではさまざまな災いが起こったせいで、男たちの心から何かが失われてしまったらしい。民兵はランに視線を戻し、また考えこんだ。なめらかな彫刻を思わせるランの顔は無表情だが、青い目はぞっとするほど冷たい光を放っていた。

民兵はきびきびと会釈(えしゃく)をし、それで決着がついた。

「どうかお気をつけて。最近、女王陛下の平和を乱すよそ者がうろついていますから」

踵(きびす)を返した民兵は、ふたたび靴音を響かせ、けわしい顔つきを作りながら立ち去った。

宿屋にいた地元の人々は見て見ぬ振りをした。

「あたくしたちはこれからどこへ行くのですか?」ナイニーヴはランを問いつめた。緊張感のただよう宿屋のなかなのでナイニーヴは声をひそめた。これだけはどうしても訊(き)いておきたい。「船を追いかけるのですか?」

ランはモイレインを見た。モイレインは首をわずかに振って、答えた。

「確実に見つけられる人から先に捜しましょう。その人はいま北のほうにいます。わたくしには、あとの二人が船に乗ったとは思えません」かすかに満足げな笑みが、モイレインの唇にひろがった。「二人はこの部屋にいました。まだ二日とたっていないはずです。怯えていますが、間違いなく生きています。これほど強い感情がなければ、痕跡は残らなかったでしょう」

「二人って誰？」ナイニーヴは勢いこんでテーブルに身体を乗り出した。「あなたにはわかるのでしょう？」

モイレインはかすかに首を横に振り、ナイニーヴはがっかりして椅子にもたれた。

「二人がここへきてから、一日やそこらしかたってないのに、なぜ最初にその二人を追いかけないのですか？」

「わたくしには、二人がここにきたのはわかります」モイレインはあいかわらず、癪にさわるほど落ち着いた声で話した。「でも、そのあとのことがわかりません。東へ行ったか、それとも北へ行ったか、南へ行ったか……。あの人たちは利口ですから、たぶん東のシームリンへ向かったと思います。でも、どうでしょう？　二人は銀貨を持っていないので、数百メートル以内の距離まで近づかないと、はっきりしたことはわかりません。どの方角へ向かったにせよ、二日間で三十キロから六十キロぐらいは進んでいるでしょう。恐怖に駆られているとすれば、なおさらです。二人がこの宿屋を出たのは恐怖に駆られたからです。間違いありません」

「でも――」

「あの人たちが恐怖を感じても、どこへ逃げても、結局はシームリンを思い出すはずです。シームリンへ行けば、あの人たちを見つけられます。でも今は、居場所がはっきりしている人を先に捜さなくてはなりません」

ナイニーヴはふたたび口を開きかけたが、ランが穏やかに口をはさんだ。「あの者たちには恐怖を感じる理由があったのだ」ランは周囲をうかがい、声を落とした。「ここにはミルドラルがおる」その表情は、広場で見かけたときのようにけわしかった。「どこもかしこもミルドラルのにおいがする」

モイレインはため息をついた。「ミルドラルがいなくなったとわかるまで、秘密にしておくつもりでした。わたくしは闇王がそう簡単に勝てるとは信じたくありません。アル＝ソアもペリンもマットも無事な姿で見つけます。そう確信しています」

「あたくしだって気持ちは同じよ」と、ナイニーヴ。「でも、エグウェーンは？　あなたはエグウェーンのことを口にしないし、あたくしが訊いても知らん顔をしてました。あたくしは、あなたがエグウェーンを隠すのかと思ってました」ナイニーヴはほかのテーブルに目をやり、小声で言った。「タール・ヴァロンに」

モイレインはしばらくテーブルに目を落としていたが、やがて顔を上げ、ナイニーヴと目をあわせた。モイレインの目が怒りに燃えている。ナイニーヴはぎくりとした。背中がこわばって、自分の心にも怒りが湧いてくるのがわかった。だがナイニーヴが口を開く前に、モイレインは冷たく言い放った。

「わたくしはエグウェーンも必ず無傷で見つけ出します。せっかくあれほどに力のある若い娘を見つけたのです。簡単にはあきらめません。でも、運命は〈時の車輪〉にかかっています」

ナイニーヴは胃が締めつけられる思いがした。あなたにとって、あたくしも〝簡単にはあきらめられない〟存在なの？　あなたの思いどおりにはさせないわ、モイレイン。今に見ていなさい。

沈黙のうちに食事を終えた三人は、沈黙したまま馬に乗り、門を抜け、シームリン街道へ入った。モイレインは北の地平線に目をやった。三人の背後で、ホワイトブリッジの煤けた街並みがしだいに小さくなっていった。

29　無情の眼

エリアスは、トゥアサ＝アン族とのんびり過ごした時間を取り戻す勢いで、ペリンとエグウェーンを急き立て、一面の枯れ野を南へ向かった。夕闇が濃くなって足を止めると、馬のベラまでがほっと胸をなでおろすかのようだ。だが、エリアスは先を急ぎながらも、これまで見せなかった警戒心を発揮しだした。夜、焚き火をするときは地面に落ちている枯れ枝だけを使い、どんな小枝であろうと、立ち木にはいっさい手をふれなかった。そして、草を土ごと切り取ってから注意深く掘り下げた穴のなかに、ごく小さな火をおこし、食事の支度がすむとすぐ燃えさしを埋めて、草をもとへ戻した。

夜明け前の灰色の微光のなか、ふたたび旅路につこうとするとき、エリアスは野営地を隅々まで見てまわって、自分たちの痕跡が残っていないかどうか確かめ、ひっくり返った石や曲がった草までひとつひとつ丁寧になおした。そんな作業をほんの数分のうちにすませてしまう。だが、エリアスが納得しないうちは、決して出発できなかった。

ペリンにしてみれば、バ＝アルザモンの悪夢に苦しめられるよりは、執拗なまでに用心深いエリアスに付き合うほうがよほどましだった。だが、なぜエリアスはここまでしなければならないのか？　あの恐ろしい夢が現実になるからか？　そうは思いたくない。夢は夢で終わってほしい。最初のうちはエグウェーンも、トロロークが戻ってきたのかとしきりにたずねたが、エリアスは首を横に振り、「とにかく急げ」と言うばかりだった。

ペリンはなにも訊かなかった。トロロークが近くにいないのはわかっている。狼たちが嗅ぎつけたのは草木や小動物のにおいだけだ。エリアスを駆り立てているのはトロロークに対する恐怖心ではない。では、いったい何が？　その答えは当のエリアスにもよくわからなかった。三頭の狼は、エリアスの心に広がる得体の知れない焦燥感を悟って、偵察をはじめた。危険はすぐ後ろに迫っているかもしれないし、あるいは、次の峰を越えたところで待ち伏せしているのかもしれない。

三人は、ゆるやかな起伏がどこまでもつづく丘陵地帯に入った。道はなだらかなのぼり坂だが、丘と呼ぶほどの高さはない。冬の寒さに凍えながらも、なかなか枯れない丈夫な草は、繁茂する雑草のあいだに根をおろし、一枚の絨緞を作りあげていた。百五十キロ先から何ものにもさえぎられることなく吹いてきた東風が、絨緞の毛並みをそっとなでてゆく。道を進むにつれ、木立は目に見えて少なくなった。弱々しい陽光には暖かさが少しも感じられない。

エリアスは低い丘のあいだを縫って進み、高いところはできるだけ通らないようにした。めったに話さない。だが、ひとたび口を開くと……。

「いつまでこんなことをしたら気がすむんだ？　こんなに低い丘をいちいち迂回しなきゃならないなんて、いいかげん、うんざりだ！　おれは夏までに、おまえさんたちと手を切るつもりだが、この調子では無理だ。なにしろまっすぐに進めないんだからな！　何回言ったらわかるんだ？　おまえさんは、たしかに何かを感じ取っている。どんな小さなものでもな。しかし、こんな辺鄙なところで、丘の上に立ったぐらいで、誰の目にふれるというんだ？　ヘビのようにくねくねと、まわり道ばかりして、なかなか先へ進まない。おれは両足を縛りつけられたまま、先を急げと言われているようなものじゃないか！　おい、おまえさんたち、いつまでおれを見てるつもりだ？　行かないのか？」

ペリンはエグウェーンと顔を見合わせた。エグウェーンはエリアスの背中に向かって舌を突き出した。三人とも何も言わなかった。いちどエグウェーンはエリアスに言い返した。まわり道をしたがっているのはエリアスだけで、あたしたちが責められる筋合いはないわ。だがエグウェーンは、一キロ半先まで聞こえそうな自分の怒声が、この丘陵地帯でどんなふうに響くのかを思い知らされただけだった。エリアスは肩ごしにエグウェーンを振り返ったただけで、歩調をゆるめもしない。

エリアスは話そうが黙ろうが、周囲にくまなく目を配った。ときには、足もとに生えている雑草にも不審の目を向けた。もしエリアスが何かを見つけたとしても、ペリンや狼たちの目には見えないだろう。エリアスの額の皺は深まったが、先を急がなければならない理由も、背後から迫ってくる危険がどんなものかも、いっさい語ろうとしなかった。

ときどき三人は、東西へ何キロも広がる長い尾根に出くわした。さすがのエリアスも、まわり道をするのは時間がかかりすぎると認めないわけにはいかなかった。三人で尾根を登るしかなさそうだが、エリアスはペリンとエグウェーンをふもとに待たせておき、自分だけ先に頂上へ登った。腹ばいになり、ほんの十分前に狼が偵察をすませたことを忘れたかのように用心深くあたりをうかがっている。

下でエリアスを待つ二人には、数時間もたったように感じられ、状況がわからないだけに不安をかき立てられた。エグウェーンはたわいもないおしゃべりをしながら、トゥアサ＝アン族のアラムからもらった首飾りを、知らず知らずのうちに指先でもてあそんだ。ペリンは辛抱強く待ちつづけた。胃がきりきりと締めつけられる。それでも、表情は平静を装い、動揺を胸のうちに抑えこんだ。

危険があれば、狼たちが教えてくれるはずだ。狼が立ち去ったら……姿を消したら、それは危険がないという証拠だ。でも、いまにきっと狼は警告してくる。エリアスは何を探してるんだ？　教えてくれ。

　エリアスは長い時間をかけて、頂上で目だけの偵察を終えると、二人に「行くぞ」と声をかけた。三人の行く手を阻むものは何もない。だが、ふたたび尾根を見つけたとき、エリアスは同じことを繰り返した。三度目にはペリンも我慢しきれなくなり、胃がむかついてきた。すっぱいものが喉もとにこみあげてきて、あと五分でも待たされたら吐いてしまいそうだ。

「おれも……」ペリンはこみあげてくるものをぐっと飲みこんだ。「おれも行くよ」

「頭を低くしろ」と、エリアス。

　エグウェーンはそれを聞いて馬から飛び降りた。

　毛皮の衣服をまとったエリアスは、押し下げた丸い帽子の下からエグウェーンをにらみつけた。

「その雌馬を腹ばいにさせる気か？」エリアスはそっけなく言った。

　エグウェーンは言い返そうとしたが言葉にならず、結局は肩をすくめてあきらめた。エリアスは無言で踵を返して、斜面をするすると登りはじめた。ペリンは急いでそのあとを追った。

エリアスは四つんばいになり、またたくまに頂上近くまでたどりつくと、残りの数メートルは斜面に身体をつけ、ヘビのように這いずった。ペリンもあわてて腹ばいになった。エリアスは頂上で帽子を脱ぎ、ゆっくりと頭を上げた。茨の茂みの向こうをのぞいたペリンの目に映ったものは、背後に広がるのと変わりない起伏に富んだ大地だった。下り坂は剝き出しの土で、百メートルおきに木立のある谷間は、頂上から見て半キロ南にある。すでに三頭の狼がそこを通ったが、トロロークやミルドラルのにおいを嗅ぎつけてはいない。

東も西も、ペリンにはまったく同じに見えた。なんの変哲もない丘陵地帯と、まばらな草木、それだけだ。動くものはひとつもない。狼たちは一キロ半も離れていて、視界には入らなかった。こんなに離れていては狼と交感もできない。狼がここを偵察したときも、何も異常がなかったはずだ。エリアスは何を探しているんだ？　ここには何もないじゃないか。

「時間の無駄だな」

ペリンがそう言って立ちあがろうとしたとき、眼下の森からワタリガラスの群れが飛び出てきた。五十羽……いや、百羽はいそうな黒い鳥の大群が空に螺旋を描いた。ペリンは森の上空を飛びまわるワタリガラスを見て、地面にふたたびしゃがみこんだまま動けなくなった。ワタリガラスは闇王の眼だ。やつらはおれたちを見つけたのか？　汗が頬を伝って流れ落ちた。

百羽ものワタリガラスは、その小さな頭に同一の考えがひらめいたのか、いっせいに南へ飛び去り、次の峰を越えて見えなくなった。すると、こんどは東の森から、またしてもワタリガラスの一群が飛び立った。黒いかたまりは空に渦を二回描いて、南へ向かった。ペリンは身を震わせながら地面に伏せた。何か言おうとしたが、口のなかが乾ききってうまくしゃべれない。たっぷり一分ほどかけて、喉の奥から唾を絞り出した。

「あんたが恐れていたのはあれだったんですか？　どうして何も話してくれなかったんです？　どうして狼にはワタリガラスが見えなかったんです？」

「狼は森のなかでは空なんか見ない」エリアスは怒ったように言った。「それに、おれだってワタリガラスを探してたわけじゃない。言っただろう？　得体の知れないものが、おれを不安にさせるって……」

はるか西方の森から、もうひとつの黒い雲が湧き起こり、南へ飛んでいった。ここからでは遠すぎて、一羽一羽を見分けることができない。

「ワタリガラスなんてたいしたことはない。まったく、光には感謝しているよ。狼にはわかりゃしないさ、いくらあんな……」

エリアスは今きた道を振り返った。

ペリンはごくりと唾を飲みこんだ。いくらあんな夢を見たあとでも——エリアスはそう言いたかったのだろう。

「たいしたことはないですって？」ペリンは言った。「あんただって、故郷(くに)では、一年のうちにあんなにたくさんのワタリガラスを見たことはないはずです」

エリアスは首を横に振った。

「境界地域では千羽ものワタリガラスの群れが飛ぶのを見たことがある。めったにお目にかかれるもんじゃないし、あんなものは見ないほうが身のためだ。でも、とにかく見たことはある」エリアスは北に目を向けたまま言った。「シッ、静かに」

ペリンは思った——またワタリガラスがくるのか。遠く離れた三頭の狼に呼びかけなければならない。エリアスは狼のまだら(ダプル)と連れの二頭に偵察をやめさせて、すぐに呼び戻し、三人の護衛をさせるつもりらしい。先刻からのエリアスの渋面はいっそう深刻さを増し、緊張のせいかやつれて見える。狼が遠くにいるため、ペリンにはその存在すら察知できなかった。〝急げ。空を見ろ。急げ〟。

そのとき、狼がはるか南でペリンの呼びかけに応(こた)えるのが、かすかに感じられた。〝いまからそちらへ向かう〟ペリンの脳裏にひとつのイメージが浮かんだ。狼たちが走っている。鼻先で風を切り、背後に迫りくる鬼火から逃れるように走っている。そのイメージはすぐに消えた。

エリアスはうつむいて深いため息をつくと、眉根を寄せて尾根の向こうを見た。そしてふたたび北を向き、小声でなにごとかつぶやいた。

「おれたちを追いかけてるワタリガラスは、まだいるんですか？」ペリンはたずねた。

「たぶんな」エリアスはうわの空で答えた。「ワタリガラスはときどきあんなふうに飛びまわるんだ。おれは安全な場所を知っている。暗くなる前に、そこへたどりつけるといいのだが……。たどりつけるかどうかはともかく、おれたちは日が沈むまで逃げつづけなきゃならないが、あまり速くは進めない。おれたちの前を行くワタリガラスに近づいてはまずい。でも、おれたちの後ろにもワタリガラスがいるとしたら……」

「どうして日が暮れるまで逃げつづけなきゃならないんです？」と、ペリン。「安全な場所ってなんのことですか？　ワタリガラスに見つからない場所ってことですか？」

「ワタリガラスのこともある」と、エリアス。「誰でも知っていることだが、ワタリガラスは夜になると巣に戻る。だから、夜がくれば心配ない。闇王がワタリガラスを送りこんだのは、おれたちにそのことだけを考えさせるためさ」エリアスはもういちど尾根の向こうを見てから立ちあがり、エグウェーンに馬のベラを連れて登ってくるよう合図した。

「だが、日没まではかなり時間がある。ここでじっとしているわけにはいかない」

エリアスは長い斜面を駆けおりはじめた。おぼつかない足取りで、なんども転びそうになった。

「さあ、急げ！」

　ペリンは斜面をすべりおりるように、エリアスを追って走りだした。

そのあとからエグウェーンがようやく頂上にたどりつき、ベラの横腹を蹴って先を急いだ。男たちの姿を見つけると、安堵の笑みがエグウェーンの顔に広がった。

「どうしたのよ！」エグウェーンは叫びながら馬を走らせた。「さっきみたいにあなたたちが見えなくなっちゃったら、あたしだって心配になるじゃないの……。いったい何が、どうしたっていうのよ！」

　ペリンは黙って走りつづけた。大声を出しては息が切れる。エグウェーンが追いついてから、ようやく口を開き、ワタリガラスのことや、エリアスが安全な場所を知っていることを説明した。とはいえ、会話はうまく嚙み合わなかった。

「ワタリガラス！」

　エグウェーンは首を絞められたような悲鳴を上げると、つぎつぎと質問を浴びせて話の腰を折り、ペリンはエグウェーンの鉾先をかわしきれなかった。そのやりとりが終わらないうちに、三人は次の尾根にたどりついた。

普通なら――この旅のどこが〝普通〟なのかはよくわからないが――普通なら、尾根を越えるよりも迂回するほうを選ぶはずだが、エリアスはとにかく自分が先に登り、偵察をすると主張して譲らなかった。

「おまえさんはこんな場所をのんびり進みたいんじゃなかったのか？」エリアスは皮肉をこめて言った。

エグウェーンは尾根の頂上を見つめ、唇をなめた。その表情はエリアスといっしょに登りたがっているようにも見えるし、ここにとどまりたいようにも見えた。なんのためらいも見せないのはエリアス一人だけだ。

ワタリガラスが戻ってきたらどうしようと、ペリンは気が気でなかった。頂上まで登りつめたとたんにワタリガラスの群れが現われても、不思議ではない。

頂上で身体を伏せて、そろそろと頭をもたげてあたりをうかがうと、西のほうにわずかな低木の茂みがあるだけだった。ペリンは安堵のため息をついた。ワタリガラスはいない。

そのとき、森から一匹の狐が飛び出し、一目散に駆けた。狐を追って、ワタリガラスの大群が押し寄せてゆく。狐は死に物狂いの鳴き声を上げたが、耳をおおうほど大きな羽音でかき消された。黒いつむじ風は急降下して、たちまち狐を取り巻いた。狐はワタリガラスに噛みつこうとしたが、ワタリガラスは無傷でひらりひらりと身をかわした。黒いくちばしが濡れたように光っている。狐は巣穴に身を隠そうと、ふたたび森へ向かい、頭を低くしてなりふりかまわず走った。体毛にはワタリガラスの黒い羽根がまといつき、赤い血がにじんだ。狐を取り囲むワタリガラスの群れはさらに大きくなり、漆黒(しっこく)のかたまりとなって、狐の姿を完全に隠したかと思うと、不意に空へ舞いあがって渦を描き、次の尾根を越えて南へ飛び去った。あとには、無残に引き裂かれた毛皮だけが狐の名残(なごり)をとどめていた。

ペリンはごくりと唾を飲んだ。光よ！　あいつらは——百羽のワタリガラスは、おれたちをあんな姿に変えてしまうのですか……。

「行くぞ」

エリアスが立ちあがり、低い声で言った。エグウェーンを手招きし、間髪(かんはつ)をいれず森へ向かって走りだした。

「走れ！　急ぐんだ！」エリアスは肩ごしに叫んだ。「早くしろ！」

エグウェーンは馬を駆って尾根を越え、エリアスとペリンが斜面の下に着く前に追いついた。事情を説明している暇はない。だが、狐の残骸がいやでも目に入る。エグウェーンの顔は雪のように青白くなった。

エリアスは森にたどりついたが、その手前で引き返し、ペリンとエグウェーンに手を振ってさかんに合図した。ペリンはさらにスピードをあげようとしてつまずき、前のめりに倒れそうになった。それでも、腕を風車のようにまわして体勢を立てなおした。ちくしょう！　これでも、おれは精いっぱい急いでるんだぞ！

一羽のワタリガラスが森のなかから現われて、三人に向かってきたが、鳴き声を上げ、南へと向きを変えた。もう遅いとわかっていながら、ペリンは腰に下げた投石器を手探りした。石をポケットから取り出し、投石器にあてがっているうちに、ワタリガラスは急に空中で身体を折り曲げ、まっさかさまに落ちてきた。ペリンはなにごとが起こったのかわからず、ぽかんと口を開けた。そのとき目に入ったのは、エグウェーンの手に握られた投石器だった。エグウェーンはペリンにかすかな笑みを見せた。

「いつまでもぼんやり突っ立ってる場合じゃないぞ！」エリアスが叫んだ。

その声でわれに返ったペリンはあわてて森へ駆けこみ、エグウェーンを乗せた馬に踏みつぶされないように道から飛びのいた。

はるか西方の視界に入るか入らないかのきわで、黒い霧が宙に湧き起こった。ペリンは三頭の狼がその道を通って北へ向かったことを察知した。狼がワタリガラスに気づいたときには、すでに右も左も黒いものにおおわれていたが、スピードをゆるめることはなかった。黒い霧は狼を追って北へ押し寄せ、南の空がぱっと明るくなった。

「ワタリガラスはあたしたちを見てたかしら？」と、エグウェーン。「あたしたちはとっくに森のなかへ入ってたはずよ。あの距離では見えるわけないわよね。そうでしょう？あんなに遠くからじゃ無理よ」

「こっちからはワタリガラスが見えたじゃないか」

エリアスはそっけなく言った。

ペリンはそわそわと身じろぎし、エグウェーンは不安げなため息をついた。

「もしワタリガラスに見つかったら」エリアスは唸るように言った。「おれたちはあの狐みたいにずたずたにされる。生きていたかったら頭を使え。恐怖心を抑えることができなければ、死ぬだけだ」

人の心を見透かすようなエリアスの目に射抜かれて、ペリンとエグウェーンはしばらくのあいだ動けなかった。エリアスは二人にうなずいてみせた。

「いま、ワタリガラスはいない。おれたちも動きだしたほうがいい。投石器をすぐ使えるようにしておいてくれ。そいつが役立つときがまたくるかもしれない」

三人は森を抜け、エリアスが先に立って、いままでの道筋をはずれ、西へ向かった。ペリンは肩で息をしていた。最後に見たワタリガラスがまだ追いかけてくるような気がしてならない。エリアスは疲れを知らずに走りつづけた。ペリンもエグウェーンも、エリアスについていくしか選択の余地はなかった。結局のところ、安全な場所を知っているのはエリアス一人だ。〝安全な場所〟がどことは言わなかったが、とにかくエリアスはそこを知っていると言った。

三人は次の丘へ向かって走り、ワタリガラスの大群が通り過ぎるのを待ってから、しばらく走り、またワタリガラスが通り過ぎるのを待って走った。待つことと走ることを交互に繰り返すうちに、三人はぐったりと疲れきった。ペリンとエグウェーンは、エリアスに大きく差をつけられた。ペリンは胸を激しく波打たせ、丘の頂上で身を伏せてあえいだ。もうエリアスのことなど、どうでもよくなっていた。馬のベラは頭を下げ、鼻孔を大きく広げていた。ペリンは恐怖心がどっと押し寄せるのを感じた。恐怖心を抑えるも何もあったものではない。狼が追手の正体を教えてくれる――追手がいれば、それが何者であってもきっと狼が教えてくれるだろう。そう期待するしかなかった。

行く手にはペリンが想像していた以上の数のワタリガラスが現われた。黒い鳥の大群は右へ左へとうねりながら南へ向かった。三人はワタリガラスが空を埋めつくす直前に、木陰やわずかな岩の窪みになんども身を隠した。太陽がもっとも高い位置から傾きはじめたころ、三人は運悪く広々とした平原にいて、彫像のようにじっとしているしかなかった。

手近な隠れ場所までたっぷり半キロはあり、闇王の放った百羽の黒い密偵は、わずか一キロ東で羽ばたいていた。風が吹いているにもかかわらず、ペリンの顔から汗が滴り落ちた。やがてワタリガラスの最後の一群れが小さな点となり、消えていった。三人は、群れからはぐれたワタリガラスを、数えきれないほど投石器で撃ち落とした。

ペリンは抑えきれない恐怖心の言いわけを探すかのように、ワタリガラスによって殺された動物の死骸で埋めつくされた道にしゃがみこんだ。すさまじい光景だ。胸がむかむかしてくるのに、引き裂かれたウサギから目をそらすことができない。地面に立てられた眼球のないウサギの首を取り囲むように、そのほかの部分——脚や内臓——が散在していた。野鳥は羽根のついた肉のかたまりとなるまで黒いくちばしでつつかれ、数匹の狐も同じ姿だった。

ペリンは護衛士ランの言葉を思い出した——闇王の創った妖獣はみな、殺戮に喜びを感じる。闇王の力はすなわち死だ。では、ワタリガラスがおれたちを見つけたら？ 無情の眼を黒いガラス玉のように光らせて群がり、おれたちをくちばしでつつきまわすだろう。釘みたいに鋭いくちばしは血に飢えている。百羽のワタリガラス——いや、あいつらは百羽どころか、もっとたくさんの仲間を呼び寄せることができるのかもしれない。たぶんおれたちに勝ち目はない……。ペリンの頭のなかに、胸を締めつけられるようなイメージが浮かんだ。ワタリガラスの群れが小高い丘にも劣らないほどにふくれあがり、蛆のように群がって、血にまみれた屍肉をむさぼっている。

おぞましい光景が、たちまち湧き起こった別のイメージに押しやられた。ふたつのイメージは渦を描き、たがいに相手を打ち消そうとした――三頭の狼は、北の空で見つけたワタリガラスの大群とぶつかり合った。黒い鳥たちは激しく鳴き声を上げながら急降下し、狼を取り囲み、血を求めるくちばしで容赦なく攻め立てる。狼は牙を剝いて唸り、宙に身を躍らせてワタリガラスの攻撃をかわし、大きな顎で反撃した。無数の黒い羽根が飛び交い、ペリンの口になんども入ってきた。吐き気をもよおし、気力をくじくワタリガラスの味と、全身にひろがる激痛を感じ、ペリンは絶望感におちいった。それでも、心の奥底にはまだひとつまみの気力が残っていた。

突然、ワタリガラスの群れが舞いあがり、空に渦を描いて怒りのこもった鳴き声を狼に浴びせた。天命を受けた狼を、狐のようにあっさりと殺せるはずがない。ワタリガラスは大きな羽音を轟かせて飛び去り、数枚の黒い羽根が狐の死骸の上に舞い落ちた。狼の疾風は左前脚の刺し傷をなめ、跳躍の片目は傷ついていた。ダプルも怪我をしていたが、なにごともなかったかのように二頭の狼をしたがえ、痛みをこらえてワタリガラスの去った方角へ走りだした。体毛には血がこびりついていた。〃われわれは行く。前途で危険が待ち受けている〟

ペリンはふらつく足を踏みしめてエリアスに近づき、その目を見た。エリアスの黄色い目は無表情だったが、すべてを知りつくしていた。無言のまま視線を返し、軽々とした駆け足は止めずに、ペリンが追いつくのを待った。

　エリアスはおれを待っている。おれが狼の心を読む能力を自覚するのを、待っているんだ。

「ワタリガラスが」ペリンは荒い息の下で言った。「おれたちを追ってきます」

「ペリンの言ったとおりね」エグウェーンも息を切らしている。「あなたは狼と話ができるんでしょう」

　ペリンは、木柱の根もとを支える鉄のように重い足を引きずって、さらに先を急いだ。もし、おれが人の目にとまらないほど速く走れても――あるいはワタリガラスや狼の目にとまらないほど速くても、エグウェーンの目にはかなわない。この女はおれが何をめざしているか、いま理解した。あんたは、いったい何者だ？　穢れた女め！　光がおれの目をくらませる！　ちくしょう！

　ペリンの喉は焼けつくように熱く、ルーハン親方の鍛冶場で煙と暑さに耐えていたころを思い出させた。ペリンはよろめき、馬にまたがるエグウェーンの鐙をとっさにつかんだ。

エグウェーンは鞍から飛び降りて、代わりにペリンを乗せようとした。ペリンは「おれにかまわずこのまま進め」と言い張ったが、争いはすぐに決着がついた。

しかし、エグウェーンは片手でスカートをたくしあげながら走りだすとじきに、よろけて片方の手で鐙をつかむことになり、ペリンがまた馬からおりた。震える膝のままエグウェーンを抱えて鞍に乗せると、疲れきったエグウェーンはそれ以上の抵抗をしなかった。

エリアスは何があっても速度を落とさなかった。もたつく二人を急き立て、なじり、まったく休むまを与えない。三人を追うワタリガラスの群れが南の空から迫ってくる。群れが通り過ぎたあとには、必ず一羽だけが戻ってきた。

「ぐずぐずするな！　急げ！　あの狐のようになりたいのか？　ワタリガラスがおれたちをつかまえたらどうなる？　引きずり出されたはらわたを頭の上にのせられてもいいのか？」と、エリアス。

エグウェーンは馬上で身体を震わせ、激しく嘔吐した。

「おまえさんがあの死骸を忘れていないことはわかっていた。さあ、あともう少しだ。そうしたら休ませてやる。もうすぐだ。しっかりしろ。農場の若いやつらはもっと根性があると思ってたんだがな。おまえさんたちは一日じゅう働いて、夜どおし踊りまくってたはずだ。それが夜も昼ものらくらしていたら、このおれと変わりないじゃないか。さあ、ご自慢の足でもっと速く走ってみせろ!」

三人は丘の頂上でワタリガラスをやりすごし、まだ羽音が聞こえているうちに丘をおりた。一羽だけ戻ってくるぞ。三人が走ってゆく道の両側は、東も西もワタリガラスに荒らされていた。群れが去ったあとに、必ず一羽だけが戻ってくる。

ワタリガラスは速度を上げて追ってきた。ダブルと二頭の狼は、三人のそばを離れずについてきた。傷をなめるためにも足を止めない。狼は偵察するとき、地上ばかりでなく、空を見あげることも必要だと知っている。どれくらいの間隔で、どれだけ長く空を見ればいいのか? 狼には、人間のような時間の概念はない。一日を数時間ごとに区切る理由もない。四季の移り変わりや、光と闇の区別がつけば充分なのだ。それ以上に細かい区切りは必要ない。

ワタリガラスが頭上を通り越していったとき、ようやくペリンは空のどのあたりに太陽があるのかわかった。沈む夕日を肩ごしにちらりと見ると、乾いた舌で唇をなめた。一時間のうちにまたワタリガラスの群れがやってくるだろう。いや、もっと早いかもしれない。ワタリガラスがくるまで一時間、そして日没まではゆうに二時間はある。すっかり暗くなるまで、少なくともあと二時間はあるということだ。

おれたちは日暮れと同時に殺られるだろう。ペリンは走りながらも動揺した。あの狐みたいにむさぼりつくされるのだ。ペリンは腰の斧と投石器に手をかけた。ふたつの武器には殺傷能力ばかりでなく、ペリンの心を落ち着かせる効果があるはずだが、ペリンの動揺はおさまらなかった。百羽ものワタリガラス――空を飛び、鋭いくちばしを持つ百個の標的を、これだけの武器でどうやって撃ち落とせるというのか。

「ペリン、あなたが馬に乗る番よ」エグウェーンが疲れきった声で言った。

「いや、もう少し大丈夫だ。まだ数キロは行ける」

ペリンの言葉にエグウェーンはうなずき、馬からおりるのをやめた。エグウェーンは疲れている。この女に本当のことを話すか？　それとも、希望を持たせておいたほうがいいのか？　一時間の希望――たとえその実は絶望であろうとも。あるいは、一時間も絶望を味わわせるくらいなら、いっそ、このおれの手で……。

エリアスはふたたびペリンを見たが、何も言わなかった。エリアスはペリンの気持ちをわかっていながら、口には出さない。ペリンはエグウェーンを見やり、まばたきして熱い涙を振り払った。斧にふれながら、自分にもっと度胸があればいいのに……と思った。最後の数分間にワタリガラスの大群が押し寄せてきて、希望が打ち砕かれたら？　エグウェーンにあの狐のような無残な死にかたをさせないために戦う度胸が、おれにはあるだろうか？　光よ！　おれに力をお与えください！

そのとき、行く手をさえぎっていたワタリガラスの群れが唐突に消えた。ペリンの目は、東と西のはるか向こうに黒くぼんやりとした雲をとらえたが、前方には一羽のワタリガラスもいない。ワタリガラスはどこに消えた？　光よ、おれたちはワタリガラスの群れを追い越してしまったんですか？

不意にさむけがペリンの全身に走り、他人の目にもはっきりわかるほどの震えがきた。まるで真冬にワインスプリング川へ飛びこんだようだ。悪寒は、疲労や脚の痛みや息切れの一部を身体の外へ流し出し、そのあとに〝なにか〟を残した。その〝なにか〟を表わす言葉は見つからないが、とにかく、さっきまでとはまったく違った心地がした。

エリアスは目の奥に光をたたえて、ペリンを——その心の動きのすべてを、じっと見据えた。エリアスは〝なにか〟の正体を知っている。ペリンはそう確信した。だが、エリアスはただこちらを見ているだけだった。

エグウェーンは馬を止め、好奇心と恐怖が入りまじった表情で、ぼんやりとあたりを見まわした。「なんだか……変だわ」エグウェーンはつぶやいた。「何かをなくしてしまったような感じ」

馬のベラまでが何かを感じたのか、頭を上げ、刈りたての青草のかすかな香りを嗅ぎつけたように、鼻孔をふくらませた。

「これは……これはいったいなんですか?」と、ペリン。

エリアスは急に笑い声を上げた。身をかがめて肩を震わせ、膝に両手を置いて、さもおかしそうに笑った。

「ここは安全地帯さ。ついにたどりついたんだよ、大バカ者め。ワタリガラスはあの境界線を越えることができない。とにかく、ここにいれば闇王の眼は届かないんだ。トロロークも、それをあやつるミルドラルも強大な力にあと押しされなければ、入ってこられない。異能者(アエズ・セダーイ)もだめだ。ここでは絶対力が働かない。異能者(アエズ・セダーイ)は万物源にさわれないし、それを心に思い浮かべることもできない。万物源にさわろうと思ったとたんに身体がかゆくなったり、酒を七日間も飲みつづけたみたいに頭がふらふらしたりして、万物源のイメージが消えてしまうらしい。安全地帯ってのはそういうところさ」

ペリンにははじめのうち、この安全地帯が、それまで走り抜けて来た丘陵地帯と変わらないように思えた。やがて、草のあいだに水量の少ない緑色の小川がくねくねと通っていることに気づいた。それればかりではない。草をよく見ると、雑草はほとんどなかった。これが何を意味するのかはわからないが、ここが特別な場所であることははっきりと見てとれた。ペリンはエリアスの言葉に何か引っかかるものを感じた。

「何かしら……」エグウェーンは言った。「この感じ……ここはいったいなんなの? あたし、なんだかここが好きになれないわ」

「〈安息の場〉だよ」エリアスは答えて、また笑った。「昔話で聞いたことはないか？半獣人オジールがここに住んでいたのは三千年も昔のことだ。全界崩壊以降は誰も住んでいない。でも、〈安息の場〉がオジールをつくったのであって、オジールが〈安息の場〉をつくったわけじゃない」

「そんなのただの伝説です」ペリンは口ごもった。昔話のなかで〈安息の場〉はいつも楽園だった。異能者（アエズ・セダーイ）からも、〈虚言の祖〉がつくった妖獣たちからも見つかることのない隠れ家（かくが）だった。

エリアスは笑いやんで、身体を起こした。この男は本当に疲れていないのだろうか。一日じゅう走りづめだったというのに、そんなそぶりをつゆほども見せない。

「さあ、行こう。この伝説をもっとよく知るために。ワタリガラスはここに入ってこられないが、おれたちが境界線のそばにいると、姿だけは見えるんだ。どこの境界線でも同じさ。ワタリガラスは境界線の外を飛びまわらせておけばいい」

ペリンはその場から動きたくなかった。いちど止まってしまうと、脚ががくがく震えだし、一週間も寝ていなければ回復しないような気がした。元気を取り戻す方法をいろいろと考えてみたが、どれも一時しのぎとしか思えない。いくらか癒（い）えたはずの疲れと痛みが残らずよみがえってきた。ペリンは自分に鞭打って、一歩、もう一歩と足を踏み出した。苦しかったが、我慢して歩きつづけた。エグウェーンは手綱を鳴らしてベラをふたたび歩かせた。エリアスの足取りは依然として軽い。二人との差が開きすぎたときだけは歩調をゆるめたが、速足で歩きつづけることは変えなかった。

「どうして――どうして、ここにいちゃいけないんですか？」

ペリンはあえぎながら言った。口で呼吸をしているため、苦しい息を深く吸いこむ合間に言葉を吐き出すしかない。

「もし本当にここが〈安息の場〉だったら、おれたちは守られているはずです。トロロークもいないし、異能者もいません。だったら、すべてが終わるまでここにいればいいでしょう？」

ここには狼も入ってこないかもしれない。

「いつまでぐずぐずしているつもりだ？」エリアスは片眉を上げて肩ごしに振り返った。「こんなところで何を食べる？　草か？　馬でもあるまいし。だいたい、この〈安息の場〉を知ってるのはおれたちだけじゃない。ここによそ者が入ってくるのを拒むことはできない。たとえ相手が、とんでもない悪人だったとしてもな。それに、水の湧いている場所はひとつしかない」

エリアスは不安げに眉をひそめて四方を見まわした。

この男は狼を呼んでいるのだと、ペリンは思った。

〝急げ。急げ〟

「いちばんましな選択をするしかないんだよ。ワタリガラスはまず間違いなく入ってこない。さあ、行こう。あとほんの一、二キロだ」

ペリンはうめき声を上げた。〝あとほんの一、二キロ〟という言葉を素直に喜ぶ気にはなれなかった。

歩いてゆくうちに、低い丘の上の大きな丸石がぽつぽつと増えてきた。ふぞろいな形をした灰色の石塊は苔むして、半分ほどが土に埋まっていた。なかには一軒の家ほど巨大なものもある。茨がクモの巣のように石をおおい、さらにそのまわりをやぶが取り囲んでいた。枯れて茶色くなった茨とやぶの茂みのあいだに流れる緑色の水をたたえた一本の細い小川は、ここが特別な場所であることを告げていた——どんなものが境界線を越えて侵入してこようと、この場所だけは真に穢れることはない。

三人がやっと最後の丘を越えると、二歩で渡りきれそうな小さな池があった。澄みきった水は、砂の底を透かす一枚の板ガラスのようだ。それを見ると、さすがのエリアスも急いで斜面を駆けおりた。

ペリンは思い切り身を投げ、池に頭を突っこんだ。地底から湧き出る冷たい水に咳きこみながら、頭を振って髪の水滴をまき散らした。エグウェーンは顔をほころばせてペリンに水をかけたが、ペリンの目に冷静さがよみがえるのを見てとり、顔をしかめて何か言いかけた。ペリンはかまわず、もういちど池に頭を浸した。何も訊かないでくれ。いまは何も……。説明している暇はない。絶対に。だが、ペリンを嘲笑う小さな声がどこからか聞こえてきた。おまえは説明しようとしていたじゃないか、そうだろう?

池の向こうからペリンとエグウェーンを呼ぶエリアスの声がした。

「おーい、腹が減ってるなら、手伝ってくれ」

エグウェーンは元気な笑い声を上げ、冗談を飛ばしながら、三人分のわずかな食事を用意した。食料はチーズと干し肉だけで、狩りをする時間もなかった。あとはお茶があるだけだ。ペリンは自分の分け前を無言でたいらげた。エグウェーンがこちらを見ている。いま笑っていた顔が不安げな表情に変わったことに気づいたが、ペリンは視線をあわせないようにした。エグウェーンの笑い声は消え、冗談もとぎれとぎれになった。ひとつ冗談を言うたびに、かえってその場の空気は緊張を増した。エリアスはじろりとエグウェーンを見たが、何も言わなかった。三人は気まずい思いで、黙って食事をした。太陽は西の空に赤い光を投げかけ、長く細い影が三つ地面に伸びた。

暗くなるまであと一時間もない。〈安息の場〉がなければ、いまごろ、おまえたちは三人とも死んでいただろう。おまえはあの女を助けるつもりだったのか？　さっき見たたくさんの茶色い茂みのようにぐったりと疲れきった女を、殺す気だったんじゃないのか？　枯れた茂みは樹液を出さない、そうだろう？　あるいは悲鳴を上げるかもしれない。女はおまえの目をのぞきこんで、こうたずねる――〝どうして？〟。

ペリンは自分の殻のなかへいっそう深く引きこもった。何かがおれを笑ってる。心の奥底の何かが……。おれの心に邪悪なものがひそんでる。闇王とは違う。希望的な観測かもしれないが、決して闇王ではない。邪悪なものは、おれ自身だ。

エリアスは、焚き火の掟を破った。ここには木がない。エリアスは茂みから枯れ枝を手折り、丘の斜面に突き出るどっしりと大きな石の前で火をおこした。表面に黒い煤の層が幾重にも重なったこの石は、世代を超えて、何人もの旅人たちの火を燃やしつづけてきたのだろう。

地面に突き出た石は丸みを帯び、そのかたわらに深い溝があって、ごつごつした石肌は古色蒼然とした苔におおわれていた。自然の丸石が浸食されてこんな溝を形づくるとはとても思えないが、ペリンはエグウェーンに対する罪の意識に苛まれ、石のことを考える気にはなれなかった。エグウェーンは食べものを口へ運びながら、石をじっと見つめている。

「この石は」エグウェーンは言った。「人の目みたいな形をしてるわね」

ペリンは驚いて目をぱちくりさせた。たしかに、そうだ。煤で黒くなってはいるものの、この石は目の形をしている。

「そのとおり」と、エリアス。

石の上の炎に背を向けてすわり、革のように硬い干し肉のひと切れを嚙みながら、闇を見つめた。

「鷹羽王アートゥル――別名〝高潔王〟の目だ。つまり、この石は王の権力と栄光の産物さ」エリアスは放心したように言って、ふたたび干し肉を嚙んだ。視線は丘陵地帯へ向けられている。

「鷹羽王アートゥルですって？」エグウェーンは声を上げた。「冗談じゃないわよ。これはただの石であって、目じゃないわ。だいたい、どうしてこんなところに鷹羽王の目を刻む必要があるの？」

エリアスはエグウェーンを振り返ってつぶやいた。

「世間知らずのお嬢ちゃんだな。村の連中は教えてくれなかったのか？」エリアスは鼻を鳴らして前へ向きなおり、さらに言葉をついだ。「アートゥル・ペインドラッグ・タンリアル、またの名を鷹羽王アートゥル、あるいは高潔王――大荒廃地から〈嵐の海〉まで、アイール荒地からアラス海まで、そしてアイール荒地のさらに向こうまでの全地域を統一した男だ。アラス海の向こうへ出兵したこともある。伝説では、鷹羽王が全界を支配したことになっているが、実際はそうじゃない。伝説を知らないやつにだって、そんなことは常識さ。とにかく鷹羽王は、この地域に平和と秩序をもたらした」

「法律のない時代は誰もがみんな平等だったのよ」と、エグウェーン。「争いごとなんてなかったわ」

「なんだ、おまえさんも少しは伝説を聞いたことがあるんだな」エリアスは乾いた声で笑った。「鷹羽王アートゥルがもたらした平和と秩序は、炎と刃（やいば）によるものだった。あるとき、一人の子供が金を詰めた袋を持って、アラス海から〈全界の背骨〉へと渡った。怖いもの知らずだったんだな。その子供が鷹羽王となってつくりあげた秩序は岩のように硬く、誰にも突き崩せなかった。野心を抱く人間——あるいは人間以外の存在が反乱をもくろんでも、それを果たすことはできなかった。民衆は平和と満腹感を味わったが、鷹羽王は二十年にわたってタール・ヴァロンを包囲し、異能者（アエズ・セダーイ）全員の首にクラウン金貨千枚の賞金をかけた」

「あたし、あなたが異能者（アエズ・セダーイ）を嫌ってると思ってた」と、エグウェーン。

エリアスは苦笑した。「おれの好き嫌いは関係ないだろう、お嬢ちゃん。鷹羽王アートゥルはお高くとまった大バカ者だった。異能者（アエズ・セダーイ）の治療師は、鷹羽王が病気になったとき——毒を盛られたという説もあるが——治すことができたかもしれない。にもかかわらず、鷹羽王は当時生存していた異能者（アエズ・セダーイ）を一人残らず捕らえて、〈輝く城壁〉のなかに閉じこめてしまった。そして、異能者（アエズ・セダーイ）たちは絶対力を使って、城へ近づく兵を寄せつけなかった。とにかく、鷹羽王は自分のそばに異能者（アエズ・セダーイ）を近づけなかったし、闇王を憎むのと同じくらい彼女たちを憎んだ」

エグウェーンは唇を一文字に引き結んでいたが、やがて口を開いてぽつりと言った。

「その話と、この石が本当に鷹羽王の目かどうかってことと、どう関係があるのよ」

「まあ聞けよ、お嬢ちゃん。海を渡って鷹羽王の領地へ侵入する者はいたが、とりあえず平和は訪れたし、王がどこへ行っても歓迎してくれる民衆がいた。つまり鷹羽王は本当に愛されていたんだな。王は無情な男だが、民衆には情け深かった。それやこれやで、王はそろそろ自分の首都を建設しようと決めた。古くさい因襲や派閥や争いごとにこだわる連中とはいっさい関係ないまったく新しい都市がここに築かれるはずだった。海とアイール荒地と大荒廃地に境を接する国々のどまんなかにな。ここなら異能者（アエズ・セダーイ）が入ってきたり、絶対力を使ったりはしない。いつか、首都から全界へ向けて平和と秩序がもたらされるだろう——その声明を聞いた民衆は、鷹羽王の記念碑を建てるための資金を寄付した。鷹羽王は創世主に次ぐ存在として崇められた。いや、創世主にかぎりなく近い存在と言うべきかな。石から刻んで記念碑が完成するまで五年かかった。鷹羽王アートゥルそのものをかたどった、普通の人間の百倍はあるような大きな彫像が、この場所に建てられた。首都は彫像を取り囲む形でつくられるはずだった」

「ここに街なんかないじゃないの」エグウェーンは冷やかした。「もし首都があったとしたら、その跡が残っていてもおかしくないわ」

エリアスはうなずいたが、目は闇を見つめたままだった。「たしかに、ここには何もない。鷹羽王アートゥルは彫像が完成した日に死んだ。王の息子や親族が鷹羽王の座をめぐって争った。彫像だけが丘陵地帯のまんなかに残った。やがて、息子も甥も従兄弟も死に、アートゥルの血筋は世間から姿を消したが、アラス海を渡って逃れた者もいたらしい。その連中は、アートゥルを人々の記憶から消そうとした。アートゥルの名前が記された書物はすべて焼き捨てられた。結局、アートゥルに関する伝説だけが残った。しかも、悪いほうの伝説ばかりだ。アートゥルの栄光はこうして終わりを告げた。

だが、争いはやまなかった。それはそうだろう。鷹羽王とその血族が死に絶えても、王座だけは空いたまま残っているし、血気盛んな男たちを召集できる貴族や貴婦人たちが手ぐすね引いているんだからな。百年戦争はこうして始まった。百年と言っても、実際は百二十三年つづいたんだ。当時の記録は大火で焼失した。この地域もずいぶん焼けたが、全部ではなかった。そして、百年戦争の最中、いつのまにか彫像は倒された。おそらく民衆は、鷹羽王の眼下で戦争がつづいていることに我慢できなかったんだろう」

「あなたは最初のうち、鷹羽王アートゥルをけなすような言いかたをしてたわね。でも、いまは褒めるような言いかたをしてる」エグウェーンは、あきれたように首を振った。

エリアスは振り返って、冷淡な目つきでエグウェーンを見た。「さあ、お茶をもっと飲みたければ、早く飲んでしまえ。暗くなる前に火を消したい」

ペリンは暮れてゆく夕日のなかで、石で作られた鷹羽王の目をはっきりととらえた。人の頭よりも大きな丸石に影が落ちると、ワタリガラスの眼――黒くて邪悪な無情の眼――によく似ていた。あの恐ろしいワタリガラスが、いまごろどこかで眠っていてくれればいいのに、と思わずにはいられなかった。

30 闇の子

焚き火のそばにすわって巨像の残骸を見あげるエグウェーンを残し、ペリンは一人で池へおりた。日が暮れはじめ、東から吹く夜風が水面を波立たせている。ペリンはベルトから斧をはずし、手に持って裏表を交互に見た。腕と同じ長さがあるトネリコの柄は、すべすべしてさわるとひんやりする。ペリンはこの斧が嫌いになった。エモンズ・フィールドで、この斧を誇りに思っていたときのことを思い出すと恥ずかしくなる。あのころは、この道具の使い道を知らなかった。

「そんなにあの娘が嫌いか？」背後で声がした。

ペリンはハッとして斧を振りかざしかけ、声の主がエリアスであることに気づいた。

「あ、あんたも、狼みたいに、おれの心が読めるんですか？」

エリアスは首をかしげ、からかうような目つきでペリンを見た。「目の見えない人間にだって、おまえさんの顔色は読めるさ。さあ、はっきり言え。あの娘が嫌いなんだろう？

軽蔑してるんだろう？　あの娘に愛想がつきて殺したくなったんじゃないのか？　女だから、いつもぐずぐずして、足手まといだからな」

ペリンは思った――エリアスは〝斧〟と〝エグウェーン〟を読みちがえている。

ペリンは言い返した。「エグウェーンが足手まといだなんて思ったことは、いちどもありません。いつもちゃんと役割を果たしてるし、おれは軽蔑してなんかいません。おれはあの娘が好きです」笑いたいなら笑え――ペリンはエリアスをにらみつけた。「好きといっても、そういう意味じゃありません。つまり……エグウェーンは妹みたいなものなんです。でも、あの娘とアル＝ソアは……ちくしょう！　もしワタリガラスがおれたちを見つけたら、どうすればいいのか……おれにはわかりません」

「決まってるだろう。エグウェーンが自分の死にかたを選ぶとしたら、おまえさんの斧でひと思いにすぱっといくのと、今日おれたちが見た化け物どもに殺されるのと、どっちを選ぶと思う？　おれなら迷わず斧を選ぶ」

「おれにはエグウェーンの死にかたを選ぶ権利なんてありません。このことは、あの娘には話さないでください」

ペリンは斧の柄を固く握りしめた。腕の筋肉が盛りあがって浮き出ている。まだ若いのに、こんなに筋肉が発達しているのは、長いあいだルーハン親方の鍛冶場で金槌（かなづち）を振りおろしてきたおかげだ。斧の柄をへし折ることだってできる。

ペリンは苦々(にがにが)しい口調で言った。「おれはこんな血なまぐさい道具が嫌いです。こいつをどう扱えばいいのかもわかりません。今まで、おれは武器を得意げに見せびらかして歩きまわって、いい気になってました。でも今は違います。もう二度と、こいつを使う気にはなれません」最後はため息まじりの小声になった。

「いつか必要になるときがくる」斧を池に投げ捨てようとして振りあげたペリンの腕をつかんで、エリアスが言った。「そのうち必要になるときがくるはずだ。使うのをいやがっているうちは、軽率な扱いかたをしないですむ。どんなに賢い人間よりも慎重に扱えるはずだ。早まるな。斧を捨てるのは、斧が嫌いじゃなくなったときだ。そのときに、こいつをできるだけ遠くへほうり投げて、走って逃げればいい」

まだペリンは両手で斧を持ったまま、池に投げ捨てようとしていた。そんなこと、言うだけなら簡単だ。でも今、この斧を捨てなかったせいで、一生こいつを手放せなくなったらどうする?

ペリンはエリアスにそうたずねようとしたが、言葉が出なかった。狼からのメッセージを受け取ったからだ。緊迫感のこもったイメージだった。一瞬、ペリンは意識をイメージに集中させた。何を言おうとしていたのか……いや、何かを言おうとしていたこと自体も、話しかたも、息をすることも忘れてしまった。エリアスも表情をゆがめた。ペリンの心を探るような、それでいてずっと遠くを見るようなまなざしをしている。突然、イメージが届いたと思ったら、心臓がひとつ鼓動を打つまに消えてしまった。だがペリンにも、エリアスにも、それだけで充分だった。

ペリンは頭を振って深く息を吸い、肺に空気を満たした。われに返ったエリアスは、すぐさまなんのためらいもなく、焚き火へ向かって走りだした。ペリンも無言であとにつづいた。

「火を消せ！」エリアスはかすれた声であわただしくエグウェーンを呼び、小声でささやいた。大声で叫びたいのを我慢している。「火を消すんだ！」

エグウェーンは立ちあがったものの、なんのことか理解できず、無言でエリアスを見つめた。やがて、ゆっくりと焚き火に近づいたが、どうすればいいのかわからなかった。

エリアスは乱暴にエグウェーンを押しのけ、やかんを取りあげた。やかんの湯で指に火傷(やけど)をして悪態をついたが、熱いやかんを左右の手に交互に持ち替えながら、なかの湯を火に浴びせかけた。ひと足ちがいで駆けつけたペリンは、シューシューと音を立ててくすぶる薪(たきぎ)を足で踏み消した。残りの湯が注がれると、ジューッという音を立てて水蒸気が立ちのぼった。ペリンは完全に火が消えるまで地面を踏みつづけた。

エリアスが投げてよこしたやかんを受け取ったペリンは、とたんに声にならない叫びをあげて、やかんを地面に落とした。指に息を吹きかけながら、しかめっつらをしてエリアスを見た。だが、毛皮に身を包んだエリアスは後始末に忙しく、ペリンのことなどかまっていられない様子だ。

「ここにおれたちがいたってことが、ばれちまう。急いでここを離れて、あとは幸運を祈るしかない。もしかしたら、やつらはおれたちのことなど気にしていないかもしれん。おい、おまえさんたち、ワタリガラスが追ってきたのかもしれんぞ」

ペリンは急いで馬のベラに鞍をのせ、太腿で斧を支えながら身をかがめて馬具を固定した。

「いったいどうしたの？　トロロークが追ってきたの？　それともミルドラル？」と、エグウェーン。

「東か西へ行くんだ。隠れ場所を見つけたら、そこで待っててくれ。おれもできるだけ早く戻って、おまえさんたちと合流する。もしあいつらが狼を見つけたら……」

エリアスはほとんど四つんばいになるまで低く身体をかがめると、迫りくる夕闇のなかへ消えていった。

エグウェーンはあわてて、数少ない身のまわり品をまとめ、ペリンから事情を聞き出そうとしたが、ペリンが黙りこくっているので、だんだん恐怖に怯えはじめたようだ。怯えたのはペリンも同じで、恐怖が二人の足取りを速めた。沈みかけた太陽に向かって歩きながら、ペリンは胸の前に両手で斧をかまえ、エリアスを待つあいだ身を隠すための場所を探した。ベラの前を早足で歩きながら、ペリンは肩ごしに、知っているかぎりのことを細切れにエグウェーンに話して聞かせた。

「狼の群れの後ろから、馬に乗った男が大勢やってきた。でも連中は狼には気づいていない。全員が池へ向かっている。どうやら、おれたちとは関係ないらしい。旅の途中で水が必要になっただけだろう。でも、まだらは……」

ペリンが肩ごしに振り返ると、エグウェーンの顔に夕日が奇妙な影を落とし、表情を隠していた。エグウェーンは何を考えてるんだろう？　まるで知らない人を見るような顔で、おれを見ている。おれのことを忘れちゃったんだろうか？

「ダプルは変なにおいがすると言ってる。たとえば……狂犬のにおいみたいな……」

もう池は見えなくなっていた。巨大な岩――鷹羽王アートゥルの巨像の残骸――は深い夕闇のなかでも見分けることができたが、そのなかのどの岩で焚き火をしていたのかはわからない。

「あの連中には近寄らないほうがいい。隠れ場所を見つけて、エリアスを待とう」

「どうして隠れるの？　ここにいれば安全なんでしょう？　ああ光よ、安全な場所はどこにもないのですか？」と、エグウェーン。

ペリンは懸命に隠れ場所を探した。池からまだそう遠くまできていないのに、すでに夜の闇が迫っている。まもなくあたりは暗くなり、移動は困難になるだろう。かすかな明かりが丘の頂上を照らしている。窪んだ部分だけ影になって暗く見え、肉眼で識別できた。左側に黒い影を浮かびあがらせた大きく平らな岩が丘の斜面から突き出し、その下の斜面は真っ暗な闇がおおい隠している。

「こっちだ」ペリンは言った。

あとをつける者の気配がないことを肩ごしに確かめながら、二人は駆け足で丘をめざした。今のところ、不審なものは何も見あたらない。馬のベラが後ろからついてくる。なんども馬がつまずくたびに、ペリンは立ちどまって待った。エグウェーンはでこぼこ道を慎重に進むベラの首を抱えた。

ペリンは思った——二人とも疲れきっている。ここは隠れるのにいい。ほかにこれ以上の場所は見つからないだろう。

丘のふもとで、頂上近くの斜面から突き出る岩を観察した。どっしりと重量感のある平らな岩で、くっきりと空に輪郭を浮かびあがらせている。巨大な板状の岩の上部は、三段のぼって一段さがるという具合に不規則な階段状を作っており、なぜか見覚えのある光景だった。ペリンは少し上に登り、岩を伝いながら歩いてみた。岩は何世紀ものあいだに風化してしまったものの、手でさわると、四つの石柱のつなぎ目がわかる。ペリンは、頭上にそびえる巨大な差し掛け屋根のような階段状の岩を見あげた。巨像の指だ。鷹羽王アートゥルの手で守ってもらおう。高潔王の正義がまだ残っているかもしれない。

ペリンはエグウェーンに「こっちへこい」と手招きしたが、エグウェーンは動かなかった。ペリンは丘のふもとへ戻り、隠れ場所の発見を報告した。

エグウェーンは顔を前へ突き出して、丘を見あげた。

「暗くて何も見えないわ」

ペリンはいったん開いた口を閉じ、唇をなめた。あたりを見まわして、今まで自分が見ていたものを、あらためて見なおした。太陽は地平線のかなたに沈み、雲が満月の光をさえぎっていたが、ペリンにはまだ紫色の夕日の名残が感じ取れた。

「岩にさわってみた。あそこがいいよ。誰かがここへきても、岩陰に隠れてれば見つからない」と、ペリン。

ペリンはベラの轡を取り、背中にエグウェーンの視線を受けながら、馬を巨像の手のなかの隠れ場所へ連れていった。エグウェーンはペリンの腕に片手を置いた。何も言わなくとも、エグウェーンが何を訊きたがっているのかはわかる。

夜の闇に包まれた池のほうから、突然、叫び声が聞こえた。

「男たちが疾風を見つけたんだ」と、ペリン。

狼たちの思考を読み取るのは難しい。何やら火のことを言っている。ペリンはエグウェーンを巨像の指の付け根にすわらせ、その隣にしゃがんだ。

「連中は松明を持ってる。大勢の男がいくつかの集団に分かれて、何かを捜してるようだ。狼はみんな怪我してる。ダプルの仲間も怪我してるけど、人間たちからは離れてる。男たちが捜してるのは、おれたちじゃない。見つからずにすみそうだ。もうすぐ、あの人間たちはあきらめて、野営の準備を始めるだろう」

エリアスも狼たちといっしょにいた。男たちに追われているうちは群れから離れないはずだ。大勢の騎乗の男たちが、なぜそんなにしつこく捜してるんだろう？

ペリンにはエグウェーンがうなずくのが見えた。この暗がりだから、エグウェーンのほうは見られたことに気づいていない。

「大丈夫。なんとかなるわよ、ペリン」

ペリンは驚いた。おお、光よ、エグウェーンはおれを元気づけようとしてます。

ひっきりなしに叫び声が聞こえてくる。遠くの暗闇のなかでいくつもの小さな点のような松明がちらちらした。

エグウェーンがささやいた。「ペリン、村へ帰ったら、〈太陽祭〉にはあたしと踊ってくれる?」

ペリンは無言で肩を揺らした。泣いているのか笑っているのか、自分でもわからない。「ああ、約束するよ」ペリンは、まだ捨てずにいた斧を固く握りしめた。「約束する」声を落として、もういちど期待をこめて言った。

松明を掲げた男たちがいくつかの集団に分かれて、丘を登りはじめた。ひとつの集団に十人から十二人はいるだろう。いくつの集団があるのかはわからないが、ときおり、いちどに三、四組の集団が目に入った。男たちはたがいに大声で声をかけ合っている。暗闇のなかから、馬のいななく声や男たちのどなり声が聞こえてくることもあった。

ペリンはあちこち場所を変えて男たちの様子を観察した。エグウェーンと並んで丘の中腹に身を伏せ、ホタルのように闇のなかを飛びまわる松明の灯(ひ)を見守った。だがペリンの心は、ダプルや、ウインドや、跳躍(ホッパー)たちとともに夜を駆けていた。狼たちはワタリガラスに襲われて怪我をし、あまり遠くまで速く走ることができない。そのため、男たちを闇から追い出し、人間が焚く火の隠れ場所へ追いこもうとしていた。狼がうろつく夜、人間たちは必ず火を焚いて安全を確保しようとする。何人かの騎乗の男は、一列につないだ騎手のいない馬を連れていた。馬は灰色の狼が現われるたびに、目を丸くして後ろ脚で立ち、低くいななないた。声高に鳴き声を上げ、綱が男の手から離れて自由になると、とたんに方々へ散っていった。人間を乗せた馬も、鋭い牙を剥き出して唐突に闇のなかから現われる灰色の狼に驚いて、同じように鳴き叫んだ。狼に喉を噛まれそうになった人間たちもわめき声を上げた。そのなかには、鋭い鋼の歯を持つ二本足の狼男エリアスもいた。長い刃のナイフを持って闇のなかを歩きまわる様子がおぼろげに伝わってくる。男たちは叫び声の代わりに悪態をつきはじめたが、あきらめようとはしなかった。

ふとペリンは、松明を持つ男たちが一定の決まりにしたがって行動していることに気づいた。同時に現われるいくつかの集団のうち、最低一組は必ずペリンとエグウェーンが隠れている丘のそばへやってくる。エリアスは「隠れていろ」と言った。でも……もうあたりは真っ暗だ。ここから出て、闇にまぎれて逃げられるんじゃないだろうか？

ペリンはエグウェーンのほうを向いたが、同時に今の決心は崩れた。数十本もの松明の灯が、駆け足で進む馬の動きに合わせて揺らめきながら、丘のふもとに集まってきたからだ。槍の穂先が松明に照らされて光っている。ペリンは息を止め、身動きひとつせずに、斧の柄をぎゅっと握りしめた。

騎乗の男たちが丘を通り過ぎていったかと思うと、一人の男が何か叫び、男たちが持った松明の火が引き返してきた。ペリンは必死で逃げ道を探した。だが、いま動けば、すぐに見つかってしまう。まだ二人の姿は見られていないとしても、いちど見つかってしまえば、たとえ夜闇が味方してくれたとしても逃げるチャンスはない。

男たちは膝で馬を御しながら、丘のふもとまできて止まった。全員が片手に松明を、もう一方の手には槍を持っている。ペリンは松明の灯で〈光の子〉の白マントを確認した。松明を高々と掲げ、鞍上で身を乗り出し、鷹羽王アートゥルの巨像の下の深い陰をのぞいている。

「上のほうに何かあるぞ」誰かの声がした。松明の灯の届かないところに潜むものを恐れる大きな声だ。「ここに誰かが隠れているはずだと言っただろう？　あそこにいるのは馬じゃないか？」

エグウェーンは暗闇のなかでペリンの腕に手を置き、目を大きく見開いた。声を出さず、闇に表情を隠しているが、言いたいことは明白だった――どうするの？　エリアスと狼たちは今も夜闇のなかを走っている。丘のふもとに集まった馬たちは不安そうに足を動かした。今ここを逃げ出しても、あいつらに追われるだけだ。

白マントの一人が馬を一歩前進させて大声で叫んだ。

「人間の言葉が理解できるなら、そこから出てきて降参しろ。光にしたがう気があるならば、危害は加えない。降参しなければ、皆殺しにする。一分だけ時間をやろう」

槍は下げられた。長い鋼の穂先が松明の灯を反射して光った。

エグウェーンが小声で言った。

「ペリン、この人たちから逃げるのは無理よ。降参しないと殺されるわ」

エリアスも狼たちも、まだつかまっていない。遠くで新たな悲鳴が上がった。白マントの一人がダプルに近づきすぎたようだ。もし、いま逃げ出したら……。ペリンは疲れた表情で首を振って立ちあがり、呆然として、つまずきながら丘をくだり、〈光の子〉のほうへ向かった。ペリンを見つめたまま指示を待っていたエグウェーンもため息をつき、重い足取りであとにつづいてきた。

どうして白マントはこうも執拗に狼を追いまわすんだろう？　まるで心の底から狼を憎んでいるみたいだ。なぜ連中は異様なにおいがするのだろう？

騎乗の男たちのほうから吹いてきた風のなかに、ペリンも同じ異様なにおいを嗅いだ。

「斧を捨てろ」指揮官がどなった。

ペリンはつまずきながら、その男の前へ出た。嗅いだいやなにおいを消そうと鼻に皺を寄せた。

「そいつを捨てろと言ってるんだ、この田舎者め！」指揮官はペリンの胸に槍を向けた。

ペリンはちらっと槍を見た。槍の穂先は、簡単に人間の身体を貫けそうな鋭い鋼だ。

「やめろ！」ペリンは唐突に叫んだ。白マントに言ったのではない。

ペリンの心は狼とともにあった。闇のなかから、ホッパーが躍り出てきたのだ。ホッパーは若い狼で、上空を飛翔する鷲にあこがれ、自分も同じように大空を舞いたいと願っていた。ほかのどの狼よりも高くまで跳びはねることのできるホッパーは、空を舞うことを夢見た。ホッパーは闇のなかから現われ、大地を離れて飛びあがり、空を舞う鷲を真似て跳ねまわった。

ペリンに向けて槍をかまえている白マントの男の喉に、ホッパーが襲いかかった。大柄な狼は、勢い余って騎乗の男もろとも馬から転げ落ちた。ペリンはホッパーの存在と同時に、人間の喉を噛み砕く感触や、血の味を感じ取った。

ホッパーは軽々と着地し、死んだ男のそばをさっと離れた。人間と自分の血が混ざり合って、体毛をべっとりと濡らしている。失った左目の窪みを横切って顔に深い傷が走っている。健全な右目が一瞬、ペリンの視線をとらえた。

〝逃げろ！　兄弟！〟

ホッパーはふたたび円を描くように跳びはね、最後のダンスを踊った。そこへ一本の槍が投げこまれ、ホッパーのあばら骨を貫き、ホッパーの身体を地面に突き刺して固定した。

ホッパーは自分の身体を押さえつける槍の柄を蹴りあげようと、足をじたばた動かしてもがいた。

なんとか大空に舞いあがろう……。

ペリンの心は痛みであふれた。言葉にならない狼そっくりの叫び声を上げ、無意識のうちに前へ飛び出した。白マントの男たちは槍が使えないほど、一カ所に密集していた。ペリンが手に持っている斧など、大きな鋭い鋼のような狼の牙に比べればなんの意味もない代物だ。ペリンは何かで頭をなぐられた衝撃で地面に倒れた。死んだのはホッパーか、それとも自分自身なのか、ペリンにはわからなかった。


「鷲のように空を飛べたら……」

そうつぶやきながら、ペリンはぼんやりと目を覚ました。頭痛がしたが、その原因は覚えていない。明かりのまぶしさに目をしばたたきながら、あたりを見まわした。エグウェーンがひざまずき、横になったペリンの様子をうかがっていた。二人は四角いテントのなかにいた。平均的な農家と同じ大きさのテントだ。床に敷物がしかれ、四隅にある背の高い台の上に置かれた油ランプが、テント内をこうこうと照らしている。

「光よ、感謝します。ペリン、あたし、あの人たちがあなたを殺してしまったんだと思ったわ」と、エグウェーン。

エグウェーンの言葉には答えずに、ペリンは椅子にすわる灰色の髪の男を見つめた。黒い目の優しい祖父のような顔つきの男もペリンを見つめ返した。男の顔は、身につけた白と金の陣羽織や、純白の鎧下の上のぴかぴかに磨かれた鎧とは裏腹に、優しく飾りけのない態度に威厳が感じられ、簡素でありながらも優雅さを感じさせるテント内の調度品と不思議に調和していた。テーブル、折りたたみ式寝台、飾りけのない白い洗面器と水差しが置かれた洗面台、そして単純な幾何学模様の象眼細工がほどこされた衣装箱――木製部分は丁寧に磨かれて柔らかな光沢を放ち、金属部分はぴかぴか輝いているが決して光りすぎない――これ見よがしの派手なものは何ひとつなかった。テントに置かれた家具の隅々にまで職人の技が見てとれる。しかも、これはルーハン親方やエイディル親方といった名工の作品を実際に目にしたことのある者にしかわからないものだ。

灰色の髪の男は難しい顔で、テーブルの上にふたつに分けて積みあげた二人の所持品を無造作に調べた。ペリンはその一方の山のなかに、ポケットに入れていた品々と、ナイフを見つけた。モイレインがくれた銀貨がぽろりとこぼれ落ちると、その男は考えこむ表情で銀貨をほかの品々のなかへ戻した。二人の所持品の山をそのままにして、こんどは口をすぼめてペリンの斧をテーブルから取りあげ、振りあげた。それから二人のエモンズ・フィールドの村人に目を向けた。

立ちあがろうとしたペリンは手脚に鋭い痛みを感じ、その場にどさりと倒れた。はじめて手足を縛られていることに気づいた。エグウェーンを見ると、エグウェーンは哀れっぽく肩をすくめて身をよじり、ペリンに背を向けた。手首と足首に巻かれた何本もの縄が素肌にくいこんでいる。縄尻は手首と足首をつなぐだけの長さしかなく、立ちあがろうとしても、しゃがむ形になるのが精いっぱいだ。

ペリンはエグウェーンをじっと見た。縄で縛られていること自体がショックだった。こんなに縄でぐるぐる巻きにされたら、馬だって動けないだろう。いったい、おれたちを何者だと思っているんだ？

灰色の髪の男は興味深げに二人を見つめた。謎を解こうするアル＝ヴィア村長のように、考えこむ表情を浮かべている。手に持った斧のことなど忘れたかのようだ。

テント入口の垂れ幕が引き分けられ、長身の男が入ってきた。その男の顔は骨と皮ばかりで、落ちくぼんだ目は洞窟のなかから外をのぞいているかのようだ。身体に贅肉（ぜいにく）はいっさいなく、骨と筋肉を包む皮膚はぴんと張りつめている。

垂れ幕がもとの位置にはらりと落ちるまでの一瞬のあいだ、ペリンは外の様子をうかがうことができた。火が焚かれ、二人の白マントの見張りが入口に立っている。テントに入ってきた男はぴたりと立ちどまると、鉄棒のように直立したまま、視線をまっすぐ正面の壁に向けた。雪のように白いマントや鎧下とは対照的な銀色の甲冑が光った。

「主将卿」男の声はその姿勢と同じく堅苦しくきしみ、単調で無表情だった。灰色の髪の男はくだけた態度で言った。

「光の子バイアよ、楽にしてくれ。ところで今夜の……遭遇戦での損害状況は把握できているかね？」

バイアと呼ばれた長身の男は足を開いた。それでどこが楽になったのか、ペリンにはさっぱりわからなかった。

「九名が死亡しました。二十三名が負傷、うち七名が重傷です。全員が騎乗できます。しかし深手を負って役に立たなくなった三十頭の馬は処分しなければなりません！」バイアは感情の欠けた声で、最後の言葉を強調して報告した。まるで馬の怪我のほうが、死傷した人間より重要だと言わんばかりだ。「補充したばかりの馬のほとんどが、方々へ逃げ散ってしまいました。夜が明ければ何頭かは見つけることができると思いますが、狼に追われて部隊を離れた馬を連れ戻すには数日かかります。シームリンに到着するまで、馬の見張り役を夜警として配置させます」

「光の子バイアよ、われわれには時間がないのだ。明日は予定どおり夜明けに発つ。シー言った。

ムリンへの到着を遅らせるわけにはいかん。わかったな」灰色の髪の男は穏やかな口調で

「仰せのとおりに、主将卿」

主将卿はペリンとエグウェーンに目を向け、また視線をそらした。

「この二人の若者のほかに、何か収穫は？」

バイアは深く息を吸い、ためらいがちに言った。

「狼の毛皮があります。かなりの大きさがありますので主将卿の敷物にいかがでしょうか」

ホッパーだ！

ペリンは無意識のうちに縄をほどこうとしてもがいた。縄は肌にくいこむほどきつく巻かれているうえに、手首から流れる血でぬるぬるしており、少しもゆるまない。

はじめてバイアが二人の捕虜を見ると、エグウェーンはあとずさりした。バイアの目には声と同様になんの感情もなく、冷酷な光だけが窪んだ目のなかで燃えていた。バ＝アルザモンと同じ目だ。顔をあわせるのははじめてのはずなのに、まるで長年の宿敵であるかのように二人を憎んでいる。

ペリンは負けじとバイアをにらみ返した。自分の歯がバイアの喉を食いちぎる様子を思

い描くと、ひきつった笑いで唇がめくれあがった。

ふと、そのひきつり笑いが消え、ペリンは頭を振った。歯がどうしたって？　おれは人間だ、狼じゃない！　光よ、いったい、いつまでこんなことがつづくんですか！

ペリンとバイアはしばらく憎しみをぶつけ合うようににらみあった。

「狼の毛皮などどうでもいい」主将卿の声に非難の色は薄かったが、それでもバイアは背筋をまっすぐに伸ばし、テントの壁を見つめた。「光の子バイアよ、おまえは今夜の成果――わずかでも成果をあげたとして――を報告しにきたのではないのかね？」

「われわれを襲った狼は五十頭以上いたものと思われます。少なくともそのうちの二十頭――おそらく三十頭前後を始末しました。狼退治のために、これ以上の馬を犠牲にはできないと判断し、手を引きました。明朝、逃げ遅れて捕らえられた狼の死骸を集めて焼却します。ここにいる二人以外にも怪しい者が十数人ほどおりました。四、五人ほど殺したはずですが、損害をわれわれに知られることを嫌った闇の信徒たちが死体を運び去ったため、死体は見つかっておりません。これは計画的な伏兵攻撃だったと思います。不審な点としましては……」

バイアの言葉を聞くうちに、ペリンは喉が締めつけられる思いがした。エリアスはどうしているだろう？　しぶしぶペリンはエリアスや狼との交感を試みたが、何も感じられなかった。今まで狼の心を読めたことが嘘のようだ。狼が死んだか、おれが見捨てられたか、どちらかだ。

苦(にが)い笑いがこみあげてきた。狼と交感なんかしたくないというペリンの願いが、ようやくかなえられたのだ。高い代償と引き替えに……。

バイアの報告を聞きおわった主将卿も笑った。皮肉っぽい太い笑い声に、バイアの両頬はみるみる赤く染まった。

「つまり、計画的な伏兵攻撃によって、五十頭以上の狼に襲われ、いっしょにいた闇の信徒の半数を退治したと言うのだな。それが、じっくり練ったおまえの作戦の成果なのか？　もう少し実戦を踏めば、おまえも……」

「ですが、ボーンハルド主将卿……」

「実際の狼の数は六頭から八頭だったのではないか？　そして人間はおそらくこの二人だけ。おまえの熱意は認めるが、おまえは野戦の経験が足りん。人里離れた場所に光の正義をもたらすには違ったやりかたがある。夜になると、狼も人間も実際より数が多く思えるものだ。狼の群れがそれほど大きかったとは思えない」

バイアの紅潮した頬がますます赤くなった。

「この若者たちがここへやってきた理由は、われわれと同じかもしれん。この場所のほかには、数日をかけて探しまわらなければ水にはありつけんからな。〈光の子〉内部の裏切りやスパイよりも単純な話だ。多くの場合、単純なことにこそ真実がある。おまえも経験を積めば、じきにわかってくる」と、主将卿ボーンハルド。

　ボーンハルドの話が進むにつれ、バイアの顔は死人のように白くなっていったが、痩(や)せこけた頬だけは赤を通り越して紫色になった。バイアは二人の捕虜をちらりと見た。

　ペリンは思った——今の主将卿の言葉を聞いて、おれたちに対する憎悪が深まったにちがいない。でも、いったいなぜこうもおれたちを憎むんだろう。

「これをどう思うかね？」主将卿ボーンハルドはペリンの斧を持ちあげて言った。

　バイアは目で指示を仰ぎ、ボーンハルドが軽くうなずくのを待ってから、姿勢を崩して武器に手を伸ばした。バイアは驚きの声を漏らし、頭上に弧を描くように、テントの天井をかすめて斧を振りかざした。まるで生まれたときから、この斧に慣れ親しんできたかのような手つきだ。一瞬だけ、にがい賞賛の表情を浮かべたが、斧をおろしたときには、もとの無表情に戻っていた。

「すばらしいバランスの斧です、主将卿。簡素なつくりですが、腕のいい職人の手によるものでしょう。名工の作と言ってもいいかもしれません」バイアは、ペリンとエグウェーンを黒々と燃える目でにらみつけた。「村人や農夫が持つ武器とは思えません」

「そうか」ボーンハルドはペリンとエグウェーンのほうを向き、とがめるような笑顔で二人を見た。孫がしでかした悪さを見つけた祖父のような顔だ。

「わたしの名はジョフラム・ボーンハルドだ。おまえはペリンという名だったな。こちらの娘さんの名は？」

ペリンはボーンハルドをにらみつけたが、エグウェーンは首を振った。

「ペリン、バカな真似はよして。あたしはエグウェーンです」

「ただのペリンとエグウェーン。姓はないのか……しかし、二人が本当に闇の信徒だとしたら、最後まで正体を隠し通そうとするはずだ」ボーンハルドはつぶやいた。

ペリンは身体を起こそうとしたが、縄で縛られているため、ひざまずくのが精いっぱいだった。

「おれたちは闇の信徒じゃない」ペリンは憤然として言い返した。

その言葉を言いおわらないうちにバイアが近づいてきた。この男の動きはまるでヘビのようだ。ペリンは自分めがけて振りおろされた斧をかわそうと身をかがめたが、太い柄が耳にあたった。

とっさの動きでなんとか頭を割られずにすんだものの、目のなかで光がちらちらし、床に身体を打ちつけた衝撃で、肺から息が押し出された。頭はがんがんして、血が頬を流れ落ちた。

「あなたに、そんなことをする権利はないわ」

そうエグウェーンが言うと、こんどはエグウェーンめがけて斧が振りおろされた。叫び声を上げながら、わきに身をよけようとして床の敷物の上に転がると、斧はシュッと音を立てて虚空を切った。

バイアが言った。「言葉に気をつけろ。〈光の聖者〉に話しかけるときは礼儀正しくしろ。そうしないと、おまえの舌を抜き取ってやる」

恐ろしいことに、この男の声にはまったく感情がなかった。バイアにとっては二人の舌を抜くことも、ただ自分の任務を遂行するだけのことであり、なんの喜びも後悔も感じないにちがいない。

「光の子バイアよ、落ち着け」ボーンハルドは言って、ペリンとエグウェーンを見た。「おまえたちは〈光の聖者〉や主将卿のことを何も知らんのだろう。光の子バイアのことも知らんらしいな。とりあえず言い争いやどなり合いはやめなさい。わたしは、おまえたちが光にしたがうことだけを望んでいる。怒りにまかせて行動しても、何も解決しない」

ペリンは目の前に立つ痩せた顔の男を見あげた。

光の子バイアを知らんらしいって？

ボーンハルドはバイアに下がれと命じていない。バイアとペリンの目があい、バイアが笑みを浮かべた。口もとにかすかな笑みを浮かべている。顔の皮膚はぴんと張りつめ、まるで骸骨のようだ。ペリンは身震いした。

「狼といっしょに旅をする人間がいるという話は聞いていたが、実際にお目にかかったのははじめてだ。そうした人間は、狼や闇王がつくりだした生き物と話ができるそうじゃないか。なんと忌(い)まわしい話だ。〈最後の戦い〉が近いという噂は本当かもしれん。恐ろしいことだ」考えこむようにボーンハルドが言った。

「狼は——」ペリンは言葉を切った。バイアがブーツをはいた片足を後ろに振りあげようとしたからだ。ペリンが深く息を吸い、口調を穏やかにして先をつづけると、バイアは苦々しげに失望をあらわにして足をおろした。

「狼は闇王の手下じゃない。狼は闇王を嫌ってる。少なくとも、トロロークや闇に溶けるミルドラルを嫌ってる」

バイアが納得するようにうなずくのを見て、ペリンは驚いた。

ボーンハルドは眉を吊(つ)りあげて言った。「誰から聞いた？」

エグウェーンが答えた。「異能者の護衛士(アエズ・セダーイ)からよ。狼はトロロークが嫌いで、トロロークは狼を恐れているんですって」

エグウェーンはぎらぎらしたバイアのまなざしに縮みあがった。ペリンはエグウェーンがエリアスのことを口にしなかったのに安堵した。

「護衛士か」ボーンハルドはため息をついた。「護衛士はタール・ヴァロンの魔女どもの手下だ。その護衛士が闇の信徒だとしたら、どうかね？ トロロークの鼻づらや牙や体毛は狼にそっくりなのを知っているかね？」

ペリンは目をぱちくりさせ、頭のなかを整理した。頭にはまだ鈍い痛みが残っているが、この話の何かがおかしいことはわかった。しかし何がおかしいのかをつきとめる思考力は回復していない。

「全部がそうとはかぎらないわ」エグウェーンはつぶやいた。ペリンは警戒してバイアを見たが、バイアはエグウェーンだけを見ていた。「羊や山羊みたいな角を持つものもいるし、鷹に似たくちばしを持つものもいるし、それから……それから……いろんな格好をしたのがいるわ」

ボーンハルドは悲しげに首を振った。「なんどかチャンスを与えたが、話せば話すほど深みにはまってゆくようだ」と、指を一本立てた。「おまえたちは闇王の手下である狼とともに走っていた」と、二本目の指を立てた。「護衛士と知り合いであることを認めたね。護衛士も闇王の手下だ。通りすがりの者に、おまえたちが言ったような話をするはずがない」と、三本目を立てた。「おまえのポケットにはタール・ヴァロンの銀貨が入っていた。ほとんどの者はタール・ヴァロンの外へ出たら、すぐに、そんなものは捨ててしまう。魔女の護衛士なら話は別だが」と、四本目を立てた。「農夫の装いとは裏腹に、おまえは兵士の武器を携帯していた。しかも、こそこそ逃げるような真似をした」と、親指を立てた。「トロロークやミルドラルを知っていた。こんな南の地では、境界地域へ旅をしたことのあるひと握りの学者しか知らないことだ。それも、学者たちはすべておとぎ話であると解釈している。おまえたちは境界地域へ行ったことがあるのかね？　もしあるのなら、話を聞かせてくれ。わたしはなんども旅をしているから、あの地のことはよく知っている。どうかね？」

ペリンは、指を広げたボーンハルド主将卿の手のひらを見つめ、それからテーブルへ視線を移した。またしてもボーンハルドは、何か悪さをしでかした孫を見つめる祖父のような表情をしている。

「なぜ狼といっしょにいたのだ？　本当のことを話しなさい」

エグウェーンが何か言おうとした。ペリンはエグウェーンの食いしばった顎を見て、二人で口裏を合わせるために練習した作り話のひとつを話す気でいるのだと悟った。今こんな状況でそんなことをしても、うまくゆくはずがない。ペリンは頭が痛くなった。考える時間がほしいのだが、そんな余裕はない。ボーンハルドはどんな町や村を知っているのだろう？　境界地域へ行ったことがあると言ったあとで嘘がばれたら、真実を語るチャンスがなくなる。そうなれば、ボーンハルドは二人を闇の信徒であると結論をくだすだろう。

「おれたちはトゥー・リバーズからきた」ペリンはすかさず言った。

エグウェーンはぐっと自分を抑えて、ペリンを凝視した。

ペリンは真実——真実に基づいた作り話——で押し通すことにした。二人はトゥー・リバーズからシームリンへ行く途中で、廃墟と化した古代都市の話を聞き、シャダー・ロゴスに立ち寄ったが、そこでトロロークに遭遇した。アリネル川を渡って逃げたものの、道に迷い、偶然に出会った一人の男に道案内を頼んだ。親切な人ではなかったが、とにかく案内役が必要だったのでいっしょに行くことにした。名前は言う必要はないと言って教えてもらえなかった。狼を見たのは〈光の子〉が現われたあとだ。二人は狼に食われたり、騎乗の男たちに殺されたりしないように、どこかに隠れようとした……。

「あなたがたが〈光の子〉だとわかっていれば助けを求めにいきました」そう言ってペリンは話を終えた。

バイアは信じられないという表情で鼻を鳴らしたが、ペリンは気にしなかった。もしボーンハルドが心を決めれば、バイアは手出しができないはずだ。主将卿の命令となれば、息を止めろと言われてもバイアはその命令にしたがうだろう。

「護衛士はどうした?」ちょっと間を置いてボーンハルドはたずねた。

ペリンの作り話は通用しなかったようだ。もっと考える時間が必要だ。

すると、エグウェーンが話の隙間を埋めてくれた。

「護衛士とはベイロンで会ったんです。冬が終わって、鉱山から戻ってきた男たちで街はごった返していました。あたしたちは宿で護衛士と同じテーブルにつき、話をしたのは食事のあいだだけです」

ペリンは安堵のため息をついた。

ありがとう、エグウェーン。助かったよ。

「光の子バイアよ、武器以外の二人の所持品を返してやりなさい」

バイアが驚いて主将卿を見つめると、さらにボーンハルドは付け加えた。「世間知らずな若者からものを奪うのは卑しい行為だ。そうは思わんか? 盗人は光のなかを歩むことはできない」

バイアはボーンハルドの意外な言葉が信じられず、困惑した。

「あたしたちを逃がしてくれるんですか?」エグウェーンはびっくりして問い返した。

ペリンも顔を上げてボーンハルドを見た。

ボーンハルドは悲しげに言った。「そうはいかん。ベイロンや鉱山を知っているところを見ると、トゥー・リバーズからきたというのは本当だろう。だが、シャダー・ロゴスとなると、知っている者はごく少数にかぎられる。しかもそのほとんどは闇の信徒だ。だからシャダー・ロゴスの名を知る者は決してシャダー・ロゴスへは近づかない。アマドールへの旅のあいだに、もっとましな話を考えてみるんだな。シームリンに着くまでには、まだ時間がある。そのあいだに真実を話すことだ。真実と光にこそ自由がある」

「それはできません！　そんなことは許されません！」バイアはボーンハルドに対する遠慮を忘れ、ペリンとエグウェーンに背を向けて、怒りをこめた声で言い放った。ボーンハルドが眉を吊りあげると、バイアは言葉を切り、口ごもった。「お許しください、主将卿。つい自制心を失いました。どうかわたしに罰をお与えください。しかし、さきほど主将卿もおっしゃったように、われわれは予定どおり、遅れることなくシームリンに到着しなければなりません。新たに補充した馬が逃げ出したとなっては、捕虜がいなくても、きびしい状況です」

「おまえの意見を聞こう」ボーンハルドは冷静に問い返した。

「闇の信徒は死をもって罰せられるべきです。闇に真実はありません。この者たちに情けは無用です」と、バイア。単調な声がますます不気味に響いた。ペリンたちを殺すのも、虫を踏みつぶして殺すのとたいして違いはないと言いたいのだろう。

「光の子バイアよ、息子のデインにもよく話していることだが、情熱は賞賛すべきものであると同時に、取り返しのつかない過ち（あやま）の原因ともなる。覚えているかね、〈光の教義〉もこう説いている――〝おのれを見失い、迷える者に光は訪れない〟とな。二人は若い。まだそう深く闇に足を踏み入れてはいないだろう。二人の目から闇を追い払うことさえできれば、光の側に導くことも可能だ。二人にその機会を与えようではないか」

つかのまペリンは、自分とバイアのあいだに立つ祖父のような風貌のボーンハルドに好意を抱いた。

するとボーンハルドは、優しいほほえみをエグウェーンに向けて言った。「アマドールに着いても、光に改悛（かいしゅん）する気にならなければ、尋問団の裁きを受けさせることになる。尋問団の前ではバイアの情熱などは、太陽にかざしたろうそくの炎にすぎない」自分の任務を後悔するような、しかし任務は果たさなければならないという口ぶりだ。「悔いあらためて、闇との関係を断つことだ。光にしたがいなさい。おのれの罪を告白し、狼の邪悪さを認めなさい。そうすれば、命は助かる。光のなかを自由に歩むことができるようになる」

ボーンハルドはまっすぐペリンを見つめ、残念そうにため息を漏らした。ペリンの背中が凍りついた。

「しかし、トゥー・リバーズの若者ペリンよ、おまえは二人の〈光の子〉を殺した。アマドールでは絞首台がおまえを待っているかもしれない」ボーンハルドはバイアの握る斧に手をふれて言った。

31 歌芸の旅

ランド・アル＝ソアは目を細めて、カーブを三つか四つ越えた先の路上を見つめた。土埃が立ちのぼっている。マットはすでに道路わきの生垣に逃げこもうとしていた。常緑の葉がびっしりと生い茂っているため、枝が重なり合う生垣の反対側へ通り抜けてしまえば、石壁と同じように二人の姿は隠れる。

道の向こう側には、葉の落ちた背丈ほどの低木がまばらに生え、その先には森まで八百メートルほど開けた土地がつづいていた。見捨てられてまだまもない農場の一部のようだが、緊急の避難所としては役に立ちそうもない。アル＝ソアは土埃と風の速さを確かめようとした。

そのとき、突風が土埃を舞いあげ、何も見えなくなった。アル＝ソアは目をしばたたき、簡素な黒いスカーフで目鼻をおおった。スカーフも土埃まみれになり、顔がちくちくするが、息をするたびに埃を吸いこまなくてすむ。このスカーフは、げっそりと頬のこけた顔の長い農夫からもらったものだ。

「あんたたちが逃げる理由なんぞ知らないし、知りたくもねえ。おれには家庭があるんだ。わかってくれ」農夫は心配そうに眉をひそめて言い、上着のポケットからさっと二枚の長いスカーフを取り出して、二人の前に差し出した。「たいしたことはしてやれねえが、こいつを取っておきな。おれの息子たちのもんだが、息子たちはほかにも持ち合わせがあるから大丈夫だ。おれのことは知らないことにしてくれ。なんたって、きびしいご時世だからな」

アル＝ソアは、ありがたくスカーフを受け取った。ホワイトブリッジからここへくるまでの数日間、人に親切にされたことは数えるほどしかなく、これからもめったにないだろう。

マットは目だけを出して頭をスカーフで包み、すばやい身のこなしで葉が茂る枝を持ちあげ、生垣に抜け道はないかと探した。

アル＝ソアは、ベルトに差したアオサギの紋章が刻まれた剣の柄に手をふれたが、あきらめて手をおろした。すでにいちど、枝を切り落として生垣に穴を開けたことで、正体がばれそうになったことがあったのだ。風もないのに、土埃の渦はなおも二人に迫ってきている。少なくとも雨は降っていない。いくら激しい雨が降っても、踏み固められた路面がぬかるむことはないが、路面が濡れると土埃が舞わなくなる。近づいてくる何者かの気配を知る手だては土埃しかなく、足音が聞こえたときにはもう手遅れだ。

「こっちだ」マットがそっと声をかけてきた。生垣に足を踏み入れようとしている。

アル＝ソアは急いで、その場所へ向かった。前に誰かが開けた穴らしく、ところどころ伸びた枝が重なり合って穴をふさいでいる。一メートルも離れると、びっしりと葉でおおわれたほかの場所と見わけがつかないが、近くで見ると、まばらに重なった枝の隙間から向こうが見えた。枝を押し分けて通り抜けようとしたとき、馬蹄の音が近づいてくるのが聞こえた。あれは風の音ではない。

隙間だらけの生垣の陰にうずくまって身を隠し、剣の柄を握りしめて、騎乗の男たちが通り過ぎるのを待った。五人……六人……全部で七人いる。身なりは質素だが、剣や槍を持っているところを見ると、村人ではなさそうだ。飾り鋲のついた革の上着を着た者や、丸い鉄製の兜をかぶった者もいる。仕事にあぶれた商人の用心棒かもしれない。きっとそうだ。

穴の前を通り過ぎるとき、騎乗の一団の一人がなにげなく生垣のほうに視線を向けた。アル＝ソアは鞘から数センチだけ剣をのぞかせ、マットはスカーフのあいだから横目で男を見やり、追いつめられた穴熊のように低く唸り声を漏らした。危険を察知すると、必ずマットは片手を上着の下に入れ、シャダー・ロゴスから持ってきた短剣を握りしめる。自分の身を守るためなのか、柄にルビーがはめこまれた短剣を守るためなのか、アル＝ソアにはわからなかった。近ごろのマットは、ときどき弓を持っていることを忘れるようだ。

騎乗の男たちはゆるやかな足取りで目的地をめざして進んでいる。それほど急ぐ様子はない。やがて、土埃を巻きあげながら、生垣の前を通り過ぎていった。

蹄(ひづめ)の音が聞こえなくなるのを待って、アル＝ソアは用心深く穴から首を突き出した。土埃の渦は男たちがもときたほうへ向かっていった。東の空は晴れわたっていた。アル＝ソアは、西へと遠ざかる土埃の柱を見つめながら、道へ這(は)い出た。

「誰もついてこないよな」と、アル＝ソア。質問とも願望ともつかない口調だ。

「たぶん」つづいてマットも生垣から這い出て、道の前後を油断なく確認した。「たぶんな」

どういう意味かはわからなかったが、アル＝ソアはうなずいた。たぶん……。こんなひやひやした思いをするのは、今に始まったことではない。シームリン街道をたどりはじめてからというもの、ずっとこの調子だ。

ホワイトブリッジを発(た)ってからしばらくのあいだ、アル＝ソアは気づくと背後の道を見つめていた。道を急ぐひょろりとした長身の男や、荷馬車の御者席(ぎょしゃせき)にすわる白髪(しらが)頭の男を見るたびにハッとしたが、よく見ると、ただの行商人か、市場へ向から農夫で、吟遊詩人のトム・メリリンではなかった。日がたつにつれて、メリリンが生きている望みは薄くなった。

シームリン街道の交通量は相当なものだった。荷馬車や馬車、馬あるいは徒歩で旅をする人間たち。一人旅の者や、仲間と旅をする者。商人の幌馬車の一団や、十数人の騎乗の男のグループなど——それでも道が渋滞することはなかった。視界をさえぎるものが硬い路面のわきに並ぶ低木の枯れ木だけということも多い。それでも、トゥー・リバーズで、これほど多くの人が行ききするのを見たことはなかった。

旅人の多くは、アル＝ソアたちと同じくシームリンをめざして東へ向かっていた。アル＝ソアとマットは、ときどき農夫の馬車に乗せてもらい、一キロか二キロ、長くて八キロほどの距離を移動することもあったものの、それ以外はたいてい徒歩で進んだ。馬に乗った男たちをさけ、遠くに一人でも騎乗の男を見つけると、二人はあわてて道の外に出て隠れ、相手が通り過ぎるのを待った。黒マントの男は一人もいないし、闇に溶けるミルドラルが堂々と二人の前に姿を現わすとは考えられないが、用心するにこしたことはない。はじめのうち二人が恐れたのは、半人ミルドラルだけだった。

ホワイトブリッジを発って最初に訪れた村は、エモンズ・フィールドによく似ていた。

それを見たとき、アル＝ソアの足取りが重くなった。先端が高く尖った藁葺き屋根の家、家の囲い越しに噂話に花を咲かせるエプロン姿の主婦、草地で戯れる子供たち。女たちが髪を編まずに垂らしているところなど、いくつか細かい違いはあるが、全体の雰囲気は故郷の村にそっくりだ。牛は草原で草を食み、鵞鳥は大いばりで道を横切り、子供たちは草の生えていない地面の上を転げまわって笑っている。アル＝ソアとマットがそばを通り過ぎても、子供たちは振り返りもしなかった。そんなところは、エモンズ・フィールドとはちょっと違う。ここではよそ者はめずらしくもないのだろう。アル＝ソアとマットは二度見されることはなく、犬だけが顔を上げ、通り過ぎる二人のにおいをくんくん嗅いだが、吠えたり飛びかかったりはしなかった。

村を歩いているうちに日が暮れて、家々の窓に明かりが灯りはじめると、アル＝ソアは故郷の家を思い出して胸をつまらせた。

頭のなかで小さな声がささやいた。〝どんなにここがエモンズ・フィールドに似ていたって、ここはおれの故郷じゃない。この家のどこにも父さんのタムはいない。もし父さんがいたとしても、父さんの顔を見る勇気があるのか？　おまえにはわかっているはずだ。おまえはどこの何者なのか、熱に浮かされた父さんが口にした言葉はただの譫言なのか？　そんな小さなことを訊く勇気さえ、おまえにはない〟頭のなかで嘲笑う声が響き、アル＝

ソアは肩を落とした。〝ここで旅をやめてもいいんだぞ〟くすくす笑う声が聞こえた。〝どこで生まれたともわからないおまえが、どこで暮らそうが同じさ。しかも、おまえは闇王に追われている身だ〟

マットがアル＝ソアの袖を引いた。アル＝ソアはその手を振り払い、民家をながめつづけた。旅をやめるわけにはいかない。それならば、せめてこの村の様子を忘れないよう目に焼きつけておきたい。

故郷にそっくりだ。もう二度とエモンズ・フィールドに帰れないかもしれない。

もういちどマットがぐいとアル＝ソアの袖を引いた。緊張した顔の口や目もとが青ざめている。

「行くぞ」マットはつぶやき、何かが潜んでいるのではないかと怪しむ目つきで村を見た。「さあ、まだ休むわけにはいかないんだ」

アル＝ソアはくるりと身をひるがえして村全体を見わたし、ため息をついた。ホワイトブリッジからまだそう離れていない。もし闇に溶けるミルドラルがホワイトブリッジの城壁を人目にふれることなく越えることができるのなら、この小さな村で二人を捜し出すことは簡単なはずだ。アル＝ソアは藁葺き屋根の家も立っていない遠く人里離れた場所に目をやった。

夜になると、月明かりを頼りに、枯れ葉をつけたままの低木が密集している場所を見つけた。ここが今夜のねぐらだ。

二人は近くを流れる小川の冷たい水で空腹を満たし、火も焚かずにマントにくるまり、地面の上に身体を丸めて寝た。火をおこせば二人の存在を知らせることになる。そんな危険を冒すより、寒さに耐えたほうがましだ。

今までの出来事を思い出して、アル＝ソアは寝つけず、夜中になんども目を覚ました。そのたびにマットが寝返りを打ったり、寝言を言ったりするのが聞こえてきた。夢を見た覚えはないのに、アル＝ソアはよく眠れなかった。

もう二度と故郷には帰れない……。

夜風や雨をしのぐものはマントだけだ。ときには雨のなかで、ずぶぬれになって冷えた身体のまま夜を過ごすこともあったし、空腹を満たすのは冷たい水だけということも、いちどや二度ではなかった。二人が持っている硬貨をかき集めれば、宿で食事にありつくことはできるが、泊まるとなると、かなり高くつく。トゥー・リバーズの外では物価も高く、ベイロン、アリネル川……と遠くへ行くほど、ものの値段は上がった。いざというときのために、硬貨は使わずに取っておくことにした。

ある日の午後、アル＝ソアは、柄にルビーがはめこまれたマットの短剣を売ってはどうかと提案した。あまりの空腹に腹も鳴らなくなり、シームリン街道をとぼとぼ重い足取りで歩いている。沈みかけた太陽の光は弱く、夕闇のなかで目に見えるものは低木の茂みだけだ。頭上には厚い雲が垂れこめ、夜になると今にも雨が降りだしそうな天気になった。冷たい雨がせめて霧雨ですむようにと、アル＝ソアは願った。

アル＝ソアはマットが立ちどまったことに気づかず、そのまま何歩か進んでいた。アル＝ソアも足を止め、ブーツのなかで足の指をもぞもぞ動かした。こうすれば、いくらか足が温まる。ついでに、荷物をまとめて肩にかけるための紐(ひも)をゆるめた。携帯用毛布や、丸めておさめた吟遊詩人のマントはそう重いものではないが、すきっ腹で何キロも歩きつづけた身には、わずかな重さでもこたえた。

「マット、どうした？」と、アル＝ソア。

「なんで、この短剣を売ることにこだわるんだ？　おれが見つけた短剣だぞ。おれがこいつを手放さずにいるのが気にくわないのか？　そんなにカネがほしけりゃ、おまえの剣を売ったらどうだ！」マットは憤然として問いただした。

アル＝ソアはアオサギの紋章が刻まれた柄をなでた。「これは父さんからもらったものだ。もともと父さんのものだったんだ。その短剣がおまえのおやじさんのものなら、売れとは言わないよ。ちくしょう！　おまえはずっと腹をすかせたままで平気なのか？　かりにこの剣を買い取ってくれる人が見つかったとしても、いくらになると思う？　もちろん、農民が剣を持っていたってしょうがない。でも、そのルビーを売れば、シームリンまで四輪馬車に乗っていけるくらいのカネにはなる。ひょっとしたらタール・ヴァロンまで行けるかもしれないぞ。宿で食事をして、毎晩、寝台で眠れる。おまえは歩いて大地を半周して、路上で野宿するほうがいいって言うのか？」

アル＝ソアはマットをにらみつけた。マットもアル＝ソアをにらみ返した。二人はにらみ合ったまま、道のまんなかで立ちつくした。

やがてマットは、気まずそうに肩をすくめて路上に目を落とした。

「誰にこいつを売るっていうんだ、アル＝ソア？　農夫はカネの代わりに鶏をよこすだろう。鶏じゃ四輪馬車には乗れないよ。それに、もしおれが立ち寄った村でこの短剣を見せたりしたら、盗品だと思われるのがおちさ。そのあと、どんなことになるかわからないぞ」

しばらくして、アル＝ソアはしぶしぶうなずいた。「そうだな。悪かった。ごめん。おれが悪かった。おまえにあたるつもりはなかった。腹が減って足も痛むし、それで気が立ってたんだ」

「おれも悪かった」と、マット。二人はまた歩きだした。以前にもまして足取りは重かった。風が吹きつけ、二人の顔に土埃を浴びせた。「本当に悪かった」マットは咳きこみながら言った。

農家で世話になり、いくらかの食事と、冷たい夜風をしのいで眠れる場所を提供してもらうこともあった。低木の茂みの下で眠るのに比べれば、干し草の寝床は暖炉のある部屋と同じくらい暖かかった。干し草のなかに潜りこんでしまえば、防水布がなくても多少の雨なら充分しのぐことができる。

ときどきマットは農家から卵を盗んだ。牧草地に一頭だけ放置された牛から乳を盗もうとしたこともある。牛は、地面に立てた杭に長い縄でつながれ、草を食んでいた。ところが、たいていの農家には番犬がいて、つねに目を光らせている。たかが二、三個の卵のために、何キロも犬に追われるはめになってはかなわない。ときには、二人が隠れている場所のまわりを犬に何時間もしつこくうろつかれることもあり、そんなときはアル＝ソアはいつも後悔した。

そんなことをするより、昼間に堂々と農家を訪れるほうがいいと、アル＝ソアは考えた。それでも悪い噂も聞かれるご時世だけに、近隣の人々と離れて暮らす人は誰もがよそ者に対して神経質になっていて、アル＝ソアが何も言わないうちに犬をけしかけられることもあった。とはいえ、しばしば、一時間ほど薪割りや水くみの手伝いをして、食事と寝る場所を提供してもらうこともあった。納屋の藁の山に横たわれるだけでもありがたかった。

しかし、一、二時間歩くのをやめて農家の手伝いをすることは、それだけ昼間の時間を潰すことになる。一、二時間のあいだ闇に溶けるミルドラルに二人を追いかける時間を与えてやるのと同じことだ。アル＝ソアはたとえ一分でも時間を無駄にしたくなかった。農家のおかみさんが用意してくれた温かいスープをがつがつたいらげているときは、そんな思いも忘れかけるが、食べものがない場合は、できるかぎり一分でも長くシームリンめざして歩きつづけた。そんなときは少しも空腹を癒やせないまま、ひたすら旅をつづけなければならなかった。アル＝ソアは迷った。時間を潰して働くのと、腹をすかせたまま旅をつづけるのと、どちらがましだろう。マットは、空腹や闇に溶けるミルドラルの追跡のことなどどうでもいいようだ。

「おれたちはこの一家の何を知っている？」

ある日の昼下がり、小さな農家の馬小屋を掃除しているとき、マットが問いかけてきた。

「おお、光よ。いいかマット、あの人たちだって、おれたちのことは何も知らないんだ」

アル＝ソアはくしゃみをして答えた。

空中に細かな藁切れがただようなか、二人とも上半身裸で汗と藁にまみれて働いていた。

「わかっているのは、ここの人たちがおれたちに、あぶり焼きにした羊肉と本物の寝台を用意してくれるってことだ」

マットは干し草と肥料の山に熊手を突っこみ、顔をしかめて、ちらっと横見した。農家の主人が納屋の裏手から現われたのだ。片手に桶を、もう片方の手に乳しぼりの道具を持っている。白髪頭の痩せた主人は肌がかさがさして腰が曲がっていた。マットの視線に気づくと、いったん歩調をゆるめたが、やがて、ぷいと目をそらし、桶の縁から牛の乳を飛び散らせながら、急いで出ていった。

「あのじいさん、何かたくらんでるぞ」と、マット。「おれと目をあわせようとしなかっただろ？　初対面の流れ者にこんなに親切にするなんて、不自然だと思わないか？」

「奥さんが言うには、おれたちを見ると孫を思い出すんだってさ。そう気にするなよ。おれたちが心配すべきなのは、あとを追ってくる連中のほうだ。ほかに心配ごとは、ごめんだよ」

「ぜったいに何かたくらんでるぞ」マットはつぶやいた。

掃除を終え、二人は納屋の前の洗い桶で身体を洗った。沈みかけた太陽が長く伸びた影をつくっている。アル＝ソアは母屋に向かって歩きながら、シャツをタオル代わりにして身体を拭いた。戸口で待っていた主人は六尺棒にどっかりと寄りかかって、その後ろには夫人が唇を噛みしめ、エプロンをぎゅっと握って立ち、夫の肩ごしに二人を見ていた。アル＝ソアはため息をついた。もはやこの夫婦にとって、自分たち二人は孫ではなくなったようだ。

「今夜うちの息子たちがやってくることになっている。四人いっしょにだ。それをわしゃ忘れとった。大柄でたくましい息子たちだ。もうそろそろ着くはずだよ。だから、あんたたちに寝台を貸すことはできなくなった。すまんのう」

夫人が小さなナプキンの包みをアル＝ソアに差し出した。

「これを……。パンとチーズに、塩漬けキュウリ、それと羊肉だよ。二食分にはなるだろう。さあ……」皺だらけの顔には、これを受け取ったらさっさと出ていってくれと書いてあった。

アル＝ソアは包みを受け取った。「ありがとうございます。事情はわかりました。さあ、マット、行くぞ」

マットはアル＝ソアのあとにつづいた。頭からシャツをかぶりながら、何やらぶつくさ言っている。アル＝ソアは食事をあとまわしにして、できるだけ先を急ぐことにした。この家にも番犬がいるからだ。

これぐらいですんでよかったと、アル＝ソアは思った。三日前には、仕事の最中に犬をけしかけられた。犬と農家の主人と、棍棒を持った二人の息子がシームリン街道を一キロ近くも追いかけてきた。アル＝ソアとマットは荷物をまとめる暇もなく、一目散に走って逃げた。その農夫は平たい三角の鋭い鉄やじりのついた矢をつがえた弓を持ってどなった。

「二度とくるな！　おまえたちが何をしでかそうと勝手だが、おれの前に二度とそのずる賢そうな目をさらすんじゃない！　わかったか！」

怒りに身を震わせて振り返ろうとしたマットを、アル＝ソアが押しとどめた。

「おまえ、気はたしかか？」と、アル＝ソア。

マットはむっつりした顔でアル＝ソアを見ながらも、走りつづけた。

農家に立ち寄るのが果たして得策か、迷うこともあった。先へ進むにつれ、マットの他人に対する猜疑心は深まり、それをあからさまにしたり、相手を困らせたりするようになった。今までと同じ仕事をこなしても食事が粗末になり、夜も納屋でさえ眠らせてもらえないこともあった。しかしグリンウェルの農場へやってきたときには、そうしたすべての問題が解決したと思えた。

グリンウェル夫妻には九人の子供がいた。長女はアル＝ソアやマットともせいぜいひとつくらいしか歳が違わない。主人は強健な人物だし、これだけ子供がいれば人手も充分と思われた。だが、上から下まで二人の様子をつぶさに観察し、長旅で汚れた衣服や土埃まみれのブーツを見ると、いつも働き手が足りなくて困っていたとでもいうかのように、アル＝ソアたちを迎え入れてくれた。

夫人は家族と同じテーブルで食事をするなら、そんな汚い格好ではだめだと言って、二人の服を洗濯するあいだ、作業着として夫の古い服を貸してくれた。夫人はアル＝ヴィア村長夫人と同じように笑顔で二人に接してくれた。ただし、グリンウェル夫人の髪は金髪だ。アル＝ソアはこんな髪の色を今まで見たことがなかった。マットでさえ、夫人の笑顔に心を動かされたのか、わずかに緊張を解いたようだ。問題は長女のほうだった。

黒髪で大きな目がかわいい娘エルスは、両親が目を離すと決まって媚びるような目で二人にほほえみかけた。二人が樽や穀類が入った袋を納屋に運び入れるあいだ、エルスは馬小屋の扉にもたれてハミングしながらお下げ髪を噛み、二人を——特にアル＝ソアを熱心に——見つめていた。

アル＝ソアはエルスを無視しようとしたが、数分後には上半身裸であることに耐えられなくなり、主人が貸してくれたシャツに袖を通した。肩のあたりがきつく丈も短いが、何も着ないよりはましだ。アル＝ソアがシャツを引っ張るのを見て、エルスは声を上げて笑った。ここから追い出されるとしたら、こんどはマットのせいではなさそうだ。

ペリンなら、こんなときどうすればいいかを心得ているはずだ。あいつが気のきいた冗談でも言ってくれたら、エルスは親父さんがいる前でうろうろする代わりに、大笑いしただろう。

アル＝ソアには、気のきいた会話も、ちょっとした冗談も思いつかなかった。エルスのほうに視線を向けると、エルスは必ずほほえみ返してくる。そんなところを父親に見つかれば、犬をけしかけられるにちがいない。エルスはいちど、自分は背の高い男が好きだとアル＝ソアに言った。このあたりには背の高い男がいないのだろう。マットは、にやにやといやらしい笑いを浮かべた。こんなとき冗談のひとつでも思いついたらいいのにと思いながら、アル＝ソアは熊手で干し草を積む作業に専念した。

小さな子供たちを見ると、アル＝ソアの心は安らいだ。子供たちがまわりにいれば、マットの警戒心もやわらぐ。夕食後、一家はそろって暖炉の前に集まった。グリンウェルの主人はお気に入りの椅子にすわって、親指でパイプにタバコをつめ、夫人は裁縫箱を持ち出して、アル＝ソアとマットの洗いたてのシャツを繕いはじめた。

マットは吟遊詩人メリリンが使っていた色とりどりの玉を取り出して、お手玉の芸を披露した。マットは子供がいる前でなければ決してお手玉の芸を見せない。わざと玉を取りそこねるふりをして、落ちる寸前で玉をつかみ取ると子供たちは声を上げて笑い、〈噴水〉や〈8の字〉や、〈六玉サークル〉といった技を演じて見せると、手を叩いて大喜びした。グリンウェル夫妻も夢中で見入っている子供たちに負けじと拍手喝采した。最後にマットが吟遊詩人の真似をして、思いつくかぎりの方法でお辞儀や挨拶(あいさつ)をして部屋を一周すると、つづいてアル＝ソアがメリリンの笛をケースから取り出した。

この楽器にふれるたびにアル＝ソアは一抹(いちまつ)の悲しみに襲われた。金と銀の唐草模様にふれると、メリリンの思い出にふれるような気がする。だから、安全で水に濡れる心配のないときしか、決してこの笛をケースから出さなかった。メリリンは農民の不器用な指で演奏するのは難しいと言っていた。それでもアル＝ソアは農家に泊めてもらったときには必ずお礼として、この笛で一曲を演奏した。農家の主人が気をよくして、報酬をはずんでくれることもあった。アル＝ソアは、こうすることでメリリンの思い出をよみがえらせようとしていたのだ。

マットのお手玉で、すっかりくつろいだ雰囲気になったところで、アル＝ソアは〈牧場の三人娘〉を吹いた。夫妻は曲に合わせて手を叩き、小さい子供たちは床の上で踊った。よちよち歩きをしはじめたばかりの末の男の子までが足を踏み鳴らして調子を取った。〈春祭り(ベル・タイン)〉ではお粗末だった演奏も、メリリンに習ってからは、ためらわずに舞台に立てるまでに上達した。

エルスは暖炉の前で脚を組んですわっていた。アル＝ソアが演奏を終えて笛をおろすと、エルスは身を乗り出して深いため息をつき、ほほえんだ。

「とてもすばらしかったわ。こんな素敵な演奏を聴いたのははじめてよ」

夫人ははたと裁縫の手を休め、眉を吊りあげて娘を見てから、品定めするようにアル＝ソアを見つめた。

アル＝ソアは笛をしまおうと革ケースを取りあげたが、夫人のまなざしに動揺して手がすべり、ケースを落としてしまった。アル＝ソアが娘を誘惑しようとしているとでも思ったのだろうか？　あやうく笛も落としそうになった。アル＝ソアはやけになって、ふたたび笛を唇にあてると、〈柳を揺する風〉、〈ターウィン峠からの帰郷〉、〈アイノラ奥さんの雄鶏〉、〈年老いた黒熊〉などの曲を次々に吹きつづけた。夫人はずっとアル＝ソアから目を離さず、無言のままじっと批判するような目で見つめた。

ようやくグリンウェルの主人が腰を上げたころにはもう夜もすっかり更けていた。にこやかな笑顔で両手をこすり合わせながら、主人が言った。

「いやはや、とても楽しかったよ。旅の人たちは好きなように過ごしてもかまわんが、農場の朝は早いからな。床に入る時間もとっくに過ぎてしまったことだし、ここでお開きとしよう。あんたたちの歌芸はわたしが前に宿で高いカネを払って見たものより、ずっとすばらしかった」

「あなた、お二人にお礼をすべきだわ。納屋では寝心地が悪くてよく眠れないでしょうから、今夜はエルスの部屋を使ってもらいましょう。エルスはわたしといっしょに寝ればいいわ」夫人は、暖炉の前ですっかり寝こんでしまっている末の男の子を抱きあげて言った。

エルスは、ふくれっつらを見られまいとして下を向いたままだったが、アル＝ソアは、それに気づいた。おそらく母親も気づいただろう。

アル＝ソアは顔を赤らめた。夫人はまだこっちを見ている。

主人はうなずいて言った。「おお、そうだな。二人で同じ寝台に寝るのは窮屈だろうが、納屋よりはずっといい。あんたたちのお手玉や笛は気に入ったよ。ぜひまた楽しませてもらいたい。明日は手伝ってもらいたい仕事もそう多くないし――」

夫人が言葉をはさんだ。「あなた、二人は明日の朝早く発たなければならないのよ。次の村のアリエンで歌芸の腕試しをするなら、暗くなる前にかなりの距離を歩かなくてはならないわ」

「奥さんのおっしゃるとおりです。おれたちは、明朝早くに発ちます。お気づかいありがとうございます」と、アル＝ソア。

夫人は唇を引き結んだ。アル＝ソアが本当はエルスから解放されることに感謝しているのだと察したからだ。

翌日、マットは道すがら、一日じゅうエルスのことでアル＝ソアをからかった。なんとか話題を変えようとしてアル＝ソアは、宿で歌芸を披露するというグリンウェル夫妻の提案をふと思い出し、持ち出したのだ。今朝二人が発つとき、エルスが不機嫌だったことや、夫人がやっかい払いするようなきびしい目つきで、娘に早く二人のことを忘れてほしいという顔をしていたことを話題にするのはさけたい。次の村に着くまでに、何か別の話題が見つかるといいのだが。

夕暮れまぢかに二人は次の村のアリエンに着き、村にある唯一の宿にやって来た。宿の主人と交渉するために、アル＝ソアが〈川を渡る船〉——肉付きのよい主人は〈愛しのサラ〉と呼んだ——と〈ダン・アレンへの道〉の一部を演奏し、マットがお手玉を披露して見せると、その晩に泊まる部屋と、ローストしたジャガイモと、温かいビーフを分けてもらうことで話がついた。食事は夜に長時間にわたって行なわれる笛の演奏とお手玉の芸の合間に食べなければならないし、泊まる部屋も宿の裏の庇（ひさし）の下にある、宿でいちばん狭い部屋だが、とにかく屋根のある部屋で眠れることに変わりはない。ありがたいことに、これで昼間はずっと楽に旅をつづけることができる。宿の常連客たちは、マットが疑り深い目で見ることは気にしていないようで、むしろ客どうしが疑いの目を向け合っている。見知らぬ者を警戒するのはあたり前のご時世だし、宿は見知らぬ者だらけなのだから無理もない。

アル＝ソアはホワイトブリッジを離れて以来、はじめて熟睡できた。同じ寝台にマットといっしょに寝ていることも、マットの寝言も気にならなかった。翌朝、宿の主人はもう二、三日泊まらないかとアル＝ソアたちを引き止めたが、それが無理だとわかると、泊まり客の一人である農夫に、二人を荷馬車に乗せてやってほしいとかけあってくれた。イージル・フォーニイという名のその農夫は、昨夜飲みすぎて、宿で一夜を明かし、目を充血させていた。

一時間後、アル＝ソアとマットは東へ十キロほどの場所にいた。イージル・フォーニイの荷馬車に乗り、干し草の上に大の字に寝そべっている。

その後はこれが二人の旅のスタイルになった。運がよければ、一、二度、馬車を乗り継いで、夕暮れ前に次の村まで移動することができた。村に数軒の宿がある場合には、アル＝ソアの演奏とマットのお手玉を見た宿の主人たちが、競って二人を泊めさせようとした。だが、一年間の旅のあいだに訪れることのできる以上の村々を通ってきたというのに、今までただのいちども吟遊詩人に出会うことはなかった。二、三軒の宿がある村でなら、普段より良い条件で泊まることができた。ふたつの寝台と、気前よく厚切りにされた肉、ときには褒美として何枚かの銅貨をポケットに入れることもあった。朝には、たいてい前の晩に遅くまで飲みすぎた農夫か、二人の芸を気に入ってくれた商人が馬車に乗せてやると申し出てくれた。アル＝ソアには、二人を悩ます問題がシームリンへ着く前に解決したように思えた。次に二人はフォー・キングスの村を訪れることになった。

32　闇のフォー・キングス

たいていの村よりは大きいが、〝四人の王様(フォー・キングス)〟という名を冠するにはみすぼらしい村だ。ここでもシームリン街道は村の中心を通ってまっすぐ延びていたが、もうひとつ南から交通量の多い街道が延びていた。

どこの村にも市場があり、地域の農民たちの集(つど)いの場となっているものだが、この村では農民の姿をほとんど見かけない。フォー・キングスはシームリン街道沿いのほかの村々と同じように、東はシームリン、西はベイロンの先の〈霧の山脈〉にある炭鉱町へと、幌(ほろ)馬車を連(つら)ねて旅をする商人たちの短期滞在所として存続してきた。ルガードの商人だけはフォー・キングスを通らなかった。シームリンへの近道を知っているし、西の炭鉱町へは〈南道〉を通ればいいからだ。周辺に農家は少ないので、かろうじて自給自足できるほどの作物しか収穫できず、村が成り立っているのは、幌馬車で旅をする商人、御者(ぎょしゃ)、荷の積み降ろしをする労働者たちがカネを落としてくれるおかげだった。

村のあちこちに、土埃の舞う裸地が散在しており、何台もの幌馬車が隙間なく隣り合わせに停められ、用心棒が退屈そうに無人となった幌馬車の番をしている。通りの両側には馬小屋や駒繋ぎが並んでいた。どの通りも幌馬車どうしがすれ違えるほどの幅があり、ひっきりなしに行き交う幌馬車の車輪によって、路面には深い轍がいくつもできていた。草地がないので、子供たちは、幌馬車が通るたびに御者にののしられながら、轍だらけの通りで遊んでいる。

村の女たちは頭をスカーフでおおい、うつむいて足早に通り過ぎた。ときおり幌馬車に乗った男たちが女に下品な言葉を浴びせるのを聞き、ランド・アル＝ソアは赤面した。なかにはマットでさえびっくりするほどのどぎつい言葉もあった。家の囲いごしに隣人と噂話に興じる主婦の姿はなかった。

狭い路地をはさんで、くすんだ色の木造の家が立ち並び、経年劣化した板壁に水漆喰を塗っただけの壁は、何年も前から塗りなおされていないかのように色褪せていた。重いよろい戸は長いあいだ閉じられたままで、蝶番が錆のかたまりになっている。鍛冶屋が鉄を打つ音、幌馬車の御者のどなり声、宿のなかから聞こえるにぎやかな笑い声など、あらゆるところから騒音が聞こえてきた。

くすんだ色の民家が多いなかで、緑と黄色に塗りたくられた一軒の宿屋の前を、商人の幌馬車の一団が通りかかった。そのなかの一台に乗っていたアル＝ソアは、幌馬車の後部から飛び降りた。幌馬車の隊列はそのまま遠ざかっていった。御者たちは誰ひとりとして、アル＝ソアとマットが降りたことに気づかなかったようだ。日が暮れてきたので、馬を馬小屋に入れて今夜の宿にたどりつくことしか頭にないのだろう。アル＝ソアは轍に足を取られた。重い荷を満載した幌馬車が音を立てて近づいてくる。アル＝ソアがすばやく飛びのくと、御者の罵声（ばせい）を残して幌馬車は通り過ぎていった。村の女がアル＝ソアをよけ、目をあわさないようにして急いで立ち去った。

「こんな村ははじめてだ」と、アル＝ソア。騒音にまじって、どこからともなく音楽が聞こえてくる。目の前の宿から聞こえるのかもしれない。「ここはあまり好きになれない。先を急いだほうがよさそうだ」

マットはアル＝ソアに冷ややかな視線を向け、つづいて空を仰いだ。黒い雲が垂れこめている。

「また野宿するのか？　やっぱり寝台に寝たいよ」マットは頭をかしげて耳を澄ましてから、つぶやいた。「楽師がいない宿もあるかもしれないぞ。曲芸師がいる宿は絶対にないけどな」

マットは弓を肩にかけ、あたりに油断なく目を光らせながら、派手な黄色の扉へと向かいはじめた。アル＝ソアはしぶしぶ、あとを追った。

　なかへ入ると、数人の楽師がツィターと太鼓を演奏していた。その音は、下品な笑い声と酔っ払いのどなり声でほとんど聞こえない。宿の主人に会うまでもなく、二人は宿を出た。次に立ち寄った二軒の宿にも、耳をつんざくような騒音のなかで演奏する楽師がいた。だらしのない服装をした男たちがテーブルを埋めつくし、店内を千鳥足で歩きまわったり、ジョッキを振って給仕女にちょっかいを出したりしている。給仕女たちは終始こわばった笑みを浮かべて我慢しながら、そんな客たちをあしらっていた。宿の酒場は割れんばかりの大騒ぎで、古びたワインのすっぱいにおいや、男たちの汗くさい体臭が鼻をついた。絹やビロードやレースをまとった商人たちは、こうした騒音や悪臭を嫌って二階の専用食堂にいた。アル＝ソアとマットは、なかを少しのぞいただけで立ち去った。このまま旅をつづけるしか選択の余地はなさそうだ。

　四軒目に訪れた宿屋〈踊る御者〉は、ひっそりと立っていた。

ほかの宿屋と同じように、ここの外観もけばけばしい。黄色地を、鮮やかな赤と、吐き気をもよおすような強烈な緑で塗り分けている。ところどころ塗装にひびが入り、塗料が剥げていた。アル＝ソアとマットはなかへ入った。

　酒場では五、六人の男たちがテーブルについていた。ジョッキを前にして背中を丸め、それぞれ物思いにふけっている。かつては繁盛していたのだろうが、今は見るからに景気が悪そうだ。客と同数の給仕女が忙しく店内を動きまわっていた。客はたいしていないのだから、泥だらけの床を掃除したり、天井の四隅に張ったクモの巣を取り除いたりしてもよさそうなものだが、ぼんやり突っ立っていると思われたくないがために、忙しいふりをしているのだ。

アル＝ソアとマットを見ると、よれよれの髪を肩に垂らした痩せた男が顔をしかめた。村じゅうに響きわたるような雷鳴が轟きはじめた。

「何か用かね？」男は足首まで届く薄汚れたエプロンで手を拭いた。こんな汚いエプロンで拭いたら、手が汚れてしまいそうだ。アル＝ソアがこれまで出会った宿屋の主人は太った男ばかりだったが、この主人はめずらしく痩せている。「さあ、注文は？飲まないのなら出てってくれ！　わしは見せものじゃない」

アル＝ソアは頬を赤らめて、二人の芸を売りこむための口上を始めた。これまでになんども繰り返すうちに完成されたものだ。

「おれは笛、連れはお手玉の芸ができます。めったに見られないようなすばらしい芸をお見せします。上等な部屋とおいしい食事を用意していただければ、おれたちがこの酒場を客で満員にしてさしあげます」

アル＝ソアは、さっきまで見てきた満員の酒場をいくつか思い出した。最後に立ち寄った宿屋では、アル＝ソアの目の前で男が嘔吐した。とっさに足を上げたので、ブーツが汚れずにすんだ。アル＝ソアは萎える気をとりなおしてつづけた。

「おれたちにかかる費用は、ごくわずかです。宿泊客がたくさん飲み食いすれば、その二十倍ものカネを儲けられます。ぜひ――」

「ダルシマー奏者がくる」主人は意地悪く応じた。

「あれはただの酔っ払いよ、サムル・ヘイク。いつも酒場の場所を忘れてるわ」給仕女の一人が言った。盆にふたつのジョッキをのせて、ヘイクのわきを通り、ちょっと立ちどまってアル＝ソアとマットにわざとらしい笑顔を見せて小声で言った。「それにあいつは、もう二日もきてないじゃない」

視線をアル＝ソアとマットに向けたまま、ヘイクは給仕女の顔を手の甲でぴしゃりと叩いた。

給仕女は「ううっ」と声を上げ、汚い床の上に倒れた。ジョッキがひとつ割れ、こぼれたワインが何本かの筋に分かれて床の上を流れた。

「ワインと割れたジョッキのカネは、おまえの給金から差し引く。さっさと客に新しいワインを持っていけ。客は怠け者の給仕女にチップは払わんぞ」と、ヘイク。ぶっきらぼうな口調だ。

自分のワインから顔を上げる客は一人もなく、ほかの給仕女たちは目をそらしている。なぐられた小太りの給仕女は頬をなで、怒りに震えてヘイクをにらみつけた。それでも無言で空のジョッキと割れたジョッキの破片を集めて盆にのせ、立ち去った。

ヘイクは考えこむ表情で舌打ちし、アル＝ソアとマットを見つめた。目を離すまで、視線はアオサギの紋章の剣に釘づけだった。

ようやくヘイクは口を開いた。

「よし、こうしよう。藁布団を二組、裏の空き倉庫に用意してやる。客室をただで貸すわけにはいかないからな。食事は客がみんな帰ったあとでとってもらう。何か残りものがあるだろう」

できればこんな宿屋には世話になりたくないが、あいにくフォー・キングス村にはまだ二人が訪れていない宿屋はもう一軒もない。ホワイトブリッジを出てからというもの、アル＝ソアは人々の冷淡さや無関心や、露骨な敵意に直面してきた。しかしこの村とこの男には、これまでにないほどアル＝ソアを不安にさせる何かがある。この宿が薄汚なくて騒々しいせいだと自分に言い聞かせたが、悪い予感をぬぐい去ることはできなかった。

マットは罠ではないかと警戒するような目で、ヘイクを見つめているものの、〈踊る御者〉をあきらめて、生垣の下で野宿をする気はないようだ。雷が窓をカタカタ揺らすのが聞こえ、アル＝ソアはため息をついた。

「清潔な藁布団と毛布があれば充分です。食事は外が暗くなってから二時間後に、なるべくきちんとしたものをお願いします。時間は守ってください。では、おれたちの芸をごらんいただきましょう」アル＝ソアは言って笛のケースに手を伸ばした。

ヘイクは首を振った。「適当にやってくれ。とりあえず音楽らしく聞こえれば、ここの客はどんな雑音でも満足する」

ヘイクはまたアル＝ソアの剣に目をやった。唇にかすかな笑みを浮かべている。「食事は好きなときにとればいい。だが客が集まらなかったら、通りへほうりだすぞ」

ヘイクは、壁に背を向けてすわっている二人の用心棒を肩ごしに顎で示した。二人とも素面だ。脚と同じくらい太い腕をしている。ヘイクがうなずくと、用心棒たちは覇気のない無表情な目でアル＝ソアとマットを見た。

アル＝ソアは片手を剣の柄に置き、動揺が顔に出ないよう穏やかな口調で答えた。「約束さえ守ってもらえればけっこうです」

ヘイクは目をしばたたき、一瞬、不安げな表情を浮かべた。そして無愛想にうなずいた。

「それはこっちのセリフだ。さあ、さっそく始めてくれ。そこに突っ立ってても客はこないぞ」

ヘイクはいばった足取りでその場を離れ、まるで五十人もの客を待たせているとでもいうかのように、しかめっつらで給仕女たちを叱りつけた。

部屋の突きあたりにある裏口の扉近くに、床より一段高い小さな舞台があった。アル＝ソアはその上に長椅子を置き、マントや、携帯用毛布や、吟遊詩人トム・メリリンの丸めたマントをその陰に置いて、いちばん上に剣をのせた。

剣ははずさず、堂々と身につけていたほうが賢明だろうかと迷った。剣を持っていること自体はめずらしくないが、アオサギの紋章がついた剣となると、人々は関心を持って、いろいろと憶測するだろう。誰もかれもがそうではないにしても、一人でも気にする者がいれば、アル＝ソアの気は休まらない。もし闇に溶けるミルドラルが何か手がかりを捜しているとすれば——そうは思えないが——この剣がはっきりと形跡を残すことになる。いずれにせよ、タムから譲り受けた剣をはずすのにはためらいがあった。タムはおれの父だ。この剣を身につけているかぎり、タムとの絆（きずな）は残り、タムをまだ父と呼ぶことを許される。

もう手遅れだ。

そうアル＝ソアは思った。何を意味するのかは定かでないが、これは真実だ。

もう手遅れだ。

〈北の雄鶏〉の一音目で、酒場にいた五、六人の客はワインから目を離して顔を上げた。二人の用心棒までが身を乗り出している。演奏を終えると、用心棒を含めて全員が拍手喝采した。つづいてマットが色とりどりの玉をくるくると両手であやつり、お手玉の曲芸を披露すると、ふたたび拍手が湧き起こった。また雷が鳴った。今のところ雨はやんでいるが、いつ降りだしてもおかしくない。しばらく降っていないぶんだけ激しい雨になるだろう。

外が暗くなるころには、噂を聞いてやってきた大勢の客で宿はごった返していた。客の笑い声や話し声で、アル＝ソアには自分の演奏する笛の音さえ聞こえなかった。雷鳴だけがこの騒音に打ち勝って鳴り響いた。窓の外に稲妻が走り、一瞬の静けさののち、屋根を叩きつける雨の音がかすかに聞こえた。新しく宿に入ってきた男たちは、衣服からぽたぽたと床に雨のしずくを滴らせている。

演奏の合間に、騒音のなかから曲を催促する声が聞こえてきた。覚えのない題名を言われた場合でも、たいていは誰かが口ずさむのを聞いて、アル＝ソアは曲を思い出した。ほかの村でも同じだった。〈愉快なジェイム〉という曲は、ここでは〈レアの舞踏会〉と呼ばれ、前の村では〈太陽の色〉という題名で知られていた。どこでも同じ題名で呼ばれる曲もあるが、ほとんどの曲が十五キロほど離れるごとに呼び名を変える。もちろん、旅のあいだに新しく覚えた曲もあった。〈酔っ払いの行商人〉がその一例だ。この曲は場所によって〈台所の鋳かけ屋〉と呼ばれるし、〈狩りにやってきた二人の王様〉は〈二頭の馬が走る〉など何通りもの名で呼ばれている。テーブルを叩いて催促する男たちのために、アル＝ソアは知っているかぎりの曲を吹きつづけた。

マットのお手玉を見たがる客もいて、ときおり音楽を聴きたがる客とお手玉を見たがる客とのあいだでいざこざが起こった。いちどは誰かがナイフを持ち出し、女が悲鳴を上げ、怪我をした男が顔から血を流してテーブルから床にくずおれた。そのときには用心棒のジャックとストロムがすかさず駆けつけ、もめごとにかかわった者全員の頭に一発ずつ拳骨をお見舞いして、片っ端から外へほうり出してしまった。用心棒はいかなる争いごとも、同じ方法でかたづけた。客はなにごともなかったかのように談笑をつづけ、用心棒たちともみ合いながら出てゆく客を除いては、あたりを見まわす者もいない。

ちょっとでも給仕女が隙を見せると、手のすいた客がちょっかいを出してくる。ジャックとストロムはなんどか女を助けに出向いたが、あまり機敏な対応ではなかった。ヘイクは、給仕女が泣いたり、わめいたりすると、女のほうに非があると決めつけた。何かあると、給仕女は目に涙をためて声をつまらせながら謝罪し、口答えせずにヘイクの言い分を受け入れた。ヘイクが顔をしかめると、給仕女たちは震えあがった。なぜ女たちが不平も言わずに我慢しているのか、アル＝ソアには理解できなかった。

ヘイクはアル＝ソアとマットを見ると、笑みを浮かべた。しばらくしてアル＝ソアは、ヘイクは自分たちに向かってほほえんでいるのではなく、二人の背後に置かれたアオサギの紋章の剣を見て笑っているのだと気づいた。金と銀の彫刻模様がほどこされた笛を椅子の後ろに置いたときは、その笛を見て笑った。

次にマットと交代したとき、舞台の前でアル＝ソアはマットの耳もとに口を近づけて言った。これほど接近しても大声で話さないと聞こえないが、騒音のおかげで、誰かに聞かれる心配もない。

「ヘイクはおれたちの荷物を盗もうとしているんじゃないか？」

「今夜は、ちゃんと扉に錠をおろさないと危ないな」マットは何が起こってもおかしくないという表情でうなずいた。

「錠をおろすだって？　ジャックとストロムは素手で扉をぶっ壊しちまう。それより、ここから逃げたほうがいい」

「せめて料理を食いおわるまで待ってくれ。おれは腹ぺこなんだ。おれたちが舞台に上がっているうちは手出しできないさ」と、マット。

満員の酒場で待たされた客がじれて「早くつづきをやれ」と二人を急かし、ヘイクが二人をにらんだ。

「じゃあ、今夜も野宿したいのか？」

そうマットが言ったとたんに特大の雷が轟き、すべての音をかき消した。一瞬、窓を走った閃光（せんこう）がランプの明かりよりもまぶしい。

「おれは頭を割られる前にここを出たい」アル＝ソアが答えた。

マットはすでに前かがみの姿勢で椅子に戻り、ひと息ついていた。

アル＝ソアはため息をつき、〈ダン・アレンへの道〉を吹きはじめた。この曲は人気がある。もうすでに四回も演奏しているのに、まだ客は聴きたがった。

たしかにマットの言うとおりだ。アル＝ソアも空腹だった。酒場は客でいっぱいだし、まだ客は増えつづけている。この様子なら、ヘイクが悪事をはたらくこともなさそうだ。客が帰ったり、ジャックとストロムにほうりだされたりしても、そのたびに新たな客が酒場へやってくる。客たちはお手玉や自分が聴きたい曲を催促して騒ぎ、酒を飲み、給仕女をからかって楽しみつづけた。しかし一人だけ、ほかの者たちとは様子の違う客がいた。

混雑した宿屋〈踊る御者〉のなかで、その男はすべての点で浮いていた。商人が、こんな場末の宿屋へくるはずがない。アル＝ソアの知るかぎり、ここには専用食堂もない。この客はみな、だらしのない格好をし、太陽の強い日差しと風のなかで働く男らしく厚く堅い皮膚をしている。だが、この男の肌はふっくらして、つややかで、手も柔らかそうだ。身につけているビロードの上着の上に、青い絹の裏地のついた深緑色のマントをはおっていた。柔らかなビロードの衣服はどれも仕立てがいい。はいている靴はブーツではなく、柔らかなビロードのサンダルだった。轍だらけのフォー・キングスの村の通りを歩くにはふさわしくない。いや、どの通りにでも、ふさわしくない。

すっかり日が落ちてから、その男は現われ、マントについた雨のしずくを振り払いながらあたりを見まわすと、不愉快そうに口もとをゆがめ、店内をざっと見わたし、身体の向きを変えて立ち去ろうとしたところで何かにハッとし、さっきまでジャックとストロムが着席していたテーブルについた。給仕女が注文を訊いてワインを運んでいったが、その客はジョッキをわきによけて、いちども手をつけなかった。給仕女にはさわりもせず、見向きもしなかったのに、給仕女は注文を訊いたときも、ジョッキを運んだときも、急いでテーブルから離れていった。その男はそばに近寄る者すべてを落ち着かない気持ちにさせた。穏やかな外見にだまされて、手にたこのできた幌馬車の御者がうっかり同じテーブルにつこうとするたびに、男がじろりとにらみ、それだけで御者は目をそらした。その男は、この酒場には自分――と、アル＝ソアとマット――しか存在していないかのようにすわっていた。きらきら光る指輪をすべての指にはめ、顔の前で合わせた両手ごしに二人をじっと見ている。やっと見つけたというような笑みを浮かべて。

　舞台でマットと入れ代わるとき、アル＝ソアはささやいた。マットはうなずいて、ぼそっとつぶやいた。

「見たよ。いったい誰なんだ？　おれ、あいつを知ってる気がする」

　アル＝ソアも同じことを考えていた。思い出せそうで思い出せない。だが、あの男の顔を見るのは、これがはじめてのはずだ。

　芸を始めてから二時間ほどたったところで、アル＝ソアは笛をケースにしまい、マットが二人の荷物をまとめた。低い舞台からおりたところへ、ヘイクが駆けつけてきた。細長い顔が怒りでゆがんでいる。

　アル＝ソアはヘイクが口を開く前に言った。「持ちものを盗まれては困りますから。料理人に食事の用意をさせてください」

　ヘイクはためらった。まだ怒りがおさまっていない。目がアル＝ソアの手に握られた剣を見ている。アル＝ソアは片手を剣に添（そ）えられるよう、さりげなく荷物の持ちかたを変えた。

「いやなら、おれたちを外へほうり出せばいい」アル＝ソアは言った。「芸を披露する時間はまだ充分あります。客にたくさんカネを使わせるまで歌芸（かげい）をつづけるには、体力をつけなければなりません。おれたちが空腹で倒れたら、客は帰ってしまいますよ」

ヘイクは、ポケットにカネを突っこんだ客でいっぱいの酒場をちらりと見ると、宿屋の裏へ通じる扉に首を突っこんでどなった。

「この二人に何か食わせてやれ！」

アル＝ソアとマットに向きなおったヘイクは、とげとげしい口調で言った。「食事を終えたら、さっさと舞台へ戻るんだぞ。客が一人残らず帰るまで芸をつづけてもらう」

笛とお手玉を催促して騒ぐ客をなだめにヘイクは戻っていった。ビロードのマントを着た男のことも気になるのだろう。アル＝ソアはマットに、あとにつづけと合図した。

重厚な扉が厨房（ちゅうぼう）と酒場を隔（へだ）てている。給仕女が出入りして扉を開（あ）けるとき以外、厨房では雨が屋根を叩きつける音のほうが酒場の騒音よりも大きい。厨房は広く、コンロやオーブンのせいで蒸し暑かった。大きなテーブルの上には半分できあがった料理や、客に供されるばかりに準備された皿が並べられている。何人かの給仕女が勝手口ちかくにある長椅子にひとかたまりになって腰をおろし、脚をさすりながら、太った料理人の女とあれこれ取りとめのない話をしていた。太った料理人は給仕女たちの話を聞くと同時に、手にした大きなスプーンを振りまわして要点を強調しながら返事をしている。アル＝ソアとマットが厨房に入ると、女たちはいっせいに顔を向けたが、おしゃべりや脚をさする手を休めなかった。

「手遅れにならないうちにここを出よう」

そっとアル＝ソアがささやいたが、マットは首を横に振った。料理人が牛肉とジャガイモと豆を二枚の皿に取り分けている。マットの視線はその皿に釘づけだ。料理人は二人には目もくれず、両肘でテーブルの上のじゃまものをよけながら皿を置き、フォークを並べた。そのあいだも、夢中で女たちとのおしゃべりをつづけた。

「食べてからでもまにあうよ」マットは長椅子にすべりこみ、フォークをまるでシャベルのように使って食べはじめた。

マットの後ろでアル＝ソアはため息をついた。昨夜から残りもののパンの切れ端しか口にしておらず、胃袋は物乞いの財布のようにぺしゃんこだ。厨房を満たす料理のにおいだけでは腹はふくれない。アル＝ソアはすばやく口いっぱいに食べものをつめこんだ。マットは半分も食べおわらないうちから、料理人にお代わりを頼んでいる。

女たちの話を盗み聞きするつもりはなかったが、漏れ聞こえてきた話の断片がアル＝ソアの心をとらえた。

「信じられないわ」

「信じようが信じまいが、そういう噂だよ。あの男はこの宿にくる前に、村の宿を片っ端から訪ねてまわったんだってさ。なかに入って、ちょっとあたりを見まわして、何も言わずに出ていったそうだ。〈王者の宿〉にも顔を出したらしいよ。あんなに雨が降ってたのにね」

「ここがいちばん居心地がいいと思ったんじゃないの？」

この言葉に、女たちはいっせいに笑った。

「あたしが聞いた話じゃ、夕方になってやっとフォー・キングスに到着したって話だよ。馬は相当にこき使われて、息も絶えだえだったってさ」

「暗くなってからやってくるなんて、どこからきたのかねえ？　よっぽど頭の悪いやつか、頭のおかしい人間でなきゃ、そんな無茶な旅はしないよ」

「頭は悪いかもしれないけど、金持ちよ。召使と荷物を運ぶ大型馬車がもう一台あるらしいわ。金持ちなのは間違いないわ。あの人のマントを見たでしょう？　あたしが着たいくらいよ」

「太った男は好みじゃないけど、たんまりカネを持っているなら、話は別よ」

女たち全員が身体を折り曲げて笑った。料理人は頭を後ろへそらせて大笑いした。

アル＝ソアは皿にフォークを置いた。いやな思いが頭のなかにふつふつと湧いた。

「すぐ戻る」と、アル＝ソア。

マットはジャガイモのかけらをほおばりながら、かすかにうなずいた。

アル＝ソアは剣を吊ったベルトとマントを取って立ちあがり、ベルトを腰に巻きながら勝手口へ向かった。誰も気にする者はいない。

外はどしゃ降りだった。肩にマントをかけ、フードをかぶり、マントの前をしっかり合わせて馬小屋につづく庭を駆け抜けた。光は、ときどき走る稲妻だけで、雨のカーテンがすべてを隠している。それでも捜すものを見つけることはできた。馬は馬小屋のなかにつながれていたが、二台の黒い漆塗りの馬車は屋外で雨に濡れて光っていた。雷鳴が轟き、宿の上で稲妻が走った。閃光に包まれた瞬間、四輪大型馬車の扉に金色の文字で書かれた名前が見えた。〝ホール・ゴード〟と記されている。

激しく打ちつける雨を忘れ、見えなくなった文字を見つめたままアル＝ソアは立ちつくした。扉に持ち主の名前が記された黒い漆塗りの馬車や、絹の裏地のついたビロードのマントと、ビロードのサンダルと、つやつやした肌の肥満体の男を最後に見た場所を思い出した。ホワイトブリッジだ。ホワイトブリッジの商人なら、シームリンへ旅をする正当な理由がある。

おれたちがいる宿を捜しあてるまで、村じゅうの宿を訪ね歩き、捜しものでも見つけたような目でおれたちを見る理由はなんだろう？

アル＝ソアは背中を伝う冷たい雨に身震いし、われに返った。マントは目をつめて織られているとはいえ、こんなどしゃ降りの雨に耐えられるものではない。水かさを増した水溜まりをバシャバシャ踏みながら急いで宿に戻ろうとすると、扉の前で用心棒のジャックが立ちふさがった。

「おやおや、夜のひとり歩きかい。闇は危険だ。気をつけたほうがいいぞ、坊や」

雨に濡れた前髪がアル＝ソアの額（ひたい）に張りついた。馬小屋の周辺にはほかに誰もいない。ヘイクは酒場を満員にすることをあきらめて、笛と剣を奪う気になったのか。目に入った水を片手でぬぐいながら、もう一方の手を剣に置いた。濡れても、上質の革は指にぴたりと吸いついた。

「ヘイクは、おれたちが芸を披露しなくても、ビールがあれば客をつなぎとめておけると思っているのか？　そうなら、もうおれたちに用はないだろう。おれたちの今夜の働きに見合う食事を用意してくれ。これからの道中に食べる分もな」

大男のジャックは雨のあたらない戸口から、外の雨を見てフンと鼻を鳴らした。

「この雨のなかを歩いてゆく気か？」ジャックは剣を握るアル＝ソアの手に目を落とした。「おれとストロムは賭けをした。あいつは、その剣はおまえがおばあちゃんから盗んだものだと思っている。おれは、そんなことしたら、おまえのおばあちゃんは、おまえを豚小屋に蹴りこんで、そのあと泥まみれになったおまえを外に干して乾かしちまうさと言ってやった」ジャックは黄色い乱杭歯をのぞかせて、にやっと笑った。ますます人相が悪く見える。「まだ夜はこれからだ。なあ、坊や」

アル＝ソアは醜い顔でにやつくジャックのそばを通り抜けた。

厨房へ戻り、ほんの数分前に離れたばかりのテーブルの長椅子にマントを脱ぎ捨てた。

マットは二皿目の食事をたいらげ、三皿目を食べはじめている。これを食べて死ぬことになっても最後のひと口までたいらげると心に決めたかのように、ゆっくりと慎重に噛みしめていた。ジャックは馬小屋へつづく扉の近くに陣取り、壁にもたれて二人を見張っている。あのおしゃべりな料理人も、ジャックを相手に話をする気にはならないようだ。

「あの男はホワイトブリッジからきた」アル＝ソアは小声で言った。

誰のことを言っているのか説明する必要はない。マットはフォークに刺した牛肉を口へ運ぶ途中で手を止め、アル＝ソアに顔を向けた。アル＝ソアはジャックの視線を意識しながら、皿の食べものをフォークで掻きまわした。死ぬほど腹が減っているのに、何も喉を通らない。豆を食べるふりをしながら、馬車のことや女たちの噂話――マットは聞き逃したかもしれない――を話して聞かせた。

案の定、マットは女たちのおしゃべりを聞いていなかった。驚いて目をぱちくりさせ、歯の隙間からヒューと口笛を吹いた。そして顔をしかめてフォークの先の肉を見つめ、何やらぶつぶつ言ってフォークを皿の上にほうり投げた。もう少し言動に気をつけてくれたらいいのにと、アル＝ソアは思った。

「おれたちを追ってきたんだな。闇の信徒なのか？」食事を終えてマットが言った。額に皺を寄せている。

「そうかもしれない。よくわからない」アル＝ソアがジャックをちらっと見ると、大男は大儀そうに伸びをして、鍛冶職人のように大きな肩をすぼめた。

「あいつにつかまらずに逃げられると思うか？」と、アル＝ソア。

「だめだ。物音に気づいてヘイクとストロムが飛んでくる。こんなところに長居しなきゃよかったな」と、マット。

アル＝ソアはあきれて口を開けたが、何も言わないうちに、ヘイクが酒場から扉を通ってやってきた。ヘイクの肩ごしにストロムがぬっと姿を現わし、ジャックは勝手口の前に立ちふさがった。

「いつまでここで怠けてるつもりだ？　食わせてやった分はちゃんと働いてもらうぞ」ヘイクが荒々しくどなった。

アル＝ソアはマットを見た。マットは「あとで」と声を出さずに口だけ動かして答え、ヘイク、ストロム、ジャックが見つめるなかで二人は荷物をまとめた。

酒場に二人が姿を現わすなり、騒々しい場内からお手玉や曲を催促する声が乱れ飛んだ。ビロードのマントの男――ホール・ゴード――は、まだ周囲の者を無視し、椅子から身を乗り出してすわっている。アル＝ソアとマットが現われると、もとどおりに深く腰かけ、ふたたび口もとに満足げな笑みを浮かべた。

アル＝ソアが先に舞台に立ち〈井戸の水くみ〉を演奏した。心はなかば、うわの空だ。なんどか音程を間違えたが、誰も気づかなかった。アル＝ソアはゴードを見ないようにして、ここから逃げる方法を考えた。もしあの男がおれたちを追ってきたのだとしても、そのことに気づいていないふりをしなければならない。逃げのびるために……。

よく考えると、この宿は格好の罠だった。ヘイク、ジャック、そしてストロムがアル＝ソアたちをずっと見張っている必要はない。どちらかが舞台をおりれば、大勢の客が知らせてくれる。酒場が満員の客でにぎわっているかぎり、ヘイクがジャックとストロムをけしかけることはできないが、アル＝ソアとマットがヘイクに気づかれずに逃げ出すこともできない。それに、ゴードも二人の行動を監視している。アル＝ソアは、それでもあきらめのつかない自分がおかしかった。今は軽はずみな真似をせず、チャンスを待つしかない。

マットと交代するとき、アル＝ソアはひとりごとのようにぶつくさ言った。マットが、相手に気づかれようが不審に思われようがおかまいなしに、ヘイク、ジャック、ストロムの三人をにらみつけたからだ。

アル＝ソアは、マットがお手玉をしていないときに片手を上着の下に入れるのを注意した。だが、マットは気にしなかった。もしヘイクがあのルビーを見たら、客がいなくなるまで待ちはしないだろう。酒場にいる男たちが知ったら、そのうちの半分がヘイクと共謀して短剣を奪おうとするかもしれない。

最悪なのは、マットが誰よりもしつこく、例のホワイトブリッジからきた商人——闇の信徒だろうか——を見つめることだ。しかもゴードも、それに気づいている。気づかないはずがない。それでも、ゴードの冷静沈着ぶりはみじんも揺らがなかった。変化があったとしても、顔に笑みが広がったくらいだ。マットを見て旧知の仲だと言わんばかりにうなずき、つづいてアル＝ソアを見て訝しげに眉を吊りあげた。ゴードは何を訊きたがっているのか？　アル＝ソアは知りたくもなかった。ゴードを見ないようにしたが、もう手遅れだと悟った。

もう遅い。またしても手遅れだ。

ゴードの平静を揺るがしたのは、アル＝ソアの剣だった。アル＝ソアは剣をはずしていなかった。何人かの客に、その剣は下手な演奏をやじられたときのためのものかいとからかわれたとき、ゴードだけが柄に刻まれたアオサギの紋章に気づいた。色白の手で拳を握り、長いあいだ眉をひそめて剣を見つめた。そのあとまた笑顔に戻った。しかしその笑顔からは、さっきまであった確信が消えていた。

とりあえず、これで少しはほっとした。あのゴードが、おれをこのアオサギの紋章にふさわしい人物であると認めれば、そっとしておいてくれるかもしれない。そうなれば、あとはヘイクと二人の用心棒にだけ気をつければいい。

だが、そんな考えはなぐさめにならなかった。ゴードは剣ではなく、アル＝ソアを見つめつづけたからだ。

アル＝ソアには、この夜が一年もの長さに思われた。何人もの視線がアル＝ソアに注がれつづけた。ヘイク、ジャック、ストロムの三人は沼地に追いつめられた羊を狙うハゲワシのようだし、ゴードは獲物を待つ性質の悪い生き物のようだ。アル＝ソアには、この酒場にいるすべての者が隠された思惑を持っているように思えた。鼻につんとくるワインのにおい……汗くさい体臭……頭がくらくらする。絶えまなく押し寄せる騒音で視界がぼやけ、自分の笛の音色までが耳ざわりだ。まるで頭のなかで雷でも鳴っているような気分だった。鉄の重りのような疲労がアル＝ソアにのしかかった。

夜明けが近づくとともに、ようやく男たちは席を立ち、外の暗闇へ出ていった。自分が働くしかない農夫と違って、御者を雇っている商人は二日酔いも気にせず深酒をする。酒場はしだいに空(から)になり、午前四時ごろには宿屋に部屋を取っている者も寝台に入ろうと、ふらふらと立ちあがり、階段をあがっていった。

ゴードは最後まで席を立たなかった。アル＝ソアがあくびをしながら革の笛ケースに手を伸ばしたとき、やっとゴードは腕にマントをかけて立ちあがった。給仕女はかたづけを始めた。こぼれたワインや割れた陶製のジョッキに文句をこぼしている。ヘイクは大きな鍵で玄関に錠をおろした。ゴードがヘイクに声をかけた。ヘイクは給仕女を呼び、ゴードを部屋へ案内させた。ビロードのマントを着たゴードは二階へ姿を消す前に、マットとアル＝ソアに意味ありげな笑いを向けた。

ジャックとストロムを両脇にしたがえて、ヘイクはアル＝ソアとマットを見つめた。

アル＝ソアはあわてて荷物をまとめて肩にかけ、左手を背中にまわして荷物を支えた。これなら、いつでも剣に手が届く。まだ剣にふれてはいないが、その用意はできている。疲れていることを知られまいと、アル＝ソアはあくびを噛み殺した。

マットは弓と荷物を不格好に肩から下げ、片手を上着の下に入れて、近づいてくるヘイクと用心棒を見た。

驚いたことに、油ランプを手にしたヘイクはわずかに頭を下げて会釈(えしゃく)し、横の入口を身ぶりで示した。

「藁布団を用意してある」ヘイクは唇をゆがめて言った。

マットはジャックとストロムに向けて顎をしゃくった。「寝台へ案内するのに、この二人が必要なのかい？」

ヘイクはしみだらけのエプロンの表面をこすった。「わしはこの宿屋の主人だ。用心するのは当然だろう」雷が窓をカタカタと鳴らした。ヘイクは意味ありげに天井をながめ、歯を剝き出して笑った。「さ、寝台を見るのか？　見ないのか？」

もしここで帰ると言ったら、どうなるだろう？　ランに剣の使いかたを教えてもらえばよかった……。

「先に行ってください。後ろからついてこられるのはいやです」アル＝ソアはきびしい口調で言った。

ストロムは忍び笑いをした。ヘイクは無言でうなずき、横の入口へ向かった。ふてぶてしい態度の二人の大男が、そのあとにつづく。アル＝ソアは深く息を吸い、厨房へつづく扉を未練がましく見た。もしヘイクがすでに裏口に鍵をかけていれば、いま逃げ出しても最悪の事態が起こるだけだ。アル＝ソアは肩を落としてヘイクのあとにつづいた。

アル＝ソアが横の入口へ入るのをためらっていると、マットが背中を押してきた。扉の向こうにつづく通路はコールタールのように真っ暗で、ヘイクがランプを持ってきた理由がわかった。ジャックとストロムの身体の輪郭を浮かびあがらせるヘイクのランプだけが、先へ進む勇気を与えてくれる。アル＝ソアたちが引き返せば、ヘイクに気づかれるだろう。そのあとどうする？　ブーツの下で床板がきしんだ。

ホールの突きあたりには、塗装されていないざらざらした扉があった。ここまでほかに扉はひとつも見あたらなかった。ヘイクと用心棒は扉を開け、なかへ入った。アル＝ソアもすばやく、あとにつづいた。何か罠があるのかもしれないが、ヘイクはランプを高く掲げて、部屋へ入れと手招きしただけだった。

「ここだ」

ヘイクによると、ここは古い倉庫だという。見たところ、しばらく使われていないようだ。古びた樽や壊れた木箱が部屋の半分を埋めつくしている。天井の数カ所からは絶えまなく雨水が滴り落ちていた。汚れた窓の割れたガラスからは、雨が容赦なく吹きこんでくる。得体の知れないがらくたが棚の上に散らばり、何もかもが分厚い埃でおおわれていた。約束どおり、藁布団が用意してある。

ヘイクはこの剣を警戒しているのだ。でも、おれたちがおとなしく眠っているかぎり、何もしないだろう。

アル＝ソアはヘイクの宿屋で眠る気はなかった。ヘイクが部屋から出ていったら、すぐに窓から逃げるつもりだ。

「これで充分です」と、アル＝ソア。

アル＝ソアはヘイクに視線を向けたまま、ヘイクの横ににやにやしながら立っている二人の男の動きを警戒した。緊張のあまり、唇をなめそうになった。

「ランプは置いていってください」

ヘイクはしぶしぶランプを棚の上に置き、ためらいがちに二人の用心棒を見た。アル＝ソアは、いよいよジャックとストロムがヘイクの合図で襲いかかってくると確信した。だが、ヘイクの目はアル＝ソアの剣を見ていた。眉をひそめ、狡猾そうな表情をしている。やがてヘイクは頭をぐいと二人の用心棒に向けた。二人の用心棒は意外そうな顔をしたが、ヘイクにつづいて振り向きもせずに部屋を出ていった。

アル＝ソアはミシッ……ミシッと三人の足音が遠ざかるのを待ち、五十数えてから部屋の外へ頭を突き出した。暗闇を裂くものは、酒場へつづく扉の長方形の光だけだ。月よりも遠くに見える。頭を引っこめたとき、何か大きなものが遠くの扉の近くで動いた。ジャックかストロムが立って見張りをしているのだろうか。

すばやく扉を観察し、どうするか考えた。状況は不利だ。分厚くて頑丈な扉だが、鍵はついておらず、扉の裏にかんぬきもない。そして扉は部屋の内側へ開く。

「さっきは、あいつらに襲われるかと思った。ヘイクは何を期待してるんだ？」マットが言った。取り出した短剣を指の関節が白くなるほど強く握りしめている。刃にランプの明かりが反射してきらりと光った。弓と矢筒は床に置いてある。

「おれたちが眠るのを待っているのさ。扉をふさぐものを探すから、手伝ってくれ」

アル＝ソアは樽や木箱を掻き分けはじめた。

「何に使うんだ？　ここで寝るつもりはないんだろ？　だったら、窓から逃げよう。死ぬよりは、ずぶぬれになったほうがましだ」と、マット。

少しでも物音を立てれば、まばたきするまに用心棒が飛んでくるだろう。

「一人が廊下の突きあたりで見張ってる。ヘイクは寝ないで、おれたちが逃げないよう監視してるはずだ」と、アル＝ソア。

何やらぶつぶつこぼしながら、マットもいっしょに探しはじめたが、床に散らばったがらくたのなかには、役に立ちそうなものがひとつもない。樽は空（から）っぽで、木箱はばらばらに壊れているし、そんなものを全部まとめて扉の前に積みあげても、扉が開くのを止めることはできない。ふと、棚の上にあるものがアル＝ソアの目にとまった。錆と埃だらけのふたつに割れた楔（くさび）だ。アル＝ソアはにやりと笑って、楔を手に取った。

急いで楔を扉の下に突っこみ、次に雷が鳴り響いて宿屋を震わせたとき、すばやく踵で二回蹴って、楔を押しこんだ。雷鳴がやむと、アル＝ソアは息を殺して耳をそばだてた。聞こえてくるのは雨が屋根に打ちつける音だけだ。床板をきしませて走る足音は聞こえてこない。

「次は窓だ」と、アル＝ソア。

窓は何年も閉じたままで、まわりに汚れがこびりついていた。二人で力を合わせ、めいっぱい窓を押しあげた。すぐにアル＝ソアの膝ががくがく震えはじめた。窓はきしりながら、ゆっくりと数センチずつ開いた。下をくぐり抜けられるくらいまで開いたとき、アル＝ソアは手を止めて、しゃがみこんだ。

「ちくしょう！　これじゃあ、おれたちが逃げ出すのをヘイクが心配する必要はないわけだ」と、マット。

鉄の窓枠に取り付けられた鉄柵がランプの明かりで照らし出された。雨に濡れて光っている。アル＝ソアは鉄柵を押してみたが、巨岩のようにびくともしない。

「おれ、さっき何か見た」マットは急いで棚のがらくたを掻き分け、錆びた鉄梃を持って戻った。鉄梃の端を鉄柵の下にはさみ入れるのを見て、アル＝ソアはたじろいだ。

「ちょっと待て、マット。大きな音を出すとまずい」

マットは顔をしかめ小声でぶつぶつ言ったが、言われたとおりに手を止めて待った。アル＝ソアは両手を鉄梃にのせ、窓の下にたまった水に足を取られないよう気をつけながら、雷鳴に合わせて二人でいっしょに力をこめて鉄梃を押した。釘が激しい金切り声をたて、アル＝ソアの首の毛を逆立てた。鉄柵が動いた――だが一センチにも満たない。稲妻が走り、雷鳴の轟きにタイミングを合わせ、なんども繰り返して鉄梃を押した。動かない。五ミリ動いた。髪の毛ほどのわずかな隙間だ。動かない。動かない。

突然アル＝ソアの足が雨水ですべり、二人は床に倒れた。鉄梃が鉄柵にあたってガーンと銅鑼のような音を立てた。アル＝ソアは息を止めて耳を澄ました。大丈夫だ。雨音しか聞こえない。

マットは痛めた関節をさすり、アル＝ソアをにらみつけた。「こんな調子じゃ、いつまでたっても、ここから逃げられないぜ」

窓と鉄柵のあいだには指が二本入るくらいの隙間しかなく、太い釘が何本も鉄柵から突き出ている。

「つづけるしかない」アル＝ソアは言って立ちあがり、鉄柵の下に鉄梃をあてがった。扉がきしむ音が聞こえた。誰かが楔でふさがれた扉を開けようとしている。アル＝ソアはマットと心配そうに視線を交わした。マットは短剣を手にしている。扉はまた、ミシッ……

ミシッと音を立てた。

アル＝ソアは深呼吸し、落ち着いた声を出そうとした。

「あっちへ行ってくれ、ヘイク。おれたちは、これから寝るところなんだ」と、アル＝ソア。

「人違いをなさっているようだ」つややかな声そのものが、声の持ち主の名を語っていた。ホール・ゴードだ。「宿屋の主人ヘイクとその……子分たちは寝息を立てて眠っている。わたしたちのじゃまはしない。朝になったら、あんたたちが消えたことを知って驚くだろう。わたしの若き友よ、なかへ入れてくれ。話がある」

「話なんてあるもんか。さっさとあっちへ行ってくれ。静かに眠らせてくれよ」マットが言った。

ゴードは耳ざわりな笑い声を上げた。「話があるんだ。あんたたちにもわかっているはずだ。二人の目を見ればわかる。わたしには、あんたたちのことがあんたたち自身よりもよくわかる。波動を感じるからだ。もう二人はなかばわたしのご主人様のものになりかけている。逃げずに事実を受け入れてくれ。簡単なことだ。もしあんたたちがタール・ヴァロンの魔女に追われれば、敵の手に落ちる前に喉を掻き切って死ぬこともできなくなる。あんたたちを守ってくださるのは、わたしのご主人様だけだ」

アル＝ソアは必死に平静を保った。「なんのことを言っているのか、さっぱりわからない。ほっといてくれ」

通路の床がきしんだ。ゴード以外にも人がいる。二台の馬車でどれだけの人数を運べるだろう？

「若き友よ、愚かな真似はやめてくれ。あんたたちには、よくわかっているはずだ。〈偉大なる闇王〉は、あんたたちを必要とされている。〈偉大なる闇王〉の目覚めを讃えるため、新たなる〈闇の軍師〉たちが集うと伝説に記されているからだ。そう、あんたたちも、その一員だ。そうでなければ、わたしがあんたたちを見つけるために遣わされるはずがないだろう。考えてみてくれ。永遠の生命、想像をはるかに超えた力が手に入るのだぞ」ゴードは太い声で説得した。

アル＝ソアは稲妻が闇を裂くと同時に窓に視線を戻し、思わず唸り声を上げた。雨のなかで、ずぶぬれになり、窓を見守る男たちの姿を稲光が照らし出したからだ。

ゴードはつづけた。「いいかげんにしてくれ。あんたたちはわたしの、そしてあんたたち自身のご主人様に服従するべきだ。服従を強いられる前に降参したほうがいい。〈偉大なる闇王〉は死を司っておられる。死者に命を与え、命ある者に死を与えることも思いのままだ。さあ、扉を開けてくれ。いま逃げたとしても、いずれあんたたちの逃亡劇は終わりを迎える。さあ、開けろと言ったら、開けろ！」

まだ言い残したことがあるらしく、ゴードは突然扉に体あたりを始めた。その衝撃で扉が震えた。楔の位置がわずかにずれ、木製の扉にこすれて錆がぽろぽろと剝がれ落ちた。なんども繰り返しゴードが体あたりするたびに、扉は震えた。なんとか楔は持ちこたえているが、わずかずつ数回にわたって押し戻され、少しずつ確実に扉が内側へ開きはじめた。

「服従しなければ、一生、後悔することになる」と、ゴード。

「ほかに方法がないなら――」マットは唇を湿らせて、罠にはまった穴熊のように、あたりを見まわした。青ざめた顔で、息を荒らげて言葉をつづけた。「とりあえずあいつの言うとおりにして、あとで逃げる方法を考えよう。ちくしょう、アル＝ソア、ほかに逃げ道はない！」

アル＝ソアの耳は綿がつまっているかのように、くぐもった声に聞こえた。

逃げ道はない。

頭上で雷鳴が轟き、一筋の閃光に目がくらんだ。

でも、なんとか逃げ道を見つけなければならない。

ゴードは二人にしつこく服従を迫った。扉がまた数センチすべり開き、今にも開かれようとしていた。

逃げ道はないのか！

光が部屋じゅうにあふれ、目がくらんで何も見えなくなった。ものすごい熱風が吹き抜けたかと思うと、アル＝ソアはその衝撃で飛ばされ、壁に叩きつけられた。そこから、がらくたの山の上へすべり落ち、よろよろと立ちあがった。耳鳴りがして全身の毛が逆立ち、視力が戻らないまま呆然（ぼうぜん）とした。膝ががくがくし、片手を壁に置いて身体を支えなければ立っていられない。アル＝ソアは驚いて周囲を見まわした。

ランプは、まだ壁にかかっている棚の上で横倒しになっていた。だが、炎は消えずに部屋のなかを照らしている。ばらばらに投げ飛ばされた樽や木箱は黒焦げになり、ぶすぶすくすぶっていた。窓も鉄柵も何もかもが周囲の壁もろとも消えてなくなり、ぽっかり穴が開いている。屋根は傾き、ぎざぎざの穴から、渦を巻いて立ちのぼる煙に雨が降り注いでいた。蝶番のはずれた扉が斜めに押しつぶされて戸枠にはさまり、部屋の外へ突き出ている。

混乱して事態を把握できないまま、まるでランプが無事であることを確かめるのがこの世でいちばん重要なことだとでもいうかのように、アル＝ソアはランプを立てなおした。

木箱の山が突然ふたつに分かれて、中央からマットが現われた。ふらふらと立ちあがって、目をぱちくりさせている。ちゃんと手足がついていることを確かめるように身体じゅうを手でふれ、アル＝ソアを見た。

「アル＝ソア、おまえか？　生きてたんだな。おれはてっきり二人とも――」マットは震えながら唇を噛んで口ごもった。

その瞬間、アル＝ソアはマットがパニックを起こしかけているのに気づいた。意味もなく笑っている。

「マット、どうした？　マット？　おいマット、何があったんだ!?」

マットは最後にぶるっと身震いし、ぴたりと動きを止めた。「稲妻だよ、アル＝ソア。雷が窓の鉄柵に落ちたのを、おれは見たんだ。稲妻だ。おれは目が見えない――」目を細めて、傾いた扉を見ると、マットはきびしい口調で言った。「ゴードはどこだ？」

扉の向こうの暗い通路で動くものは何もなかった。ゴードと手下の気配はなく、物音も聞こえない。だが暗闇のなかに何がまぎれていてもおかしくはなかった。アル＝ソアはゴードたち全員が死んだと思いたかった。だが冠を授けられるときのように頭を通路に突き出して確かめる勇気はない。壁に開いた穴から見える闇のなかには、動くものなど何も見あたらなかった。二階では宿泊客たちが起き出して騒ぎはじめ、混乱して叫ぶ声や逃げまどう足音が聞こえてくる。

「今のうちに、ここを出よう」と、アル＝ソア。

大急ぎで瓦礫（がれき）のなかから所持品を取り出し、アル＝ソアはマットの腕をつかんで引きずるように、壁の穴から外の闇へと連れ出した。マットはアル＝ソアの腕にすがり、なんとか前方を見ようとして顔を突き出し、つまずきながら歩いた。

雨粒がアル＝ソアの顔にあたったかと思うと、宿屋の上に稲妻が枝わかれして光った。アル＝ソアは無意識に足を止め、息をのんだ。ゴードの子分たちは同じ場所に横たわっていた。足を壁に開いた穴に向け、激しい雨に打たれ、空を仰いで両目を見開いている。

マットがたずねた。「今のはなんだ？　ちくしょう！　自分の手も見えないのに！」

「なんでもない、ただの雷だ」アル＝ソアは答えた。

運がよかった。光が運を導いてくださったのだろうか？

アル＝ソアは身震いした。マットに寄り添い、注意深く死体をよけて先へ進んだ。雷のほかには何も明かりはなく、宿屋からふらふら走って逃げる途中で、なんども轍に足を取られた。マットはアル＝ソアにぶらさがる格好になり、マットがつまずくたびに二人とも倒れそうになった。おぼつかない足取りで、息を切らせて二人は走った。

何も聞こえなくなるほど雨音が強くなり、雨のカーテンに視界をさえぎられて宿屋〈踊る御者〉も見えなくなった。その前にいちどだけ、アル＝ソアは振り返った。稲光が宿屋の裏手に立つ男のシルエットを浮かびあがらせた。男は二人に向かって――あるいは空に向けて、拳を振りあげていた。ゴードかヘイクか？　アル＝ソアにはわからなかったが、どちらにせよ同じことだ。雨はますます激しくなり、水の壁のなかに二人は取り残された。アル＝ソアはひと晩じゅう走りつづけた。嵐の唸りの向こうに、追手の足音が聞こえるのではないかと、耳をすましながら。

33　闇の待ち伏せ

鉛色の空の下で、二輪馬車は大きな車輪をガタガタと鳴らしながら、シームリン街道を東へ向かった。ランド・アル＝ソアは二輪馬車の荷台に積まれた藁の山から身体を起こして、周囲に目をやった。一時間前よりはだいぶ元気になったが、両腕に力が入らず、腕で身体を支えるというよりも、単に腕を伸ばしただけというほうが近い。手を使わなくても、頭だけが浮いていてくれたら、どんなに楽だろう。それでも、一時間前よりは気分がいい。アル＝ソアは荷台の横木に肘をかけ、行きすぎる景色をながめた。どんよりとした雲におおわれた太陽がまだ高いうちに、二輪馬車は蔦の絡んだ赤煉瓦の家々が立ち並ぶ村に着いた。フォー・キングスより東には村々が集中している。

村人のなかには、二輪馬車の持ち主であるハイアム・キンチに手を振ったり、挨拶したりする者がいた。キンチ親方はざらざらの肌をして、口数は少なく、声をかけられても、自分からはほんの短い言葉を返すだけだ。しかも、パイプをくわえているせいで、言葉が聞き取りづらいが、キンチが上機嫌であることは声の調子でわかった。キンチに声をかけた村人は二輪馬車のほうには目もくれず、それぞれの仕事に戻った。二輪馬車の荷台にいる二人の乗客を気にとめる者は誰もいなかった。

村の宿屋がアル＝ソアの視界を横切った。水漆喰を塗った壁に、灰色の薄石板の屋根。玄関を出入りする人々はたがいに軽く手を上げて、さりげない挨拶を交わした。そのまま立ちどまって話しこむ者もいる。みな顔見知りらしい。村人たちの服装はというと、ズボンの裾をブーツにたくしこみ、上着をはおっているのは、アル＝ソアと同じだ。しかし、この村の人々は派手な縞模様を好む。女たちはボンネットを深くかぶって顔を隠し、白地に縞のエプロンをしていた。おそらく宿屋の酒場に集まるのは、街場の人々か、郊外に住む農夫のどちらかだろう。

だが、どれもこれも縞模様では、見分けがつかない。

アル＝ソアは二輪馬車の荷台で藁の上に寝そべり、自分の両足のあいだで小さくなってゆく村の風景をながめた。街道の両側には柵に囲まれた畑と、刈りこまれた生垣がつづき、農夫の暮らす小さな家々は赤煉瓦の煙突から煙を吐いていた。道沿いの並木は、薪にするために育てられた柴木ばかりで、庭の草木のようにすんなりとして、癖がない。だが、葉を落とした枝が空にそびえる姿は、西に見える森の木々と同様に荒涼としていた。

そのとき、反対方向から幌馬車の隊列が道の中央を走ってきて、二輪馬車を道端へ押しのけた。キンチはくわえていたパイプを口の端へ動かして唾を吐くと、片目で右側の車輪を見て、生垣の枝が絡んでいないかどうか確かめてから、二輪馬車を走らせた。キンチは唇を一文字に引き結び、商人の幌馬車の列を見やった。

長い鞭を鳴らす八頭立ての幌馬車を駆る御者たちも、幌馬車と並んで馬を走らせるきびしい顔つきの用心棒も、アル＝ソアたちの乗った二輪馬車に目もくれなかった。アル＝ソアは胸を締めつけられるような思いで、商人たちの幌馬車を見つめ、上着の下に隠し持った剣を握りしめた。やがて最後尾の幌馬車が通り過ぎた。

二輪馬車がたったいま通ってきたばかりの村へ向かって幌馬車が走り去っていったとき、キンチの横に腰かけていたマットが振り返り、アル＝ソアと目をあわせた。マットはマフラーを何重にも折りたたみ、目の上に巻きつけている。以前、幌馬車に乗せてくれた農夫からもらったマフラーは、必要に応じて土埃よけになったり、日よけになったりと、便利だ。曇り空だというのに、マットはマフラーの下の目をまぶしげに細めた。

「後ろに何か見えるか」マットは小声で言った。「幌馬車は？」

アル＝ソアが首を横に振ると、マットはうなずいた。後ろにはもう何も見えない。

キンチは横目で二人をちらっと見て、パイプをくわえなおし、手綱を鳴らした。何も言わなかったが、キンチは二人の様子に気づいていた。馬は足を速めた。

「目はまだ痛むのか？」と、アル＝ソア。

マットはマフラーの上から目にさわった。

「いや、たいしたことない。太陽をまともに見たりしなきゃ大丈夫だ。おまえはどうだ？気分はよくなったか？」

「まあな」と、アル＝ソア。本当に気分がよくなった。こんなに早く元気になるとは自分でも驚く。いや、これはきっと光のお恵みだ。

恵みの主は光に決まっている。断じて闇ではない。

そのとき騎馬隊が現われて、商人の幌馬車と同じく西へ向かった。兵士たちは鎖かたびらに鎧を着け、その上から長く白い襟を垂らしている。マントと上着は赤で、ホワイトブリッジの門番と同じ色だが、こちらのほうが仕立てはよく、兵士の身体にぴったりと合っていた。円錐形の兜が銀色の光を放つ。兵士たちは背筋をぴんと伸ばし、細長い旗のついた槍を同じ角度に保ちながら、馬を駆った。

二列に並んだ兵士たちは、すれ違いざまに二輪馬車のなかをのぞきこんだ。兵士ひとりひとりの顔は兜で見えない。剣がマントの下に隠れていてよかったと、アル＝ソアは胸をなでおろした。数人の兵士がキンチに会釈した。とても知り合いどうしとは思えない、あっさりした挨拶だ。キンチは同じように無表情で会釈を返した。その目に、かすかな敬意の色が浮かんだ。

騎馬隊の馬は常歩だが、キンチの二輪馬車よりはずっと速く、風のように横を駆け抜けていった。アル＝ソアはぼんやりと馬の数をかぞえた。十……二十……三十……三十二頭。アル＝ソアは頭をもたげて、シームリン街道の向こうへ消えてゆく騎馬隊を見送った。

「あれはなんです？」マットがたずねた——半分は好奇心から、半分は警戒心からだ。

「女王様の近衛隊だよ」キンチはパイプをくわえたまま答えた。目はじっと前を見ている。

「何か特別の命令でも出なきゃ、ブリーンズ・スプリングより向こうへ行くことはめったにないね。昔はこうじゃなかったんだが」キンチはパイプを吸い、さらにつづけた。「近ごろは、一年にいちども近衛隊がこない地域があるらしいが、これもご時世だな」

「近衛隊って何をするんですか？」と、アル＝ソア。

キンチがアル＝ソアを見た。「アンドール王国の平和を守るんだよ。法の番人でもある」キンチはその言葉が自分でも気にいったのか、一人でうなずいた。「つまり、法を破ったやつを捜しだして、裁判官の前に突き出すのさ。フーッ！」キンチは細い煙を吹き出した。「近衛隊を知らないなんて、あんたがたはこのあたりの人間じゃないな。どこからきたのかね？」

「ずっと遠くです」マットと同時に、アル＝ソアが言った。「トゥー・リバーズです」

アル＝ソアは自分の言葉を取り消したかった。うかつだった……。下手にこそこそしたり、身もとを明かしたりすれば、闇に溶けるミルドラルに鈴の音を聞かせることになりかねない。

キンチは目の端でマットを見やり、黙ってパイプの煙をくゆらせた。

「そうか、そうか。ずっと遠くからか」やがてキンチは言った。「きっと国境に近いあたりだろう。それにしても、ひどいもんだ。近衛隊を知らない人間がこの国にいるとはね。まったく、時代が変わったよ」

アル＝ソアは思った——アル＝ヴィア村長が聞いたら、なんと言うだろう？ トゥー・リバーズがアンドール王国の一部だなんて。もしかしたら、村長はもう知っているのかもしれない（村長はびっくりするほど物知りだから）。ほかのみんなも。でも、おれは聞いたことがない。トゥー・リバーズにはトゥー・リバーズのやりかたがある。それぞれの村で起こった問題はそれぞれの村で解決するし、いくつもの村にかかわる大きな問題ならば、村長どうしで話し合ったり、ときには男議会が解決したりする。

キンチは手綱を引いて二輪馬車を停めた。「すまないが、ここで降りてもらえるかね？」シームリン街道から北へ延びる細い馬車道の向こうには、広々とした農地と数軒の家が見えた。畑には耕された跡はあるが、作物はわずかだった。「シームリンまで二日はかかるだろうな。もっとも、あんたの友達が自分の足で立って歩けたらの話だが」キンチはマットに言った。

マットは二輪馬車から飛び降りて、自分の弓や荷物を背負うと、荷台をおりるアル＝ソアに手を貸そうとした。アル＝ソアは、背負った荷物の重みでふらついたが、マットが差し出す手を振り切って自力で歩きだした。アル＝ソアの足もとはおぼつかないものの、どうにか持ちこたえられそうだ。二人ともエモンズ・フィールドにいたころよりも、ずっとたくましくなっていた。

キンチはすぐに二輪馬車を出さず、パイプを吹かしながら二人を見つめた。

「よかったらわしの家で一日か二日、休んでいかないかね？　それくらいなら、偽の竜王を見逃すこともあるまい。なんの病気だか知らんが、休めばきっとよくなるさ。どうかね、お若いの？　家には古女房とわしの年寄り二人だけだから、気をつかうことはない。それに、わしらはあんたがたよりもずっと長く生きてきて、たいていの病気にかかったし、子供たちの看病もした。とにかく休むなら早いほうがいい。見たところ、あんたの病気はかなり進んでるよ」

マットの表情がけわしくなった。アル＝ソアも顔をしかめた。

みんながみんな、光の味方ではない。光がこの世のすべてではない。

「ありがとうございます」と、アル＝ソア。「でも、もう大丈夫です、本当に。次の村までは、どれくらいかかりますか？」

「カリスフォードの村かい？　歩いても、暗くなる前には着くさ」キンチは口からパイプを取って、考えこむ表情で唇をすぼめ、それから言った。「最初は、あんたがたは年季奉公がいやで逃げてきたのかと思ったが、もっと深い事情がありそうだな。何から逃げているかは知らないし、知りたいとも思わない。あんたがたが闇の信徒でないとわかれば充分だよ。それに、追いはぎや人殺しでもなさそうだ。近ごろ、この界隈には物騒なやつらがいてね。わしがあんたがたくらいの歳のころは、なんどかひどい目にあった。とにかく、あんたがたは二、三日、人目につかないところで休んだほうがいい。この道を八キロほど行ったところにわしの農場がある」キンチは馬車道を顎で指し示した。「あそこなら誰もこないし、誰があんたがたを追っかけてこようと、見つかりはしない」キンチはしゃべりすぎた自分に照れて、咳払いをした。

「どうして、おれたちが闇の信徒でないとわかるんですか？」と、マット。あとずさりしながら、上着の下の短剣に手を伸ばしている。「闇の信徒をよくご存じなんですね」

キンチの表情がこわばった。「勝手にするがいい」キンチは馬を出して、細い道に入ってゆき、二度と振り返らなかった。

マットはアル＝ソアを見た。もう顔をしかめてはいない。「ごめんな、アル＝ソア。おまえが休みたいのは、よくわかってる。でも、もしあの男についていったら、どうなったかと思うと……」マットは肩をすくめた。「誰もかれもがおれたちの跡をつけているような気がしてしかたがないんだ。光よ、お願いです、おれたちが追われている理由を教えてください。こんな不安はもうたくさんです。どうかお願いします……」マットの悲しげな声はしだいに小さくなった。

「いい人たちと出会うことだってあるさ」と、アル＝ソア。

マットはキンチの農場につづく馬車道を歩きだそうとした。いやでしかたがないと言うように、顔をしかめている。

アル＝ソアはマットを止めた。

「なあマット、おれたちには休んでる暇なんかないさ。そうだろう？　だいたい、この辺には隠れる場所なんてどこにもないじゃないか」

マットはその言葉にほっとしてうなずいた。それから鞍袋(くらぶくろ)を肩にかけ、吟遊詩人トム・メリリンのマントでくるんだケース入りの竪琴(たてごと)を抱えたうえに、アル＝ソアの荷物まで持とうとした。だが、アル＝ソアは自分の荷物は自分で持つと、頑として譲らなかった。アル＝ソアは自分の脚に力がよみがえったのを感じた。

何かがおれたちを追っているだと？

アル＝ソアは次の村へと向かう道を歩きながら思った。

追っているんじゃない。おれたちを待っているのだ。


アル＝ソアは、マットと二人でフォー・キングスの宿屋〈踊る御者〉を命からがら逃げ出した日の夜から今までのことを思い返した。

どしゃ降りの雨が二人の身体を叩きつづけ、激しい稲妻が漆黒の空を切り裂いた。衣服はたちまち雨を吸い、一時間もたつころには衣服の下の身体までびしょ濡れになったが、二人は足を止めなかった。闇のなかで、ときおり鋭い稲光があたりの木々を照らし出すと、ほとんど何も見えないマットは痛む目を細め、アル＝ソアに手を引かれながら、一歩一歩探るように足を進めた。アル＝ソアはつのる不安に、ふと眉を寄せた。マットの目がこのまま治らなければ、おれたちは地べたを這いずるようにして歩かなければならない。とても追手から逃げることはできない……。

マットはアル＝ソアの不安を感じ取っているようだ。マントについたフードをかぶっていたにもかかわらず、雨に濡れた髪が額に張りついている。

「なあ、アル＝ソア……おれを置いていったりしないよな？　もし、おれがおまえについていけなくなっても、おれを一人にしないよな？」マットは声を震わせた。

「心配するな」アル＝ソアはマットの手を握りしめた。「何があっても、おまえを置き去りになんかするものか」

光よ、おれたちを助けてください！

マットは頭上で轟いた雷に怯み、手をつないでいたアル＝ソアともども、あやうく転びかけた。

「マット、とにかく休もう。このまま歩きつづけたら、脚が折れちまう」

「ゴードの野郎……」そうつぶやいたマットを、闇を裂く稲妻が照らした。あらゆる音をかき消す雷鳴のせいで声は聞こえなかったが、アル＝ソアは唇の動きからマットの言葉を読み取った。「あんなやつ、くたばっちまえ」

そうだ。ゴードを生かしておくべきじゃない。光よ、どうかゴードに死を……。

アル＝ソアは、稲妻が光ったときに見えた茂みへマットを連れていった。枝にはかなり葉が残っていて、雨宿りくらいはできそうだ。ありがたい。でも、この木に雷が落ちたら、どうしよう？　いつまでも幸運ばかりがつづくわけはない……。

二人は低木のしげみにもぐりこんでマントを脱ぎ、枝のあいだに広げて、テント代わりにした。すでに濡れねずみの二人にとって、こんなものはあってもなくても同じようなものだが、絶えまなく叩きつける雨を多少なりともさけることはできそうだ。アル＝ソアとマットはしゃがんで身体を寄せ合い、わずかに残るぬくもりを分け合った。そのうちに、テント代わりのマントから雨水が滴り落ちてきた。二人は震えながら眠りに落ちた。

アル＝ソアはすぐに気づいた——おれはいま夢のなかにいる。場所はフォー・キングスの村だが、アル＝ソアのほかには人けがなかった。四輪馬車が何台かあるだけで、人もいなければ馬もいない。犬もいない。生きているものが何ひとつない。それでも、自分を待ち受ける何者かの存在を感じていた。

アル＝ソアは轍の残る道を進みながら、視界を横切る景色がつぎつぎとかすんで消えてゆくような気がしてならなかった。振り返ると、たしかにそこに存在しているのに、視界の隅にはぼんやりした残像しか映っていない。まるで目を離した瞬間に消えてゆくかのようだ。急いで振り返ったら……何が見えるだろう？　考えただけで恐ろしい。

いつのまにか宿屋〈踊る御者〉の前にきていた。どういうわけか、けばけばしい色で塗りあげられているはずの壁は灰色になっており、生気が感じられない。なかへ入ってゆくと、ゴードがテーブルについていた。

ゴードのものとわかるのは、絹と黒いビロードの衣服だけだ。ゴードの皮膚は真っ赤に焼けただれて裂け、血がにじみ出ている。焼け焦げた頭部はドクロのようで、唇がしぼんで歯と歯茎が剥き出しになっていた。ゴードがこちらを振り返ったとたんに髪の毛がばさりと肩に焼け落ちて、煤をまき散らした。ゴードはまぶたのない目でアル＝ソアを見据えた。

「おまえは死んだ」アル＝ソアは言った。恐怖心が少しもないのが不思議だ。おそらく、これが夢だとわかっているからだろう。

「そのとおり」バ＝アルザモンの声が響きわたった。「だが、こやつは余のためにおまえを捜し出した。これはその褒美だ。おまえも余の褒美がほしくはないか？」

アル＝ソアは振り返った。夢だとわかっているのに、恐ろしかった。バ＝アルザモンの衣服は黒みを帯びた赤——乾いた血の色だ。その顔に、怒りと憎しみと歓喜が混ざり合った表情が浮かんでいる。

「よく聞け。おまえは永遠に余の目から隠れることはできない。どんな小細工をしようと無駄だ。おまえは逃げられない。おまえを守ろうとするものは、おまえの力を弱める。いちどでも隠れてみろ。こんどはおまえに目印の炎がともる。さあ、余のもとへくるがよい」バ＝アルザモンはアル＝ソアに手を差し出した。「おまえは余の猟犬どもに妬まれている……猟犬どもは、おまえと戦うのに手段を選ばない。余の足もとにひざまずけ。それがおまえの運命だ。おまえは余のものとなる」

そのとき、ゴードが焼け焦げた舌で怒りの声を上げたが、何を言っているのかわからなかった。

アル＝ソアは唇を濡らそうとした。口のなかがからからだ。「いやだ！」やっとの思いで声を上げると、こんどはするすると言葉が出てきた。「おれは誰のものでもない。おれはおれだ。決してきさまのものにはならない。闇の信徒に殺されても、絶対にきさまのものにはなるものか！」

バ＝アルザモンの目から炎が噴き出して、室内はたちまち熱くなった。炎がちらちらと揺らめく。

「生きていようと、死んでいようと、おまえは余のものだ。おまえの墓はこの手のなかにある。おまえを殺すのはたやすいが、生きていてもらわねば困る。そのほうがおまえにとっても都合がいいはずだ。生命はあらゆる力の源だからな」ゴードがふたたびわけのわからない声を上げた。「よしよし。おまえは利口な犬だ。それ、褒美をやろう」

アル＝ソアはゴードを見た。ゴードはバ＝アルザモンの言葉にこのうえない喜びをあらわにしたが、それがぬか喜びであることに気づいたかのようにたちまち恐怖の色を浮かべた。一瞬後、ゴードの身体は無残に砕け散った。椅子の上には、灰にまみれたビロードの衣服だけが残った。

振り返ったアル＝ソアに、バ＝アルザモンは拳（こぶし）を突き出した。

「おまえは余のものだ。生きていようと、死んでいようとな。〈全界の眼（アイ・オブ・ザ・ワールド）〉はおまえの力にはならない。さあ、余の印（しるし）をつけてやろう」

バ＝アルザモンは拳を開いた。そのなかから火の玉が現われ、アル＝ソアの顔めがけて飛んできた。火はあっというまに燃え広がり、アル＝ソアの肌を焦がした……。

アル＝ソアは闇のなかで、びくっと身体を動かして目覚めた。木の枝にかけたマントに雨がしみとおり、水が顔に滴り落ちている。震える手で頬にふれた。日に焼けてはいるが、柔らかい肌の感触はもとのままだ。

隣で眠るマットが夢にうなされたのか、身をよじり、うめき声を上げた。アル＝ソアが揺り起こすと、マットはうめきながら目を覚ました。

「おれの目が！　光よ！　お助けください！　あいつが……あいつがおれの目を！」

アル＝ソアはマットを赤ん坊のように抱きしめた。

「マット、大丈夫だよ。大丈夫だ。あいつにはおれたちを倒すことはできない。そんなことは絶対にさせない」

マットはアル＝ソアの腕のなかで身を震わせ、すすり泣いた。

「あいつがおれたちを倒せるわけがない……」アル＝ソアはつぶやいた。おれ自身がそう信じたいんだ……。バ＝アルザモンの声がよみがえった。

〝おまえを守ろうとするものは、おまえの力を弱める〟だと。おれは……気が狂いそうだ。

激しい雨は夜明け前に弱まり、あたりが薄明るくなるころにはやんだ。まだ空に雲が残っていて、ふたたび雨が降るかと思われたが、風は雲を南へ押し流し、太陽が顔をのぞかせた。暖かさのない光が濡れた衣服に射した。夜中に目覚め、ふたたび眠りにつくことのなかった二人は、朦朧としたままマントをまとい、東へ向かって歩きだした。

アル＝ソアはマットの手を引いた。

やがてマットは、「弓の弦が雨に濡れて台なしだ」とこぼすほど元気を取り戻した。

だが、ここで立ちどまって予備の弦をポケットから取り出し、張り替えている暇はない。

アル＝ソアは歩きつづけた。

正午過ぎ、二人はひとつの村に着いた。煙突から煙を上げる煉瓦造りの家々を見ると、アル＝ソアは身震いしたが、村へは近づかず、マットの手を引いたまま森や野原を抜けて南へ向かった。そのとき目にしたのは、雨でぬかるんだ畑に鍬を入れている一人の農夫だった。アル＝ソアは農夫に気づかれないよう注意しながら身をかがめて木立のあいだを進んだ。農夫は自分の仕事に集中していたが、それでもアル＝ソアは農夫の姿が見えなくなるまで目を離さなかった。たとえゴードの仲間が生きているとしても、この村でアル＝ソアとマットを見た者がいない以上、二人がフォー・キングス村から南へ向かったと思いこむだろう。アル＝ソアとマットはシームリン街道へ戻り、その村を離れた。歩いているうちに、二人の衣服は生乾きになった。

二人が村を離れてから一時間後、一人の農夫が干し草を荷台に半分しか積んでいない荷馬車に乗せてくれた。マットのことが心配で、とほうに暮れていたアル＝ソアにとって、思いがけない申し出だった。もう夕方に近いというのに、マットは細めた両目を手でおおい、太陽がまぶしくてしかたないとこぼしつづけた。背後からガタゴトという音が聞こえてきたときにはもう遅かった。道がぬかるんでいるため、音がよく聞こえなかったのだ。二頭立ての荷馬車が五十メートルと離れていないところまできており、御者席にすわった農夫が二人をじっと見つめていた。

驚いたことに、農夫は馬を止め、乗っていけと声をかけた。アル＝ソアは迷ったが、すでに姿を見られてしまったし、申し出を断わったら、かえってこの男の印象に残るだろうと考えた。結局、マットを御者席の隣に腰かけさせ、自分は荷台へ乗りこんだ。

荷馬車の持ち主であるアルパート・マルは、ぼんやりした男だ。えらの張った顔とごつごつした手が激しい労働と先行きの不安のせいでくたびれ、皺が寄っている。アルパートは誰かに愚痴をこぼしたくてしかたがないようだ——うちの牛は乳を出さないし、鶏は卵を産まない。牧場なんて名ばかりだ。おれは物心ついてからはじめて干し草をよそから買うはめになった。〝ベインじいさん〟が売ってくれた干し草は荷台に半分きりだ。干し草にしても、ほかの作物にしても、今年はうちの牧場で収穫があるかどうかわからない……。

「でも、女王様がきっとなんとかしてくださる。光は女王様を照らす」アルパートはうやうやしく言って、拳で額を軽く叩いたが、あいかわらずぼんやりしていた。

アルパートはアル＝ソアとマットにほとんど目を向けなかったが、自分の農場へつづく柵の並ぶ細い馬車道の入口で二人を荷馬車から降ろしたとき、おずおずとひとりごとのように言った。

「おれはあんたたちがどうして逃げているのか知らない。それに、知りたいとも思わない。ただ、おれには妻も子もいる。わかってくれ。おれは自分の家族のことで手いっぱいだ。通りすがりの旅人を助ける余裕はないんだ」

マットが懐に忍ばせた短剣に手をかけようとしたが、アル＝ソアはマットの手首をつかんで止め、無言でアルパートを見た。

「おれが善人なら」と、アルパート。「二人連れの若者がずぶぬれで歩いていたら、うちへ連れていって、暖炉で服を乾かし、身体を温めてもらうところなんだがね。でも、いまはだめだ。うちはそれどころじゃないんだ。あんたたちがどうして逃げているのかは知らないし、知りたくもない。すまないが、わかってもらえるかい？　おれには家族がいる」アルパートはポケットから分厚い毛織の長い黒のマフラーを二枚取り出した。「たいしたもんじゃないが、取っておいてくれ。うちの息子たちが使っていたマフラーだ。まだほかに手持ちがあるから、心配はいらない。あんたたちにはおれの事情など知ったことではないだろうが、どうかわかってくれ。いまは、これしかできないんだよ」

「あなたのようなかたに会ったのははじめてです」アル＝ソアはマフラーを受け取りながら答えた。「あなたは本当に親切なかただ。おれたちが近ごろ出会った人のなかでいちばん親切です」

アルパートはその言葉に驚き、顔をほころばせた。手綱をぐいと引くと、荷馬車は細い馬車道へ入っていった。荷馬車が出るのと同時に、アル＝ソアはマットの手を引いてシームリン街道を歩きはじめた。

風が強くなり、夕闇が迫った。マットは、いつになったら休めるのかと、子供のように駄々をこねたが、アル＝ソアはマットの手を引き、木立の下よりもまともな休憩場所を探し求めて進みつづけた。衣服はまだ乾いていないし、風はしだいに冷たさを増している。

今夜も野宿になったら、おれたちは朝まで生きていられるだろうか？　アル＝ソアが寝泊まりする場所を見つけられず、まごまごしているうちに、夜の帳がおりた。突き刺すように冷たい風がマントに吹きつけてくる。そのとき、闇の向こうで輝く明かりが目に入った——村だ。

アル＝ソアはポケットの硬貨を確かめた。これだけあれば、一人分の食事と部屋を二人で分け合ってもお釣りがくるだろう。寒い夜に凍え死ぬことはない。濡れた服を着たまま野宿して、冷たい風に吹かれてみろ。明日の朝には死体がふたつできあがるだけだ。しかし宿屋に泊まるのはいいが、人目につくのはまずい。笛を吹くわけにはいかないし、目の悪いマットに曲芸は無理だ。アル＝ソアはふたたびマットの手を取って、明かりに誘われるように歩きだした。

「いつになったら休めるんだ？」と、マット。頭を前へ突き出し、じっと闇を見つめている。マットには村の明かりはおろか、おれの姿さえ見えていないのかもしれないと、アル＝ソアは思った。

「寒くない場所が見つかったらな」と、アル＝ソア。

家々の窓から漏れる明かりが、日だまりのように道へ落ちていた。マーケット・シェランの人々は闇のなかから現われた見知らぬ二人連れを見ても、関心を示さなかった。村で唯一の宿屋は横に長い平屋建てだった。長年にわたって、なんの計画もなしに建て増しをつづけてきたのだろう。玄関の扉が開(あ)き、一人の客が出てくると同時に、にぎやかな笑い声がなかから聞こえてきた。

アル＝ソアは凍りついたように動けなくなった。頭にこだまする笑い声が、宿屋〈踊る御者〉での恐怖をよみがえらせた。扉を開けた客は千鳥足で去っていった。アル＝ソアは大きなため息をつくと、剣がマントの下に隠れているのを確かめてから扉を押し開けた。とたんに客の歓声が押し寄せてきた。

高い天井から吊(つ)り下げられたランプが、室内をあかあかと照らしていた。サムル・ヘイクの宿屋とまったく様子が違うのはすぐにわかった。何よりもまず、悪酔いしている客がいない。もっとも、客は農夫と商人がほとんどで、素面(しらふ)の人間がいないという点では〈踊る御者〉と変わりはない。

アル＝ソアは客たちの表情を見まわした。不自然な作り笑いをしている者はいないか？いや、この笑いは本物だ。人々は胸に抱えた悩みをひととき忘れるために笑っている。しかもその声は明るい。酒場のなかはきれいに掃除されていて、奥の暖炉には火が燃えさかり、暖かかった。給仕女は暖炉の火のように温かい笑顔を振りまいていた。この人たちは心の底から笑っている。

宿屋の主人は、まばゆいばかりに白いエプロンを腰に巻き、この酒場と同じように小ざっぱりしていた。アル＝ソアは主人のがっちりした身体つきを見て、ほっと胸をなでおろした。サムル・ヘイクのような痩せぎすの主人は二度と信用するものか。主人の名前はルーラン・オールワイン――いい名前じゃないか。エモンズ・フィールドでは似たような名前がたくさんある。これはよい兆候だ。アル＝ソアは酒場を隅から隅まで見まわしてから、主人に向かって「前金でお支払いします」と丁寧に言った。

「失礼しました。わたしは思い違いをしていたようです。近ごろ、シームリンをめざす若いかたが増えましてね、なかには、朝になってから支払いをするのが当然だと思っている不心得者もいるんですよ」

無理もない。雨に濡れ、薄汚れたなりをした若者二人連れなら、なんと思われてもしかたがない。それでも、主人が口にした金額にアル＝ソアは目を丸くし、マットは喉に何かを詰まらせたような妙な声を上げた。

主人は顎の肉を揺らしながら、残念そうに首を振った。こんなことには慣れているのだろう。

「このご時世ですから……」主人はあきらめ顔で言った。「これでも安いほうなんです。まあ、以前と比べたら五倍ですが、来月はもっと高くなるでしょうね。間違いありません。

誓ってもいいですよ」

アル＝ソアはポケットを探って硬貨を取り出し、マットを見た。マットは不機嫌そうに唇を一文字に引き結んでいる。

「また野宿したいのか？」と、アル＝ソア。

マットはため息をついて、ポケットに入っていた硬貨をしぶしぶ全部出した。

アル＝ソアは勘定をすませてマットとつり銭を分け合い、自分の手に残ったほんのわずかな硬貨を見て、顔をしかめた。

十分後、二人は暖炉に近いテーブルで食事をしていた。スプーンでシチューをすくい、厚切りのパンにかぶりつく。パンは思ったよりも小さかったが、温かくてきめが細かい。暖炉の熱が、ゆっくりと身体を包みこんでゆく。アル＝ソアは食事をたいらげながらも、玄関を出入りする人々への注意を怠らなかった。いずれも農夫らしい風体だが、油断はできない。

マットはひと口ずつ味わいながらゆっくりと食事をし、ランプがまぶしいと文句を言った。しばらくすると、アルパート・マルからもらったマフラーを取り出して額に巻きつけ、それを引き下げて目をおおった。そんなことをしたら目立つじゃないかと、アル＝ソアは内心、気が気ではなかった。残りのシチューを急いでかたづけ、マットを急き立てて席を立つと、宿屋の主人に「もう休みます」と告げた。

主人はこんなに早く寝るのかとびっくりしていたが、口には出さず、ろうそくを持って、二人を部屋まで案内した。迷路のように入り組んだ廊下を歩いてゆくと、宿屋のいちばん奥に小さな部屋があった。なかには幅の狭い寝台がふたつ並んでいる。主人が立ち去ると、アル＝ソアは荷物を寝台のわきへおろし、椅子にマントをほうり投げた。ベッドの上掛けも取らずに、服を着たまま倒れこんだ。服はまだ湿っていて、着ていて気分の良いものではないが、身に危険が迫ったとき、とっさに逃げ出せるようにしておきたい。腰のベルトに差した剣もはずさず、柄を握りしめたまま眠りに落ちた。

アル＝ソアは雄鶏の鳴き声を聞いて跳び起きた。窓から差しこむ朝日を見ながら、うかつにも寝すごしたことを後悔し、顎のはずれそうな大あくびをした。

「おい！　目が……おれの目が治ったよ！」マットが叫んだ。寝台の上に起きあがり、目を細めてあたりを見まわしている。「完全に治ったわけじゃないが、とにかく見える。おまえの顔はまだ少しぼやけてるけど、おまえが誰なのかはわかる。もう大丈夫だ。夜までには、もとどおりに見えるようになる」

アル＝ソアは寝台から飛び出てマントをつかみ取ると、身体をぼりぼりと掻いた。濡れた服は寝ているまに乾いて皺だらけになり、身体じゅうがかゆくてたまらない。

「寝すごした。急げ」アル＝ソアは言った。

マットもすぐに寝台から出たが、やはり身体がかゆいようだ。

アル＝ソアは気分がよかった。フォー・キングス村を出てから丸一日が過ぎたが、ゴードの手下は現われないし、シームリンには確実に近づいている。そこでモイレインが待っているはずだ。異能者（アエズ・セダーイ）のモイレインが……。異能者（アエズ・セダーイ）と護衛士ランのもとへ戻れば、闇の信徒などものの数ではない。それにしてもおかしなものだ。異能者（アエズ・セダーイ）がこんなに恋しいとは。

光よ、ふたたびモイレイン様に会えたら、おれはモイレイン様にキスします！

アル＝ソアは妙なことを考える自分を笑った。本当にいい気分だ。朝食のために残り少ない硬貨をはたいても、後悔はしない。朝食の献立は、大きなパンがひとつと、食料庫から出してきた冷たいミルクが水差しに一杯だ。

酒場の奥のテーブルで食事をする二人の前に、見知らぬ男が現われた。この村の若者だろうか。羽根のついた帽子を片手でくるくるとまわしながら、気取った歩きかたをする。酒場にはもう一人、ほうきを持った老人がいたが、目を上げようとしなかった。若者は澄ました顔で酒場を見わたし、アル＝ソアとマットに目をとめた。手でまわしていた帽子が床に落ちた。若者はたっぷり一分間、二人を見据えていたが、やがて帽子を拾いあげると、もういちど、まじまじと二人を見つめ、豊かな黒い巻き毛をかきあげた。そのまま、こちらへ向かってきた。足が少し震えている。

若者はアル＝ソアよりも年上に見えたが、二人を見る目は遠慮がちだった。

「すわってもかまいませんか？」若者はそう言うと、何かまずいことでも口にしたかのようにごくりと唾を飲んだ。

パンを分けてほしいのかと、アル＝ソアは思ったが、若者の身なりから察するに、朝食代を自分で払うくらいのカネはありそうだ。青い縞模様が入ったシャツの襟と、紺色のマントの縁(ふち)には、ぐるりと刺繍(ししゅう)がほどこされていた。革のブーツは踵(かかと)がほとんどすり減っていない。おそらく、踵をすり減らすような重労働をしたことがないのだろう。アル＝ソアはうなずいて椅子にすわるよう促(うなが)した。

マットは椅子を引く若者にじっと目を向けた。マットが若者をにらみつけているのか、それとも顔をよく見ようとしているのかわからなかったが、どちらにしてもマットの渋面は効果があった。若者はすわりかけて動きを止めた。アル＝ソアはもういちどうなずき、若者をすわらせた。

「名前は？」アル＝ソアはたずねた。

「え？　名前ですか？　名前……。ええと、ペイトルと呼んでください」ペイトルの視線が不安げに宙をさまよった。「あの……ここへきたのは、ぼく自身の意思ではありません。それだけはわかってください。ぼくはこうしなければならないのです。こんなことはしたくないんだ。でも、みんながどうしてもと言って……。どうかわかってください。ぼくは……」

アル＝ソアに緊張が走り、マットは低い声で言った。

「闇の信徒だな」

ペイトルはぎくりとして椅子から腰を浮かせ、五十人もの人々に立ち聞きされたかのように、あわててあたりを見まわした。老人はほうきを持ったまま、床から目を上げなかった。ペイトルは椅子にすわりなおし、不安げな目でアル＝ソアとマットを交互に見た。鼻の下に汗をかいている。マットの声にはそれほどの凄(すご)みがあった。だが、ペイトルは何も言わない。

アル＝ソアは首をゆっくりと左右に振った。闇の信徒はゴードだけでたくさんだ。あれ以来、闇の信徒の額に必ずしも〈竜王の刻印〉があるわけではないと知った。このペイトルは、上等な衣服を着ていることを除けば、エモンズ・フィールドの若者とまったく変わりない。〝殺人〟とか〝悪〟という言葉が不似合いな、どこにでもいそうな普通の男だ。道でペイトルとすれ違っても、振り返ることはないだろう。あのゴードとはまったく違う。

「おれたちに近づくな」と、アル＝ソア。「あんたの友達にも伝えてくれ。おれたちはあんたの友達に手出しはしない。だから、そっちもおれたちに手出しをするな」

「言うとおりにしなかったら」マットはどすのきいた口調で言い添えた。「おまえの正体を村じゅうにばらすぞ。おまえのまともな友達は、それを聞いたらどんな顔をするだろうな」

アル＝ソアは、マットの言葉が単なる脅しであることを祈った。闇の信徒のことを言いふらせば、ペイトルだけでなく、おれたちの身にも災難を招く……。

ペイトルはマットの脅しを真に受けたらしく、顔色を変えた。

「ぼ、ぼくは……フォー・キングスの村での一件を聞いて……その、全部ではなくて、ほんの一部ですが、人づてに聞いたんです。村には噂好きな連中はいても、あなたがたを罠にかけたりする人はいません。ぼくは一人でここへきたんです。あなたがたとお話がしたいだけです」

「なんの話だ?」と、マット。「おれたちには関係ないね」

同時にアル＝ソアが言った。

二人は顔を見合わせ、マットが肩をすくめて言った。「そうだ、おれたちには関係ない」

アル＝ソアは残りのミルクをひと息に飲みほし、食べかけのパンをポケットに入れた。所持金の大半を宿賃に費やしてしまった今、このパンが二人の昼食となる。

さて、どうやってこの宿屋を出たらいいのか？　マットの目はまだよく見えない。それがペイトルに知れたら……闇の信徒たちに弱みを握られたも同然だ。昔、アル＝ソアは、脚が三本しかない羊を襲う狼の群れを見たことがある——狼は羊の群れをぐるりと取り囲んだ。アル＝ソアは羊たちを置いて逃げることも、弓を引いて狙いをつけることもできなかった。脚が三本しかない羊は怯えた鳴き声を上げながら、必死に逃げまわったが、ほかの羊たちについてゆけず、すぐに孤立した。ここぞとばかりに飛びかかった一頭の狼は、いつのまにか魔法のように十頭に増えていた。アル＝ソアはあの光景を思い出すと、胃がきりきりと痛んだ。一刻も早くこの宿屋を出なければいけない。ペイトルが一人できたというのは本当かもしれないが、一人なのは今だけで、仲間が何人やってくるか知れたものではない。

「マット、そろそろ行こう」アル＝ソアは言い、息をひそめてマットを見つめた。

マットは立ちあがりながら、わざとペイトルの目を引きつけるように身を乗り出して言った。「おれたちに近づくな、闇の信徒め。二度と言わないからよく聞けよ。おれたちに、近づくな！」

ペイトルは固唾をのみ、たじろいだ。顔から血の気が失せている。その青白い肌がミルドラルにそっくりで、アル＝ソアはぞっとした。

アル＝ソアはマットに視線を戻した。立ちあがるマットのしぐさには、ぎごちなさがなく、目が悪いようには見えない。アル＝ソアは、剣がマントの下になるよう気をつけながら、いくつもの荷物を手早く背負った。ペイトルはアル＝ソアの剣に気づいたかもしれない。ゴードがバ＝アルザモンに剣のことを告げ、バ＝アルザモンからペイトルに……いや、それはないだろう。ペイトルはフォー・キングス村での出来事を話に聞いただけで、詳しいことは何も知らないようだ。何も知らないからこそ、こんなに怯えているのだ。

扉の隙間から朝日が差しこんでいた。マットはその光を頼りに、まっすぐ玄関へ向かった。足取りはそう速くはないが、不自然なほど遅いわけでもない。アル＝ソアはすぐにあとを追った。転ぶなよ、マット……。幸い、足を引っかけそうな椅子やテーブルは見あたらなかった。

アル＝ソアの背後で、ペイトルがはじかれたように立ちあがった。

「待ってください」と、ペイトルは哀願した。「お願いです。待ってください」

「いいかげんにしてくれ」アル＝ソアは振り向かずに言った。

玄関を出るところだが、マットは転ばずについてきていた。

「話を聞いてください」ペイトルはなおもくいさがり、アル＝ソアの肩に手をかけた。

アル＝ソアは恐ろしい光景を思い出した。農場の母屋でナーグという名のトロロークに襲われ、ベイロンの宿屋〈雄鹿と獅子〉ではミルドラルに襲われた。半人ミルドラルはいたるところに現われる。シャダー・ロゴスでも、ホワイトブリッジでも。そして、こんどは闇の信徒につけまわされるのか……。アル＝ソアはめまいを感じ、手を震わせた。

「言っただろう、おれたちに近づくな！」アル＝ソアはペイトルの鼻先を拳でなぐった。

ペイトルはへなへなとくずおれて、アル＝ソアを見あげた。鼻から血が流れ出ている。「おまえは逃げられない」闇の信徒ペイトルは怒りの言葉を叩きつけた。「おまえがどんなに力を持っていようと、〈偉大なる闇王〉はそれを上まわる強大な力を持っている。おまえは闇にのみこまれるのだ！」

酒場の奥から息をのむ音が聞こえ、ほうきの柄が床を打つ音が響いた。老人は話をすべて聞いていたようだ。目を見開いてペイトルを見つめたまま突っ立っている。皺だらけの顔から血の気が引き、口を動かしたが、声にならなかった。ペイトルは一瞬、老人を見つめ、激しい罵りの言葉を吐くと立ちあがり、飢えた狼に追われるかのように宿屋から飛び出していった。老人はアル＝ソアとマットに視線を移した。恐怖の色を浮かべている。

アル＝ソアはマットを急き立てて外へ出ると、早々に村を離れた。「二度とくるな」という村人たちの怒声が今にも飛んできそうでひやひやしたが、そのようなことはなかった。

「くそっ！」マットは腹立たしげに言った。「あっちもこっちも闇の信徒だらけだ。いつもおれたちのあとを追っかけてきやがって。これじゃあ逃げようがない！」

「そんなことはないさ」と、アル＝ソア。「おれたちの居場所を闇王が知ってたとしたら、ペイトルみたいな腰抜けを差し向けると思うか？　きっと第二のゴードがいるんだよ。用心棒を二、三十人ほど引き連れてな。そいつらが若い信徒たちを使って、おれたちを捜してるのさ。ペイトルさえしゃべらなければ、おれたちの足取りはばれない。ペイトルが一人できたってのは本当だと思うよ。あいつはおれたちに正体を見抜かれて、泣く泣くフォー・キングスへ戻ったにちがいない」

「でも、あいつは――」

「もういいじゃないか」マットの言う〝あいつ〟が、ペイトルのことなのか、闇王のことなのか、アル＝ソアにはよくわからなかったが、どちらでもかまわないと思った。「おれたちは闇の信徒に屈服するつもりはないし、ついていこうとも思ってない」

その日、二人が通りがかりの馬車に乗せてもらったのは六回で、どれもほんの短い距離だけだった。馬車六台のうち、一台は農夫のものだった。アル＝ソアとマットは農夫から、マーケット・シェランの宿屋に頭のおかしな老人がいるという話を聞かされた。その老人は、この村に闇の信徒が何人もいると大声で叫んでいたという。農夫は笑いころげてばかりいて、話がなかなか先へ進まなかった。涙をぬぐいながら、ようやくこう言った——笑わせるのもいいかげんにしてくれ、マーケット・シェランに闇の信徒がいるなんて！　オークレイ・ファレンが酔っ払って宿屋の屋根の上でひと晩を過ごしたと聞いたときは大笑いしたが、今回はそれ以上だ……。

アル＝ソアとマットは、丸顔の馬車大工にも出会った。その二輪馬車の両脇にはさまざまな大工道具が下がり、後ろには予備の車輪がふたつついていた。大工の話はこうだった——マーケット・シェランの村に闇の信徒が二十人ほど集まって、会合を開いた。男たちは身体が曲がっていて、女たちはもっとひどく、どいつもこいつも薄汚いぼろぼろのなりをしてた。あんなやつらに視線を向けられたら、それだけで膝ががくがくして、吐き気がしそうだ。あいつらの笑い声をいちど聞いたら、いつまでも耳にこびりつき、頭が割れそうに痛む。おれは遠くから見たから、なんともなかったがね。闇の信徒が女王様の手に負えないとなれば、〈光の子〉に頼むしかないだろうな。誰かが、なんとかしなきゃならん……。

アル＝ソアとマットは馬車大工の二輪馬車を降りると、ほっと胸をなでおろした。

太陽が西の空に傾いたころ、二人はマーケット・シェランによく似た小さな村に着いた。

シームリン街道は村の中央を突き抜けており、幅広い街道の両側には、藁葺き屋根で煉瓦造りの小さな家並みがつづいている。クモの巣のように煉瓦をつたうブドウの蔓には、葉がほとんど残っていなかった。

村で唯一の宿屋は小さかった。エモンズ・フィールドの〈酒の泉〉も小さいが、あっちのほうがまだ大きいとアル＝ソアは思った。宿屋の正面には看板が下がり、風に吹かれてキイキイと音を立てた。宿屋の名は〈女王の家臣〉。

それにしても、〈酒の泉〉を小さいと思うなんて間違いだ――アル＝ソアは故郷にいたころを思い出した。大きな建物といえば〈酒の泉〉しか知らなかった。あのころのアル＝ソアにとって、〈酒の泉〉は城よりも大きかった。だが、外の世界を知った自分が故郷に戻ったときには、すべてがこれまでとは違って見えるのだろう。

生きて帰れればの話だが。

アル＝ソアは宿屋に入るのをためらった。宿賃はマーケット・シェランの宿屋ほど高くはないだろうが、懐具合を考えると、食事か部屋か、どちらか一方をあきらめるしかない。

目の悪いマットは、いま自分が宿屋の前にいると気づいたのか、曲芸に使うお手玉の入ったポケットを叩いてみせた。

「大丈夫さ。あまり長い時間は無理だがな」マットの目は一時に比べたらだいぶよくなったが、まだマフラーで目をおおっているし、夜空を見あげるときにも目を細めた。アル＝ソアが黙っていると、マットはこうつづけた。「シームリン街道沿いの宿屋がどこも闇の信徒だらけってことはないよ。それに、もう野宿なんかしたくない。寝台で眠れるなら、そのほうがいい」

だが、マットはすぐに宿屋へ入らず、アル＝ソアの出かたを待った。

アル＝ソアは少し考えてから、うなずいた。なんだか身体がだるい。旅に出て以来、まともな休息をとっていないせいだ。野宿した夜を思い出すと身体の芯が痛む。

宿屋で眠れば疲れも取れる。なにしろ、おれたちはずっと追いかけられっぱなし、走りっぱなしだったからな……。

「そうだな。闇の信徒がどこにでもいるとはかぎらない」と、アル＝ソア。

宿屋の酒場に足を一歩踏み入れたとき、アル＝ソアは入る場所を間違えたかと思った。こぎれいな酒場のなかは混雑していた。テーブルはすべて満席で、すわるところのない客は立ったまま壁に寄りかかっていた。給仕女と宿屋の主人は、汗だくでテーブルのあいだを駆けまわった。これほどの混みようは創業以来はじめてだろう。小さな村が人であふれかえっている。だが、よそ者はすぐに見分けがつく。服装に違いはなかったが、まわりの者と目をあわせようとせず、自分の酒と料理だけを見つめている。そして、地元の人間たちからものめずらしげな視線を浴びる――それがよそ者だ。

アル＝ソアは主人と交渉しようとしたが、酒場の話し声がうるさすぎるため、厨房へ連れていかれた。騒がしいのは厨房も同じで、料理長や見習いたちが鍋をぶつけ合いながら忙しげに動きまわっている。

主人は大きなハンカチで顔をぬぐった。「どうせシームリンへ偽の竜王を見にいくんだろう？　この王国は、そういう愚か者だらけだ……。おっと、そんな話はともかく、料金は部屋代が硬貨六枚、寝台のほうは、二枚から三枚ってとこだ。これが高いと言うなら、よそへ行ってくれ」

アル＝ソアはしかたなく主人の言葉をのんだ。シームリン街道を行き来する人々は数多く、どれが闇の信徒であってもおかしくない。しかも、闇の信徒かどうかを見分ける手だてはない。論より証拠とばかりに、マットが曲芸を始めた。お手玉は三つだけだが、手つきは慎重そのものだ。アル＝ソアは吟遊詩人メリリンの笛を取り出して、〈年老いた黒熊〉という歌をひとくさり奏でた。主人は、もうわかったと言わんばかりにうなずいた。

「それじゃあ、さっそく頼むよ。笛でも曲芸でも、ロゲインという男から野次馬どもの気をそらしてくれりゃいいんだ。ロゲインが本物の竜王かどうかをめぐって、もう三回も喧嘩が起こってるものでね。荷物はそっちの隅にでも置いてくれ。部屋は掃除しておく。空いている部屋があればの話だがな。まったく、偽の竜王を見たがるもの好きな連中のせいで、こっちは大忙しだ。この世は身のほど知らずな愚か者どもでいっぱいだよ……」

　主人はもういちどハンカチを取り出して顔をぬぐい、何かぶつぶつ言いながら急いで厨房を出ていった。

　料理人たちは、アル＝ソアとマットが目に入らないかのように仕事をつづけた。マットはゆるんだマフラーを結びなおして、目の上に押しあげたが、明かりがまぶしいのか、ふたたびマフラーで目をおおった。マットの目は、三つのお手玉を使う芸よりも高度な技ができるほどに回復しているのだろうかと、アル＝ソアは心配になった。アル＝ソア自身はどうかと言うと……。

　胃のむかつきがひどくなってきた。アル＝ソアは低い腰かけにどさりと腰をおろし、両手で頭を抱えた。寒い……。アル＝ソアは震えた。いくつもの鍋から湯気が立ち、かまどやオーブンはパチパチと音を立てながら熱い炎を上げている。それでもますます身体が震え、歯がガチガチ鳴った。両腕でしっかりと自分の身体を抱きしめたが、震えは止まらない。骨の髄まで冷えきっている。

　薄れてゆく意識のなかで、マットがアル＝ソアの肩を揺すりながら、何かたずねているのを感じた。誰かが舌打ちし、あわてて厨房から出ていった。すると、こんどは宿屋の主人が入ってきた。その横に顔をしかめた料理人がいて、マットがその二人と大声で口論している。だが、アル＝ソアには何を言っているのかわからなかった。耳鳴りのような音にしか聞こえず、頭がぼんやりして、ものを考えることができない。

アル＝ソアはいきなりマットに腕を取られ、引っ張り起こされた。マットは二人の荷物をすべて肩にかけた。鞍袋、携帯用毛布、吟遊詩人メリリンのマントとケースに入った竪琴、そして自分の弓。主人は不安げな表情を浮かべ、ハンカチで顔をぬぐいながら二人を見つめた。アル＝ソアはマットに身体を支えられ、おぼつかない足取りで裏口へ向かった。

「ご、ごめんよ、マ、マ、マット」アル＝ソアは歯をガチガチ鳴らしながら、やっと言葉を発した。「あ、あ、雨が、降る、かもしれないけど、も、もうひと晩、の、野宿、したって、お、お、おれは、へ、平気さ……」

夜の闇は完全にあたりをおおい隠し、空には数えるほどの星がまたたいていた。

「下手な冗談はよせよ」マットはことさらに明るく言ったが、胸の奥の不安は手に取るようにわかった。「宿の主人ときたら、〝うちで病人が出たことが客に知れたら、商売にさしつかえる〟とかなんとか、ぬかしやがって。それでおれは言ってやった――〝おれたちを追い出してみろ、この病人を酒場へ突き出すぞ〟ってな。そうすりゃ、宿は十分で空っぽになる。いくらシームリンへ行く連中を愚か者呼ばわりしたって、客であることに変わりないんだ。あの主人だって客を失いたくはないだろう」

「そ、そ、それで、ど、どこ、へ、行く、んだ？」

「ここだよ」マットは馬小屋の扉を開けた。蝶番がギーッと音を立てた。

なかは外よりも暗かった。干し草と飼料と馬のにおいに混じって、強い肥やしのにおいがただよっている。マットは藁でおおわれた床にアル＝ソアをすわらせた。アル＝ソアは両膝を抱えて身体を丸めた。頭から足の先まで悪寒が走る。震えたぶんだけ体力を消耗する気がした。マットが何かにつまずいて転び、悪態をつき、立ちあがって、またつまずいた。やがて、金属がぶつかり合う音が聞こえたかと思うと、ふいに目の前が明るくなった。マットがくたびれた古いカンテラを持って立っていた。

宿屋は混雑していたが、馬小屋もまた同様で、どの馬房にも馬がいた。そのなかの数頭は明かりに驚き、首をもたげて目をしばたたいた。マットは屋根裏の干し草置き場へ上がる梯子を見つけ、それからアル＝ソアを見ると床にしゃがみこみ、首を左右に振った。

「おまえに梯子をのぼらせるのは無理だな」

マットはつぶやいて、柱の釘にカンテラを下げ、屋根裏へ上がって、腕いっぱいの藁を下の床へ投げ落としはじめた。急いで梯子をおりてくると、馬小屋の奥に藁を積みあげて寝床をこしらえた。そこへアル＝ソアを寝かせ、上掛けの代わりにマントを二枚かけたが、アル＝ソアはすぐにマントをはねのけた。

「暑い」と、アル＝ソアは譫言を言った。さっきまでは寒くてしかたがなかったのに、いまはオーブンに入れられたかのように暑い。アル＝ソアは襟もとを広げて、頭を激しく揺すった。「暑い……暑いよ……」

アル＝ソアは額にマットのひんやりした手を感じた。

「ちょっと待ってろ！」マットは言って姿を消した。

アル＝ソアは藁の上で身もだえした。どのくらい時間が過ぎたのだろう。マットが片手に山盛りの皿、もう片方の手に水差しを持ち、指先にふたつの白いカップの持ち手をひっかけて戻ってきた。

「この村には賢女がいないんだとよ」マットはカップに水を入れ、アル＝ソアのかたわらに膝をつくと、カップをアル＝ソアの口もとにあてた。アル＝ソアは喉を鳴らしていっきに水を飲みほした。まるで何日も水を飲んでいなかったみたいだと、自分で思いながら。

「村の連中は賢女がどういうものかも知らないんだぜ。それで、マザー・ブルーンとかいう産婆を呼ぼうってことになったんだが、その産婆はどこかでお産があるらしくて、いつ帰ってくるかわからなくてな。そうだ、パンとチーズとソーセージをもらってきた。あの主人も――インロウって名前だが――少しは見どころがあるぜ。おれたちが客の前に出たりしなきゃ、食べものを分けてくれるそうだ。ほら、食べてみろよ」

アル＝ソアは顔をそむけた。食べものを見るだけで――頭で思うだけでも――吐き気がする。マットはアル＝ソアが手をつけるのを待ったが、すぐにあきらめて自分で食べはじめた。アル＝ソアはそちらを見ないようにし、音も聞こえないように耳をふさいだ。

アル＝ソアの身体をふたたび悪寒が襲った。かと思うと、また高熱にうなされた。その後も悪寒と高熱が繰り返し襲ってきた。マットは全身を震わせるアル＝ソアを抱きしめ、熱を発したアル＝ソアに飲みたいだけ水を飲ませた。夜もかなり更けたころ、カンテラの揺らめく明かりのなかで馬小屋の様子が一変した。影が人の形になって、むくむくと動きだした。何者かが馬小屋に入ってきた。バ＝アルザモンだ。目から炎を噴き出し、黒いフードで顔を隠した二体のミルドラルをしたがえている。

アル＝ソアは剣を手探りし、立ちあがろうとしながら叫んだ。「マット！　マット！　やつらがきたぞ！　光よ、やつらが……やつらが現われました！」

壁に寄りかかって脚を組んだまま眠っていたマットが跳び起きた。「な、なんだ？　闇の信徒か？　どこにいる？」

アル＝ソアは膝をがくがくさせながら、気が狂ったように宙の一点を指さした……。そこには誰もいなかった。アル＝ソアはぽかんと口を開けた。壁に映る影が少し動いたのは、眠っている馬がぴくりと脚を動かしたせいだ。アル＝ソアは藁の上にへなへなとすわりこんだ。

「誰もいないじゃないか。さあ、もう寝ろ。その剣はおれが持っててやる」

マットは剣に手を伸ばしたが、アル＝ソアは剣の柄をいっそう強く握りしめた。

「だめだ。だめだよ。この剣だけは絶対に手放さない。これは父さんからもらった剣だ。おまえに持たせるわけにはいかない。あの人はおれの父さんなんだよ！」と、アル＝ソア。また悪寒がしたが、剣は手放さなかった。命綱にでもしがみつくように、必死で柄を握った。「お、おれの、と、と、父さん、だ！」

やがてマットはあきらめて、剣をつかんだままのアル＝ソアを寝かせ、そっとマントをかけてやった。

その夜、マットがうとうとしているあいだに、ほかにも来訪者が何人も現われた。これは夢か？　現実か？　アル＝ソアは頭をもたげてマットを見たが、マットは眠りこんでいた。ただ、マットが目覚めていたとしても、アル＝ソアの目に映るものがマットにも見えるかどうかはわからない。

闇のなかから姿を現わしたのはエグウェーンだった。エモンズ・フィールドにいたころのように長い黒髪を後ろで編んでいるが、その表情は苦しげで悲しそうだ。

「どうして、あたしたちを置いて逃げたの？」エグウェーンは言った。「あなたのせいで、あたしたちは死んだのよ」

アル＝ソアは弱々しく首を横に振った。「違うんだ、エグウェーン。おれは逃げたわけじゃない。わかってくれ！」

「あたしたちは、みんな死んだわ」エグウェーンは悲しげに言った。「死後の世界は闇王のものよ。あたしたちも闇王のものになったの。あなたに見捨てられたせいでね」

「違う。おれは見捨てたわけじゃない。あのときは、ああするしかなかったんだ。エグウェーン、どうかわかってくれ！　行くな！　そっちへ行くな！　エグウェーン！」

エグウェーンの姿は闇のなかへ消えた。

こんどは異能者（アエズ・セダーイ）のモイレインが現われた。表情は穏やかだが、その顔は血の気がなく、青ざめていた。マントは埋葬布（死者の身体を包む布）にしか見えなかった。モイレインの言葉は容赦なくアル＝ソアの胸を刺した。

「そのとおりです、ランド・アル＝ソア。あなたのとるべき道はたったひとつしかありません。ターール・ヴァロンへ行きなさい。そうしなければ、あなたは闇王の手に落ちます。そして、死後は永遠に闇のなかで鎖につながれたままになります。あなたを救えるのは異能者（アエズ・セダーイ）だけです。異能者（アエズ・セダーイ）だけ……」

　黒焦げの衣服をまとった吟遊詩人トム・メリリンが、皮肉な笑いを浮かべていた。闇に溶けるミルドラルに襲われたときのままだ。あのとき、メリリンはアル＝ソアをかばって閃光（せんこう）に打たれた。破れた衣服からのぞくメリリンの身体は、真っ黒に焼け焦げていた。

「異能者（アエズ・セダーイ）を信用するんだ、若いの。それとも、このまま死にたいのか？　これだけは覚えておくんだ。異能者（アエズ・セダーイ）に助けてもらった代償はおまえが心配するほど高くはないが、なめてかかれるほど安くもない。先におまえを見つけるのは、赤アジャの異能者（アエズ・セダーイ）かな、それとも黒アジャのほうかな。ぼやぼやしていられないぞ。さあ、行くんだ……」

　護衛士ランは血にまみれた顔で、御影石（みかげいし）のように冷たい視線をアル＝ソアに向けた。

「アオサギの紋章入りの剣が羊飼いの手にあるとは、おかしなものだ。そなたがその剣を持つにふさわしい男かどうか、考えてみるがよい。剣は使い手を選ぶ。いまや、そなたはひとりぼっちだ。後ろ髪を引く者もいなければ、行く手で待ち受ける者もおらぬ。だが、闇の信徒はいたるところでそなたを狙っておる」

　ランは狼のように大口を開けて笑った。その口から赤い血があふれ出た。

　ペリンはアル＝ソアを非難する目つきで、手を差し伸べて助けを求めた。アル＝ヴィア村長夫人は娘のエグウェーンの死を嘆き悲しみ、ベイル・ドモン船長は、「おれの船がミルドラルに襲われたのは、おまえのせいだ」とアル＝ソアをののしった。

ベイロンの宿屋〈雄鹿と獅子〉の主人フィッチは、灰になった自分の宿屋を見て胸を痛め、ミンはトロロークに捕らえられて悲鳴を上げた。みなアル＝ソアの知っている人たちばかりだ。昔からの馴染みの顔も、旅の途中で出会った顔も、すべて容赦なくアル＝ソアを責め立てた。なかでもいちばんつらかったのは、父親のタムが現われたときだ。タムはアル＝ソアの前に立つと、顔をしかめて首を横に振った。言葉はひとつもない。

「父さん、教えてくれ」アル＝ソアは懇願（こんがん）した。「おれの正体はなんだ？　頼む、教えてくれよ、父さん。おれは何者だ？　いったい何者なんだ？」

「しっかりしろ、ランド・アル＝ソア」

タムの声かと思ったが、それはマットの声だった。タムの姿は消えていた。マットは水の入ったカップを持って、アル＝ソアの横に膝をついた。

「ゆっくり眠れよ。おまえはランド・アル＝ソアだ。それ以外の誰でもない。トゥー・リバーズでいちばん醜い顔をして、頭はぼさぼさ――それがおまえさ。おい！　汗をかいてるな！　これで熱が下がるぞ！」

「ランド・アル＝ソア？」そうつぶやくアル＝ソアに、マットはこっくりとうなずいた。アル＝ソアは安心して、水も飲まずに眠りに落ちた。

こんどは悪夢にうなされることはなかった――少なくとも、アル＝ソアが覚えているかぎりでは。ふと目覚めると、そこには必ずマットがいて、アル＝ソアを見守っていた。マットに眠る時間があるのか？　アル＝ソアは心配したが、すぐにまた眠気に襲われて、意識が遠のいた。

馬小屋の扉が蝶番をきしませながら開いたとき、アル＝ソアはなかば眠りかけていた。熟睡しているときは気づかなかったが、全身の筋肉が絞られた布きれのように痛む。だが、体力はだいぶ回復したように思えた。アル＝ソアは弱々しく頭を上げようとした。うまく上がらない。もういちど……。ようやく上がった。

マットはアル＝ソアの手の届くところで、あいかわらず壁に寄りかかって眠っていた。顎を胸につけるようにして、こっくり、こっくりと頭を上下させている。目の上に巻いたマフラーがずり落ちていた。

アル＝ソアは扉のほうを見た。

片手で扉を押さえて立っていたのは、女だった。早朝の淡い光に照らされて、ドレス姿のシルエットが浮かびあがった。女はなかへ入ってきた。背後で扉がバタンと閉まった。カンテラの明かりを浴びた顔がはっきりと見えた。年恰好はナイニーヴと似ているが、農村に暮らす女ではない。ドレスは淡緑色の絹で、女が動くたびに光を受けて輝いた。淡い灰色の上等なマントをはおり、淡雪のようなレースをふんわりとかぶって髪をまとめている。女は胸もとのずっしりした金のネックレスを指先でもてあそびながら、考えこむ表情でアル＝ソアとマットを見た。

「マット」アル＝ソアは呼びかけた。「マット！」

マットはアル＝ソアの声にびくっとして目覚め、鼻を鳴らした。まだ眠そうな目をこすりながら、馬小屋に入ってきた女を見つめた。

「わたくしの馬を見にきましたの」女は馬房を指さしたが、アル＝ソアとマットには、どれが〝わたくしの馬〟なのかわからなかった。女は二人から目をそらさずに言った。

「あなた、ご病気？」

「いや、違うよ」マットはきっぱりと言った。「雨に打たれたせいで、ちょっとさむけがするだけだ。たいしたことはない」

「わたくしが診（み）てさしあげますわ。少し心得がありますから……」

この女は異能者（アエズ・セダーイ）なのか？　身なりは立派だし、この自信に満ちた物腰はどうだ。人に命令するみたいにつんつんしてる。こいつは絶対に、この村の女じゃない。

この女が異能者（アエズ・セダーイ）だとしたら、何色のアジャだろう？

「おれはもう大丈夫だ」と、アル＝ソア。「本当さ。だから、診てもらわなくてもいい」

だが、女はスカートの裾を少し上げ、灰色のサンダルをはいた足をそっと踏みしめて、馬小屋の奥へ入りこんできた。床の上の藁に眉をひそめながら、アル＝ソアの横に膝をつき、額に手をあてた。

「熱はありませんね」

顔をしかめてアル＝ソアを見つめる女は、きれいな顔立ちをしていたし、美しく装ってもいたが、表情に温かみがない。かといって冷たいというのでもない。人間らしい感情がまるで感じられないだけだ。

「でも、病気だったことはたしかです。間違いありません。生まれてから丸一日しかたっていない子猫のように弱っていらっしゃいます。間違いなく……」

女は自分のマントの下へ手を入れた。ほんの一瞬のことだったので、アル＝ソアは押し殺した悲鳴を上げることしかできなかった。

マントの下から現われたものがぎらりと光り、次の瞬間、女はアル＝ソアの横にいたマットに飛びかかった。マットはあわてて わきへ飛びのいた。木の壁に懐剣の分厚い刃が突き刺さった。その瞬間、あたりは静寂に包まれた。

マットは藁の上で上半身を起こして、壁に刺さった懐剣を握ったままの女の手首をつかみ、シャダー・ロゴスから持ってきた短剣を女の喉に突きつけた。

女は目だけを動かして、マットの手にある短剣を見ようとした。目を見開き、荒い息をしながら、マットの短剣を引き離そうともがいたが、男の力にはかなわない。女は石のように動かなくなった。

アル＝ソアは唇をなめながら、目の前で繰り広げられる劇的な光景を見つめた。たとえ病気でなかったとしても、呆然として動けなかっただろう。女の持つ懐剣が目に入ると、アル＝ソアは口のなかが乾いてゆくのを感じた。刃が突き刺さった部分を中心に、木の壁が真っ黒に焦げはじめ、細い煙が螺旋状に立ちのぼっている。

「マット！　マット！　見ろ！」

マットは懐剣をちらっと見て、女に視線を戻した。女は身を硬くして不安げに唇をなめた。マットは懐剣を握る女の手を荒々しく引きはがし、正面から突き飛ばした。女は後ろ向きに倒れ、後ろに両手をついたままあとずさりした。目はマットの短剣を見つめている。

「動くな」マットは言った。「ちょっとでも動いたら、これでひと突きだ。アル＝ソア、脅しじゃないぞ」女はマットの短剣を見つめながら、ゆっくりとうなずいた。「アル＝ソア、この女を見張っててくれ」

この女が動いたら、どうすればいいのか、アル＝ソアにはわからなかった。声を上げるしかないな。女が逃げ出そうとしても、追いかけることはできないから。だが、女はすわりこんだまま微動だにしなかった。マットは壁の懐剣を抜き取った。じわじわと燃え拡がっていた黒い焼け焦げは止まった。わずかに細い煙が立ちのぼっている。

マットは抜き取った懐剣の置き場所に迷い、結局はアル＝ソアに押しつけた。アル＝ソアは、生きたクサリヘビでも受け取るように、こわごわと懐剣を手にした。ごく普通の懐剣だ。柄は淡い象牙色で、手のひらよりも短い細身の刃が光を受けて輝いている。どこにも変わったところはない。アル＝ソアは手にした懐剣をまじまじと見つめた。柄が熱いわけではないのに、手のひらがじっとりと汗ばんできた。これを藁のなかに落としたら大変なことになる。

女は、先刻マットに突き飛ばされたときのぶざまな格好のまま動かなかった。マットはゆっくりと女を振り返った。女の目がマットの出かたを探っている。マットが急にけわしい表情になり、短剣をかまえるのを見て、アル＝ソアは叫んだ。

「マット！　やめろ！」

「この女はおれを殺そうとしたんだぞ、アル＝ソア。下手をすれば、おまえも殺られてた。こいつは闇の信徒だ」マットは吐き出すように言った。

「でもおれたちは闇の信徒じゃない」と、アル＝ソア。女はマットが自分を刺そうとしていることを悟り、肩で大きく息をしている。「闇の信徒の真似なんかするなよ、マット」

マットは凍りついたように動かなかった。握りしめた短剣がカンテラの光を受けて輝く。やがてマットはアル＝ソアの言葉にうなずき、女に「行け」と言って、馬具部屋の扉を短剣で示した。

女は悠然と立ちあがった。たっぷりと時間をかけてドレスについた藁を払い落とし、急ぐ理由はないと言わんばかりに、ゆっくりと馬具部屋へ向かって歩きだした。だが、柄にルビーのついたマットの短剣から視線を離さなかった。

「悪あがきはおやめなさい」女は言った。「結局は、それが最良の道ですわ。いまにおわかりになります」

「最良の道だと？」マットはけわしい顔で訊き返し、自分の胸をさすった。ひとつ間違えば、女の懐剣をこの胸でもろに受けていたかもしれないのだ。「黙って、あっちへ行きやがれ」

女は軽く肩をすくめて、マットの言葉にしたがった。「失敗だったわ……。自分勝手で愚かなゴードのせいで、計画が狂いはじめたのよ。もちろん、マーケット・シェランで騒ぎを引き起こした愚か者のせいでもあるわ。でも、そこでの出来事を正確に知る者はいない。そのせいで、あなたがた二人にはさらに危険が及ぶことになった。それがわからないの？　あなたがた自身の意思で、〈偉大なる闇王〉のもとへ行く道を選べば、高い地位を与えられるのに、あなたが逃げつづけるかぎり、追手はいなくならないわ。そのあとあなたがたがどうなるかは、とてもわたくしの口からは言えない」

アル＝ソアはバ＝アルザモンの言葉を思い出して、ぞっとした。

おまえは余の猟犬どもに妬まれている……猟犬どもは、おまえと戦うのに手段を選ばない……。

「そんなつまらない理由でおれたちをつけまわしてるのか」マットはぞっとするような笑い声を上げた。「闇の信徒も、噂に聞くほどたいしたもんじゃないな」

マットは馬具部屋の扉を勢いよく開け、一歩、後ろにさがった。

女は馬具部屋に入りかけて立ちどまり、肩ごしに振り返った。その視線は氷のように冷たく、声はそれ以上に冷たかった。

「闇の信徒がどんなに恐ろしいものか、いまにわかるわ。闇に溶けるミルドラルがきたら――」

マットは扉をばたりと閉めて女の言葉をさえぎり、掛け金にかんぬきをかけた。アル＝ソアを振り返った目は不安にあふれていた。「ミルドラルがくる」マットは緊張した声で言い、短剣を上着の下へ戻した。「ミルドラルがここへくるんだってさ。おまえ、歩けるか？」

「踊りは無理だけど」と、アル＝ソア。「立つときだけ手伝ってくれれば、歩くのは大丈夫だ」アル＝ソアは手に持っていた懐剣を見て、身を震わせた。「ちくしょう、早く逃げなきゃ」

マットは大急ぎで荷物をまとめると、アル＝ソアを助け起こした。アル＝ソアはまだふらふらして、マットの支えがないとまっすぐ歩けないが、できるだけ足手まといにならないようにした。懐剣は、なるべく身体に近づけないようにして持っていたが、扉の外に水の入った桶を見つけて、そのなかへ投げ入れた。懐剣はジューッという音を立てて桶の底に沈み、水面から蒸気が上がった。アル＝ソアはそれを見て顔をしかめ、ふらつく足を引きずって歩きはじめた。

やがて朝日が昇り、早朝の街をたくさんの人々が行き交った。みな、自分たちの仕事に忙しく、村を出てゆく若者二人に目をとめる者はいない。村によそ者が多いことも幸いした。それでもアル＝ソアは全身の筋肉を緊張させ、できるだけまっすぐに歩こうと気を配った。一歩一歩、足を踏みしめながら、人々とすれ違うたびに、相手が闇の信徒ではないかと疑った。

懐剣を忍ばせた女を待っているのは誰だ？　ミルドラルを待っているのは誰だ？

村を出てから一キロ半でアル＝ソアは力つきた。しばらく立ちどまって息を切らし、マットにすがりついた瞬間、二人そろって地面にへたばった。マットはアル＝ソアの身体を道端まで引きずった。

「こんなところで止まってられるか」マットは言って、両手で頭をかきむしり、ずり下がったマフラーを目の上にぐいと引きあげた。「いずれ、誰かがあの女を馬具部屋から出してやるだろう。そうしたら、おれたちはまた闇の信徒に追われることになる」

「わかってるよ。わかってる。手を貸してくれ」と、アル＝ソア。

アル＝ソアはマットの手を借りて立ちあがったが、脚ががくがく震えた。これでは闇の信徒から逃げられないとわかっていても、最初の一歩を踏み出そうとしただけで、前のめりに倒れそうになる。

マットはアル＝ソアの身体を支えながら、便乗させてくれる馬車を辛抱強く待った。馬車は村のほうから何台も走ってきて、次々と通り過ぎてゆく。そのとき、一台の二輪馬車が速度をゆるめて、二人の目の前に止まった。マットは目を疑い、唸(うな)り声を上げた。御者席にはざらざらした肌の男がすわっており、二人を見おろしていた。

「どうかしたのかね？」男はパイプをくわえたままたずねた。

「いや、こいつがちょっと疲れてるだけです」マットは答えた。

ちょっと疲れてるだけなら、マットにすがりついているわけにはいかない。アル＝ソアはマットから一歩離れ、震える足を踏みしめてまっすぐに立った。

「二日くらい眠れなかったんです」アル＝ソアは言った。「ちょっとした食あたりで……。でも腹はもう大丈夫です。ただ、眠くて眠くて……」

二輪馬車の男は口の端から煙を吹き出した。

「あんたがた、シームリンへ行くんだろう？　わしがあんたがたくらいの歳だったら、偽の竜王を見に飛んでいきたいところだ」

「はい」マットはうなずいた。「そうなんです。おれたちは偽の竜王を見にいくところなんです」

「じゃあ乗っていきな。そっちの友達は後ろに乗ってくれ。こっちよりも、藁の上にすわってたほうが楽だろう。また腹をくだすかもしれないし……。わしの名前かね？　ハイアム・キンチだよ」

34　最後の村

　カリスフォードの村に到着したころにはもう日が暮れていた。馬車をおりるときに聞いたキンチの話から想像していたよりも時間がかかった。ランド・アル＝ソアは自分の時間の感覚が狂いはじめたのだろうかと、首をかしげた。ホール・ゴードと出会ったフォー・キングスを発ってからまだ三日、マーケット・シェランでペイトルと出くわしてから、まだ二日しかたっていない。宿屋〈女王の家臣〉の馬小屋で、名も知らぬ闇の信徒の女に殺されそうになったのは、つい昨日のことだが、それすらも一年前どころか遠い昔のことのように思えた。

　時間の感覚はさておき、カリスフォードは、少なくとも見た目は普通の村だった。もちろんシームリン街道はにぎやかだが、それを除けば、蔦でおおわれた煉瓦造りのこぎれいな家々も、狭い路地も、表向きは静かで平穏そのものだ。でも、その下にどんな顔が隠れているのだろう？

マーケット・シェランも、闇の信徒の女がいた村も平和に見えたのに……。女の名前はわからずじまいだが、もうあのときのことは考えたくない。

家々の窓から明かりが漏れているものの、通りには人けがほとんどなかった。アル＝ソアにとっては好都合だ。人目をさけて、曲がり角から曲がり角へとこっそり移動した。マットはアル＝ソアにぴったりくっついていた。砂利を踏む音が聞こえると動きを止め、ほの暗い人影が通り過ぎてゆくのを待って、影から影へすばやく身を隠した。

幅が二十数メートルしかないキャリー川が、闇のなかをゆったりと流れている。渡り場にかけられた橋はずいぶん古いもののようだ。何世紀にもわたって雨風を受けてきたせいで、石造りの橋台は原形をとどめないほどに浸食されていた。荷車や商人の幌馬車の隊列が頻繁に行き交うため、分厚い木の橋板がゆるみ、ブーツで踏みつけるたびに、ガタガタとうるさい太鼓のような音を立てた。村を抜け、田園風景が広がる場所へくるまで、〝おまえたちは何者だ？〟とか、〝おまえたちの正体を知っているぞ〟と声をかけられるのではないかと、アル＝ソアはびくびくしつづけた。

あたりにはのどかな風景が広がり、だんだん気分も落ち着いてきた。つねに農家の明かりが目に入った。生垣や木の柵が通りに沿ってつづき、その向こうに広がる牧草地を仕切っている。どこを見ても牧草地が目に入り、森と街道を隔てていた。村に入ってからもう何時間も歩きつづけているのに、森はまだずっと先にあるように見えた。平穏そのものだ。闇の信徒やそれ以上にたちの悪い連中が潜んでいるような気配はまったくない。

いきなりマットが道にすわりこんだ。日が沈み、月明かりだけになったので、マフラーは頭の上に押しあげてある。

「二歩進んで、一・五メートル。二千歩で一・五キロ。八千歩で六キロ……。おれはもう十メートルだって歩けない。早く食いものと寝床にありつきたいよ。おまえ、ポケットのなかに何か隠してるだろ？　リンゴか何か入ってるんじゃないのか？　怒らないから、見せてくれよ」

アル＝ソアは道の前後に目を凝らした。夜の闇のなかで動くものは何ひとつない。マットをちらっと見ると、マットは片方のブーツを脱いで足をさすっている。足が痛いのはアル＝ソアも同じだった。両脚ががくがくして力が入らず、思いのほか体力が回復していないことを痛感した。

前方の牧草地のなかに黒いかたまりがいくつも見えた。干し草の山だ。冬のあいだに消費された分だけ小さくなっているが、間違いない。

「あそこで寝よう」アル＝ソアは爪先でマットを小突いた。

「また干し草か」マットはため息をつき、ブーツをはいて立ちあがった。

風が吹きはじめ、夜の冷気がいちだんときびしくなってきた。二人は木の柵を越え、急いで干し草のなかへ潜りこんだ。干し草にかけられた防水布が風をさえぎってくれた。アル＝ソアは、小動物が巣穴を掘るように干し草を掘って窪みを作り、その窪みのなかで身をよじって寝心地のいい体勢を見つけた。干し草が衣服を貫いてちくちくするが、もう慣れて我慢できるようになった。ホワイトブリッジを離れてから、干し草を寝床にするのはこれで何回目だろう？　物語に出てくる英雄は干し草のなかや生垣の下で寝たりしない。たとえわずかな時間でも英雄気分を味わいたいのに、そうはいかないようだ。アル＝ソアはため息をつき、干し草が首から背中に入ってこないように上着の襟を立てた。

「アル＝ソア？　なあ、おれたちたどりつけると思うか？」マットが小声で言った。

「タール・ヴァロンまでか？　まだ先は長いけど、でも――」

「シームリンだよ。シームリンまでたどりつけると思うか？」

アル＝ソアは頭を上げたが、干し草の窪みのなかは暗く、マットがどこにいるかは声で判断するしかなかった。「キンチ親方は二日かかると言った。あさってには着くってことだ」

「この先でミルドラルや百人の闇の信徒が待ち受けてなければの話だろ」しばしの沈黙のあと、マットは言葉をつづけた。「結局、仲間のなかで生き残ったのはおれたちだけじゃないのかな、アル＝ソア。ほかの仲間がどうなったかわからないけど、今は二人きりだ。たったの二人だ」怯(おび)えている声だ。

アル＝ソアは首を横に振った。暗いからマットには見えていないことはわかっていた。マットの言葉を否定するというよりは、むしろ自分に言い聞かせたつもりだ。

「さあ、もう寝ろよ、マット」アル＝ソアはうんざりした口調で言ったものの、なかなか寝つけなかった。

おれたち二人だけか。

雄鶏(おんどり)の鳴き声でアル＝ソアは目を覚ました。夜明け前の微光が差すなか、干し草の山から這(は)い出て、服についた干し草を払い落とした。あんなに用心していたのに、背中にまで入りこんでいて、肩甲骨(けんこうこつ)のあいだがくすぐったい。上着を脱ぎ、ズボンからシャツをたぐり出し、その干し草を取ろうとした。首の後ろから下へ手を伸ばし、もう片方の手をひねって背中へ伸ばしたとき、街道に人々の姿があることに気づいた。

太陽は昇りきっていないが、すでに大勢の人々がシームリン街道を行き交っていた。一人か二人連れの旅人が、重い足取りでシームリンをめざしている。荷袋や包みを背負っている者もいれば、杖だけを持っている者もいた。大部分は若者だったが、若い娘や老人もいる。長いあいだ歩いて旅をしてきたのだろう。誰もが薄汚れている。朝から疲れて肩をすぼめ、足もとに視線を落としている者……はるか遠くの夜明け近い空に何かをしっかりと見定めている者……。

マットが干し草の山から這い出して身体を掻きむしっていたが、つかのまその手を止め、頭にマフラーを巻いた。今朝は目を隠す範囲が少しだけ狭くなった。

「今日は食いものにありつけるかなあ?」

マットの言葉に同調するように、アル＝ソアの腹が鳴った。

「道すがら考えよう」

そう答えてから、アル＝ソアは急いで身支度を整え、干し草のなかから自分の荷物を取り出した。

柵までたどりつくころには、マットも街道を行く人々に気づいた。アル＝ソアが柵を乗り越えるあいだ、マットは顔をしかめて牧草地に突っ立っていた。同年代とおぼしき一人の若者が通りかかり、二人をちらっと見た。土埃にまみれた服を着て、アル＝ソアたちと同じように、携帯用毛布を紐で背中に結わえている。

「どこまで行くんだい?」マットが声をかけた。

「もちろんシームリンさ。竜王を見にいく」その若者は立ちどまることなく叫び返した。二人が肩にかけている毛布や鞍袋を見ると、片方の眉を上げ、付け加えた。「あんたたちと同じだよ」

若者は笑い声を上げて遠ざかっていった。自分の望みをかなえるために、その目はしっかりと前を見据えていた。

マットは一日じゅう、誰かれかまわず、さっきと同じ質問を繰り返した。旅人たちはたいてい同じ答えを返してきたが、地元の住人たちはマットの質問には答えず、唾を吐き、嫌悪感をあらわにしてそっぽを向いた。そのくせ、警戒するように横目でアル＝ソアとマットを見ている。村人たちはほかの旅人にも同じような目を向けた。よそ者は何をしでかすかわからないと疑う表情だ。

このあたりの住人は、よそ者を警戒するだけでなく、少なからず迷惑がっているようだ。夜明け前はまだ街道を埋めつくすほどには人通りは多くないが、日が昇るころには混雑しはじめ、ただでさえゆっくりとしか進めない農夫の手押し車や荷馬車のスピードは半減した。旅人たちを荷馬車に乗せてやろうという者は誰もいなかった。みな、顔をしかめ、仕事に遅れそうだなどと悪態をつきながら通り過ぎてゆく。

シームリンへ向かうところなのか、シームリンから戻ってきたところなのかはわからないが、商人の幌馬車が何台か、そこのけそこのけとばかりに通り過ぎた。ようやく太陽が地平線から顔を出しはじめたとき、そのあとから、幌馬車を連ねた最初の隊列が速足を保ったまま現われ、アル＝ソアはあわててよけた。速度を落とす気配もなく、人々はつぎつぎに飛びのいた。アル＝ソアは道の端に移動し、そのまま歩きつづけた。

次の瞬間、音を立てて近づいてくる幌馬車が目に入り、アル＝ソアは路上に大の字に倒れこんだ。もう少しで御者の鞭が頭を直撃するところだった。アル＝ソアが横たわっていると、御者と目があった。御者は唇を引き結び、アル＝ソアをにらみつけた。血は出ていないかとか、目は大丈夫かなどという気づかいはまったくなかった。

「ちくしょう！」マットが幌馬車の後ろから叫んだ。「おまえなんか——」

幌馬車の横を馬で進む用心棒が、槍のこじりでマットの肩を突き、マットはアル＝ソアの上にひっくり返った。

「そこをどけ、穢らわしい闇の信徒め！」用心棒は速度をゆるめることなく吐き捨てるように言った。

その後、二人は幌馬車には近づかないようにした。とはいえ、数が多すぎる。一台が通り過ぎると、そのガタゴトという音が遠ざからないうちに、また次が近づいてくる。どの幌馬車の用心棒も御者も、穢らわしいものでも見るような目で、シームリンへ向かう旅人たちを見た。

アル＝ソアはいちどだけ判断を誤り、御者に鞭の先で打たれた。眉の上にできた浅い傷に片手をあて、悪態をつきそうになるのを我慢した。ちょっと間違えば目にあたっていたかもしれない。御者はその様子を見て、薄笑いを浮かべた。マットが矢を弓につがえようとしたが、アル＝ソアはもう片方の手で押しとどめた。

「ほうっておけ」アル＝ソアは顔を上げ、幌馬車の隊列と並んで馬を走らせる用心棒たちを見た。笑い声を上げる者もいれば、マットの弓をじっと見る者もいた。「これぐらい、たいしたことない。槍で叩きのめされなかっただけ、ましだ」

マットは苦々しげに唸り声を上げ、アル＝ソアに引っ張られながら歩きだした。

途中、街道を速足で進む近衛隊に二度出くわした。兵士たちが持った槍の先で、長旗が風にはためいていた。近衛隊の兵士は、農夫に声をかけられ、通行のじゃまをするよそ者たちをなんとかしてほしいと頼まれるたびに立ちどまり、辛抱強く話に耳を傾けた。真昼近くにアル＝ソアは足を止めて、農夫と将校の会話に聞き入った。兜の面頬ごしに、将校の引き結んだ口もとが見えた。

「盗みを働いたり、そなたの敷地に侵入したりする者がいれば、その者を執政官のもとへ連行しよう。しかし〈女王の道〉を歩いただけでは〈女王の法〉を破ったことにはならぬ」

将校は、鐙のそばで仏頂面をしている痩せこけた農夫に対し、きびきびした口調で答えた。

「ですがねえ、そこらじゅうが旅人でいっぱいなんですよ。こいつらが何者なのかわかったもんじゃありません。どいつもこいつも竜王の話をしやがって……」

「なんということだ！　いいかね、ここにいる旅人の数などわずかなものだ。シームリンには人垣ができるほど多くの旅人が集まり、その数は日ごとに増えている」

近くの路上に立っているアル＝ソアとマットを見つけると、将校はますます顔をしかめた。先へ進めと促すように、鋼の籠手をはめた手を振っている。

「さっさと歩け。通行妨害で逮捕するぞ」

将校が特に声を荒らげたわけではないが、アル＝ソアたちは命令にしたがって歩きはじめた。将校の目が追ってくるのを、アル＝ソアは背中で感じていた。近衛隊は、旅人に対して堪忍袋の緒を切らしかけているのかもしれない。たとえ相手が腹をすかせた盗人であっても、同情はしないだろう。またマットが卵を盗もうと言いだしたら、絶対に止めようと、アル＝ソアは心に決めた。

それでも、街道が人や幌馬車で混雑していることは都合のいい面もあった。特にシームリンへ向かう大勢の若者たちにまぎれていられるのは、ありがたい。これなら、闇の信徒がアル＝ソアたちを捜し出そうにも、大きな群れでいる鳩のなかから特定の二羽を見つけるようなものだ。〈冬夜日〉に現われたミルドラルも、誰に狙いを定めればいいかわかっていなかったとしたら、その仲間がここに現われたところで、どうしようもないだろう。

空腹でアル＝ソアの腹が頻繁に鳴り、もうほとんどカネの持ち合わせがないことを思い出させた。シームリンに近いこのあたりの村では物価も高いし、食事にありつけるほどカネは残っていない。いちどだけ笛のケースに手をふれたが、また、しっかりと背中に押し戻した。ゴードは、アル＝ソアとマットが笛を演奏したりお手玉の芸を披露したりして日銭を稼いでいたことを知っている。バ＝アルザモンにどこまで詳しく伝えたのだろう？ほかの闇の信徒たちにも、どこまで伝わっているのだろう？。

アル＝ソアは素通りした農家を未練がましく見た。男が二頭の犬を連れて近所の見まわりをしている。犬は唸り声を上げ、引き綱を引っ張った。犬を飼っていない農家はあるが、旅人に仕事を与えてくれる農家はない。

夕暮れまでに、アル＝ソアとマットはさらにふたつの村を通りかかった。村人たちがひとかたまりになり、絶えまない人の流れを見ながら、こそこそ立ち話をしている。これまでに見た農夫や御者や近衛兵たちと同じように、よそ者に対する敵意をあらわにしていた。このよそ者どもは全員が偽の竜王を見にいこうとしている。身のほどを知らない愚か者ばかりだ。どうせ偽の竜王の支持者だろう。あるいは闇の信徒かもしれない。どちらにしてもたいした違いはない……。

夜になると、ふたつめの村を行く旅人の姿は目に見えて減りはじめた。カネのある者は宿屋へ入ったが、よそ者を泊まらせたくない宿の主人ともめているようだ。番犬のいないところで野宿できる場所を探しはじめた者もいる。日が暮れるころには、シームリン街道にアル＝ソアとマットだけが残った。マットはまた干し草の山を探そうと言いだしたが、アル＝ソアはこのまま歩きつづけると言い張った。

「道が見えるあいだは歩く。休まずに進めば、その分、追手から遠ざかることができる」

と、アル＝ソア。

連中がまだ追ってきているならばの話だ。すでに先まわりしている可能性もある。

マットを納得させるには、それで充分だった。頻繁に肩ごしに振り返りながら、マットは足を速めた。アル＝ソアも急いであとを追った。

夜が更け、ほのかな月明かりに少し気が安らいだ。最初の意気ごみが衰えると、マットはふたたび、もう歩きたくないと言いはじめた。アル＝ソアのふくらはぎは締めつけられるように痛んだ。アル＝ソアは、父親タムと農場で働いたつらい日々を思い出し、「あのころは、もっと遠くまで歩いたじゃないか」と自分に言い聞かせた。だが、なんども同じことを繰り返すうちに、その暗示も効果がなくなった。歯をくいしばり、痛みをこらえて歩きつづけた。

ぶつくさ言うマットと、次の一歩に集中するアル＝ソアの二人が、次の村にたどりつくころ、明かりが見えてきた。ふらふらと歩いていたアル＝ソアの脚に突然、激痛が走った。アル＝ソアは立ちどまった。右足に肉刺(まめ)ができたようだ。

村の明かりを前にして、マットはうめき声を漏らして道にへなへなとすわりこんだ。

「そろそろ休んでもいいだろう。それとも宿で芸を披露して、闇の信徒や闇に溶けるミルドラルに居場所を知らせる気か？」マットは息を切らして言った。

「まだ村の入口まできただけだ」村の明かりを見つめながら、アル＝ソアは答えた。暗闇のなかでこの距離から見ると、目の前の村がエモンズ・フィールドのように思える。あそこには何が待っているのだろう？

「あと一キロ半だ。それで終わりだ」と、アル＝ソア。

「それで終わりだ!?　おれはあと一メートル半も歩けないよ！」と、マット。

アル＝ソアの両脚は焼けるように痛んだ。それでもまた一歩、足を踏み出した。そして、また一歩。容易なことではなかったが、一歩ずつ歩きつづけた。十メートルも進まないうちに、マットがついてきていることに気づいた。足を引きずりながら、小声でぼやいている。何を言っているのかは聞き取れないが、そのほうがいいのかもしれない。

夜遅い時間なので通りには人けがないが、ほとんどの民家の窓に明かりが灯っていた。村の中心にある宿屋がこうこうと明かりを灯し、そのまわりに広がる黄金色の光の輪が闇を押し戻していた。分厚い壁を通して、音楽と笑い声がかすかに漏れ聞こえてくる。扉の上の看板が風に揺れてキーキー鳴っていた。宿屋の手前の端に、馬がつながれたままの荷馬車が一台置かれ、一人の農夫が馬具を調べている。宿屋の向こう端には、二人の男が立っていた。光の輪と暗闇の境目にいる。

アル＝ソアは、明かりを灯していない民家の影のなかで立ちどまった。疲労のあまり、近くの細道に隠れる余裕もなかった。ちょっとぐらい歩みを止めても、どうってことないだろう。男たちがいなくなるまで、ほんの少しのあいだだけだ。マットは安堵のため息を漏らして、壁にもたれた。このまま眠ってしまうのではないかと思うほど、ぐったりしている。

光の輪の縁に立っている二人の男を見ると、なぜかアル＝ソアは不安になった。どうしてなのか、はじめはわからなかったが、荷馬車のそばにいる農夫も不安そうにしていることに気づいた。農夫は馬具の紐の端まで調べおわり、轡を調節すると、もとの場所に戻り、また最初から馬具を調べなおしはじめた。ずっと頭を下げたまま、二人の男から目をそらし、作業を行なう手もとだけを見ている。二人の男に気づいていないだけかもしれないが、男たちがいる場所からは十数メートルしか離れていない。ぎくしゃくした動きも、二人の男のほうを見ないようにしながら、ときおり作業を中断する様子も、どうも不自然だ。

二人の男のうち一人は影に隠れて、黒い輪郭しか見えないが、もう一人はかろうじて光があたる形で、アル＝ソアに背を向けて立っていた。背を向けた男が会話を楽しんでいないことは明らかだった。両手をもみしぼり、地面に目を落としたまま、ときどき、もう一人の男の言葉に大きくうなずいている。アル＝ソアには話の内容は聞き取れないが、影のなかにいる男が一方的に話しているようだ。アル＝ソアに背を向けている男は神経質そうに耳を傾け、うなずいたり、そわそわと両手をもみしぼったりしているだけだった。

やがて、影に包まれた男が立ち去ると、神経質そうなもう一人の男は明かりのあたる場所へと戻りはじめた。夜の冷気にもかかわらず、顔の汗を胸あてつきエプロンの端でぬぐっている。

アル＝ソアはぞっとする思いで、暗闇のなかを去ってゆく人影を見つめた。なぜかはわからないが、その男はアル＝ソアを不安にさせた。忍び寄ってくる何者かの気配に気づいたときのように、うなじがぞくぞくし、腕の毛が逆立った。アル＝ソアは頭を振り、両腕をごしごしこすった。おれまで、マットみたいにバカなことを考えるようになっちまったのか？

一瞬、窓から漏れる明かりが男の姿を浮かびあがらせた。ごく一部しか見えなかったが、アル＝ソアは身の毛がよだつ思いがした。宿の看板は風に揺れてキーキー鳴りつづけているのに、男の黒いマントは少しも揺れていない。

「闇に溶けるミルドラルだ」アル＝ソアは小声で言った。

アル＝ソアが大声で叫んだわけでもないのに、マットは跳びあがった。

「なんだって――？」

「静かに」アル＝ソアはマットの口を手でふさいだ。黒い人影は闇に消えた。どこへ行った？「もういなくなった。たぶん、もう大丈夫だ」アル＝ソアは手を離した。マットが大きく息を吸いこむ音以外には何も聞こえない。

神経質そうなもう一人の男は宿屋の扉の前までくると、立ちどまり、気を落ち着けようとするように、エプロンの皺を伸ばした。

「おまえさん、妙な友人がいるんだな、ライマム・ホールドウィン」荷馬車のそばにいた農夫がいきなり言った。年老いた声だが、力強い。農夫は背筋を伸ばし、頭を振った。「宿屋の主人にはふさわしくない妙な友人だ」

ホールドウィンと呼ばれた宿の主人は跳びあがり、あたりを見まわした。農夫の姿に気がつくと、大きく息を吸いこみ、落ち着きを取り戻してから鋭い口調でたずねた。

「そりゃどういう意味だい、アルメン・バント？」

「言葉どおりの意味だよ、ホールドウィン。妙な友人が何人もいるんだな。あの男は、この辺のやつじゃないよな。ここ数週間、妙な連中ばかりやってくる。おかしな連中が増えた」

「人のことが言えるのか？」ホールドウィンはバントをにらみつけた。「わたしは知り合いが多いだけだ。シームリンからきた知り合いもたくさんいる。農場に引きこもってるあんたとは違う」ちょっと間を置いてから、もっと説明したほうがいいと思ったらしく、言葉をつづけた。「さっきの男はフォー・キングスからきたんだ。二人の盗人を捜しているんだとさ。若い男たちだ。そいつらに、アオサギの紋章のある剣を盗まれたそうだ」

アル＝ソアはフォー・キングスと聞いて息をのんだ。剣のことに話が及ぶと、マットをちらっと見た。マットは背中を壁に押しあて、全体が白眼に見えるほど大きく目を見開いて、暗闇を見つめている。半人ミルドラルが近くにいるかもしれないと思うと、アル＝ソアも暗闇に目を凝らしたくなったが、宿屋の前にいる二人の男に視線を戻した。

「アオサギの紋章のある剣だって！　さぞかし、取り戻したいだろうな」バントは驚いて声を上げた。

ホールドウィンはうなずいた。「そうとも。あれを持っていたからこそ、盗人に狙われたんだ。あの男は金持ちの……商人でな、あの男の雇い人たちと盗人の若造二人とのあいだで、もめごとがあった。若造二人が、とんでもなくでたらめな話を吹きこんだせいで、大騒ぎになったんだよ。やつらは闇の信徒で、偽の竜王の支持者でもある」

「闇の信徒で、しかも偽の竜王の支持者だって？　おまけに、大ぼらを吹いたとな？　とんだ若造どもだな。おまえさん、若造って言ったよな？」

突然、バントの声は相手をからかう口調になったが、ホールドウィンは気づかなかったようだ。

「ああ。まだ二十歳前だ。二人を見つければクラウン金貨百枚の報酬がもらえる」ホールドウィンはためらってから、付け加えた。「二人は口が達者だ。どんな作り話で人々をたぶらかすのかは知らん。とにかく、人々をたがいに敵対させるようなことを言う。二人は危険な人物だ。外見はおとなしそうでも、邪悪なやつらだ。二人とおぼしき人物を見たら、決して近寄っちゃいかん。若い男の二人連れで、一人は剣を持っている。二人とも肩ごしに振り返りながら歩く。本当に二人の居場所をつきとめたら、さっきの……わたしの友人が二人を連れにくるだろう」

「まるで見てきたような話しぶりだな」

「その二人を見れば、すぐにわかるさ」ホールドウィンは自信たっぷりに言った。「一人で、そいつらをつかまえようとするんじゃないぞ。怪我でもしたら大変だ。あんたが二人を見つけたら、おれに知らせてくれ。わたしの……友人が二人を始末してくれる。若造二人に金貨百枚がかかっているが、わたしの友人は二人ともつかまえるつもりだ」

「若造二人に金貨百枚か」バントは考えこむ口調で言った。「それほどまでして取り戻したい剣とは、さぞかしたいした代物なんだろうな」

ホールドウィンはバントにからかわれていることに気づいて、やり返した。「なんで、あんたにこんなこと話しちまったのかな。あんたはまだ例のバカげた計画をあきらめてないのか？」

「それほどバカげた計画でもないさ」バントは穏やかに答えた。「この機会を逃したら、もう二度と偽の竜王にお目にかかれないかもしれん──光よ、どうかおぼしめしを！──それに、商人の幌馬車が巻きあげる土埃を吸いながらシームリンまで旅をするなど、年老いた身にはとても耐えられない。夜のうちに馬車を走らせれば、明日の朝にはシームリンに着くだろう」

ホールドウィンは意地悪く声を震わせて言った。「あんた一人でか？夜には何が出るかわかったもんじゃないぞ、アルメン・バント。真っ暗闇の路上にひとりぼっちで叫んでも、誰ひとり助けてくれん。そういうご時世なんだよ、バント。お隣りさんでさえ、あてにできない」

年老いたバントは動揺の色ひとつ見せず、あいかわらず穏やかな口調で言った。「わしらが安心して眠れるのは、近衛隊がシームリン街道を見張っていてくれるおかげだ。街道の安全を守るために、近衛隊にできることはひとつしかない。おまえさんの怪しい友人を牢屋にぶちこむことだ。人目をさけて闇のなかをこそこそ動きまわるやつなど、信用できるか。あいつが悪さをしない保証はない」

「バカなことを言うな！」ホールドウィンは叫んだ。「老いぼれの愚か者めが！　いいかね――」ホールドウィンは歯をカチッといわせて口を閉じ、身震いした。「あんたと油を売っている場合じゃない。さあ、とっとと行ってくれ！　仕事のじゃまだよ」

ホールドウィンは宿屋に入ると、勢いよく扉を閉めた。

バントはひとりごとを言いながら、荷馬車の御者席の縁をつかんで足を車輪の軸にのせた。

アル＝ソアは一瞬ためらった。前へ出ようとしたとき、マットに腕をつかまれた。

「気はたしかか、アル＝ソア？　今出ていったら、おれたちがお尋ね者だってことに気づかれちまうぞ！」

「ずっとここにいろと言うのか？　闇に溶けるミルドラルがうろついてるかもしれないの

に？　やつに見つかる前に、少しでも遠くへいきたいじゃないか」

闇に溶けるミルドラルがおれたちに気づいているとしたら、バントの荷馬車に乗せてもらったところで、たいして遠くまでは逃げられない。そのことは考えないようにして、アル＝ソアはマットを振り払い、道へ走り出た。剣が隠れるように、マントの前をしっかり合わせるよう注意した。こうすれば、風と冷気も防げる。

「シームリンへ行くとか言ってましたよね？」と、アル＝ソアはバントに声をかけた。

バントは驚いて、六尺棒を荷馬車からつかみ出した。がさがさした顔は皺だらけで、半数近くの歯がなくなっているが、節くれだった手で六尺棒をしっかりと握りしめている。しばらくして六尺棒の端を地面につけ、それにもたれかかった。

「おまえさんたちもシームリンへ行くのか？　偽の竜王を見にいくんだろう？」

アル＝ソアはマットがあとを追ってきたことに気づかなかった。マットは充分な距離を置いて明かりの外に立ち、宿屋とバントを疑り深い目で見た。

「そう、偽の竜王です」アル＝ソアは強調して言った。

バントはうなずき、「もちろん、そうだろうとも」と言って、横目でちらっと宿屋を見てから、六尺棒を御者席の下に戻した。「乗りたいなら乗れ。だいぶ時間を無駄にしちまった」

バントはすでに御者席に乗りこもうとしていた。

バントが手綱を振りあげると同時に、アル＝ソアは荷馬車の後部によじのぼり、動きだした荷馬車を追って走ってくるマットの腕をつかんで引きあげた。

バントは軽快に荷馬車を走らせ、村はあっというまに夜の闇に消えた。アル＝ソアは剝き出しの板の上に仰向けになった。車輪のきしむ単調な音を耳にしていると、今にも眠りに落ちてしまいそうだ。マットは口を手で押さえてあくびをこらえ、油断なくあたりを見まわしている。牧草地や農場に夜の闇が重々しくのしかかるなか、農家の明かりがところどころに見えた。その明かりはあまりに遠く、暗闇に対して勝ち目のない戦いを挑んでいるように思えた。フクロウが物悲しい声で鳴き、風は闇をさまよう魂のように唸り声を上げた。

この近くにミルドラルがいるかもしれない。

バントも闇の重圧を感じたのか、唐突に口を開いた。

「シームリンははじめてか？」バントはくすっと笑った。「はじめてに決まってるよな。まあ、着いてからのお楽しみだ。全界一の大都市さ。もちろん、イレイアンやエバウ・ダーや、ティアなど、いろんな街の噂は聞いている。地平線の向こうのどこか遠い場所にあるというだけで、その街こそが偉大なすばらしい街だと思いこむなんて、わしに言わせれば、大バカ者だよ。シームリンこそが全界一の大都市だ。それ以上の街なんか、あるはずがない。モーゲイズ女王が――光よ、女王を讃（たた）えたまえ――タール・ヴァロンからきたあの魔女をやっかい払いしてくれればな」

アル＝ソアは吟遊詩人メリリンの丸めたマントの上に携帯用毛布を置き、それを枕にして仰向けに寝ていた。流れる夜景を見ながら、バントの言葉を聞き流した。バントの声が聞こえてくるおかげで、闇を怖いとも思わず、物悲しい風の音も耳に入らない。アル＝ソアは急に身をよじり、バントの影になった大きな背中を見あげた。

「魔女って、異能者（アエズ・セダーイ）のことですか？」

「ほかに誰がいる？　クモみたいに宮殿にいすわっている女だ。わしは慈悲深き女王のしもべさ。それを否定したことはいちどもないが、あの魔女だけはいただけない。わしは、エライダが女王に対して大きな影響力を持っているというバカどもとは違う。女王の称号こそないものの、エライダこそが真の女王だと言い張るバカどもとは違うぞ」バントは闇に向かって唾を吐いた。「……とまあそういうわけだ。モーゲイズ女王はタール・ヴァロンの魔女に踊らされるあやつり人形じゃない」

もう一人の異能者（アエズ・セダーイ）か。もし……モイレイン様がシームリンにたどりついたら、当然、異能者（アエズ・セダーイ）であるエライダ・セダーイのもとを訪れるだろう。最悪の場合、エライダ・セダーイがおれたちをタール・ヴァロンへ連れていってくれるかもしれない。

アル＝ソアがマットを見ると、マットはアル＝ソアの心の声が聞こえたかのように、タイミングよく首を横に振った。マットの顔は見えないが、否定の表情で顔をこわばらせていることはわかった。

バントはそのまましゃべりつづけた。馬の速度が落ちると必ず手綱をぴしゃりと振りおろすが、それ以外は膝の上に両手を置いていた。

「なんども言うが、わしは慈悲深き女王のしもべだ。だがな、愚か者でもときには役に立つことを言う。目の悪い豚でさえ、どんぐりを見つけることもある。そろそろ何か変化が起こるべきだと、わしは思う。悪天候つづきで作物は不作だし、牛の乳も出ない。牛や羊は死産をしたり、ふたつ頭の子供を産んだりする。ワタリガラスときたら、生きてるものはなんでも、襲って殺しちまう。人々は恐れているんだ。誰かを責めたいのさ。民家の扉に〈竜王の刻印〉が描かれたり、夜になると何かがこそこそ動きまわったり、納屋が焼かれたりする。ホールドウィンといっしょにいたような妙なやつも現われるし、人々は恐れている。手遅れにならんうちに、女王になんとか手を打ってもらわんとならん。おまえさんもそう思うだろう？」

アル＝ソアは曖昧（あいまい）な返事をした。この老人の荷馬車に拾われたのは幸運だった。夜明けを待っていたら、最後に立ち寄った村でミルドラルに見つかっていただろう。夜になると何かが動きだす。アル＝ソアは上体を起こして、荷馬車の横の暗闇を見た。何かがそこでうごめいているような気がした。それが考えすぎではないとわかる前に、また寝転がった。

バントはそれを同意と受け取った。

「そうとも。わしは慈悲深き女王のしもべだ。相手が誰であろうと、女王を侮辱する者は許さない。わしは正しい。おまえさんはエレイン王女やガーウィン王子のほうに味方するかもしれん。だがな、害を及ぼさないで、事態を好転させる変化だってあるんだ。アンドール王国では、いつもそうしてきた。昔から、王位継承者である王女といずれ〈剣（つるぎ）の第一大公〉になるはずの王子をタール・ヴァロンへ行かせている。王女は異能者（アエズ・セダーイ）のもとで修業し、王子は護衛士から剣の手ほどきを受ける。伝統は重んじるべきだと思うが、かつて、それがどんな事態を招いたか、考えてみろ。ルーク王子は〈剣の第一大公〉に任じられる前に大荒廃地で命を落とし、ティグレイン王女は王位につく直前に姿を消した。逃げ出したのか、死んだのかわからん。アンドール王国では、そのことが今でも尾を引いている。

ティグレイン王女はまだ生きていると言う者もいる。だからモーゲイズ女王は正当な女王ではないというわけだ。愚か者どもめ、わしはまるで昨日のことのように、ことの顚末（てんまつ）を覚えているぞ。前の女王がみまかったとき、王位継承者がいないもんだから、アンドール王国のすべての当主が王位継承権をめぐって、あれこれ策をめぐらせた。そこにタリンゲイル・ダモドレッドが現われた。信じられんだろうが、タリンゲイルは、姿を消したティグレイン王女の夫だった。あの男はどの当主が王位継承権を手に入れるか、熱心に見守った。その当主と再婚して、〈女王の夫君〉となるためだ。とにかく、うまくやった。モーゲイズ女王があの男を選んだのだからな……女ってものは、何を考えとるのかまったくわからん。女王ともなると、並みの女の二倍も不可解だ。一人の男と契り(ちぎ)を結び、アンドール王国とも契りを結ぶとは。手段の是非はともかく、タリンゲイルはほしいものを手に入れた。

誤算だったのは、ことをなしおえる前にケーリエン国を陰謀に加担させてしまったことだ。それでどうなったかは、知ってのとおりじゃ。〈生命の木(アヴェンデソーラ)〉は切り倒され、黒いベールをかぶったアイール人たちが〈竜王の壁〉を越えて押し寄せた。エレイン王女とガーウィン王子が生まれたあと、タリンゲイルの人生に幕がおろされた。それですべてが終わったと、わしは思っとる。しかし、なんでまた子供たちをタール・ヴァロンへやったりするのかねえ。いまや男たちはアンドール王国の王位継承権のことなど考えてはおらんし、異能者(アエズ・セダーイ)とも意見が食い違っとる。必要なことを学ぶための場所はほかにもあるはずだろう。たとえばイレイアン国には、タール・ヴァロンと同じような立派な文書館(もんじょやかた)がある。タール・ヴァロンの魔女どもと同じように、エレイン王女に国の統治や政策を教えてやれる者だっているはずだ。こと政策に関しては、イレイアン人の右に出るものはおらん。アンドール王国軍だけではガーウィン王子に充分な軍事教練ができないと言うのなら、イレイアン国にも軍隊がある。その点に関しちゃ、シエナール王国やティア国も同じだ。わしは女王の忠実なしもべだが、タール・ヴァロンとは手を切るべきだと思っとる。タール・ヴァロンとの関係は三千年前からつづいている。長すぎたのさ。モーゲイズ女王はアンドール王国を正しい道へ導いてくださる。〈白い塔〉の力を借りずとも、立派に王国を治めることができるおかただ。男が誇らしい気持ちでひれ伏したくなるような女性なんだよ。ああ、いちどでいいから……」

アル＝ソアは睡魔と戦っていた。一定のリズムでキーキー鳴る車輪のきしみや荷馬車の揺れが眠りを誘い、バントの低い声を聞きながら意識が遠のきはじめた。アル＝ソアは父親タムの夢を見た。はじめ二人は自宅の大きな樫（かし）の木のテーブルでお茶を飲んでいた。〈女王の夫君〉、王位継承者、〈竜王の壁〉、黒いベールをかぶったアイール人など、タムはいろいろなことを話してくれた。二人はテーブルの上に置かれたアオサギの紋章の剣をはさんで向かい合っていたが、二人とも剣は見ていない。すると急に〈西の森〉に場面が変わった。月の明るい夜に、アル＝ソアは即席の担架を引いていた。肩ごしに振り返ると、担架にすわっているのは父ではなく、吟遊詩人メリリンだった。脚を組み、月明かりのなかでお手玉をしている。

「女王はアンドール王国と契りを結んだ」メリリンは円を描くように色鮮やかないくつものお手玉を躍らせながら言った。「だが竜王は……竜王は大地とひとつになり、大地は竜王とひとつになった」

アル＝ソアのはるか後方から、闇に溶けるミルドラルが迫っていた。黒いマントは風にも乱れず、馬は不気味なほど静かに木立のあいだを走っている。鞍頭から人間の生首がふたつぶら下がっており、流れ出る黒い血がミルドラルの真っ黒なマントに筋を作って滴り落ちた。ランとモイレインの首だ。顔が断末魔の苦しみにゆがんでいる。騎乗のミルドラルは手に鎖を持っていた。それぞれの鎖の端にマットとペリンが手首を結ばれてつながれ、蹄の音を立てずに走る馬の後ろを走らされている。二人の顔には絶望のあまりなんの表情もない。そして、エグウェーン……。

「よせ！　エグウェーンは違う！」アル＝ソアは叫んだ。「ちくしょう、おまえが捜しているのはおれだ。エグウェーンじゃない！」

半人ミルドラルが身ぶりで合図すると、炎がエグウェーンを焼きつくした。肉が焼けて灰になり、骨は黒く焦げてこなごなに砕けた。

「竜王は大地とひとつになった」メリリンが言った。涼しい顔でお手玉をつづけている。

「そして、大地は竜王とひとつになった」

アル＝ソアは悲鳴を上げ……目を開けた。

荷馬車は夜の闇に包まれ、きしみながらシームリン街道を進んでいた。干し草の甘い残り香と馬のかすかなにおいがした。頭上に広がる夜闇よりも黒い影が、アル＝ソアの胸にのしかかり、死よりも暗い目でアル＝ソアの目をのぞきこんでいる。

「おまえは、わたしのものだ」

そのワタリガラスが言った。そして鋭いくちばしでアル＝ソアの目を突いた。眼球をむしり取られ、アル＝ソアは悲鳴を上げた。

喉が張り裂けんばかりの絶叫とともにアル＝ソアは上半身を起こし、両手で顔をはたいた。

夜が明け、朝日が荷馬車に降りそそいだ。アル＝ソアは呆然と両手を見つめた。血も痛みもない。夢の跡は消えかかっているが、あれは……。おそるおそる顔に手をふれ、身震いした。

マットがカクンと顎の骨を鳴らして、あくびをした。

「おまえは……少しは眠ったみたいだな」と、マット。

マットの充血した目に、アル＝ソアに対する同情の色はなかった。アル＝ソアはマントのなかで身体を丸め、携帯用毛布をふたつに折って頭の下に置きなおした。

「バントじいさんは、ひと晩じゅう、しゃべりっぱなしだったよ」と、マット。

バントが御者席から声をかけた。「ずっと起きてたのかい？　急に大声を出すから、びっくりしたじゃないか。さあ、着いたぞ」

バントは大げさな身ぶりで片手を振りあげた。

「全界一の大都市、シームリンだ」

本書は、一九九七年十一月～一九九八年三月にハヤカワ文庫『竜王伝説』（全五巻）として刊行された作品を、三分冊で改題・再刊したものの中巻です。再刊にあたり、全体の用語監修を月岡小穂氏が行ないました。